交房

徐行 著

一部有关房产内幕的小说

天津出版传媒集团

天津人民出版社

目录

楔子 | 01

第一章　救火队长 | 001

第二章　交房无望 | 015

第三章　鸣声爆雷 | 028

第四章　心安卧底 | 043

第五章　母亲病危 | 055

第六章　汪珐现身 | 068

第七章　雷鸣遇难 | 081

第八章　维权无门 | 095

第九章　骗贷融资 | 109

第十章　祸不单行 | 122

第十一章　拿钱闭嘴　| 138

第十二章　鸣声破产　| 153

第十三章　欣然回国　| 166

第十四章　叔侄反目　| 180

第十五章　心欣结盟　| 195

第十六章　机缘巧合　| 211

第十七章　理想之城　| 225

第十八章　业主大会　| 239

第十九章　债务重组　| 253

第二十章　柳暗花明　| 267

尾声　**交房入住**　| 284

楔子

　　逾期交房、面积缩水、装修违约、开发商爆雷……
　　种种买房、交房的离谱事件不仅成为当下的社会话题，更关系到购房者切身的利益。本书首度以"交房"为切口，讲述了一个由购房者和开发商共同谱写的"买房—交房—退房—维权追责"故事，故事本身精彩纷呈，故事之外更会让读者受益匪浅。
　　如果您正打算买房，本书可以成为您的购房指南；
　　如果您正等待收房，本书可以让您成为验房专家；
　　如果您只是单纯地想看一个好故事，本书也能让您透过喧闹，看到充满烟火气的生活以及坚持本心的自己。

第一章

救火队长

1

上午 10 点，位于晴阳市东三环外的鸣声地产集团写字楼下传来阵阵口号声。只见现场有几十个人拉着白色横幅，上面用猩红的颜料写着"黑心开发商，鸣声丧天良"，他们齐声高呼着条幅上的口号，要求鸣声地产解决他们买的房屋噪声分贝严重超标的问题。更有人试图冲进楼里，和现场阻拦的保安发生了肢体冲突。

李心安大清早带着女儿可可和母亲从晴阳市区三十公里外的郊区住处赶到晴阳医院，刚把母亲送进 CT 室，就接到公司代理营销总监樊丽丽的夺命连环电话，让他立刻赶回公司，处理业主们的诉求。

心安是鸣声地产唯一的法务，隶属于人力资源部，平时杂事特别多，这回母亲已经头疼了好些天，好不容易才请了一天的假，可无论他在电话里怎么解释都无济于事。无奈，心安只得嘱咐女儿乖乖地跟着奶奶，然后马不停蹄地从医院往公司赶。

随着时间递进，鸣声地产楼下的业主们越发激动，保安被涌动的人潮推撞得像要折断的芦苇。

躲在远处的樊丽丽见到心安后一把将他薅了过去。

"春满园的业主，老样子，上！"

一路上都在担心母亲身体的心安一秒变脸，露出招牌式的笑容。只见他先拿出手机拨了个电话，简单说了几句，随后便悄无声息地挤进了人群。

眼前的这群人买了鸣声地产在北五环外开发的春满园楼盘。这个楼盘离五环的一座立交桥实在太近，昼夜不停驶过的大货车让住在楼上的人心态崩溃。向物业反映，物业推脱说不归他们管，应该找地产商；找到鸣声地产的销售，销售说噪声的事太专业，他们不懂。业主们找了一圈儿，愣是没人解决。最后业主们被彻底激怒了，采取了最简单粗暴的办法——聚集在鸣声地产的楼下示威。

心安随着人潮起伏了一阵，瞄准了牵头的一位五十岁左右的胖大姐，挤过去，和她肩并肩站着。

"现在是法治社会，凡事都要讲个理！"心安仿佛自顾自地大声说了起来。

胖大姐随口就接着："可不？就是这开发商的心太黑，根本不讲理！"

"开发商当然得讲理，可业主也一样！"

"你干吗的？"侧身看清了身边刚刚出现的陌生人，胖大姐警惕地问。

心安吃力地转了个身，双手递上一张名片，又微笑着指了指横幅。

"大姐您好！认识一下，我是鸣声地产的法务，专门来倾听业主呼声的。"

"装什么好人呀，别说得那么好听！先说说你们鸣声地产卖这要人命的噪声房子是个啥道理？"胖大姐扫了眼名片，接着斜着眼打量心安，"就你，还法务总监？还笑得出来？纯粹是知法犯法、谋财害命的狗腿子！"

心安保持着嘴角的四十五度笑容，夸张地用两根食指堵住耳朵眼儿。

"噪声确实让人烦恼——大姐您能不能先让大家别喊口号了？同志们大热天的从四面八方赶来，是为了来解决噪声的，不是来制造噪声的。"

"赶紧的，别在这儿瞎耽误工夫！"胖大姐一脸冰霜。

"大姐，您先说说您小区的噪声是从哪儿来的呗？"

"这不明摆着的？你们造的房子离北五环那么近，路上的大货车还不把大家吵死？"

"对咯，这噪声是大货车弄出来的，您就该找大货车司机理论去。"心安两手一拍，然后竖起一个大拇指，"冤有头、债有主，您啊，来错地方了。"

"那么多车，那么多司机，一个个开得溜溜快，我找人家谁去？"

"跑得了和尚跑不了庙，给您一个好建议，这事儿去找五环路的管理单位准没错。大车都是有专门的管理办法和制度的，路面上产生的噪声也理应由他们解决！"心安顿了顿，字正腔圆地大声说，"大姐您说说，是不是这么个理？"

心安和胖大姐的对话成功引起了周围业主们的注意，刚才还口号喊得震天响的业主们没有转过这个弯，声音变得有点儿哑火。

"不对，先有的五环路，后有的你们盖的房子。"胖大姐率先反应过来，"你说你们盖房子非得和五环路凑近乎，这和人家管理单位说得着吗？"

"大姐，同志们，大热天的，都别急着吵吵，咱们还是慢慢捋一下，这样吵也能吵个明白。"心安非常满意此时的情形，对着众人开始细细分析起来，"我想请问各位，这盖房子的地块是不是我们开发公司合法合规开发的？"

众人点头。

"那这房子盖多高、盖成什么样是不是也都通过了相关部门的各种质量验收？否则我们也拿不到相关资质，把房子交给各位尊敬的业主，对不对？"

众人继续点头。

"这不得了吗？也就是说啊，房子从头到尾全部都是按照有关规划建设的。是，大姐您刚才说得特别对，确实是先有五环路，后有住宅楼，可您以为我们愿意非得和五环挤一块儿吗？怎么可能？在这块地上盖房子一定会有噪声，这是秃子脑袋上的虱子——明摆着的事嘛！"心安说到这里，余光瞥见人群中有位中年男子下意识地抬手摸了摸自己头顶上的不毛之地，赶紧打招呼，"大哥，您是聪明绝顶，大吉大利！"

接着话锋一转，心安突然严肃起来："但是，这块地还是被挂牌出让了，而且还有众多地产开发商抢着拍，我们公司也是竞标了好几轮才力挫群雄。这说明了什么？说明了所有环节都觉得这噪声压根儿就不影响地产开发，那它自然也就不是问题了，大伙儿说说是不是这个理儿？"

"倒也是，可这样的地怎么还拿出来卖？"胖大姐一脸疑惑，"这不折腾人吗？"

心安做了一个无奈摊手的动作。

"李总监，那能不能请公司领导考虑考虑，实在不行就把房子给我退了吧。"胖大姐彻底哑火了，迟疑了好一会儿，突然抬起头，面露祈求之色，"您说我血压这么高，现在被这大车吵的，夜夜都睡不好觉，要是老这么着，我可就活不久了！"

"大姐，瞧您这话说的，我们每一份合同都是合规合法的，无理由退房是不可能的，大家都要有契约精神，合同必须履行！"

队伍中一个年轻人忽然举起手机大吼："网上都说了，你们开发商应该给楼房用好的隔音材料，这和五环路没关系！大家不要听这家伙在这里狡辩！"

003

本来已经有些松散的业主们瞬间将心安紧紧围住，纷纷要求鸣声地产在五环路和楼房之间加装隔音屏。刚刚差点儿被绕进去的胖大姐更是无比愤怒，和几个上了年纪的大妈一起扭住心安不放。

正在这时，几位民警正好赶来，问询业主们大致情况。心安则一身透汗，趁着大家回答民警问话之际，赶紧溜之大吉——因为公司经常被业主围困，心安刚才在挤进人群前便先打电话报了警。

业主们在民警的劝说下慢慢散去，但都愤怒地表示这件事没完，如果开发商再不给解决问题就要去法院起诉鸣声地产。

2

心安回到公司，客户关系总监苗蓝递给他一杯冒着热气的咖啡："干得不错！"

"谢谢领导！"心安赶紧接过，"我看业主的要求也不过分，苗总您能不能和项目经理说说，就给建道隔音屏，要不给窗户换块厚点儿的玻璃也行。"

站在一旁的樊丽丽冷笑："想啥呢？还要给窗户换玻璃，门儿都没有！"

心安没再多嘴，回到自己工位上，抿了口咖啡，觉得不解渴，又"咕咚咚"地灌了一大杯水，接着从双肩包里拿出挤瘪了的包子吃了起来。刚吃一半，手机铃响，号码显示来电之人是坐落在阳州的"青苹果社区"项目公司的工程经理大刘。心安随手按掉，继续啃包子，结果手机又"不屈不挠"地响了起来，心安无奈，只得把包子甩到一边，按下接听键。

"心安总，您老日理万机啊！"隔着听筒，大刘的声音像炮弹炸了似的震耳欲聋，"我这边可是火烧屁股了，您再挂我电话，咱可就人力总监任梅总那里见了！"

"哎哟，刘总，误会！我这破手机有毛病，早就该换了！"心安赶紧赔笑，"有事您说话，我哪回不是随叫随到？"

"项目二期工地的大门又被一期业主给堵了，你小子快来灭火啊！"

心安没辙，只得立即坐地铁从东三环奔赴阳州——他还没买车，一来攒的钱都用来买学区房了，二来摇号中购车指标根本就遥不可及。

路上，心安给母亲打电话。听筒里传来的声音很喧闹，夹杂着公交车的报站声。心安忍不住埋怨母亲，说你身体本来就不好，这大热天的还不舍得打个车？母亲一个劲儿地说自己没事，结果女儿可可在旁边大声说奶奶现在满脸都是汗，刚才过马路时还差点儿摔倒。

心安更内疚了。

一小时后，心安挤出地铁站，来到路面。路两边都是在建工地。火辣辣的太阳炙烤着大地，却根本无法驱散心安心底的阴霾。远处鸣声地产的楼盘隐约可见，成为他此刻唯一的慰藉——两年前的这个时候，心安和妻子倾囊而出，又掏空母亲多年的积蓄，终于凑齐首付，买了一套鸣声地产新开发的有学校配套的小两居——尽管他们从此便背上了沉重的房贷，活得更加小心翼翼，但只有有了自己的房子，才算在这座城市真正地安家，女儿上学也有了保障，未来才充满希望。

天儿似乎没那么热了。

"你小子是爬过来的吗？"黝黑粗壮的工程经理大刘站在项目外面的马路边上，一见到心安就责怪他来得太慢。

"您这干工程的老总过手的钱多，手指缝里掉出来的钱都够我们花一辈子了。我这每个月就五百块交通费，不省着点儿花，还得自己倒贴。"心安一边擦汗一边调侃，"正好让这帮围工地的业主在太阳底下多晒会儿，士气再而衰，三而竭，更有利于问题解决。"

"那句话怎么说来着……"大刘笑着在心安的肩膀上狠狠捶了一拳，"对，你们这些人心机都重！"

"瞧您说的，我这还不都是为了给您老哥服务好？老哥将来发达了，可别忘了在任梅总面前给小弟美言几句哇！"心安边说边和大刘并肩走到工地大门口。

堵门的是一群大爷大妈。也是，年轻人都上班去了，工作日中午，也就退了休的老人有这时间。

牵头的是位老大爷，高高大大的，身体倍儿棒，听口音是本地人。

心安从大刘口袋里摸出一盒烟，抽出一根递给大爷。大爷没接，点了根自己的烟。

"你俩是管事儿的吧？"见心安二人点头，大爷亮开嗓子，"爷们儿，这天儿热不？"

"可不，您瞧我这都湿身了！"心安赶紧赔着笑脸。

"少在这儿和我臭贫，还湿身了。我问你，这正式的电啥时候能给大家伙儿通上？三伏天里没空调，屋里能待人吗？"大爷唾沫横飞，朝着心安的方向用手使劲儿地戳，"你们这电可倒好，一天能停个二三十回，家家都弄得跟桑拿房似的。还有，电梯也说停就停，小区里的女人和孩子，都因为被关在黑灯瞎火的轿厢里吓得吱哇乱叫……"

大爷说到这里停下了，因为他实在没有想到对面的心安居然笑出声来了。

"孙子！怎么个茬儿？找揍来了吧！"大爷摩拳擦掌。

"大爷，您老甭急，听我跟您说。您呀，刚才说的一点儿问题都没有。这小区供电一直是靠临时发电机，这些公司都知道。就是您刚才说有人被关在电梯里时的反应太生动了，您那表情、那语调，简直就让人身临其境，我都恨不得见天儿被关在电梯里，好在大家危难的时候能挺身而出，保不齐，还能整出个见义勇为！"

"我有时也在电梯里，热出一身臭汗，"大爷更没好气了，"你还在这儿臭贫，我打你个身临其境！"

心安乖乖地把脸凑上去："大爷，您要是真能出气，就可劲儿打。打完左脸，再打右脸，一直打到您满意了为止。"

"滚！"大爷瞪了一眼心安，"现在事儿就是这么个事儿，你俩也别瞎耽误工夫，赶紧说怎么办！"

"大家的心情公司都理解。之所以还用临时电，是因为电力公司的电网还没有通到咱小区，"心安十分真诚地解释，"我们房地产开发公司也不能替电力公司去干活不是？"

"不是这么回事儿！从你们开发商这儿买的房子，交付就得按住宅标准来。合同上白纸黑字写得清清楚楚，"大爷赶紧从旁边大妈手中接过一本购房合同，虎着脸说，"现在你们开发商违反合同了，就得承担责任！"

"您瞧瞧，啥事都逃不过您老的法眼，合同上写的确实和您说的一样。"心安不慌不忙地接着，很快话锋一转，"但之所以合同上写了交房的具体时间，是因为签合同的时候电力公司就承诺了在交房前肯定能把正式电通到项目上。现在电力公司的电送不过来，我们开发商也是干着急却没办法，妥妥的不可抗力。您看看合同上是不是说了，凡出现不可抗力因素，开发商无须承担违约责任。"

"那电力公司没把电送过来，你们公司就该找他们去，得去做工作，去协调！"大爷说话口气没刚才那么冲了。

"大爷，瞧您这话说的，我们做梦都想把正式电给您通上啊！可电这东西那可是妥妥的卖方市场，电力公司不按照合同办事，我们也是瞪眼没辙。我们工程总监一遍一遍地往电力公司跑，磨破了嘴，跑断了腿，可还是没办妥！"心安一把拉过大刘，"大爷，您看看，我们这工程总监愁得头发都快掉光了。"

"哟，这又是怎么个茬儿，这正说电网呢，怎么还扯到头发上去了？"

"大爷，您就猜猜他多大岁数吧？"

"小伙子看着挺瓷实，也就四十刚出头吧。"

"嗐！"大刘捂脸，蹲地上不起来了。

"他还不到三十啊！"心安眼里泪光浮现，"大爷，这年头干房地产的太不容易了，我们是耗子钻风箱——两头受气。这供水、供电、消防、环保等，大大小小几十个单位，都得把章盖到，您这边呢，各位都是业主，我们更是得罪不起。我们是真想把房子盖得漂漂亮亮的，让业主们就像住在天堂里面一样，可这一个项目得盖太多个公章，我们有时候实在是快不起来啊！"

大爷张了张嘴，愣是好半天都没说出话来。

大爷被打动了，点点头说："电力公司有自己的规定，我当年在企业当科长的时候也经历过这样的事，这确实是有点儿抗拒不了。"

心安连连作揖："我的好大爷！您就是我亲大爷，谢谢您理解，我回头就和我们刘总监再去电力公司，盯紧流程！"

"行！不追究你们开发商违约责任了，那临时发电机总得多搞几台吧？老这么停电，家里的冰箱都快成烤箱了！"

心安鸡啄米般地点头，说一定马上向上级反映，争取尽快增加发电车。

点头哈腰地把业主们送走，心安抹了一把头上的汗，对大刘说："祖宗，您就赶紧多弄几台发电车来吧。"

"李大总监，你不知道公司正在降成本啊？还发电车，现在连买块五号电池的钱都不知道从哪儿出呢！"这会儿大刘倒是不哭了，瞪着眼，接着话锋一转，竖起大拇指，"不过，该夸还得夸，你小子可真是个人才，瞎话张口就来，也太能扯了，我听了都差点儿信了。"

心安赶紧摆摆手，摇摇头，意思是不值一提。

大刘本想再和心安诉诉苦，结果工地上又发生了急事，赶紧火急火燎地小跑着走了。

心安也无所谓，进到项目公司的办公区随便找了把椅子坐下来，准备小睡会儿。他现在每天早晨六点就要起床从郊区住处往晴阳的公司赶，单程至少两个小时，晚上再稍微加会儿班，到家就得晚上十点半了，凌晨能睡上觉就算运气不错了。日复一日，他脸上总是挂着重重的黑眼圈，每天中午半小时的睡眠对他来说简直就是续命金丹。没这半小时，午后的下半场整个就像行尸走肉。

结果倒好，心安趴在桌上，刚要睡着，刺耳的电话铃声又响了起来。来电标注是"领导"，心安惊得一激灵，顿时睡意全无，连忙接起。

"领导"叫白雪，是李心安的老婆，李可可的亲妈。

"李心安，你知道今天什么日子吗！"刚接通，白雪劈头盖脸地就问。

"什么日子……还不都是你说了算的日子？"心安低声回应，脑子飞快地盘算着。

"什么叫我说了算？简直懒得和你废话！李心安，你忘了我当年是啥时候鬼迷心窍昏了头的吗？"

"嘿嘿，瞧你这话说的，今天可是咱俩的好日子啊！"心安立即反应了过来，"其实吧，小雪，坦白和你讲，这日子就刻在我心口窝，我就觉得每天都该是咱的纪念日……"

"少油嘴滑舌，你到底打算怎么安排？"

"必须先到商场买衣服，再去吃牛排，最后再去泡个温泉。"心安一口气说完，求生欲满满。

"快别做你的春秋白日梦了，"白雪听后直冷笑，"现在我们只有柴米油盐，淘宝打折，你早点儿回家比啥都强。"

挂了电话，心安想也好，本来今天就是请假带母亲去医院看病的，现在事情都办完了，这里离郊区还近，干脆直接回家！

3

下午从阳州到郊区的公交车上人不多，车厢里空调很足，心安很快找到一个座位，准备美美地睡会儿，把刚才被白雪打断的午觉补上。

刚合上眼，手机又响了起来。心安顿时体温上升，心烦意乱地拿起电话，脑子一热就想和人吵架。然而打来电话的同样是他惹不起的鸣声地产西部片区总经理，公司冉冉升起的"少壮派"新星——秦仁。

片区总直接打电话，事情估计小不了。心安立刻调整好状态，接通后对着电话说："秦总，您好！"

"好什么好？赶紧过来，这边有人闹事！"电话里的秦仁气急败坏。

"秦总，能简单说下情况吗？"

"有业主要跳楼！我看他也不是真想跳，可他跑到项目办公楼上去了。下午领导还要来检查项目进展。嗐，我跟你在这儿废什么话！你赶紧过来把他弄下来。"

"这人到底因为啥……"

"延期！"

"喂，喂，秦总，信号不太好！"心安把手机拼命地往耳朵上贴，发现还是听不到声音，拿到眼前一看，那边早已挂断了。

"晦气！"心安恨恨地骂了句，看了眼前方到站，忙不迭地跳起来，下车，赶紧换乘，穿过城市，前往项目办公楼。

建设路西向延长线到了旸山区，路北五百米，有一片二十层高的楼房组成的建筑群。各楼房的间距不到三十米，活像一个小香炉上密密麻麻地插满了细长的线香。

鸣声地产在旸山区的这个项目叫西海桃花源。楼房外立面仍是浇筑的混凝土，小区里的树也没有种，显然这个项目离竣工交房还很远。不过按理说，如果项目都延期交房了，那么现在工地上应该满是工人，大干快干抢工期才是。可眼前的工地上却静悄悄的，所有的吊机都垂下了手臂，像一群死气沉沉的巨人。

项目部在一栋三层小楼里，小楼一层是售楼处，里面放着大沙盘，二层做了几套精装样板间，三层就是办公的地方。心安径直走楼梯上了三层。刚进走廊就听到一个年轻男子正在高声叫嚷。心安远远地听了半天才搞明白，原来这个男子在这个楼盘买了套房用来结婚，现在已经过了交房期限整整半年，可房子还没盖好。现在准丈母娘下了最后通牒，说今年再见不到房子，这婚就甭结了。小伙子没办法，只好跑到项目公司来要个说法。

片区总经理秦仁看见心安，用力地向他招了下手。

心安赶紧小跑过去，向秦仁问好。秦仁二话不说，一把抓住心安，两人进入办公区，人群自动分开，远远地露出一个正骑坐在窗台上的小伙子，室内则是一地的碎玻璃碴子。

"天太热，兄弟，先喝点儿水，别一会儿热晕了真掉下去，那不成了假戏真做了？"心安从身边工位上抓起一瓶水，伸手递向小伙子，"我说你怎么一点儿都不像个爷们儿，这么点儿事儿就要寻死觅活？"

"滚，我老婆都快跑了，我和谁'爷们儿'去？"小伙子真是渴坏了，接过了水，一口气喝光，"当初买西海桃花源的房子，就因为我和我对象想着在桃花盛开的时候领证结婚。现在桃子都结出来了，房子却还连个影子都没有！"

"嘿，哥们儿，你可真行，这么年轻就有了房，还要迎娶心上人，妥妥的出道即巅峰，超越99%的同龄人。"心安一脸真挚的羡慕之情，"对了，有弟妹照片吗？让哥也膜拜一下你这位人生大赢家。"

小伙子听着觉得很舒服，迟疑地拿出手机，朝屏幕点了两下，然后举给心安看。

"啧啧啧，你们真是很般配，兄弟好福气！哥是过来人，听哥说句心里话，只要你俩是真爱，其他不要急，该来的都会来。"

秦仁使劲儿地咳了声，心安回头，就看到秦仁不耐烦地皱着眉。

心安吓得赶紧话锋一转："你的心情我们都能理解。但是你看，这么大体量的项目，延期三个月或者半年什么的，都是再正常不过的事儿了。"

"滚，你们房子可以延期，我的结婚典礼能延期吗？"小伙子一听更急了，"我的定金一年前就交了，不能换更不能退，所以结婚时间也绝对不能变！"

"兄弟，还是你有魄力，结婚这么大的事提前一年就敢定下！"

"敢定下是因为我在晴阳买了房，你懂吧？"

"明白，现在有些女孩儿都特现实！"

"不许你侮辱我女朋友！"

"既然你对这份真挚的爱情这么有把握，又何必在乎那个形式？"

"也不许你侮辱我们的爱情！"

"好了好了，咱还是说房子。"心安伸出双手做出投降姿势，"兄弟，你也别动不动就跳楼，我们鸣声地产是负责任的公司，说吧，有什么损失，公司赔给你。"

"我老婆要是跑了，你们赔得起吗？"

"这还真赔不了。"

"那你们能赔什么？"

"房子延期交付是公司违反合同了，公司一定会按照合同承担违约责任，绝不推脱——你先下来吧！"

听到这里，小伙子突然变得无比激愤："我研究过合同，如果买房人交钱晚了，每日就按照房屋总价的千分之一来交违约金。如果你们公司晚交房，一天的违约金就变成了房屋总价款的万分之一，这也太不平等了！"

"那也没办法！"心安又是耸耸肩，"大家都要有契约精神，我们还是要严格按照合同来。"

"去你的契约精神，你们开发商太无耻了，我打你个契约精神！"小伙子突然怒不可遏，跳下窗台，照着心安的头来了一拳。

心安应声倒下，浑身抽搐。几个保安冲上来，牢牢抓住小伙子，以防他再要跳楼。

秦仁则立即上前大声地对小伙子说："好，现在你把我们公司的人给打坏了，识相点儿赶紧走，今天这事儿就算了。要不然我们就报警，你得赔医药费，还得在里面关几天！"

"给我装死？行，算你狠，别让我再见到你，见一次，打一次！"小伙看着倒地不起的心安，狠狠地吐了口唾沫，然后愤愤离开了。

小伙子前脚刚走，心安便一骨碌地爬了起来，他眼眶肿胀，火辣辣地疼，刚才挨的这拳真不轻。

"行啊，心安老弟，好一出苦肉计啊！"秦仁竖起大拇指，"装死装得挺深刻！"

"老大您交代的事儿时间紧、任务重，只能用此下策。"心安拍了拍身上的灰尘，揉了揉眉骨，"可是秦总，这项目到底要延到什么时候？刚才我估摸着他压根儿就没想跳楼，可要是真因为这个把婚事给吹了，说不定真得闹出人命来。"

秦仁皱着眉说："我也想快点儿完工，可没钱啊！总包商的工程款已经拖了两个月没付了，工人的工资都发不出。这买房的人闹，工人也三天两头地堵项目公司的门，别提多闹心了！"

心安没再接话，这些都不是他要操心的事，他只负责自己的一亩三分地。

"对了，今天就别走了，晚上一块儿吃饭。"秦仁说着顺手抓起两张送看房客户的演唱会门票，硬塞进心安手里，然后拍着他的肩膀说，"你放心，工钱没有，弟兄们喝酒的钱还是有的！"

心安知道秦仁是公司老板跟前的红人，估计很快就会去总部当高管。这种级别的人能主动结交，岂能不识好歹？可自己已经答应了妻子今晚要早点儿回家庆祝结婚纪念日，现在该怎么办？而且本来忘了这个重要的日子就已经让她很不高兴了，如果再不能如约回去，白雪必然暴怒，后果将会非常严重。

念及此，心安很是为难了起来，不过一想到工作的稳定性，以及身上背负的巨额房贷，他突然觉得自己还是太矫情了，这去还是留，还该是个问题吗？

心安立即给白雪打电话，响了十几声，始终没打通。

白雪财务出身，平时不上班，在外面接活给几家小公司做账，有时候也要到客户公司上门服务。心安估计白雪现在正忙着，于是给她发了微信，说今晚是为了工作，更是为了以后在公司能够更好地发展，当然最终是为了他们的小家庭的幸福，所以不得不在外面应酬，希望她能理解和支持。

发好后，又犹豫了片刻，心安给白雪补了条微信，让她今天尽量早点儿回家，毕竟母亲刚去了医院，身体不舒服，请她帮忙照顾一下。

唉！人到中年，谁不想好好赡养老人？谁又不想"老婆孩子热炕头"呢？可现在自己整天早出晚归，只有在周末的时候才能和清醒着的孩子对话，成年人的世界总是身不由己。发信息的时候心安无奈地苦笑着，摇摇头，仿佛要把生活的重担暂时甩掉。

4

当晚，为了活跃饭局气氛，秦仁从销售案场调来了几位酒量很好的销售。开席后，销售们都非常放得开，把众人逗得开怀大笑。一小时不到，八个人就喝掉四瓶高度白酒。半斤高度白酒下肚，大家就开始觉得喝酒配的杯子太小。秦仁带头来了个"令狐冲"（拎壶冲），二两分酒器，端起来一口干，引来众人一片叫好声。一位美女不甘示弱，说秦总当了大侠"令狐冲"，她就要做"狐狸精"，说完也端起一壶，一饮而尽，果真是"壶立净"。

欢声笑语中，心安手机响起，偷眼一看正是白雪。

心安已经喝了有六七两，虽说他一直以来颇有些酒量，但平常喝惯了低度白酒，一时间还真不习惯这种高度白酒，早已反胃，难受不已。然而他很清楚，如果现在不喝多，秦仁就会认为他不实在，那今晚的酒就算是白喝了，罪也白受了。现在正好借着打电话歇会儿，于是赶紧脚下发飘地跑到洗手间接通了手机。

"李心安，你太过分了！说好的纪念日呢？我在外面辛辛苦苦忙了一天，回到家还要给老的小的做饭，你倒好，在外面花天酒地！"听筒里传来惊天动地的吼声。

"就快结束了，马上回，马上！"心安压低声音，脸紧贴着小便池上方光滑的瓷砖，想用凉凉的瓷砖来保持清醒，"小雪，对不起，我也不想喝这么多的……"

话没说完，心安突然觉得自己的胃在剧烈翻滚，口中分泌出大量的酸性液体。"哇"的一声，一股污秽从口中激射而出，黑的、红的、黄的黏稠物灌满了挂在墙上的小便池，腥臭之气弥漫四周。

"哇"，心安身后也随之响起了呕吐声。原来一个女销售奉秦仁之命出来找心安回席，见洗手间外面也没什么人，就径直进来拖人，没想到正赶上心安呕吐，女销售一受刺激，也忍不住吐了起来。

"李哥，快别吐了，赶紧回去，秦总还等着你呢！"女销售吐完，在洗面池用手捧着自来水边漱口边叫着。

"李心安，你身边还有别的女人！你妈躺在床上起不来，你女儿还饿着肚子，你就在外面鬼混？你浑蛋！"

"嘘！"心安赶紧冲着女销售做出噤声的动作，却让电话那边的白雪以为心安是不让她说话。

"去死吧，李心安，我真是倒了八辈子血霉嫁给你！"白雪挂断了电话。

以前白雪也发过脾气，却从未说过如此狠的话。心安的酒醒了一些，东倒西歪地走出男厕，结果刚到包间门口的时候突然"咕咚"倒在地上。走在前面的女销售赶紧俯身想把心安拉起来，却被心安一把拽倒。女孩儿立即大笑着尖叫起来。

心安很快被安置在包间内的扶手椅上，结果一转眼，又像面条一样顺着椅子出溜到桌子底下，看上去早已醉得不省人事。秦仁醉醺醺地笑话了心安半天，然后让司机先送他回家，自己等会儿还要奔赴下半场，继续奋战。

　　车刚驶离，瘫在后座上的心安便清晰无比地说出自家小区的地址，还对司机连声说"谢谢"。

　　司机有些奇怪地看了看他："李总，您这酒醒得还真快！"

　　心安讪笑不语，沉默地躺在黑暗里，不停地张大着嘴巴呼吸，重重吐着酒气，像一条濒临窒息的鱼。

　　手机突然发出一声收到邮件的蜂鸣提示音。

　　心安晃着脑袋，迷迷糊糊地打开看，邮件是樊丽丽发来的，内容是幸福家园一期项目要延期交付，让他赶紧起草一份法务通知，明天一早就要给她。

　　心安"腾"的一下在座位上坐起，酒一下子全醒了。

　　幸福家园正是他买了房的那个楼盘。

第二章

交房无望

1

到家已是凌晨,心安无比愧疚地打开家门,客厅的大灯已经关了,只有墙角行军床边的台灯还亮着,闪着昏暗的黄色光芒。

心安现在租住的房子只有一室一厅,他们夫妇俩带着女儿可可住在里面的卧室,母亲则住在客厅的行军床上,房子内被各种家具和物件塞得满满的,整体十分局促。

母亲还没睡,赶紧起身给心安倒了解酒的蜂蜜水,小声地说白雪不高兴了,让他好好给赔个不是。心安则忙问母亲今天医生都说什么了。母亲说医生太忙了,什么都没讲,就吩咐过两天去取检查结果。心安故作轻松,让母亲赶紧睡,他会处理好和白雪的关系。

心安小心翼翼地走进卧室,白雪也没睡,正躺在床上看手机。

"嗐,还在等我啊,不是发了微信让你早点儿睡吗?"心安轻轻走到白雪身边,小声赔着笑。

白雪不吭声,手指在手机屏幕上快速地滑动着,仿佛身边这个大活人是一团空气。

"看,《天鹅湖》,俄罗斯国家芭蕾舞团演的,他们说这票老贵了,要不是你老公我面子大,项目上根本不可能拿出来。"心安赶紧从双肩包中取出两张票,递到白雪的面前,"老婆,别生气啊,我还是一直惦记着我们的结婚纪念日的。"

白雪"腾"的一下坐起来,抓过门票,"唰"地撕成两半,扔在地上。

"李心安，你也就这点儿本事！只会蹭公司的促销品来应付我！"

心安默默地蹲在地上把门票捡起来，找出透明胶带粘好，然后站在床边低声说："我真打算听音乐会那天咱俩先去吃西餐，然后逛商场，再给你买件新衣服的……"

"别说了，我什么都不要听。"白雪手机一扔，捂着脑袋，"反正我算是倒霉透顶，自从决定要买房开始，我穿的衣服都是便宜货。看看我的小姐妹们，我都没脸出这个家门了。"

心安一听买房，心猛地一沉。是啊，幸福家园怎么也要延期交房了呢？之前一点儿风声都没有啊！顿时就什么心情都没有了，只恨不得马上天亮，赶紧到公司去问个究竟。

一夜无眠，第二天清晨心安早早地挤上前往晴阳市的首班公交车。车上早已人山人海，好在心安已经练就在车上站着睡觉的本事，夹在人群中晃晃悠悠地很快就睡着了，迷迷糊糊地还做起了梦来。

梦里，一家人高高兴兴地坐着心安开的车去收房，白雪脸上是这些年很少见到的笑容，母亲身体也特别好，说自己再带十年可可都没问题，可可更是欢快地说她终于可以到市里上小学了。收房现场，物业管家一路上笑脸相迎，把他们当作贵宾来招待，白雪相当满意这种优越感，等到了自己房子门口，心安把钥匙交给白雪，让她亲手打开真正属于他们的家。

白雪颤抖着手将钥匙插进锁眼里，笑容瞬间僵住了——钥匙怎么也打不开家门，换成心安又鼓捣了半天，还是打不开。

"这是怎么回事？"白雪大声地质问一直跟着他们的管家。

"还怎么回事？你老公整天和业主打官司，没理也能找出一堆理由，你让你老公给你解释呗。"管家突然收起笑脸，阴阳怪气地说。

"可我现在也是业主啊！"心安一脸无辜地表示他也需要有人给他一个开不了门的理由。

"那你就好好和自个儿聊聊吧，就像昨天对付那三拨业主一样。要是说不清楚就准备被扣绩效吧！"

"我做不到，我真的做不到！"心安口中说着，一着急，手上用力一扭，钥匙竟然断了。白雪冲上来抓住他的胳膊，拼命地摇晃，说他把这个家给毁了，可可也哭了起来，母亲更是直接晕倒在地。

心安耳边"嗡嗡"作响，满头大汗，急得一下子醒了过来。发现自己正紧紧抓着对面一个女孩儿的胳膊。女孩儿骂他神经病，耍流氓。心安连忙道歉，车上的人纷纷让女孩儿赶紧报警抓色狼。公交车刚好到站，心安慌忙一边道歉，一边夺路而逃。

2

心安重新换乘，赶到公司楼下广场时刚八点过半。广场上人还不多，白领们大多掐着点儿到公司打卡上班，早晨能多睡十分钟都是一种奢侈。

心安惦记着去公司打听自己房子延期的事，走得很是匆忙，却不料被人突然从后面紧紧抓住了胳膊。

"李总，您得给我一个说法。"

心安吓了一跳，驻足回头，只见是一个矮胖女人，短发一半已经灰白，用一个缺了角的塑料发卡别住。盯着自己看的眼睛瞳孔有些发黄，正是昨天春满园领头闹事的大姐。

"您认错人了。"心安想也没想就赶紧否认。

"李总监，您放心，我今天就自个儿过来的，我想私了。"大姐紧抓着心安的胳膊不松开，带着哭腔哀求着，"我实在受不了这噪声了，昨夜又是一宿没睡着。大货车就像从我头上碾过去的一样，每过一辆，我心跳就加快一次，就这么一辆一辆地等着、听着，一直挨到天亮，我这都快成精神病了。李总，您行行好，把我的房子给退了吧，我不要违约金，也不要利息，本钱还给我就行！"

见心安一直不开口，大姐又赶紧补充说只要给她一个人退房就行。她保证不会和其他人说，她可以签字画押，签什么保证书都行。

心安听明白了大姐的意图，当然知道她这完全就是异想天开。但现在春满园的房价至少比开盘时跌了15%，鸣声地产好不容易把房子卖出去，怎么可能再拿回来囤在自己的手里？退房自然是绝无可能。

"不好意思，我完全不知道您在说什么，您真的认错人了。"心安也懒得解释，这事儿本来就不归他管。而且她昨天还带头领着一群人来公司闹，现在就甩开众人，只管自己，这让他感到一丝厌恶，加上他一直惦记着幸福家园延期的事，心安情急之下不禁用力挣脱开，然后看着干脆一屁股坐在地上开始号哭的大姐，愣了愣，头也不回地往办公楼快步走去。

"你站住！"一声娇喝，从心安身后斜四十五度角方向传来。

心安脚步不停，侧头回看。不太刺眼的晨光中，一位一袭白裙、身材颀长、梳着马尾的女孩儿正对自己怒目而视。

"不许走，说你呢！"心安身后传来急促的脚步声，很快女孩儿便追上前来拦住他的去路。

心安无奈摇了摇头，没说什么，低头绕过，却被女孩儿再次追上，伸手挡住。

"你带倒了那位阿姨，不能就这样走了，"女孩儿眉头紧皱，语速飞快，鼻翼随着呼吸的起伏而微微翕动，"你要给她道歉！"

"小姑娘，你不要一大早在这里耽误大家时间。你看到事情的全过程了吗？如果没有就不要断章取义好不好！"心安真的无法再淡定了。

"我是没有看到全过程，但我亲眼看到你把那位阿姨带倒了。不管怎么样这都是不对的，有什么事不能通过好好交流来解决吗？"

"交流？你知道什么叫撒泼打滚儿、一哭二闹三上吊吗？这位大姐昨天聚众来我们鸣声地产闹事，今天又置其他人利益于不顾，单枪匹马地过来，更是不分青红皂白地抓着我，这叫交流吗？嗐，我跟你说不着这些，请让开！我上班要迟到了！"

"你是鸣声地产的员工？"

"和你有关系吗？"

"当然有！咱俩是同事，现在正式认识下，我叫欣然，销售部的。"女孩儿双脚并拢，站直身体，向心安伸出右手，"作为鸣声地产公司的一员，我们有责任、有义务善待客户，尽可能让他们买到称心的房子和享受优质的服务。你说呢？"

"销售部？欣然？"心安轻轻用手指触碰了下递到眼前的白皙手掌，嗅到淡淡的香味，"李心安，人力资源部法务，以前怎么没见过你啊？"

"嗯，今天是我到公司上班的第一天。但我听说鸣声地产是一家将客户利益放在第一位置的公司，他们的董事长在地产业可是有着非常好的口碑呢。所以，你这么对业主是不对的。"

"嚯，你还真是好为人师，我不对？那你给我来个对的看看。"心安也没有生气，他倒真想看看这个满脸稚气的女孩儿能在那个胖大姐手下挺过几招。

大姐还坐在地上干号，见两个人站在那边说话，也没过来扶她的意思，只得自个儿爬起来，拍了拍裤子上的灰尘，气哼哼地走了过来。

欣然迎上前一小步，微笑着说："阿姨，对不起。刚才我同事对您的态度不好，我代他向您道歉，您有什么问题，我们尽量给您解决，您看好不好？"

"别说那些没用的，你干什么的？说话管用吗？"胖大姐没好气地朝欣然翻着白眼儿说。

"我今天第一天到鸣声地产上班，您有什么事我先记下来，一会儿就去向公司领导汇报。"欣然依然是面带微笑，语调明快。

"我的事儿都和你们公司说八百回了，你一刚上班的就别在这儿瞎耽误工夫了。"大姐不耐烦地把欣然伸出的手扒拉到一边，再次拉住心安胳膊，"李总，求您了，就把房子给我退了吧。"

心安没吭声，就一个劲儿地瞅着欣然。

欣然面露尴尬之色："阿姨，您是我们公司的客户，我们是平等的，不存在谁求谁的问题。"

"我说你能不能别打岔，我和李总在这儿说话，有你什么事？"

"这个，您有话好好说，别激动嘛。"欣然的音调降了下来，在吵架这件事上，面前这位胖大姐对她形成了降维打击。

心安偷眼看了下时间，八点五十五，马上就要错过公司打卡了，必须得立即脱身，只可惜这次大姐时刻提防着他再次突然逃跑，死死拽着他的胳膊，力气倍儿大。

来不及多想，心安突然朝大姐身后看去，脸上浮现出谦卑笑容，大声说："董事长早，您来啦！"

大姐和欣然都立即顺着心安的视线转身看去。

心安又赶紧在大姐耳边小声说："看到没？我们董事长来了，冤有头，债有主，您不是要退房吗？还不快点儿！"

"哦哦！"大姐不由自主地松开了心安的胳膊。

说时迟，那时快，脱身后的心安赶紧向办公楼跑去。

大姐瞅了半天，也没发现身后有什么董事长过来，等她一脸茫然地回过头时，身边只剩下了欣然。

欣然则看着很快消失在办公楼旋转门里的心安，气得一跺脚就要追上前去，却不料纤细的胳膊被胖大姐一把拽住，再也移不开半步。

"他跑了，你可不能走，今儿个我和你们没完。"

心安冲进大楼，长嘘了口气。回头望去，只见大姐正在纠缠欣然，他忍不住叹了口气，也好，这女孩儿初出茅庐，非常需要接受社会的洗礼，不过来鸣声地产上班第一天就要被业主纠缠，还真是怪让人同情呢。

因为走神，更因为走路不看前方，心安突然重重撞在一个人身上。

"董事长……早！"心安定睛一看，顿时吓得魂飞魄散。被撞的人身材魁梧，国字脸，眉毛很浓，身着半袖白衬衣，黑西裤，标准的公司领导装束，正是鸣声地产董事长雷鸣。

"你怎么回事？走路这么不注意！"旁边拎着公文包的助理赶紧上前怒斥心安。

"对不起，董事长，我……您……"心安一脸窘态，心中暗暗叫苦，悔不该刚才在广场上假呼董事长，这就让他给撞上了。

"不妨事，电梯到了，上去吧。"雷鸣用目光制止住助理，然后微笑着上了电梯。

心安定下心神，想等下一趟，却被雷鸣招手同乘一部电梯。

心安在电梯里贴着内壁站，一动不动，他知道雷鸣军人出身，工作非常勤奋，对自己要求严格，对员工更是严厉，平时见到董事长他都绕着走，没想到今天撞到了却什么事也没有，看来老板今天心情真的很不错。一激动，心安差点儿当场就要问雷鸣幸福家园延期的事，还好忍住了，否则也显得自己太不成熟了。

3

跑进公司，心安抢着最后一分钟打完卡。刚坐到工位还没来得及喘口气，昨晚发邮件索要幸福家园延期交付函的樊丽丽就耷拉着脸出现在面前。

樊丽丽长期熬夜加班，缺乏锻炼，身体虚胖，脸上整天挂着两个大大的黑眼圈，不化妆就和熊猫差不多。偏偏她还特别爱化妆，而且是浓妆，所以看上去更是恐怖。樊丽丽非常不客气地质问心安为什么不及时回复她的邮件。

心安没有回答，而是急不可耐地反问："丽丽总，幸福家园究竟为什么要延期交付？"

"为什么？"樊丽丽翻着白眼儿，"这还不是你法务该明白的？"

"我想不明白？"

"想不明白？亏你还干了这么多年的地产法务，这延期的原因多了去了。"樊丽丽冷笑，"我说你快别瞎耽误工夫了行吗？赶紧写给业主的延期交付通知。"

"丽丽总，这次不一样，"心安嗫嚅着说，"我……我也是幸福家园的业主，我想知道真实的原因"。

樊丽丽立即上下打量心安，阴阳怪气地说："喔，李大总监，你可真行，不声不响地就把房给买了，看来这两年在公司真没少赚钱啊！"

"瞧您说的，丽丽总，就我那点儿收入，可别提了，我和我老婆不吃不喝，举全家之力，辛苦十年，外加上我老妈一辈子的积蓄才交了这套房的首付，纯粹是解决生存的基本需要。"

樊丽丽本就是尖酸刻薄、争强好胜之人。平时不显山露水的李心安居然都买了房，这让还在五环外和人合租的她妒心大发。只见她"哼"了一声，幸灾乐祸地说："李大总监，有句话我得提前告诉你，幸福家园至少延期半年交付，你可得好好找个能和自己说得过去的理由。"

心安一听，情不自禁地像刚才大姐那样一把抓住樊丽丽的胳膊："丽丽总，这房子是我的全部身家性命，孩子还指望着它上配套小学呢，延期半年交付可就来不及了！"

"别这么大怨气，哪个买房的人不把房子当成命根子？"樊丽丽一把打掉心安的手，"你李大总监整天和业主打官司，每次在法庭上都让业主输，怎么轮到自己，反倒搞起双重标准了？"

心安整个人顿时好像被抽去了一根筋，无力地坐下。噪声大姐、临电大爷、跳楼小伙，以及更多业主一张张痛苦的脸纷纷出现在他的脑海里。这算什么？多行不义必自毙？

樊丽丽给心安发出最后通牒，一小时后如果幸福家园的延期交付通知书还没有出现在她的邮箱里，她就去找心安的顶头上司人力总监任梅投诉。看着趾高气扬的樊丽丽走后，心安狠狠地啐了一口，恨不得抽自己一个嘴巴。几年来，为了领全额的工资和奖金，在公司里受气都习惯了，自己现在就算成了业主，在樊丽丽这种人面前还是硬气不起来。

懊恼之际，一个成熟性感的女人笑盈盈地站在他的面前。

心安眼睛一亮，幸福家园延期的事问她岂不是更好？

来人是苗蓝，鸣声地产客户关系总监。不同于樊丽丽浓烈的"我的青春谁也做不了主"，苗蓝浑身透着美好女人的韵味，举手投足稳重大方，眉目顾盼是她的"吸星大法"，温柔一笑便是她的"化骨绵掌"。她是公司的老人儿，年龄是个秘密，据传早年给董事长当过特别助理。

心安刚要向苗蓝打听幸福家园延期的事，苗蓝却让他赶紧跟自己下去一趟，有要事得紧急处理。

电梯里，苗蓝轻声问心安刚才都干什么了，惹得小雷总很不高兴。

鸣声地产有两位雷总，员工私下昵称大雷总、小雷总。大雷总就是心安刚刚在电梯口遇到的董事长兼法定代表人雷鸣，小雷总则是雷鸣的同胞弟弟，鸣声地产的总经理雷声。

心安一激灵，小雷总脾气火暴，常把员工训得痛哭流涕，在他手中开掉的员工不在少数。但是自己这两天就没在公司遇到过他，再说了，自己平时万般小心，连樊丽丽这种人都不会得罪，又怎么可能去惹阎王般的小雷总？

难道是因为自己撞到了董事长，所以小雷总要替他哥出气？只有这个解释了。想到这里，心安越发紧张起来。

看着心安一脸茫然，苗蓝轻轻一笑，安慰说问题其实也没那么严重，就是刚才小雷总突然把她叫到办公室，说公司员工现在对客户的服务意识和态度很不好，还说今早心安在广场上与客户起了冲突，到现在对方人还没走，让她立即处理好此事。

心安一听更蒙了，小雷总以往对客户雷厉风行，常挂在嘴边的话就是客户需要管理，总鼓励员工和客户硬碰硬地干，凡事干了再说，今天这是怎么了？还有，这才多大一会儿，他又是怎么知道这事的？

电梯到了一楼，苗蓝立即昂首挺胸走了出去——只要在公众场合，无论什么事，她都不会输掉气势。心安紧随其后，走出办公楼旋转门，一眼就看到噪声胖大姐和那个名叫欣然的销售部新员工还站在原地，不过大姐没再拽着欣然的胳膊，换成拉手了，两个人你一句我一句地正有说有笑呢。

心安暗暗称奇，这小女孩儿在这么短的时间就能和如此彪悍的大姐融洽相处，也算是本事了，但愿她没有瞎承诺什么。

苗蓝从心安的眼神中读出问题就在这两人身上，她扬起白天鹅般的粉颈，走路带风地过去，目光直接从眼前的胖大姐和女孩儿头顶一寸处掠过，口中冷冷地飘出一句："我是鸣声地产客户关系总监苗蓝，两位是过来谈房子的事吗？"

欣然迎着苗蓝犀冷的目光，明眸转动，自我介绍是鸣声地产销售部新员工，她身边这位则是因为噪声来找公司解决问题的客户。

"你好，欣然。"苗蓝微微点了下头，冰冷的脸上露出一丝笑容。接着又面无表情地问噪声大姐有什么事需要帮助。

苗蓝面无表情是为了给业主造成一定的心理压力，用"需要帮助"这样的表述是让业主形成自我暗示，是他们理亏了，现在需要公司的帮助与施舍。

噪声大姐显然被苗蓝睥睨的气势压倒了，嗫嚅着说她的房子噪声太大，求苗总监行行好，把房子给她退了。

此时苗蓝已经反应过来这大姐就是昨天上午领着人在广场上示威的那位，看到来硬的没达到目的，今天又自己私下里来软的。这种客户属于在精神上已经认输，对付起来不是难事。只要稍微拖拖，然后再给点儿物业费减免之类的小恩小惠，基本就能搞定。

念及此，苗蓝这才放了心，赶紧和心安耳语，说自己还要到董事长那里汇报工作，就先上去了，让他务必把这个大姐摆平，至于小雷总那里她会沟通好的，心安大可放心。

心安连连应允，说保证完成领导交代的任务。

苗蓝走后，欣然当着大姐的面皱着眉说李总监刚才的逃跑非常不职业，希望心安能真正地以客户为本，不要再做任何有损鸣声地产品牌形象的事。

心安一口气憋在胸口，这小丫头说起大话来一套一套的，怎么好像她才是鸣声地产的董事长似的。

"反正这位阿姨现在就交给您了。我和她已经换了微信，她有任何不满都会和我说的。而我，一定可以让您像今天一样无处可逃！"此刻的欣然言语间透着一股笃定与威严。

心安越发疑惑了，刚才苗总说小雷总对自己不满来着，难道这小丫头还真有通天的本事不成？不过只要是有一点儿可能涉及公司高层的事儿，那心安的自我保护功能就会立刻自发启动，这是他多年来在职场中屡屡碰壁修炼出来的保命神功。在这个公司里，他李心安谁都惹不起，谁也不敢去惹。好，不就是让他对付业主吗？继续祭出"拖"字诀，待回头慢慢搞清楚这小丫头的背景再说。

面对欣然的要求，心安没有任何反驳，就说这里不是谈话的地方，提议到办公楼底商的咖啡店好好聊聊，彻底把事儿说明白。

4

咖啡店里，三人在一张方形桌旁坐定。心安与噪声大姐正对着，欣然没有坐在心安身旁，而是坐在了大姐的一边。

一口咖啡下去，心安开启了他的暴走输出模式。

心安先领着噪声大姐深情回忆过去，包括挑房时的辛苦，买房时的纠结，凑钱时的拮据，每一句都说到了大姐的心坎儿上。说到难过之处时，大姐泪眼婆娑，心安也跟着眉头紧锁。说到得意之处时，大姐眉飞色舞，心安也跟着轻轻鼓掌。欣然一直没有参与谈话，她始终默默地坐在一旁，配合地接着大姐不时看向她的眼神。

回忆了过去，又开始说现在。心安和大姐坦言，有噪声困扰的房子不止她这一家，公司如果给她退了房，甭管她说不说，其他几百户肯定都会来要求退房，公司不可能接受这种结果。就算是大姐起诉到法院，公司看待这起案子也不是单一案件，而是把几百户未来都可能有大姐这种要求的累计计算。心安让大姐自己算算那是一个什么样的数字。大姐心中默念，脱口而出那是多少个亿。心安说公司通常会花费高价去请律师来打官司。也就是说对阵大姐这一个案子，公司会不惜重金请律师来打示范性案例，试问大姐又情愿花多少钱去打这场官司？

一听花费重金，大姐不停地往眼前的咖啡里面放糖，端杯子的手有点儿抖。"李总监，这都能买我的房子了。我们家现在所有的积蓄都在这房子上，哪里还有钱去请人打官司呢？"大姐说着说着，突然从椅子上滑到地上，又要给心安下跪。

心安赶紧一步跨过去，和旁边已经站起的欣然一块儿扶住了大姐。

"大姐，您别这样，将来会好的。"

"是啊，将来我慢慢地成了精神病，也就什么都不知道了，可不就好起来了。"大姐悲哀地说。

心安连声说："大姐您言重了，事情肯定到不了您说的那种程度。不过鉴于大姐的精神状态确实受到了影响，当然其他业主也可能受到影响，但毕竟没有大姐这么严重。公司会从人文关怀的角度出发，私下里给您一些补偿，甚至可以单独给您家里换上质量最好的隔音玻璃，彻底解决噪声问题。"

听到这里，大姐的眼睛一亮，激动得抓住心安的手。心安说："大姐您也别太激动，我说的是将来，得等这一拨噪声闹事的业主都平静下来再给大姐落实，否则容易引发大家的意见，那样就什么都没有了。"大姐连声说："我都明白，我这就回去做大家的工作，让所有人都消停。"大姐临走的时候还拉着心安的手说，"李总监，需要我签个你们那什么保密的东西不？我还能给你们按红手印。"

安抚好大姐后，心安再次想起了自己的幸福家园，不由得苦笑不已。自己整天在外面给业主这样或那样的说法，现在谁又能给自己一个说法？即便有人给了一个说法，就像自己给别人的说法一样，那算是一个说法吗？

一旁的欣然突然表情怪怪地看着心安，问："李总监，您刚才说的公司会花费重金去对付一个业主，这是真的吗？"

"基本属实，有点儿小夸张，但数额上下浮动20%。"心安喝了口咖啡，笃定地说，"而且，只要是我经手的官司，对客户从来都没有失过手。"

欣然听后丝毫没有感受到心安的得意，反倒忧心忡忡地说："面对公司这样的'巨无霸'，岂不是每一个买房的人都毫无招架之力？"

心安有些尴尬："没错。有一首歌不是唱'团结就是力量'，这也是公司最怕的。但又有多少业主能够顶得住公司的分化瓦解之道呢？"

欣然的表情越发黯然，完全没了刚才陪着噪声大姐等心安时的劲头。

"你以前是不是没有处理过地产公司的客诉纠纷？"心安突然有些于心不忍。

"嗯，我说了，今天是我第一次来地产公司上班。"

"以后这种事多了去了，见多也就不怪了，"心安又有些赞许地说，"虽然你是第一次接触客户投诉，但你的表现很是老到，刚才你坐到了那位大姐身边，这让她的戒备心降低了不少。"

欣然有些不好意思，吐了吐舌头，说她确实是有意为之。没和心安一道坐在大姐的对面，是防止对她造成更大压力，不利于她接受公司意见。虽然她很想帮助大姐解决问题，但无形之中还是会下意识地选择站在公司的角度考虑问题。

欣然又说："其实您刚才所讲的也很有道理，如果对一户业主的问题做出了妥协或者赔偿，那后面无疑跟着的是成百上千户的索赔。这确实也是公司无法承受之重。"说到这里，欣然停了下，脸上露出一丝笑容，"现在我对于李总监您一开始从广场上跑掉就不感到奇怪了，想想如果一个人整天被这些客户追着，想不跑也难。只不过啊，动机尚可，手段欠佳！"

"哈哈，事出有因，实属无奈，抱歉，抱歉。"心安尴尬地搓搓手，"以往我可都是以德服人。"

欣然对心安莞尔一笑，说以后要向李总监多学习。

心安立即一分谦虚，二分高傲地说："吾亦无他，唯手熟尔！"

5

心安和欣然二人并肩离开咖啡店，一道儿去往公司。刚进大门，一声尖厉的叫声从前台处传来："李心安，你死哪儿去了？"

发福的樊丽丽气势汹汹地挥舞着手中的一摞快递大信封，大声斥责心安对自己的要求置若罔闻，不赶紧写幸福家园的延期通知，一大早就跑出去不干正事。

心安立即赔着笑说："丽丽总，不好意思，刚才临时有事出去处理了一下。"

"你知道现在公司哪个部门的事情最重要吗？是我们销售部、销售部、销售部！重要的事和你说三遍！"樊丽丽尖声叫嚷，"现在销售部归小雷总直管，我要是把你消极怠工的事和小雷总报告了，你就别想在公司混了。"

心安突然一阵反胃，不知道是昨晚醉酒还没消停，还是视觉不良反应，不过心安还是脸上挂着笑容说："丽丽总，您海涵，刚才真的是有客诉纠纷，苗总监安排去处理的。"

"少拿那个过气老女人来压我。"樊丽丽眼睛向上翻，鼻子里"哼"了一声，开始上下打量起站在心安身边的欣然。

"丽丽姐，您好！我是欣然，咱公司销售部新来的实习员工，请您多关照。"一直没吭声的欣然感觉自己的衣服正在被这个化妆过猛的女人用眼神一件件地往下剥，她努力用微笑来抵御樊丽丽身上散发出的寒气，主动和樊丽丽打起了招呼。

"什么哥呀姐的，别搞社会上那一套。以后在公司要称呼职务，你得叫我丽丽总。"销售部总监上个月因涉嫌侵占公司的渠道费被小雷总给处理掉了，樊丽丽被暂时委以重任后，整个人就变了，十分地谄上欺下。公司副总以下的人和她说话，不尊称其一声"丽丽总"，她就不高兴了。

"还有啊，你怎么第一天来公司就迟到？你到底什么情况？"

"丽丽总，不好意思，我刚才和李经理一块儿在广场上处理客户投诉。"

"处理客户投诉有你什么事？那是客户关系部门和法务的事。你以为他们都整天吃白饭的吗？你一个销售人员，总得给人家留口饭吃不是？"樊丽丽脱口而出训斥欣然，刚说完，突然意识到一个问题，赶紧追问起来，"不对啊，谁批准你来销售部上班的？我怎么不知道？"说完，樊丽丽拔高音调对着人力资源部的方向喊了起来，"凡是销售部进人，只要没经过我的面试，一律不能算数！"

苗蓝不知何时站到了三人身边，不失优雅地说："董事长找你过去一趟。"

心安因为早上撞到了雷鸣，条件反射地指向自己："董事长……找我？"

"嘁，董事长怎么可能找你？"樊丽丽情不自禁冷笑起来，在她眼中心安根本没什么事能让董事长直接找的，至于旁边新来的小女孩儿就更不用说了，所以董事长就只能是找自己——可是，董事长为什么要让这个老女人来传话呢？

来不及细琢磨，樊丽丽就想着赶紧离开，好抓紧时间补个妆，结果就看到苗蓝笑意盈盈地走到欣然面前，一字一字地说："欣然你好，董事长请你现在过去。"

第三章

鸣声爆雷

1

鸣声地产董事长雷鸣宽敞的办公室里，欣然在苗蓝离开后优哉游哉地四下巡视了起来，这儿瞧瞧，那儿摸摸。雷鸣则一直微笑地看着眼前的女孩儿，眼神无比柔软。

欣然拿起老板桌上摆放的一家三口照片的相框——那时她刚上小学，母亲也还健在——伤感了片刻，对雷鸣说："老爸，快别再单着了，有合适的人选了吗？趁着我在国内，好好给你把把关！"

"你这孩子，胡说些什么？老爸现在很好，倒是你，也不算小了，有些事可以好好考虑起来了！"雷鸣充满爱意地看着漂亮女儿，这么多年来他从来没想过自己的事，就一门心思地想着盖好房子，算是对当年地震中因为房屋垮塌而遇难的欣然母亲最好的怀念和慰藉。

"哎呀，老爸，人家还没毕业呢。就算将来找了男朋友，我也要先创业再成家的。"

"还创什么业？你毕业了就来接老爸的班，到时候让你小叔再带你几年，老爸就可以去享清福了。"

父女二人说笑间，办公室的门开了，雷声吸着雪茄走了进来。

"小叔！"欣然雀跃着，小鸟般扑上前去，抱住来人的脖子。

鸣声地产总经理雷声，五十有二，跟随自己大哥创业二十多年来，一直是鸣声地产的二号人物。他曾经结过婚，但一直没能有自己的孩子，后来离了婚，又有过很多女朋友，但始终没有能够开花结果，索性就没再结婚。不同于大哥那成熟稳重的气质，已经财富自由的雷声在鸣声地产进入平稳发展期后，开始充分享受生活中的各种美好，因为常年健身，他看上去就像刚三十出头的人。不过最近事情多，他几乎天天都出现在公司里。

"小叔，您最近工作很勤奋啊，不去跳伞和潜水了吗？"欣然把小叔的雪茄夺过来，熄灭在烟灰缸里。

"然然都知道来公司替我们分忧解难了，我也不能落后啊！"对于雷氏兄弟两个单传下来的雷欣然，雷声也将其视如己出，比自己大哥还要更溺爱几分，雷声用手轻抚着欣然的头发说，"然然，为什么不来给小叔当助理？这级别可是相当于部门总监哦。"

"我才不呢，我就要到销售部做最基础的工作。"

"那我们雷家在你身上的投资就亏大了，销售部实习员工的月薪很少，这得什么时候才能把你在国外顶级商学院上学的学费挣回来？"

"雷总经理，咱仨可是提前说好了的，绝对不能让任何人知道我和两位大老板的私人关系，如果我一来就给这么高的待遇，别人会怎么看我呢？还有我怎么能看到、听到你们都不知道的事情呢？"

"嚯，还有我们不知道的事？"雷声做出夸张的表情，"还是小然然厉害！这一上来就要微服私访了。"

"嗯，老爸、小叔，啊，不，报告董事长和总经理，鸣声地产营销部雷欣然有重要情况报告！今天啊，我遇到件事，真挺奇怪的。"欣然口气变得稳重起来，慢慢将早上胖大姐的事讲了出来，雷鸣和雷声一直静静地听着。

"咱家的房子以前不这样啊！我记得鸣声地产的口碑是最棒的，老爸，您和小叔把公司的声誉看得比自己的命都重要，肯定不会允许这种事发生。现在这些情况是不是都没有人报告给你们了？一定是他们都报喜不报忧。所以还是我这个小销售管用吧，能把真实的情况上达视听。"

雷鸣和雷声对视了一下，雷声立即为欣然的心思敏锐鼓掌，一上午就看到这么多的问题。

"然然啊，今年地产行情和以往大为不同。房价不涨反跌。你说的情况以前也有，但业主唯恐房价飞涨，就算房屋有些问题，他们也舍不得退房。也就是说，以前不是问题的问题现在都变成了问题。"

"哦，那我们现在都是怎么处理这些问题的呢？"欣然说她在国外上学时一直很关注国内房地产市场的相关信息，烂熟于心。

"专业的人做专业的事，公司的客户关系部门和法务都有比较成熟的处理方案，这些问题就交给他们处理好了。"雷声将话题引开，"还是好好说说你这次在公司的实习计划吧。"

"没错，然然，就依你的，先在销售部基层好好锻炼，过几天再把你提拔到董事长办公室参与我和你小叔的讨论。"雷鸣也发话了，"爸爸现在还有重要的事和你小叔说，你先回去，好好工作，注意也不要太累着。"

欣然快快地离开了父亲办公室。作为销售部的实习员工，她没有理由在董事长这里停留太久，何况父亲和小叔似乎都在回避着什么，这让她早晨因帮助了噪声大姐所带来的好心情蒙上了一层薄薄的轻纱。

欣然离开后，雷声立即关上房门。窗外，乌云在远处聚集，兄弟二人的脸色都沉重下来。

"大哥，银行那边给了信息，说所有开发贷都要重新审查，原本这个月该放给我们的四个亿，现在看短期是没有指望了。"雷声的声音中透露出极大的焦虑。

"什么？你刚才怎么不说？"雷鸣从老板椅上一下子站了起来。

"刚才不是然然在嘛，这种事怎么能当着她的面说？"雷声的眼神向窗外瞟了一下，乌云更低了。

"我们想到过现在各方面的监管都会从严，但没有想到银行会这么彻底。我问了江行长，说是总行下文件要求没有放的开发贷全部停下来重新上会审查，现在根本没有回旋的余地。"雷声收回看向窗外的目光，低沉地对着哥哥讲。

雷鸣铁青着脸，沉默半晌，问了句："当前应付？"

"吴非刚才报给了我最新的财务数据，天虹信托两个亿的委贷这个月底到期，四个城内、六个环城在施项目的总包进度款加起来也有两个亿……"雷声停了停，"公司的账上目前能动的现金只有八百万。"

"销售回款？"

"现在各项目都开始八五折促销，但效果不理想。买房的是追涨杀跌，越是降价越观望，再说我们的价格也不能一味地往下降，再降就亏得太多了。而且前面买房的人也会不干，现在都已经有去售楼处闹事的了。还有，银行按揭贷款额度也降了很多，卖出去的房子的回款速度也不行。"

"工程款还能用 ABS（资产抵押券）吗？"

"已经用到极限了，保理公司的额度全都用尽了。现在已经有两个项目的总包把人撤下来了，说是再不付钱就组织工人来公司静坐。根据节点排布，这两个项目都要延期交付。"

"去找钱！把吴非叫来，让他去融资。拿项目做抵押，银行不放贷，就找贷款公司，谁肯借钱就抵押给谁！挺过这段时间，等到金九银十，我们就能突围出来了！"雷鸣双手拍着桌子，情绪激昂起来。

"大哥，这些天有句话一直想和您说……"雷声望着满脸豪气的大哥嗫嚅着。

"老二，有话就说，干吗这么扭扭捏捏的，咱们这么多年什么风浪没见过？"

"大哥，我觉得这次我们可能……真的……挺不过去了。"

"胡说！两军阵前勇者胜！全公司同仇敌忾，没有什么过不去的坎儿！你去和那几个总包谈，啊，不！我去谈，合作了这么多年了，让他们先垫资，我们给二十个点的利息，大不了我拿房子抵给他们！"雷鸣看着一声不吭的雷声，接着说，"信托的钱，让吴非去谈个展期，无非是他们狮子大张口而已，那我们就割块肉，喂饱他们。"

"大哥，地产新政出台到现在已有四个月，咱们城内两个商办项目的价格直接降了 30%，环城项目的价格也在阴跌，这些项目就算正常干到交付，每个都还是会亏损。现在没人愿意再给我们融资，那些总包单位也是看我们可能过不了这一关才敢跟我们翻脸的。"

"多少次险境我们都挺过来了，每挺过一次，我们就发展一次嘛！这是挑战、困难，但更是机遇！是我们再一次做大做强的机会！等咱们的现金流缓过来，就再去收几个项目。现在我们困难，有比我们更困难的！"

"大哥，就听我一句吧。我们就是这两年扩张得太快了。现在咱们三个锅盖是怎么也盖不住九口锅了。再这样下去肯定会崩盘的。"

"老二，不要这样气馁。振作起来，咱们哥儿俩带着大家再打一次冲锋，胜利一定还会是我们的。那么多的潜在业主等着我们给他们盖好房子呢！咱们现在不是为自己'打仗'，是在为那些买了我们的房子和将要买我们的房子的业主'打仗'！我们要是不挺住了，他们就会失去这一辈子指望着安居乐业的房子，那是会要了这些普通人的命的！"

"大哥,现在不是谈理想主义的时候,要不我们还是撤吧,然然这次在公司实习结束,你就和她一块儿出国,剩下的事情,我来善后。"

"老二,你要是再这样,换作战场上,我是要执行战场纪律的。"曾经上过前线的雷鸣勃然大怒。窗外一道闪电划过,闷雷的轰响紧接着在远处传来。

"可是,大哥,就算总包商的钱由您出面,应该还能再用ABS顶一段,可信托的钱是要刚性兑付的,到时候我们肯定会被起诉,资产都会被查封的。"

"老二,你不是还有一个码头?"雷鸣看向雷声。

雷声如同被电击:"大哥,这可不行,码头的收益是平稳的,没有任何负债,在股权上也与鸣声没有任何关系。那是我留给然然的,就算鸣声什么都没有了,那个码头还是值些钱,可以让然然一直过上像样的日子。"

"那个回头再说,先用码头做抵押,融资两个亿回来,以防信托爆仓。"雷鸣的声音显得很威严。

"大哥,别的我都听你的,我把自己卖了都行。可就是不能动我的码头,我们不能因为实现你那个'为普通人造住得起的好房子'的乌托邦理想,就把然然未来的依靠都搭进去。这个我坚决不同意!大不了鸣声地产破产好了!"

窗外又一声炸雷响起,雷鸣的一双眼睛瞪起,仿佛要吃了他眼前的弟弟。

"大哥,您别这么看着我。陈医生和我说了您的事,您也别怪他,他真是怕您压力太大,想让我劝劝您别一直绷得太紧了。我今天和您说这些,也算是把鸣声现在的这层窗户纸捅破了,您也就别负担太重,鸣声地产是有限责任公司,我们作为股东,注册资金都足额缴纳了,也从来没有偷税漏税过,更是从未在公司违规提走任何一笔钱,我们对得起公司上上下下、里里外外。做生意就是有风险,否则为啥是有限责任公司呢?干脆就此罢手吧。"

雷鸣怔怔地看着声音沙哑着的雷声,他的眼神突然失去了光泽,他好像全身的力气都用尽了,瘫坐到老板椅上,靠着椅背,半晌没说话,只是无力地挥挥手,示意雷声先出去。

雷声不安地看着自己的兄长,这是雷家的擎天柱。鸣声地产从一个小包工队发展到现在年销售额达百亿规模的地产公司,雷鸣倾注了他全部的心血。但成也萧何,如今败亦萧何。雷鸣力主为更多的老百姓造出他们买得起的好房子,因而在去年同时上马了多个项目,但没料到今年市场遇冷,公司现金流断裂,竟然直接面临破产的绝境。

雷鸣当然也知道这个事实,但他身上浓重的英雄主义情结让他相信人定胜天,他甚至在刻意回避负面的消息,然而这个泡沫终归是挡不住的。

"大哥,还是让我陪您待一会儿吧。"雷声轻声说。

雷鸣依旧缓缓地挥手:"把你的雪茄留下,我一个人再想想。"

窗外电闪雷鸣,瓢泼大雨砸在落地窗的玻璃上,"啪啪"作响。

2

心安回到自己工位后立即埋头起草幸福家园延期交付通知书,他首先从电脑中调出幸福家园的销售合同,只见上面写着——如果开发商有适当的理由,可以延迟六个月交房,并且不用承担任何违约金。看到这个条款,俨然一万匹马在他心头奔腾而过,他忍不住抽自己的脸——这个条款以前并没有,是他自己从无数次和业主打官司的过程中提炼出来的,专门用于对付业主,万万没想到这个条款有朝一日竟然用到了自己的身上。

很快套路化写好延期交付通知,心安打印、盖章,等相应流程走完后和同事一起将通知书以邮政快递的形式给幸福家园的业主们发出——法律文书需通过邮政快递寄送,其他快递都不能视为公司已经有效地发出了通知,而如果公司没有及时通知,那么免责条款也就失效了。

做着这一切的时候,心安眼前不断闪现当初买房时一家人的兴奋与幸福。尤其是白雪,高兴得就像变了一个人,她常说租房总是没有安全感,更受不了别人的看轻和讥讽,所以特别渴望拥有一张房产证来被这个城市认可,而自打买房后,白雪和别人打交道时举手投足间都透着这个超大城市的女主人之一的从容和自信——如果白雪现在知道幸福家园将要延期且最终交付时间待定,家里的日子是绝对不会幸福的。所以心安刚才故意没有给白雪以及和他们组团买房的朋友安妮发出延期交付通知,他想先搞清楚延期交房的真正原因再说。其实从上午到现在他已经问了不少相关人士,但每个人都噤若寒蝉,他的顶头上司——人力总监任梅更是告诫他不要打听不该打听的事,以免造成不良影响。心安因此更加觉得幸福家园这次延期交付很是不寻常,心中也越发不安起来。

心安正想着白雪,突然就接到了白雪的电话。

"李总,忙什么呢?"电话中白雪声音竟然变得无比温柔,心安心头一紧,这可是多年未见之怪现象。

"没……没忙啥,小雪,你怎么了?"

"哦,还在开项目投资决策会啊,那我就快点儿说,安妮要和她男友去看幸福家园的房子,让我也一起,我们现在就在安妮男友车上呢,一会儿会路过你们公司,我想等会儿干脆就在商场一块儿吃个饭,你过来请客,顺便给介绍一下你们公司的精装包业务,你说好不好?"电话里白雪压低声音,仿佛心安这边真的在开一个特别重要的会议。

放下电话,心安苦笑不已,虽然白雪问的是好不好,可他能说不好吗?尽管他此刻是真的太不好了。

白雪口中的安妮是她负责做账的一家二手车公司小老板的女朋友,这女孩儿使出浑身解数让小老板给她交了首付,和白雪一道买了幸福家园。按照买房合同,再有三个月左右就要交房了,听说开发商推出了房屋精装包,便想托白雪通过心安提前给找找内部关系好打个折。

放下电话,白雪和安妮笑着说心安实在太忙了,公司上下大小事务都要等着他给法律意见。安妮则恭维雪姐找的老公真棒,有学问,有事业,最重要的还对雪姐言听计从,真是世上难找,同时还表达了对自己男友的不满,说除了有点儿钱,其他根本没法和心安比。话虽如此,安妮其实还是挺满足的,她这个男友虽然外在条件不好,但也确实有钱且舍得在她身上花钱。不光幸福家园的房子首付和月供都是他出,她身上的名牌包、手指上的钻戒也都是这个男人给买的,安妮心想能够拥有这些,还在乎其他什么呢?

安妮男友在商场三期地下停车场停好车后,三人坐直梯到了负一层的餐饮商区。白雪平时很是节省,基本没去过什么高级餐厅,这次虚荣心作怪,但又不想花太多钱,就引着安妮他们进了一家看着装修很是一般的粤菜馆。

走进包间后,白雪也不看菜单,故作熟悉地问服务员有什么特色菜,服务员说这里的招牌是佛跳墙,白雪说那就点一个吧。安妮男友脸色立即变了下,心想看来白雪老公还真是个人物,至少能让老婆在外面随便点佛跳墙,了不起。

心安很快找了过来,心中暗暗叫苦,这饭店是CBD(中央商务区)出了名的粤菜馆,除了贵没其他特色,只不过晚到了一步,真没法再提议换个便宜点儿的地方了。

"大老总,你最会点菜了,这到了你地盘,可得好好招待我朋友哟!"白雪把菜单递给心安,撒娇着说,"刚才我照着以前我们吃的随便点了些,你再点些好的,一定要让安妮他们吃好了!"

心安强颜欢笑,说白雪点的比他好,他就不再点了,现在正在减肥,少吃些油腻的。安妮立即在她的胖男友胳膊上掐了一下,说:"你看姐夫这么瘦还注意减肥养生,还不好好跟人家学学!"

等佛跳墙上来时,白雪惊讶地问服务员是不是上错了,她只点了一份,怎么一下子上了四份?心安忙不迭地说没错,赶紧让服务员走了。安妮和她男友对视了一下,明白了白雪其实并不知道佛跳墙是位菜。

白雪觉得气氛有些尴尬,不停劝安妮和她男友多吃点儿。安妮男友也觉得有点儿尴尬,就装作漫不经心地问心安开的是什么车,并说等心安什么时候换车了,旧车就交给他,他一定给卖个好价钱。结果心安刚要说自己还没车呢,白雪就抢着说心安的车是辆宝马七系,今天限行没有开。安妮男友还想问具体的车况,被安妮打岔过去说还是先请姐夫说说他们房子装修包的事。

心安赶紧介绍说幸福家园一共有三种价位的精装包:每平方米一千八百元、每平方米二千三百元和每平方米三千四百元。安妮和她男友赶紧问到底选哪个好。心安说既然都是自己人,就和他们实话实说了,公司弄出三个价格来,其实是使用了锚定价格原理——有三种价格存在,一般人就都会选中间的那个价格,但是其实一千八百元的价格才是最划算的。

安妮和她男友连连咋舌,说要不是姐夫提前说,他们肯定会选二千三百元的,这一百平方米的房子一下子就差出了五万块。

白雪见安妮和她男友把心安看得很重要,感觉特别好,提议为了两家即将到手的新房,大家可以喝点儿红酒一起庆祝下。心安顿时心里"咯噔"一下,既为交不了的房,也为眼前要点的贵得要死的红酒。

吃完饭结账,白雪再次强调必须由心安请客。然而当服务员报出这一餐饭共消费了五千八百块钱的时候,白雪以为自己听错了,赶紧从服务员手中要过流水单,不看不知道,一看吓一跳:一份佛跳墙居然五百八十八元,一条白鱼一千多,白雪顿时顾不得矜持,大声质问服务员是不是搞错了。

"我们吃饭是从来不在乎钱的,只是不能白白地让饭店给宰了。"

服务员态度也变得不好起来,嘴里飞出一句:"从来就是这个价,也没听说谁觉得自己被宰了。"

眼看两人就要争执起来，心安赶忙掏出手机结账，埋单时白雪还一个劲儿地让心安记得开发票。然后面色潮红地对安妮和她男友说："我们家心安在外面吃饭，不管多少钱公司都是给报销的，不过他有时候总不太在意钱，经常就不开票，真没见过他这种打工的，老给公司省钱。"

安妮和她男友连连点头，越发尴尬起来。

心安让白雪他们先去看房，自己开好票后就直接回公司，装修包打折的事包在他身上。等人走后心安苦笑地摇摇头，好家伙，这一顿饭半个月工资没了，想到这里赶紧折回餐桌，抢在服务员收拾前把刚才没有吃完的大虾全部打包带走。

3

下午两点，人力总监任梅突然召集部门全员会议，传达公司将要裁员的重要信息，让大家近期都好自为之。结果开会时心安电话不断响起，引得任梅很是不满，瞅着心安的眼神好像立即就要把他裁了一样。电话是白雪打来的，心安刚挂断白雪就立即又打了过来，不得已，心安只得借口说是法院电话，他必须出去接一下。

"为什么幸福家园的工地上没有什么人？安妮说工地和她一个月前看的时候没有一点儿变化。现在安妮男友严重怀疑是不是有什么问题！"心安走到外面刚接通，白雪的质问就劈头盖脸地砸了过来，"李心安，我现在身边没人，你和我说实话，到底是怎么回事？"

"工程快完工了，工人们都在楼里面作业，在外面当然看不到人。"心安当然还没法和白雪说清楚幸福家园延期的真实原因，他自个儿也不知道，现在只得先给出一个应付的理由。

"那你能不能和工地的负责人说一下，让我们进去看看？"

"工地上安全第一，严禁非工作人员进入作业现场。"略微停了一下，心安又压低声音，小声叮嘱，"而且工地上有很多见不得光的地方，是不能让外人，尤其是业主知道的。今天你领着业主进去，这要是让公司领导知道了，我的工作恐怕不保。"

白雪没再坚持，又骂骂咧咧地抱怨了几句后就把电话挂了。心安举着手机，越发不安起来，盘算着自己是不是也该赶紧到幸福家园项目实地看看到底出了什么问题。

心安正在凝神思索时,肩膀突然被人从身后重重地拍了一下。他一回头,只见一张溜光水滑酷似某个男明星的脸正对着他特别灿烂地笑着。

"干吗呢,心安总?"来人开口道。

心安顿时眼前一亮:"来得早不如来得巧,兄弟你赶紧帮我请个假,然后送我去个地方。"

来人名叫邹佶星,是心安大学时同宿舍的好兄弟,现就职于珐正律师事务所。佶星爷爷的爷爷那辈就住在市中心老城区。2003年,一家大地产公司在那里成片搞开发,他爷爷就地回迁得了五套房。这还没完,他爸妈都是搞财务的,这些年来不停地加足杠杆贷款买房,买了就租出去,以租养售,到现在已经有了十几本红红的房产证,随着房价的飙升,这些房子的总资产得有好几个亿,问题的关键是邹佶星他们家从爷爷的爷爷开始就一脉单传,所以到了他这一代,挣钱养家这事和他已经说不着了,可以说他从出生那一刻开始就退休了,这辈子唯一的任务就是好好活着。当然了,佶星同学可不是什么纨绔子弟,他有钱更有情怀。他在律所最爱干的事就是接法律援助的案子,他说他爸妈已经帮助他实现了马斯洛需求曲线的生理、安全、社交和尊重这前四层,最后一层自我实现,他要自己来办。

珐正律师事务所的老板汪珐和鸣声地产的大、小雷总是多年的朋友,两家公司也保持着多年的合作关系,相应的对接人自然就是心安和佶星,因此佶星只要有空了就往鸣声地产跑,就为了能和自己好兄弟聊上几句。

主意拿定,心安赶紧带着佶星去找任梅请假,说要一起去法院办点儿事儿。任梅虽然相当不高兴,可是看到公司合作律所的律师都过来了,只得由二人离开。

"想啥好事呢?快说出来让哥们儿也高兴高兴!"邹佶星开着他的白色玛莎拉蒂载着心安一路向南五环外的幸福家园工地飞驰而去,一路上他见心安一反常态地话很少,赶紧逗他。

"我现在哭都来不及,还好事?哪儿那么多好事!"心安就等着佶星问呢。

"啥情况,谁惹着我们李大总监了,非办了他。"

心安立即无比沮丧地说了他房子要延期交付的事。

"嘁,你这地产公司法务总监整天变着法对付业主们,现在却轮到自己头上。"佶星听后乐了起来,"这算什么?报应还是罪有应得?"

"闭上你的臭嘴,能说点儿有用的吗?"心安瞪了他一眼。

"有用的?你以前那些业主投诉有用吗?要我说,你就该彻底来个狠的——揭竿而起,造你们东家的反,起诉他们。"

"拉倒吧!你觉得哥们儿我有造反的本钱吗?说得好听点儿,我虽然头上扛着个法务总监的头衔,可你还不知道我的底细?人微言轻,啥也不是。"

因为见到了好友,更是想到伤心处,心安不禁开始连声抱怨起来:"说白了,公司法务和其他人天生就是冤家对头。比如说投资部门,不管合同埋了多少的雷,闭着眼睛就要签。因为签了合同、买了地,他们就能拿奖金。先拿到钱,哪管它后面洪水滔天。我看出风险自然得提出来,不说就是失职啊,可这一提示风险,投资部就认为法务在找事,挡着他发财的道儿了,那还不往死里弄你?但如果我没拦住,后面出了事,这些人又都会把问题甩到我这里,谁都能指着我李心安的鼻子问合同是怎么起草的,风险怎么就没有控制住。这帮人都忘了刚开始干的时候,他们是怎么鄙视我法务意见的。"

"可你又不是他们的爹,犯不着整天给他们擦屁股,索性你就狠狠地教训他们一顿,然后炒了公司,咱们一块儿干律师。"佶星气壮山河地说。

"算了,我现在上有老、下有小,好不容易买了个房还收不到。说我是'月光族',那都是好听的,就算是我现在嘎嘣一下没了,房子还押在银行,欠银行的钱还得还。现在要是出去当律师,没有案子就赚不到钱,家里不出三个月就得彻底崩盘。"心安自嘲地"哼"了一下,"我毕业后辛苦了将近十年才好不容易攒够首付,而且房子只能买在南五环外面。在这里生活,房子就几乎是横在我面前一座过不去的山。所以我就是当'孙子'也要伺候好公司这些'主子',按月把工资和奖金拿到手。我不敢多想,想多了,我就输了。"

佶星不无讽刺地说:"李心安,我是不是要祝贺你终于活成了自己最讨厌的样子?"

心安也不在意,长叹一声:"科学研究表明,一个人长期处于穷苦之中,会导致智商下降。我现在的脑子整天想的就是每月哪天要还多少房贷,哪张信用卡已经透支,知道自己口袋比脸都干净。我老妈年纪大,可可年纪小,家里得有稳定的现金流才行。我出去当律师没有固定收入,有案子就有钱赚,没案子就得饿肚子。我总不能让她们跟着担惊受怕吧。"

"可正因为有这么多人依靠你,所以你更应该出来拼个新世界给她们。"

"我说神仙,快收了您的神通吧,您是本地土著'拆二代',我是漂泊的

'月光族'，你我出身不同，根本就活在两个世界。你现在的言论放在没有房的人中，就会被当作某皇帝说'何不食肉糜'，懂吗？"

"果然一如既往，我还是说不过你。"佶星笑着拍了拍手，"就凭你把我说得这样哑口无言的劲头，你就更适合当律师。"

"好了，等会儿您老要是没事就麻溜地屎壳郎搬家——滚蛋吧，我忙完了还得回去挣今天的份儿钱呢。"心安说完长叹一口气，"前面就到了，但愿千万别是什么工程质量问题，那就真麻烦了。"

4

佶星本来是要陪心安一起到工地现场考察考察的，结果刚下车就突然接到老板汪珐电话让他赶紧回趟律所，只得和心安作别，并约好下次继续探讨人生大计。

白雪和安妮他们也早走了，工地门口只有一个老保安。心安出示了公司的工卡，说是总部的人，老保安顿时毕恭毕敬起来。心安走进工地，发现里面竟然真的没有一个工人，满眼都是裸露的钢筋、水泥和电线。这就难怪白雪他们在外面觉得不正常了，他现在同样觉得相当反常，看来真有必要好好追查一番。

心安走出工地后转身走向项目售楼处，项目总平时就在售楼处办公，他要去会会。快到时，一个年轻女孩儿突然从旁边一棵树下闪了出来，拦住了他。

"先生，您是不是要买房呀？"女孩儿忽闪着两条大大的假睫毛说，"您要是买房，我陪您进去，我是这个项目的销售员。"

"不买，就是路过。"

女孩儿用身体挡在心安的面前："大哥，就耽误您几分钟，只要您和我进售楼处，做个简单的登记，您就能白得一百块钱。"

"你是这项目的销售员？这一百块钱是从哪里来的？"

"大哥，您不用那么认真，我确实不是地产公司的，我干的是渠道。"见心安半信半疑，这女孩儿笑笑，"这块儿的房子现在不好卖，地产公司给的政策，只要领来一个人，不管买不买，就给两百块钱。我这给您分一半，不算少了。"

心安停下不走了："这房子为啥现在不好卖了？"

女孩儿一副很老练的样子："听说这房子出了问题，可能要延期交房。再说了，现在不同于前两年，房价不涨反倒还往下跌。"

心安一惊："你知道具体出了什么问题吗？"

"还能有啥问题？项目没钱了呗。这项目五证俱全，一开始算是个好项目，可现在听说很长时间都没给工人钱了。"女孩儿拉着心安的胳膊，一边用眼睛瞄着心安，一边往售楼处那边使劲儿，"大哥，您别再问了，您一看就是明白人，我绝不忽悠您买房，我也不耽误您时间，这马上就要下班了，咱先把这两百块挣到手再说。"

心安跟着这女孩儿进了售楼处，空荡荡的售楼大厅里也看不到什么人，几个坐在角落里的销售员百无聊赖，集体发呆。心安拿出身份证做了登记后，女孩儿又拉着他赶紧离开，说出去了就给钱。

"李总，这钱你也要拿吗？没见我这项目已经揭不开锅了？"心安转身，看到幸福家园的项目总走了过来，笑吟吟地拿自己打趣。

"嘿嘿，我就是想体会一下你这项目管理有多乱。"当年这项目总和心安一块儿进的公司，两人平时关系还不错。

项目总和心安握了握手："大律师，和你开玩笑的，项目上哪儿在乎这点儿小钱。"

心安却很认真："项目上的营销费看着是公司给的，其实羊毛出在羊身上，花的还不是我们业主的钱？"

"也是，我倒忘了李总对我们项目做出的重大贡献了。"项目总不在乎地笑了笑，"您是业主，您说了算！"

"别拿我开心。"心安看着远处的几个销售员，压低声音问，"哥们儿，给句准话，项目究竟为什么要延期？"

"虽然这算是公司的机密，但李总你不是外人，又在我这儿买了房，我就不瞒你了。"项目总赶紧把心安拉到没人的地方，压低了声音，"集团已经让总包商垫资三个月了，总包商现在受不了，去集团要了几次钱，一分钱也没要到，所以项目现在已经基本停工了。"

"就因为资金吗？规划、质量什么的没有问题吧？"

"这话说的，现在是工程质量终身负责制，谁敢拿这开玩笑？实实在在就是因为资金跟不上，项目才停工的。"

心安听后，心中一块石头总算暂时落定——如果仅仅是这个原因，他反倒没那么担心了。房地产开发属于资金密集型企业，公司一时周转不开也是很正常的事。一些地产公司本身资金不多，多靠银行贷款以及一边收着买房人的预付款，一边让总包垫资来搞施工，对这种公司而言，现金流中断是常有的事。鸣声地产相对还算是实实在在投入自有资金搞开发的，虽然规模比不得那些巨无霸房产企业，可在城区及周边也有好几个项目，现在销售情况不好，也许是资金一时没周转过来，算不得什么硬伤。

"这项目你老兄当家，可得省着点儿花，我这后半辈子能不能幸福，都指望着这房子呢。"

"不怕你听着难受，这就是个刚需盘，售价低，利润上不去，我们能省的钱都在省。"

"老哥，误会了。我的意思是好钢用在刀刃上，那建筑材料、配套设施什么的，尽可能地多花钱，把工程质量和配套做得好些，像营销费、公关费什么的，能省就省些。"

"嗐，巧妇难为无米之炊，只能保证该有的都有就不错了，要说有多好，我还真就不能保证。"项目总掏出烟，看心安不要，自己点了一根，深吸一口，"我这绝对算讲良心的，水泥和钢筋的标号都用足。换了别的项目总，水泥偷着往下降一个标号，钢筋直径缩一毫米，那就能捞大几百万。其他的，心安总，您也得让兄弟们挣点儿小钱，要不谁肯在我这穷项目上卖命？没人好好干，你们这些业主老爷不也就收不到房子。"

心安一声叹息："唉！老百姓买个房真太不容易了。这漂亮的楼房外立面下到底有什么，全凭项目总的良心。"

项目总要请心安吃晚饭，心安急着回家和白雪解释幸福家园延期的事，赶紧作别。来到地铁站，恰逢晚高峰，四趟车开过去后，心安终于挤了上去，想到幸福家园只是资金一时没有周转过来，规划、环保、质量本身都没有问题，心情稍微好受一些。他的脸紧贴着车门上的玻璃，看着隧道墙壁上的广告。这些广告是由一块又一块的单独液晶板组成，按照同一高度，均匀地安置在隧道的墙壁上。每一块液晶板显示的内容都略有不同，如同小时候在语文书每一页的右上角或右下角画上动作有连续性的小火柴人，快速翻书的时候，小火柴人就会动起来。心安忽然觉得自己这些天，不，是这几年的生活就像这些一闪一闪的广告，整体看还像个日子，但其实是一连串的支离破碎

041

5

回到家，吃过晚饭，看到白雪的心情似乎还不错，心安装作若无其事的样子，对白雪说幸福家园要延期交房。

白雪正在看手机，停了一会儿，突然发作："李心安，再重复一遍你刚才说的话！"白雪的声音很大，把心安的母亲和可可都吓了一跳。

"我是说幸福家园要延期交付，不过也不是什么大事，这在地产公司中是常有的事。"

"甭和我说这些废话，对于你们地产公司而言司空见惯，可对于我来说这就是天字第一号的大事。"白雪的呼吸急促，语速飞快，"房子延期交付，房产证就拿不到。房产证没有，可可还上什么学？"

心安脸上直冒汗："我详细问了，公司只是一时的资金周转问题，情况应该没那么严重。"

"我看你是整天帮公司对付业主麻木了，现在轮到自己头上都迟钝了。我这几年给一些小公司做账，有多少人就是因为资金供不上而断掉了最后一口气的？"白雪忍不住用手指狠狠戳心安，"不行，你明天一定要找公司要个说法，否则我第一个就不答应，我领着安妮去动员其他业主，到你们公司静坐。"说完白雪狠狠地瞪了心安一眼，闪身进了里屋，把门摔得震天响。

心安的母亲在这种场合通常是不会说话的，她最不愿意看到的就是儿子和儿媳不和，现在她只是紧紧地搂着孙女可可坐在她的行军床上，默默地担心起那让她付出一生积蓄的房子。

可可看妈妈进了房间，小跑着来到心安身边。小家伙牵着心安的手摇晃着："爸爸你不要哭，可可不上好的小学也没关系。奶奶说过，学习主要靠内因，外因不会起决定作用。"

心安看着这个懂事的小大人，一阵心酸，一把抱起可可，在她的小脸蛋上亲着："可可乖，你现在不用懂那么多，该爸爸做的爸爸一定做到，可可现在只要开心快乐就好！"

可可悄悄地趴在心安的耳边："爸爸，只要你和妈妈不吵架，奶奶和我就都快乐！"

第四章

心安卧底

1

祸不单行，正如雷鸣最为担心的那样，信托公司的贷款展期没能谈下来，距离月底还款只有两天了，公司现在所有的对外付款全部停止，现金只进不出，账上的钱却只够偿还两亿元本金的利息。如果信托贷款不能按期偿还，信托产品端就要爆仓，届时将有上千个散户的钱兑付不了，会有更大的麻烦。虽然相关部门一直宣传说金融产品有风险，投资需谨慎，但真要是投出去的钱血本无归，能有几个人能保持理性？至少几万人同时发难，会把鸣声地产踏平，他雷氏兄弟二人将死无葬身之地。

不过让雷鸣庆幸的是雷欣然来到公司实习还没几天就接到学校的紧急电话，她的导师让她立刻赶赴国外做一个重要的项目，这样公司的糟心事就可以不让她知道，更不要介入。

国际机场T3航站楼，清晨的阳光将宽大的候机厅玻璃幕墙染得一片金黄，雷欣然和父亲、小叔拥抱告别。

虽然在公司时间很短，冰雪聪明的雷欣然却已经意识到了鸣声地产存在很大的问题，可也正因为时间实在太短，身为国际顶级商学院金融专业高材生的她还无法给父亲和小叔提出一个完整的建议。

雷鸣身材依然伟岸，说出的话铿锵有力，但欣然心里却总有些不安。从父亲的肩头看出去，一轮金灿灿的朝阳远远地挂在半空，欣然暗暗祈祷，父亲能像这太阳一样，永远充满生机和能量。

"老爸，您别太辛苦了，多去打打球，游游泳。您好好的，妈妈也会很高兴的。"欣然本来想让气氛活跃起来,但说出的话却让大家感到酸楚。

"你老爸我的身体好着呢,就算现在让我带兵上前线,都没问题!"说着,雷鸣做了扩胸运动,然后有力地挥了挥手。

"放心回去吧,然然,这里太平无事,哪里用得着你老爸上前线?再说了,还有小叔呢。"雷声在一旁强颜欢笑说。

"小叔,那我把爸爸交给您了啊,您可要照顾好他哟。"雷欣然撒娇地搂着雷声的脖子,"要不我回来可不给您带礼物了。"

大鸟般的波音客机消失在天边,雷氏兄弟沉默着回到机场停车场,上了车。司机知趣地在车外很远的地方站立等待。

"老二,把你的码头拿出来,我们把这个冲锋打过去。"雷鸣的口气像是一名将军在发出命令。

"大哥,您不能这样。您已经把别墅都押出去了,我的现金基本也都投进来了,如果再把码头投进去,一旦市场的金九银十来不了,那咱们家就会血本无归。大哥,您太爱惜自己的羽毛了,您不能把咱自己家里人的保命钱都拿出去啊!"

"老二,你真不听我的话了?"

"大哥,这些年我什么事不依着您?可这回就听我一次吧。然然已经出国了,您也赶紧走,我留下善后。等把鸣声地产的资产处置完,我就去国外和你们会合。"雷声尽力想将和大哥讲的话说得柔和些,"将来然然在外面成个家,生了孩子,咱们两个就帮然然带孩子,好吗大哥?"

雷鸣没有说好还是不好,而是眉头紧锁地望着欣然航班消失的方向,然后让雷声先回公司,说是自己要到另一个地方,找个人。

2

雷声回到公司,发现自己办公室外站满了人,有西装革履的,有戴着安全帽的,有穿旗袍的,形形色色,他们有的夹着手包,有的拎着名牌包,还有个举着吊瓶的。所有人正围着一个瘦高的男子叫嚷着:"给钱!"

被众人簇拥在中央的男子梳着油光锃亮的小背头,格子衬衣,背带裤,脸瘦得像刀削一样,无框眼镜片的后面是一双白眼仁多,黑眼仁少的细眼。男子使劲儿叫喊着,巨大的喉结上下抖动,声音则无比喑哑。

"都回去,都回去!雷总今天不在,有事提前预约!"

"吴总,你就别在这儿拦着了,今天必须让雷总出来给个说法。"

"是啊,我们那老少爷们儿的家里都等着往回去寄钱呢,孩子的学费、老人的买药钱可都在这里面呢。"

"够了,鸣声地产什么时候差过你们的钱!"雷声大步走上前去,中气十足地说。

众人回过头,愣了几秒钟后纷纷反应过来,立即拥向雷声,但雷声的气场让他们保持着一定的距离。

"我知道大家今天为什么来这里,大家不要担心,鸣声只是有一笔贷款晚了两天,所以暂时推迟下付款。但是,鸣声绝不会让大家吃任何的亏。"说到这里,雷声气定神闲地环视众人,然后对身边那个瘦高男子说,"吴总,把今天到场的人的应付都统计下,每笔都按十五个点来计息,一直到支付为止。"

瘦高个——鸣声地产财务总监吴非赶紧连连点头,一一记下。

雷声随口点着人群中的人:"各位都是我们鸣声地产的老朋友了。孙总,你的工程公司在我们这里干了有三个工程了吧,哪个的效益差了?陈老板,你们家的钢筋有一批质量不行,我们也没有追究你什么责任吧?刘大美女,咱们在销售渠道上合作了有五年了,这点儿信任我们还没有吗?"雷声看着众人,每点到一个人的名字,就目光炯炯地看过去,脸上还带着微笑。

被点到名字的几个人都略显尴尬地朝雷声笑笑,众人一时间没话说,但又有些不甘心,都是一副欲言又止状。

"这样,我给大家一个时间期限,一个月。一个月内各位的钱都会支付完毕。如果不能兑现,我雷某人就在这里等着各位,到时候大家不用和我讲交情,该怎么样就怎么样!"

"雷总以前没有亏待过各位,做事留一线,日后好相见。"吴非在旁边适时地大声补充说,"反正就晚这么几天,各位,闹得不好看,那以后还能合作吗?今天就到这里,都先回吧。"

要账的人散了,吴非跟着雷声进了办公室。

一进门,雷声阴沉着脸问:"银行贷款到底什么时候能下来?"

"这段时间一直在和江行长沟通,他的意思是现在要贷款的公司太多,有很多的关系都要维系,鸣声一次要拿走四个亿,他那里有难度。"

雷声忍不住生气了："这个老江，前两年地产红火的时候，天天堵着门让鸣声从他那里贷款，不要都不行。现在反倒摆起谱来了。"

"雷总，现在风水确实转到银行那边，除了正常的开发贷，地产公司能融资的途径都被封死了。"

望着吴非没有肉的尖脸，雷声幽幽地扔出一句："当年光景好的时候，没少拿老江的提成吧。"

吴非表情没有变化，赔着笑："当年倒是没少和老江出去桑拿，但提成那东西，我是不敢碰的。"

"明人不说暗话，以前的事就不提了，说说现在从银行贷款是什么行情？"

"雷总，"吴非迟疑了一下，"现在基本是百一。"

"看来这老江是等着我们给他上供呢。这样，你立即去打个申请，从公司的账上走。"雷声说完又叮嘱，"报到我这里就行，不要和董事长说了。"

吴非眼睛一亮："那这贷款的事应该就有门了。"

都说"术业有专攻"，不得不承认吴非办这种事就是利索。第二天下午，商场三期地下车库，雷声坐在自己的奔驰车驾驶位上，看着吴非把四个手提箱放到了隔壁一辆奥迪 A6 车的后备箱里面。吴非一手一个，来回拿了两次。他这小麻秆，每拎起一个箱子，身子就被猛地一下拽向地面，两个箱子加起来有好几十斤，提起来确实有些费劲儿。

奥迪 A6 很快开走了，雷声始终没有下车。

吴非回来，坐上副驾，眨巴着眼睛说："江行长的意思是鸣声这回的贷款额度、抵押率都没问题，只需要重新过会。他会把鸣声的项目提前安排，少则半个月，多则一个月就差不多。"

"给我盯住了，从现在起，每天都要追进展。"雷声说完长叹一声，但愿鸣声这次能否极泰来，转危为安。

"明白，这回我就专盯着江行长。"

3

幸福家园延期交付通知发出后，共计 519 户业主相继知晓将不能如期收房，由鸣声地产销售人员组建的业主微信群顿时如同平静的湖面被投入一枚核弹，所有业主都在群里追问幸福家园究竟为什么要延期交付，又到底要延期多长时间。鸣声地产的销售人员给出的解释自然都是一些冠冕堂皇之词，且没有任何定论，业主再追问就一律说不知道，结果奇怪的事情很快发生了，就是这个业主群在喧闹了数天后突然归于沉寂，再没一个业主主动发言，好像所有人都不再在乎房子延期的事了一样。

客户关系总监苗蓝认定事出反常必有妖，时值周末，大家都不上班，她只得赶紧建了一个工作群，将相关人员拉了进去，共同商讨应对业主之策。心安进了群之后，一如既往地不吭声。在公司里做法务，五年下来，心安已经有了自己的生存之道，那就是不主动，不拒绝，只做自己分内之事，其他一律不多话。

苗蓝先通报了由鸣声地产销售人员组建的业主群里现在已经没有人再发表比较尖锐的意见，也没有集中的投诉出现。

樊丽丽立即接话："这是因为我们销售工作做得好，大家都被安抚住了。"

"愚蠢，这明显不正常！"心安脑子里顿时出现樊丽丽那张长着横肉、油乎乎的胖脸，不过他依然没有发言。

"现在对业主来说，收到房子就是最大的事，几百户收不到房，这些人的情绪集聚起来就是滔天的洪水，如果没有一个合适的路径去疏导，谁也不知道这股大水会冲垮什么。业主们在销售建的群里保持沉默，很可能是因为他们已经建了自己的群，把我们鸣声地产的销售人员统统排除在外。"苗蓝没有理睬樊丽丽，继续在群里语音发言，"所以我们现在需要有人能够打入业主内部，看看那边具体在酝酿什么。知己知彼，公司也好采取有针对性的对策。"

"李心安，他买了幸福家园的房子，他也是业主，他最适合了！"刚才被苗蓝的话衬得很无知的樊丽丽又跳了出来，迫不及待地在微信中喊了起来，"李心安前两天还缠着我问幸福家园为什么延期，那架势，就像要吃了我一样，他的情绪最适合融入业主群！"樊丽丽说完后还在微信群里提了心安两次。

心安正在送孩子去舞蹈培训班的路上，看到樊丽丽提到自己不由得直接骂了起来，不过他仍然没有搭腔，从头到尾装作不知道就行。

过了会儿，心安的手机响了起来，来电的正是苗蓝。

"心安，刚才我们在群内的讨论你看了吗？"苗蓝的声音有些迟疑，"你能进到幸福家园新的业主群里面去吗？"

苗蓝这种征求意见的口吻让心安很是感动，他当然知道应对业主群体投诉最有效的动作就是派人潜入业主群，实时掌握业主诉求，针对不同的客户分别出招，或收买，或打压，各个击破，最终达到瓦解客户联盟、化解群体投诉的目的。按理说这些本来也算是他法务的职责，而且苗蓝并没有利用领导的身份来压自己，更不像樊丽丽那样低情商，搞得好像全世界的人都欠她似的，这让他更加无法拒绝。心安想了想，大声回应苗蓝："保证能，一定完成任务。"

心安之所以满口答应下来是有原因的，那就是他认为现在如果仅仅因为公司的资金周转问题业主们就四处去闹，最终结果只会适得其反，两败俱伤。所以他潜入业主新的维权群打探消息，疏导情绪并不只是履行职责帮助鸣声，也是帮助其他业主，当然，更是帮助他自己。正所谓话糙理不糙，樊丽丽说话虽然很不好听，但并没有错，于情于理，于公于私，他李心安就是"卧底"的最佳人选。

说干就干，心安先是问白雪有没有接到过加入新业主群的邀请。白雪没好气地说她没有收到，她也没工夫掺和这些维权的破事，因为根本就于事无补，还是直接上门去闹管用。心安也懒得解释，想了想，又给安妮打了个电话，结果安妮立即说昨天刚有人把她拉进一个"幸福家园维权群"。

"安妮，你能把我也拉进去吗？"

"姐夫愿意加入？那太好了，群里就缺您这样既懂法又有能力的人，姐夫一定能给大家讨个好说法。"

"不过你现在还不能直接告诉别人姐夫就是鸣声地产公司的法务，"心安先是感谢了安妮，然后有些纠结地请求说，"我怕大家如果知道我的真实身份，就不愿意接受我提出的建议了。"

挂完电话没两分钟，心安便被安妮拉进一个名叫"幸福家园战斗"的微信群。群公告显示要求所有群成员都必须以购房者的真实名字出现，并备注自己的房号。群主名叫朱光权，备注信息为3号楼六单元904，心安也赶紧按要求改好——毕竟他不是公司的什么重要人物，所以只要安妮不说，他并不担心其他人知道他李心安就是鸣声地产的员工，当然了，以防万一，他没有把名字写全，只说自己叫心安。

上班时间，群里面说话的人比较少。主要就是群主朱光权和一个名字叫李东的人在一来一回地发言，偶尔有别的人发上一两条信息。

潜水了一个多小时，心安大致归纳出了朱光权和李东对话中的主要诉求。朱光权认为，鸣声地产这次对于幸福家园项目延期交付所给出的理由不充分，有应付业主的嫌疑，仅仅说因为雾霾或重要会议等就造成项目延期三个月，这说不过去。李东同意朱光权的意见，并补充说既然延期交付，那违约金怎么计算？晴阳市房租的价格一个月怎么也得大几千吧，白白地三个月住不上新房，这损失该怎么弥补？地产商对这些只字未提，那他们作为业主，必须得站出来让鸣声地产给个说法。

最后，作为上午的讨论成果，朱光权作为群主在群公告里面发布了一条信息：全体业主团结起来去找鸣声地产负责人，要求给业主解决三个问题。第一，充分说明幸福家园此次延期的主要原因，并保证三个月内必须完成交付；第二，对业主造成的经济损失进行相应赔付；第三，马上组织项目工程业主开放日活动，允许业主到施工现场去观看，实时掌握工程进度和质量情况。

一看到这条群公告，心安就立即在群里发言了，他摆出刚刚看到消息的样子。心安说他很感动，看到朱先生如此热心地为大家的事情奔走呼号，他非常赞同朱先生的三点意见。他同时建议，可以将这三点意见发给鸣声地产，让他们先做出解释，如果对解释不满意，届时再选出几位业主代表一道去公司交涉，交涉后再根据情况决定下一步如何行事。

心安发言后，群里又有其他的人出来说话，说赞同先由几位代表去公司谈判。心安暗笑，在一个近似于"乌合之众"的群体中，一开始大多数的人都是存在搭便车的心理，都乐得别人去忙，自己坐享其成。

沉默了一会儿的李东说他愿意先去鸣声地产交涉，同时又问群里还有谁愿意去。朱先生不太情愿地说他也可以去。安妮表示她也要跟着一块儿去，房子就是她现在最关心的事。心安作势说他特别想去，不过他现在人在广州出差，近期无法回晴阳市，所以只能在背后提供支持，有任何情况都烦请他们发在群里，他学过法律，现在一家律所里做律师，他愿意免费为幸福家园的业主维权提供全程的法律支持。

一听心安是位律师，朱先生的态度立即缓和了下来，说话也客气了很多。安妮也帮腔说真是太好了，有了律师就不担心被开发商钻法律的空子来欺负大家了。

几个人商议了一下，定于第二天上午十点在鸣声地产办公楼下的广场见面，然后一道去鸣声地产现场谈判，心安则负责线上法律支持。

结束微信聊天后，心安第一时间找到苗蓝，把业主的诉求和盘托出。苗蓝迅速组织客户关系、销售、法务等人员开会讨论，形成应对说辞。会上，销售人员调出朱光权、李东、安妮的购房资料，对三个人的身份进行分析。

朱光权，男，五十五岁，本地户口，某企业员工，全款买房。李东，男，三十岁，本地户口，祖籍秀阳省秀阳市，某IT公司程序员，首套房，公积金贷款。安妮，女，二十六岁，身份证信息显示是双庆人，商业贷款买房，职业不详。

从三个人的身份信息来看，朱光权是个地道的晴阳人。李东是秀阳人，通过高考来到晴阳市，毕业后获取当地户籍。安妮则是一名标准的"漂泊一族"，并且无业，因为她是首套房却没有使用公积金贷款。

这几个人里面最难搞的应该就是朱光权，本地人，见的世面多，同时他又有经济实力，全款买了这套房。分析后，苗蓝决定明天由她和与公司合作的珐正律师事务所的外聘律师邹佶星现场接待，心安现在还是"卧底"，身份当然得对业主保密，所以不便出面，届时会在另一个房间看会议现场的视频直播。

4

第二天上午，鸣声地产前台外松内紧，苗蓝和早早来到的邹佶星在离前台最近的会客室里面等着，会客室的门敞开着，十点左右前台果然响起了稍显嘈杂的声音。

心安戴着口罩，装作打电话从前台经过。只见三个人正在那里与前台小姑娘交涉着什么，除了浓妆艳抹的安妮，另外两个人中一个是瘦高个大叔，五十多岁，短发，白净面皮，上身穿着一件半袖白衬衣，扎在一条黑色的西装裤里面，脚上是一双黑皮鞋，这应该就是朱光权，符合昨天对他的描摹。还有一位女士则身材矮胖，头发灰白，侧脸看应该有五十多岁，难道她就是李东？

鸣声地产的前台严格履行了访客登记的制度。来访的三个人虽然说对于没能直接见到公司的负责人，并且还被登记了姓名和电话有些不满，但是领头的朱先生毕竟是企业员工，知道大公司都有规矩，心中反而对鸣声这种守规矩的做法暗自认可。

在会议室坐定后，苗蓝优雅的气质与甜美的微笑更是让朱先生生不起气来，他觉得在这样一位知性优雅的女性面前，他也得展现自己成熟男人的自信与宽容。双方见面的调性一下子就拔得很高，搞得坐在苗蓝旁边的邹佶星说话时也有些拿腔拿调。

朱先生首先介绍了己方阵营的"辩友"——年长的女性是李东的母亲，贾老师，年轻女性是安妮小姐，接着率先抛出昨日在群里讨论的第一个问题。

"鸣声地产仅仅将幸福家园本次应该交付却停工的519套住宅简单归于雾霾、重要会议等原因，近乎敷衍，极为草率和不负责任。业主要求鸣声地产给出令人信服的理由，并承诺三个月后能按时交房。"

正在隔壁看会议直播的心安心里暗忖，这朱先生还是太实在了，怎么一上来就要公司承诺三个月后按时交房，这不是已经变相认可项目延期三个月交房了吗？果然，反方鸣声地产代表队"第一辩手"苗蓝微微一笑，她首先感谢朱先生认可延期交付的做法，并表示公司一定会在三个月后按时交房。

接着，苗蓝列举了几个数字："项目从前年11月正式开工以来，经历雾霾停工十六次，每次时间两日到五日不等，合计六十三日。此外由于一些重大活动，累计停工四十一日。这些简单相加就达到一百零四日，远远超过三个月的时间。尽管鸣声地产在努力赶工，但鸣声地产视房屋质量为生命，决不能为了追赶工期，而不讲科学，埋下安全隐患。"

数字在语言表达中是最具有说服力的，再加上苗蓝如数家珍地娓娓道来，更让对面的"辩友"不由得不信。不管这些数字的准确性是否经得住推敲，但现场的效果已经足够了。

第一回合，鸣声地产大获全胜。

业主方"第二辩手"贾老师开始发言。贾老师表示，实在没有办法，那业主也只能接受延期。但他们作为老百姓，租房子住是一笔很大的支出。贾老师痛说在城里租房的不容易，说到伤心处，还抹起了眼泪。

鸣声地产这边轮到邹佶星出手了，佶星向来宅心仁厚，他首先忍不住安慰了几句，说其中的难处他都理解。贾老师闻听邹佶星如此说，她便止住了哭，对着坐在对面的人说："那这三个月的租房的钱，公司是不是应该给出了？"

邹佶星干咳了两声，从贾老师的同情者的身份中走出来，回归鸣声地产"二辩"身份。

邹佶星说："贾老师您所说的问题，在您与鸣声地产开发公司签订的《商品房买卖合同》中有明确的规定。即无论何种原因导致房屋延期交付,买方同意给予卖方九十日的宽限期。也就是说,鸣声地产只要这次延期交付是在九十日之内,那就不需要承担任何违约责任。"说到这里,邹佶星站起来,捧着一本合同走到贾老师和朱先生中间,他刚才说过的话已经在合同上用红色标示,他指给了贾老师看。

朱先生有些同病相怜地看着贾老师,心里想贾老师提的问题也不比他高明到哪里去。

贾老师轻轻地把合同拨到一边,语气依然轻柔:"我说的不是违约金,我也没说公司违约,没想追究鸣声的违约责任。现在说的是租金损失怎么办。公司不交房,业主们就得继续租房子住,延迟交房多少天,就得继续租房多少天。老百姓谁不想早点儿住进自己的房子。"贾老师打量下一身名牌的佶星,"小伙子,你知道租房的日子有多难过吗?"

说着,贾老师去拿纸巾擦眼角:"你们延迟交房导致我们多交租金,这该怎么算?不能早点儿住进自己房子所造成的精神伤害,不好用金钱衡量,也就先不和你们计较了。"

朱先生的眼睛一亮:"这租金公司是一定要出的,就算一个月八千,三个月就是二万四千块!能顶我两个月的工资。"

"我的房租可是一个月一万二,两室一厅,二环内,是不是也该赔给我?"安妮也不甘沉默,抢着发言,这里面涉及好几万块钱的事儿呢。

"安女士,不要急,先听我解释,请问你知道这不计算违约责任的九十天宽限期是从哪里来的吗?"邹佶星情绪特别饱满,一眼不眨地盯着安妮。

安妮自然摇摇头,她当然不会知道,而且从来都没想过。

"现在之所以对开发商延期交房有九十日的宽限期,就是因为一个项目从拿地到工程竣工备案交房,需要一年半到两年的时间。这中间不可预知的事情太多,无论是监管部门的原因,还是银行贷款的原因,抑或是总包商、材料商不配合,稍微有些障碍就会耽误工期。为了避免开发商无限度地抢工,保障房屋的质量,所以会预留出九十日的时间,让开发商能够慢工出细活。"

邹佶星说完上面的理论,接着开始自己发挥:"所以不是公司干不完,而是我们不想留遗憾。这么大个项目,有多少隐蔽工程。这隐蔽工程就是一旦施工完,人在外面根本看不到,公司要是想玩命抢工期,完全可以从隐蔽工程上大做文章。结果是项目确实是如期交付了,可金玉其外败絮其中。我们公司是不想、也不会这么做事情的！"

"合着照你这么说，还是为了我们？"贾老师不言语，朱先生又忍不住插话说。

"还真是为了业主们。当然客观地说，我们也不是没有自己的考虑。这也是为了我们鸣声地产自己的品牌嘛。"苗蓝说得很谦虚。

邹佶星又补充说："我们还没有说这九十天的延误是因为不可抗力。其实雾霾、重要会议等原因是可以算作不可抗力的。九十天的宽限期可是要除去这不可抗力导致的延期的。归根结底导致延期的原因不是鸣声地产，而是客观因素，但我们也是无可奈何。所以说，开发商是默默无语两眼泪。"

双方"辩手"的第二轮交锋又以鸣声地产代表队的胜出而告一段落。幸福家园业主代表队"第三辩手"出场。

"就算是因为客观因素停工，你们也应该办个业主工地开放日的活动，让我们去看看房子到底盖到什么样子了。前两天我去现场看了，一点儿动静都没有，什么人都没看见。到底这房子有没有在盖？"安妮声音很大，"前些天我和朋友是真真切切地去了现场看的。"

"安妮小姐，你进到工地里面，或者说到楼里面了吗？"苗蓝问。

"这个倒是没有，你们的保安在外面拦着，工地的大门都没让我进。"安妮愤愤地说，"花了好几百万买的，凭什么看都不让我们看一眼呢。人家汽车4S店保养汽车都是透明的，车主能一边喝茶一边透过大透明玻璃看着自己的车。"安妮没少陪她的男友去4S店修二手车。

"正常来讲，项目会组织业主到现场检查施工进度的。但正因为现在工期已经延误，公司正组织人员在全力施工。如果现在组织业主去，会延缓施工进度。另外，项目楼房主体外部施工已经结束，现在都在内部抹灰，进行水电管线安装等工作，人都在楼里，在外面自然是看不到什么人了。"邹佶星抢着说，他喜欢和安妮对话。

安妮说："你们都太能说了，但我还是想看看。"

邹佶星说："这个，应该没问题，等项目安排好了，我亲自去接安妮小姐来看，但这需要给项目一些时间。"

贾老师看着邹佶星只是盯着安妮，最后小姐姐也不作声了。她便清了清嗓子，语气依旧很和缓地说："那你们公司给业主写一份承诺书吧，承诺三个月后必须交房，否则你们要赔偿我们的全部损失。"

"这个好说。"邹偌星刚要答应，却听贾老师接着说："三个月后如果还不能交房，这九十日的宽限期就得取消，这九十日也要重新计算违约金。这个用你们的时髦词来讲，就叫对赌。"

大家现在觉得这个很温和的中年女人才是今天来的三个人里面真正的狠角色。朱先生色厉内荏，安妮直言快语，都不难对付。唯有这贾老师，温柔之下，刀刀见血。

不过贾老师的要求也早在预案中，苗蓝干脆地答应了贾老师提出的要求，承诺如果九十日内公司不能交房，将加倍赔偿。邹偌星现场起草确认函，苗蓝说鸣声地产内部要走审批手续，今天恐怕是不能盖公章了。她请朱先生等人理解，毕竟大公司做事都讲究按照规范流程执行。朱先生表示同意，他晃了晃自己的手机，说今天他已经全程录音，不怕公司不认账。他有些得意地说自己在单位里也听过普法培训，知道录音能当证据用，苗蓝代表公司说的话也有法律效力。

朱先生、贾老师和安妮临走的时候，苗蓝送他们每人一份伴手礼，并一直送到电梯口，才挥手告别。

众人走后，心安长松了一口气，赶紧去了会议室。偌星从椅子上跳起来，来到心安身边，狠狠地在他的肩上捶了两下，说自己刚才使出了洪荒之力，吵着让心安请客。俩人闹了会儿，心安手机响了，是白雪。

心安赶紧接通，就听到白雪带着哭腔说："你妈刚才突然摔倒了，现在动不了，叫也没个声，我也拽不动，现在怎么办啊？"

一股寒意从脚后跟儿直达后脑勺儿，心安全身的汗毛都竖起来了，自己最担心的事情发生了。

第五章

母亲病危

1

挂断电话，心安拔腿就往外冲，又猛然顿住，反身往他的工位跑去。他从插座上拔下笔记本电脑的电源线，把还处在开机状态的电脑"啪"的一声合上，连同电源线一把塞进双肩包，抄起就走。

人力总监任梅出现在工位旁："李心安，你这是要干什么？现在有两个纪委的人要查一套房的购房记录，你赶紧去接待一下。"

"我有急事，您让别人接待吧。"

"有什么事比接待纪委的人还重要？"任梅的脸色和语气都不好起来，她站在心安面前，宣示着她对部门居高临下的掌控权，并在心理上对心安造成封堵。

"我妈病了。"心安的声音听着冰冷起来。

"那也不差这一会儿，先把工作干完再说。"任梅顿时不高兴起来，话也变得冷血，一副不管不顾的态度。

"我妈快不行了！"心安背着包往旁边一跨，任梅下意识地想挡他，身体往心安那边倾斜了些，却没想到心安丝毫没有退让的想法，任梅身体的一侧被重重地撞了一下，心安夺门而走。

人力资源部里回荡着任梅的尖叫声，跺着脚喊心安等着被裁员。

邹佶星陪着心安一路狂奔下楼，拉着他一路飞驰。路上又接到白雪的电话说救护车已经到了，医生说初步判断是脑血管瘤破裂，心安家附近的医院没有能力处置这样的病例，要直接转运至以治疗心脑血管疾病闻名的晴阳医院。

心安忙不迭地让邹佶星往回开。到了医院，他跑到急诊室外等着，脸色铁青地盯着手机看，"脑动脉破裂会导致脑出血，如果出血严重就会导致死亡""脑血管瘤破裂需要立即进行开颅手术"，这些恐怖的字眼儿让心安产生了巨大的悲伤。

母亲原本是县里橡胶厂的工人，心安九岁那年，母亲在工厂下岗，失去了让她引以为傲的国营正式工人的身份。三年后，心安的父亲在火车站下班回家过铁路道口的时候被火车刮倒，失去双腿，却没有被认定为工伤。又过了两年父亲被查出肝癌晚期，撒手而去。周围的人都说父亲这是因为没有被认定为工伤而气得得了肝病。

母亲用一己之力打工来抚养和供心安上学，心安心疼母亲太苦，他想退学去打工，却生平第一次被母亲打回了学校。那年心安十五岁，看着显得过度苍老的母亲，心安发誓以后要去学法律，为像父亲这样的人去讨个公道，挣更多的钱，让母亲过上好日子。

可是，现在，别说什么好日子了，就连母亲生了病都不能及时带她去医院诊治。

"你说，要是我早点儿把我妈前些天做的检查取回来，是不是今天的事就不会发生了？"心安抡起巴掌，"啪啪"给自己的脸上左右开弓，"我一天都在瞎忙活什么啊，我！"

邹佶星慌忙扯住他："话不能这么说，这都是命。该着阿姨命里有这一劫！有时候，你做与不做什么，该发生的都注定是要发生的。"邹佶星也不知道该怎么劝心安，只能拿宿命说事。

心安痛苦地回忆："我小时候，我妈就总是头痛，一把一把地吃止痛片。那时候，县城小，救护车一响，全城都能听到。一听到救护车响我就害怕，害怕母亲出事。可到了城里，我再听到救护车响，怎么就想不起我妈的头痛了。"

心安抬头望天，欲哭无泪，心中想，难道真的要他子欲养而亲不待吗？自己老是安慰自己说过两年就会更好的，等再有钱就一定带母亲出趟国。可怜母亲到现在都还从未坐过飞机呢。在心安的心目中，他已经习惯了母亲的照顾。把母亲接到晴阳来，老家左邻右舍的人都夸心安有能耐，夸心安孝顺，说这回母亲这么多年寡居遭的罪都值了。

可结果呢？母亲根本不是来享什么福的，她来城里就是帮助心安他们照看可可的，还给他们一家人做饭、做家务。她到城里后更累了，也比以前更节俭，对自己更苛刻，说是攒钱早点儿帮心安买房。

8月底骄阳如火，心安心中却冷似寒冰，身体不停地在打战，难道和母亲在这人世间的缘分就这样尽了吗？这念头不用细思就极其恐怖，随着时间的流逝，这份恐怖就越发强烈，越发让人崩溃。

谢天谢地，载着心安母亲的救护车终于到了。心安冲到担架车前，呼喊着母亲，可脸色苍白的母亲紧闭双眼，没有任何回应。心安的心快要从嗓子眼儿里蹦出来，他抓着医生的胳膊，哆嗦着问："大夫，我妈现在……"

"病人一直处于昏迷中，现在马上要进行开颅手术。把病人的CT片子给我，你现在去办手续。"医生没有受到心安情绪的影响，他这急救医生一年中少说要见到几百次的生离死别。

母亲被推进了手术室。在手术室门口，护士挡住了一直扶着担架车想要跟着进去的心安。从手术室还没有合上的门看过去，里面是一条长长的走廊。这个走廊的一边是窗户，另一边隔着几米远就是一道门，每一道门都是一间独立的手术室。

冰冷的担架车铁扶手从掌中滑走，心安恐惧到了顶点，他心中默念：妈，儿子只能送您到这里了。

无助的心安"扑通"一声跪在了手术区的门口，他闭上眼睛，双手合十，口中喃喃有词，默默地为母亲求告上天，然后在水泥地上重重地磕了三个响头。

手术从上午十一点一直持续到晚上九点，手术室的门还没有开。可可不肯回家，说要等奶奶，白雪抱着她在医院的椅子上睡着了。晚上母亲被几个医生和护士从手术室里面推了出来，头上缠满纱布，看不见人脸。医生说心安母亲的手术很成功，但病人仍然处在极度危险中，需要转入ICU（重症监护室）观察。

心安赶紧跑着去缴费。等母亲住进ICU已是第二天的凌晨，心安让邹倩星送白雪和可可回家，他自己坐在ICU病房外面，他觉得即使不能进到病房里面陪着母亲，他也要尽可能地离母亲近一些，仿佛这样就能抓住母亲的手，任凭是谁也不能带走母亲。

心安请了年假，接下去的几天一直在医院守着。

第四天上午，医生给心安带来了一好一坏两个消息。好消息是母亲已经开始有了微弱的意识，正在逐步恢复。坏消息是母亲还需要继续住在ICU里面。当然这也要征求病人家属的意见，毕竟ICU的费用一天将近两万元，一般家庭真是负担不了。

心安不纠结但很难受，终于把母亲从黑暗边缘拉了回来，只要能保母亲平安，早日康复回家，他花什么样的代价都可以，可这高额的医疗费让他着实难过。母亲的手术费是六万元，ICU每天护理费用两万元，手术费和护理费不仅刷光了心安和白雪的储蓄卡，两个人的银行信用卡也已经刷爆，现在心安只能求助邹佶星。

邹佶星二话没说，给心安的卡上转了二十万元，并表示要是不够尽管和他说。心安既感激又惭愧，平时觉得不那么靠谱的佶星，却在关键时刻这么给力，也暗自恨自己是如此没用，至亲看病的钱都凑不齐。

白雪只是嘀咕说心安母亲是不是可以不在ICU住了，搬到普通病房也一样，哪怕多花些钱找个好点儿的护工也比现在好一些。心安没搭腔，他知道白雪心疼钱了。但是他现在没法考虑钱，甚至他有些迷信地认为，母亲的病如果不把钱花到一定的程度是不会好的，这应该是对他以前忽视了母亲的健康的惩罚。

母亲病了的这些天，心安一直没回远在郊区的家，白天都在医院守着，晚上就在医院的走廊上铺个凉席凑合一宿。后来被佶星生拉硬拽到离医院不远的佶星父母的一所房子里住，中间白雪带着可可只给他送过一次换洗的衣服。

心安给白雪拨了一通电话，这些天他实在是顾不上她和可可，心里有些歉疚。电话响了很久，没有人接。心安发了一条微信，告诉白雪，等母亲状况相对稳定些了，他立即回家去住。

时间过去很久，白雪也没有给他回复。

2

心安给白雪打电话时，她正在安妮男友的二手车店里做账，她和安妮的男友围着茶桌核对着各种票据，安妮在一边带着可可玩。安妮自从和男友在一起后，美容院的工作就三天打鱼两天晒网起来。

安妮扮着精致的妆容，一身乳白色的高级套装把身体裹得凹凸有致。安妮的男友不时地看向她，使得白雪也不禁顺着他的目光多看了安妮几眼。

唉，白雪很是惆怅。几年前，她没有结婚的时候，年纪也就和现在的安妮差不多。论长相和身材，不输于安妮，当时身边也不乏追求者，自己也是骄傲的。现在生了孩子后，生活已经不再是她当年想象的样子。

茶桌的一角坐着另外一个中年男人，戴着金丝框架眼镜，气质不俗。他是安妮男友的客户，也算是朋友，据安妮讲，应该是很有钱，因为他放在店里卖的车价值不菲。

白雪的微表情被中年男人看在眼里，他默默地倒了一杯工夫茶，递到白雪的面前。

"白总，请喝茶。这是刚刚换的高山茶。"男人的声音很有磁性，很好听。

"哦，谢谢。"白雪的视线从安妮处收回，有些忙乱地做出反应。

白雪没听说过什么高山茶，她端起茶杯，喝了一口，很烫，很香，铁观音茶的味道。白雪放下杯子，朝着中年男人笑了笑。

"白总具体是做什么生意的？"中年男人微笑着问。刚刚白雪来的时候，中年男人已经在这个办公室，安妮的男友只是简单地给二人做了个介绍。白雪记得这个人姓孙。

"孙总，我没做什么生意，只是平时给几家公司做做账。"

"哦，那可是专业人士。"

"哪里，就是很简单的会计处理。"白雪有些不好意思。

"白总是哪所知名高校毕业的？"孙先生很认真地问。

"呵，您过誉了，我的学校实在不值一提。"白雪的脸红了起来。

"英雄不问出处，做财务的，实务经验最重要。"孙总说。

"可不是，小白，哦，不，白总的业务是真棒，把我这里的账目、税务问题处理得妥妥的。"安妮的男友插了句话。

"哦，那白总是不是也可以帮忙看看我的公司的账啊？"孙先生拿出了一张名片，递给了白雪，"我有一家小公司，原来的财务总是让我不满意，这几天正想换掉她，看看白总是不是有兴趣。"

精致的名片上写着"金鼎金融资产有限公司董事长兼总裁孙炳文"，公司的地址在商场三期大厦。白雪看了，不禁站了起来："孙总，这是我的荣幸，要不等我把李总的业务处理完，我再和您细说。"

"对、对、对，还是白总敬业，我不能横刀夺爱啊。"孙炳文爽朗地笑道。

白雪的脸更红了，她不再说话，坐下专心和安妮的男友李东强对账。

做完了账，白雪按照名片上的手机号码，加了孙炳文的微信。孙炳文详细地介绍了自己的公司业务，约着找一天请白雪到他的公司去进一步熟悉业务。

白雪要离开的时候，孙炳文说自己也要走，提出要开车送白雪回家。白雪推辞不过，只说就送到地铁站，孙炳文笑着答应。白雪带着可可坐上了孙炳文的车。在车子里环顾了一下，奢华的内饰让她窒息。这世界上竟有如此多美好的、奢侈的东西，可是都不属于她。白雪的脸上笑着，但心里却是苦涩的。在地铁站下车的时候，孙炳文随手递给白雪一盒化妆品套装礼盒，说是他们公司送客户的礼品。白雪推辞着，但是她的心里却担心眼前这个男人真的顺手放回到车上。

到家之后，白雪放下红色的礼盒，看到了心安的微信，她突然觉得自己的这个丈夫距离自己很远，自己这几天没有一次主动想起过他；也不曾担心他是否吃好、睡好，衣服是不是有人给洗。孙炳文的影子反倒在这个时候出现了，白雪更加懊恼，自己的生活为什么会这么糟糕！

3

鸣声地产虽然同意了让心安休年假陪护母亲，但还是要求心安在医院期间要时刻注意幸福家园业主维权群的动态，现在公司处于关键时期，千万不能让业主们再闹出什么事来。

心安当然理解且接受，每天他只能穿着防护服进ICU十五分钟，在母亲的身边坐下来自言自语地和母亲说说话。剩下的时间，他就在医院的椅子上办公。用笔记本处理邮件，写法律意见，也会和幸福家园维权的业主们互动，继续他的"卧底"生涯。

一天，不太在群里说话的贾老师要加心安的微信。心安点了通过后，贾老师发来了一个微笑的表情，问该怎么称呼心安。心安略微沉思，说叫他李律师就好。贾老师问心安是否有时间帮她分析一件事。

上次幸福家园的业主到公司谈判，心安便通过现场对话判断出这位贾老师是三个业主代表中心思最为缜密、提问最有分量的那个人。心安觉得她主动找到自己，倒是一个和业主代表靠近的好机会。

心安立即给贾老师回了一个倾听的表情。

贾老师拨通了心安的语音电话，她详细地介绍了情况。

贾老师有个在小区跳广场舞认识的老姐妹，她家在东六环边上买了一套房子。房子建得很顺利，没有像幸福家园一样延期交房，甚至还提前了一个月交房——房屋买卖合同上写的交付时间是4月15日，可开发商3月15日就交房了。因为是精装交付，所以老姐妹早就定好了家具，房屋一交付，就搬了进去，一家人都对房子很满意，说做梦也没想到这辈子还能住上这么好的房子，特别是这里地广人稀，绿植丰茂，空气很好，老人住着很舒服，而且小区的西边还有一座长着灌木的小土山。当初买房子的时候，接待老姐妹一家的销售员说这个楼盘就数他们买的西边这个楼栋最好，西边有山能挡住暮气，可以保家人百邪不侵，人丁兴旺。结果清明这天，老姐妹起得早，一个人坐在客厅里，右眼皮不停地跳，心里就隐隐觉得有什么不好的事情要发生。等她打开客厅窗户的时候，突然发现窗外的小土山里升起了缕缕青烟。老姐妹以为着火了，可瞅着又不像，于是赶紧下楼去看到底是什么情况。等走到小土山前就发现树林里满是人，三三两两地聚拢在一起，在地上烧着什么，那缕缕青烟就从众人面前升起——原来这帮人都在上坟。一沓沓的冥币在坟前点燃，坟头上有少许新掊的黄土，大部分坟上的土都发黑了，应该是有了年头的老坟，这半面山头至少散布了上百个坟头——等看清眼前的一切后，老姐妹一屁股坐在了地上，敢情自己买到传说中的"坟景房"了！

老姐妹不敢再看，慌忙下山。她去找了物业公司，质问为何买房的时候没有人告诉她旁边有这么多的坟。物业说这事得问开发商。给卖给她房子的销售员打电话，销售员说那人已经辞职了，这事她管不着。老姐妹在小区折腾了半天，最后没办法，她打了110，要求追究开发商的欺诈行为。110的人来了，两位公安民警听了老姐妹语无伦次的控诉，告诉她这事属于民事纠纷，可以到法院起诉，就离开了。老姐妹回到自家的楼上，站在阳台上往偏西方向看，那座小土山不再是开发商宣传的"仁者乐山"，而是愁云惨淡、阴风阵阵的乱坟岗。和老姐妹住在同一单元的业主们知道消息后，也都气炸了，四处开始维权。但大家奋战几个月下来，也没有什么结果。老姐妹投诉无门，整夜地失眠，一把把地吃着降压片，见了人就唉声叹气，别说安居乐业，折腾得半条命都快丢了。平时在家里都是老姐妹强势，老伴儿不大吭声。有一个孩子还在国外，管不了他们的事。老姐妹这些天想找律师去告开发商，但在网上找了几个律师的电话，打过去律师都说能打赢，能让开发商赔偿她一大笔钱。

老姐妹听了这些律师说的话，总觉得有些不对劲儿。要是能那么容易就打赢官司，能让开发商赔一大笔钱，那开发商、物业公司的人怎么都不拿她当回事呢？而且一起维权的业主们心也不齐，一开始有一两个带头的人，现在也不见了动静。她心里实在是憋屈得慌，就找贾老师念叨。贾老师于是想到了同为业主的心安介绍说自己也是律师，就想请他给出出主意。

"您这位老姐妹恐怕没那么容易拿到赔偿。"心安不假思索地直接对贾老师说，"从您刚才介绍的情况来看，那座小土山在市政路的另一侧，应该是在项目用地的红线外，不属于项目土地。小土山上有坟，本身和楼房的质量是否合格、设计是否符合规划要求、房屋是否按照合同约定日期交付这些都没有关系。"

"这我能理解，那些坟肯定不是开发商的。"

"刚才也说了这些坟都是老坟。那座小土山已经在那里存在了成百上千年，山上的这些坟冢估计也得有几十年的历史。项目土地通过正常的手续公开出让，开发商竞得土地后按照土地的出让条件进行设计。这个设计方案要通过规划部门审批，才能拿到建设工程规划许可证。后续开发商再拿到建设工程施工许可证、建设工程预售许可证，可以说开发商所有的开发步骤都经过了严格的审批，在这个过程中没有任何一个单位对坟地提出过质疑。在法律上，开发商一切都是在依法行事，很难说其违反了法律。"

心安说得有点儿急，他一解答法律咨询，就如同打了鸡血，血脉偾张。

"业主买房的时候，项目销售现场都有红线内和红线外不利因素的公示。如果是项目红线内，也就是在项目土地上的，比如说化粪池、变电器、垃圾站什么的，对业主生活直接产生影响的，开发商必须公示，在房屋买卖合同的附件中也会有相应的说明。否则，开发商有欺诈的嫌疑，买房人可以主张赔偿甚至解除买卖合同。但对于红线外的不利因素，也就是项目用地以外的地方如果有桥梁、隧道、火车站、汽车站、油气库站、危险品仓库等可能影响客户买房心理的，出于诚信考虑，开发商也应该进行披露。"

贾老师见缝插针地问："那这坟地不就是红线外的不利因素吗？"

"那没错，坟地、墓葬这些有关于传统禁忌的因素会影响人们对项目楼盘的购买意愿，理应披露。但这仅仅是在道德层面的要求。这些年法院对于

'坟景房'的判决大都会驳回业主的诉讼请求。"

贾老师没有吭声，心安略一停顿接着说了下去："法院的理由就在于，这些红线外的不利因素是早就存在的，相关部门在出让土地的时候也是明知的，并没有在土地出让规划条件中对开发商提出过任何改造的要求。另外，买房人对涉及自身重大利益的房屋买卖事项应当持谨慎注意义务，应当对超出开发规划范围以外的周边环境进行查勘，以确定是否购买涉案房屋。小土山上的坟地在那位阿姨和开发商签订商品房买卖合同之前就已存在，她在签订商品房买卖合同时应当充分评估，以确定是否购买涉案房屋，对此，开发商并无法定告知义务。所以您那位老姐妹要求解除与开发商签订的商品房买卖合同，并返还购房款及利息，没有法律依据，得不到法院支持。"

贾老师问："那难道就没有办法了吗？毕竟谁家要是挨着一片坟地，这感情上难以接受。李律师您刚才……才讲的这些都非常有道理，不像我那老姐妹前面找的那些律师，一味地给她打包票能赢官司。"

对于一些不良律师同行的做法，心安门儿清。他们惯常先大包大揽，给当事人做出各种包赢的承诺，待签了律师委托协议后，又开始大谈出于某种意外原因，案件难度变得如何大。而这种原因大概率会被甩锅到当事人身上，如果想要赢，当事人就得拿出额外的费用交给律师去活动关系。

贾老师的老姐妹遇到了有点儿黑的开发商加无良律师，这让她老人家怎么能吃得消。

心安对贾老师说："您这位老姐妹的事情，起诉到法院大概率得不到支持，但可以找政府。"

贾老师说："怎么法院就不支持呢？"

"刚才已经讲了，房子原本的交付日期是4月15日，但开发商提前到了3月15日交付。项目能提前交付本身就很少见，基本是中了彩票大奖的概率。开发商这么做，就是为了躲过清明节。房子在4月初的时候基本已经建成了，更多的业主会在这个时间点到项目上看。清明节这天，小土山上坟地的烟一旦起来，业主们肯定会发现。那4月15日，开发商的房子就交不出去了。房子交不出去，在财务上地产公司就不能确认收入，会影响公司的业绩，影响公司的信用评级，最后就是导致贷款困难、债券利率上升等影响地产公司根本的大问题出现。所以，开发商选择了一定要在清明节前把房子交付出去，然后业主再去找他们理论时，他们可采用的手法就多了。可以跟带头维权的业主先单独进行沟通，让其偃旗息鼓，甚至反过头来替开发商做业主的工作。如果说业主去法院提起诉讼，那这事就更好办了。"心安讲得很深入。

贾老师不解："为什么去了法院，开发商就更好办了？"

心安说："刚才已经说过，在法院以往的判例中，买房人因为红线外的不利因素对开发商提起索赔或者要求退房的一般都得不到支持。另外，开发商和业主对于案件投入的力度也不同。业主个人所能得到的赔偿额充其量也就是几万或者十几万的事。但对于开发商而言，要考虑的是这一个案子输掉了，那其他的买房人也会如法炮制。开发商会看有同样问题的业主有多少户。假设这个楼盘有五百户，每户按照十万赔偿金来计算，合计就是五千万。也就是说，在开发商看来，一个诉讼标的十万元的案子如果输掉了，就意味着他后续将要赔出去四千九百九十万。这样的结果可以说是开发商不能承受的经济损失。开发商一开始就会按照五千万元标的的案子投入预算来聘请业内最适合的律师代理他们。"心安说这些的时候，眼前浮现出前些日子噪声大姐的脸。

"业主打一个十万元的案子，能投入多少？一万元？开发商按照五千万的案子来打，投入的又是多少？"心安顿了顿，喝了口水。

"有多少？"贾老师的声音在电话里传出来有些发颤。

心安确定地说："开发商愿意支付的律师费是潜在可能发生的所有案件的总标的额的2%~5%，也就是一百万到二百五十万都是合理的，具体要看案子的难易程度。"心安问贾老师，"这是不是压倒性的优势？"

贾老师倒吸一口凉气："听您这么说，这都不是杀鸡用了宰牛刀，简直就是架起大炮轰蚊子。"

心安表示肯定："所以，别说红线外的不利因素，就是红线内的不利因素，业主自己想打赢和开发商的案子，那都几乎是不可能的。业主选择去法院，那开发商会乐在其中。"

贾老师无奈地叹了口气。

心安继续解释："民事纠纷的审理方式是控辩式，也就是法官一般采取中立被动状态，主要听取原告与被告双方在法庭上的辩论和答辩意见，以及各自提交的支持自己主张的证据。除非当事人自己无法靠自己的能力取到证据，法院才会视情况决定是否主动去调取。而双方法律团队实力的不对等，一开始在排兵布阵上，业主就已先输一城。"

贾老师已经说不出什么话。她沉默了很长一段时间，声音有些虚弱地请心安说说处于弱势地位的业主们到底能怎么办。

心安说："法律是最低的道德标准。不良开发商的所作所为总是游走在道德与法律之间，还没有突破底线。大多数的行为应受道德谴责，而非受法律惩罚。该受法律惩罚的理该找法院，而面对不道德的公司，最有效的方法还是要求助有关部门。"

"可公安不管啊！"

"公安只是其中的一个部门。这件事可以找另外两个部门，打一个电话。两个部门分别是住房和城乡建设委员会与市场监督管理局，前者俗称住建委，后者就是以前的工商局。住建委管地产公司开发建设楼房的一切事宜，其中就包括是否将红线内外的不利因素对业主进行公示。市场监督管理局可以查处开发商的虚假广告行为。"

心安告诉贾老师："可以让您的老姐妹从两方面入手。一方面看下当初的楼盘宣传广告，是否有山景房之类的宣传，如果有，则明明是'坟景房'却故意宣传为'观山景之不二之选'，可从广告欺诈角度到市场监督管理局进行投诉。但这个结果顶多是开发商被罚些款。另一方面，看看是否还能找到当初买房时，开发商所做的不利因素公告内容，看其是否已经告知了项目周围有坟地存在。如果没有告知，则可到住建委去投诉开发商没有履行告知不利因素的责任。但这一点也只会让开发商受到一定的行政处罚，不足以解除合同。"心安歇了一口气，又接着说："前面这两个动作都是比较常规的做法，您的老姐妹一个人去做，不如所有遭遇相同问题的人一块儿行动。"

"一开始确实有好多人一块儿去找开发商的，可后来领头的两个人退出了，维权的人们就成了没头的苍蝇。"

"那两个带头的业主很可能是被开发商收买了。"

"李律师，您刚才说的那个电话是不是12345？"

"对，这个电话是市长热线。"

"唉，我那老姐妹打过这个电话，但问题被转到了住建委，接待她的人就是一开始他们业主集体去找住建委的时候出面接待她的人。这结果您可想而知了。"

心安给贾老师继续普及知识："12345的特点是'接诉即办，闻风而动，听民意，解民忧，满足人民群众对美好生活的需求'。您这位老姐妹的需求是最符合人民群众对美好生活的向往了，这事 12345 一定会管。在开发商给出一个满意的答复之前，要所有维权业主多人多次地去拨打这个电话。12345 接到投诉后会进行登记，然后开始计时，答复时限为五个工作日。多人多次拨打会凸显问题的重要性，主责部门一定会加大对开发商的工作力度，让其做出让业主相对满意的安排。"

最后，心安对贾老师老姐妹遭遇"坟景房"这件事做了一个总结："这件事靠打官司完全是浪费钱粮的事。只有通过有关部门对开发商施压，让开发商要么想办法处理那片坟地，要么给业主一份满意的补偿。"

贾老师心里有些过意不去，觉得耽误了心安这么长的工夫。她说等有时间一定要当面向他表示感谢。她还请心安一定要多关心幸福家园的交付问题。心安说："放心吧，前几天我在业主群里面就提过一些建议，以后也会继续在群里提供法律支持，帮大家终归也同样是在帮自己。"

贾老师说她会把心安的意见都一字不落地说给自己的老姐妹听，然后非常客气地和心安说了再见。

结束微信通话，心安也陷入了反思。一方面，刚才自己说的这些确实都是自己这些年在鸣声地产处理与客户的纠纷中总结出的心得。鸣声地产对客户算是负责的，也很替客户考虑，至于其他公司那就不好说，可能无所不用其极。他担心贾老师的朋友利益受损，所以将自己所知道的开发商的所思所想都一股脑儿地说了出来。

念及此，心安晃了晃自己的头，和贾老师掏心窝子地说了这么多，要是幸福家园三个月后不能交付，这些方法会不会被贾老师用来对付鸣声地产呢？转念又一想，鸣声地产还算靠谱，不会真的交不出房的。要是三个月后，幸福家园还不能正常交付，他李心安第一个就不答应，自己还要找公司要说法呢，今天对贾老师所讲的就当先武装了自己未来的战斗伙伴了。

心安的母亲在 ICU 里面住了十五天后，病情终于稳定，被转入普通病房护理。白雪一直说自己很忙，到普通病房匆匆看了一眼就离开了。心安也要回去上班，只能请了位护工在医院看护。

心安搭看望母亲的邹佶星的车离开。车上心安讲了贾老师找自己咨询"坟景房"的事，接着拿出一块口香糖，从中间撕开，自己嚼了一半，另一半递给佶星："对了，这些天还没有好好谢过你。"

佶星把口香糖扔进嘴里。"你还是学校那个做派,口香糖分成两半吃。"佶星大大咧咧地,"要是咱俩换个位置,你能不出手相助?"

　　心安笑笑:"你说得也对。"

　　邹佶星一手扶方向盘,另一只手向心安比画:"咱们两个从根上就是一路人。"

　　"哪路人?"

　　"好人!"

第六章

汪珏现身

1

鸣声地产董事长办公室，正午的阳光从朝南的大落地窗照射进来，整个房间宽敞、明亮。雷鸣站在落地窗前看着脚下建设路上川流不息的车辆，嘴角微微上扬。

办公室的门是敞开着的，雷声轻轻地发出两下叩门声，走了进去。

"大哥，您找了老金？"

"嗯，他还算爽快，支援了两个亿。"

"他的钱不能要！"

"钱咬手？"

"大哥，老金他那是高利贷，到时候还不上，会要了我们的命。"雷声的语速很快，中间透着紧张。

"一个月的时间，就算他的利息高，能有多少？借的时间长才是高利贷，时间短就算是过桥。"

"可是，如果一个月之后我们的资金跟不上，这高利贷利滚利，我们真的会被它吞掉的。"

雷鸣的脸上浮现出微笑："所以，老二，你有一个月的时间去搞定贷款或者把销售回款提上来。"

"大哥，我现在每天都拼了命地去找钱，可结果真的不好说。"雷声红着脸说。

"这场仗胜败就在于此，兵贵神速。现在争取了一个月的时间，老二，记住,没有退路,不成功便成仁。以前我对你在一些事情上的做法一直有所限制,但关于筹钱这件事,你尽管放手去干。一个月后,我等着和你喝庆功酒!"

在大哥面前,雷声只能是服从命令。虽然大哥的办公室里阳光明媚,大哥意气风发,但雷声走出办公室的时候觉得自己的脊背一阵阵发凉。

2

虽说休年假时心安每天都会通过邮件或微信处理公司事务,但那天一进入办公区,立即感到现场与以往气氛完全不同,每个人的脸上都没有笑容,都一副心事重重的样子。

心安找到苗蓝办公室。苗蓝见心安来了,先问了他母亲的病情,然后起身把办公室的门关上。

心安看着一脸严肃的苗蓝:"苗总,公司出什么事了吗?怎么人们都有些怪怪的。"

"公司要出大事,现在人心惶惶。"看着心安脸上挂满了问号,一副紧张的样子,苗蓝压低声音说,"最近始终见不到大雷总,有传言说大雷总以个人名义借了两个亿的高利贷过桥。现在公司的销售情况非常差,各项工程都到了大额支出的节点,如果这个月底公司没有钱还高利贷,就有可能全面崩盘。"

心安感觉自己的心脏像是突然被人重重地砸了一锤,狂跳不止,失声说:"崩盘,真的会吗?"

"前两天不是有一个上市地产公司的老板扔下公司,一走了之了吗?"

心安无语,他瞬间想到了自己房子烂尾,求告无门,后面可可无学可上,白雪歇斯底里,一系列根本无法承受的结果,他呆在那里,傻眼了。

"我刚入行就跟着大雷总,所以我是要在这里陪着大雷总走到底的。"苗蓝抽出一根细支烟点燃,轻轻地吸了一口,慢慢地吐出烟,幽幽地说,"本来这些都是公司的机密,我现在告诉你,就是想让你早做打算。先想好怎么把房款收回来,工作现在也该找下家就找下家。别真等崩盘了你现找工作来不及,一家子人还指望着你。"

"房子,那我的房子呢?要是崩盘了,我那幸福家园还能交付吗?"心安现在只关心自己的房子。

苗蓝摇摇头:"现在两位雷总还在做最后的努力,都在外面找钱,听吴小

069

鬼说，如果月底前能有四个亿进账，公司就能挺过去。"

"要是没有四个亿呢？"

"那就覆巢之下，焉有完卵。"

心安忘了自己是怎么从苗蓝办公室里面出来的，他愤怒、委屈、无助，大厦将倾，仿佛有一颗炮弹落在了心安身边，没有把他炸得粉身碎骨，却让他的耳朵嗡嗡地响。有人和他打招呼，有人拍他的肩膀，他都没看到、没听到，也没有感觉到，满脑子都是怎么办、怎么办、怎么办。

一股寒意从他心底升起，心安只觉得身上一阵阵地发冷，这是祸不单行吗？母亲刚到鬼门关上走了一遭，现在房子又要彻底拿不到了。没了房子，还能有生活吗？前半生的辛苦都白费了，后半生的生活也没有了指望，凭什么！

心安脑子"轰轰"作响，一阵混乱，等他脑子稍微清醒些，发现自己竟然站在董事长办公室门口，并且仿佛不受控制般地直接扭动门把手。门把手没有动，锁着，心安又"咚咚"地用手砸门，却始终无人响应，心安这才记起刚才苗蓝说大雷总已经很久没在公司出现过了，于是他赶紧掉头跑向办公区另一端的小雷总办公室。

小雷总办公室是个套间，大门也关着。心安抓住门把手使劲儿一拉，门应声而开，他没有迟疑便走了进去，听到里屋传来任梅的声音。

"雷总，那这次裁员的方案就这么定了，我马上报给董事长。"

"不必了，我签字即可，直接执行，董事长是不会同意裁员的。"声音透着些许无奈，这是小雷总在说话。

心安径直走进里屋，就看到人力总监任梅正站在宽大的办公桌前，双手撑在桌面上，身体面向坐在老板椅上的雷声，前倾四十五度。听到脚步声，任梅身体就像弹簧一样猛地绷直，当回头看清来人是心安的时候，她脸上的尴尬神情立即换回惯常的盛气凌人。任梅低声喝问心安有什么急事非得到总经理这里来找她，并让他赶紧出去，否则他的名字就会直接出现在自己手中的这份裁员名单里。

"快收起你那一套吧，除了扣奖金和开除，你还会什么？有时间好好研究下业务，这把岁数就别总指望靠脸蛋混日子了。"心安怒目圆睁，继续往前走，一直走到雷声的老板台前才停下。

任梅目瞪口呆，脸涨得像个紫茄子，鸣声地产从未有人如此当面顶撞过她，而今天这个人居然就是平时对她唯唯诺诺的李心安。

雷声伸手从桌子上的雪茄盒里抽出一支雪茄，用雪茄钳轻轻剪去两端，"啪"的一声点燃雪茄专用打火机。他将雪茄放在火焰上方两厘米的地方轻轻转动，转了有三圈后，把雪茄含在口中，深吸一口，身子向后仰去，整个人立即被宽大的老板椅的真皮包裹住，口中徐徐吐出一缕蓝烟。

"说吧，有什么事？"雷声向行将发作的任梅轻轻摆了摆手，没有任何感情色彩地问。

"雷总，您好！我是李心安，公司的法务。"

"我当然知道，你的专业能力很不错！"雷声点头，"给公司处理过不少难缠的事。"

"雷总，我今天想和您说的不是工作，是房子的事。"

雷声看着心安，没有说话。

"两年前我在咱们公司开发的项目上买了房子。"

雷声脸上露出一丝笑意："有眼光，买的哪个盘，优惠都给到位了吗？"

"谢谢雷总，"心安苦笑了下，"买的是幸福家园一期。"

"那个盘很好，配套了小学和初中九年一贯制学校，十分便利。"雷声吸了口雪茄，不无得意地说，"当初引入学校的事还是我出面谈的。"

"是的，雷总，买幸福家园的人大都是为了孩子能上这所好学校。大家也挺感谢公司把那么好的资源给引过去。可是，现在的问题是房子延期交付了，而且还可能烂尾。"

雷声脸色顿时一变："谁说幸福家园要烂尾的？鸣声地产从成立到现在二十年了，就没有交不了的房。要说延期交付，那倒是有可能，毕竟一个项目开发周期那么长，稍微晚几个月都算正常，这个你应该很清楚。"

"房子晚交上几个月、半年，甚至一年都没问题，但现在我担心房子要烂尾。"心安看着雷声阴沉的脸，索性一吐为快。

"啪！"雷声重重地拍在桌子上，"无论你是听谁说的，这纯粹是造谣！"

"雷总，这辈子我可能在晴阳就只能买得起这一套房。我被我老婆逼得实在没有办法才到您这里来的，"心安突然露出可怜的神情，"我就想听你们老板给句准话，幸福家园的房子到底能不能交？"

雷声的脸色舒缓了一些："绝对不要怀疑公司交房的决心，鸣声地产是一家负责任、有情怀的公司，鸣声这么多年在老百姓中还是有口碑的。"

心安深吸一口气:"可是我听说公司现在资金链要断了,大雷总借了高利贷,但是现在还是没钱拨付给总包商,项目只能烂尾。"

雷声"扑哧"一声笑了。"这种鬼话你也信?亏你李心安还是公司的法务总监。房子烂尾,有关部门首先就不能答应。"雷声说话的时候手指敲打桌面"咚咚"作响,"要真的到了那田地,我雷某人就从这三十层跳下去给大家一个交代。"

"当然了,公司现在确实遇到了资金问题,不过这是暂时的,公司一直在努力想办法解决。"说到这里,雷声口气放缓,"李总监,你是公司员工,同时又是公司业主,这时候更需要你的支持啊!"

"雷总,我们都知道您和董事长都一心为公司、为员工、更为业主着想。这个时候我作为员工更应该理解公司。可是,那幸福家园的小两居就是我们全家人的命。我实在是怕了,怕收不到房,怕孩子没有学上,怕……要是没有这个房子,我们家就毁了。"

"这我都理解,心安。不要急,你是我们公司的员工,又这么信任公司,买了公司开发的房子,怎么可能让你受损失呢?"雷声边说边拿起电话拨打,让接电话的人到他这里来一下。

雷声放下电话,举起雪茄对心安说:"你先坐,试一试这个。"

心安连连摆手,有些不好意思地说:"谢雷总,我为了攒首付,早把烟戒了。"

很快,办公室套间最外面的房门响起了敲门声,随后苗蓝走了进来。

雷声示意大家都在茶几边的沙发坐下,然后对在场所有人说:"长话短说,无论以后发生什么事情,都要保障我们鸣声业主和员工李心安的利益,而且是可以采用任何的方式、方法!具体由人力资源和客户关系你们两个部门去商量,早点儿拿个意见出来!"

雷声接着又对心安说:"明人不说暗话,我一定会保障你的利益,那么从现在起,你也不要胡思乱想,要做好本职工作,疾风知劲草,板荡识诚臣!这个时候公司要靠大家共同努力!"

话都说到这个程度,心安知道今天也就到此为止了。他知趣地站起来,向雷声表示感谢,然后离开。两位部门总监留下来和雷声继续开会。

很快任梅和苗蓝回到办公区,一块儿找了心安,把他叫到一个会议室。

任梅一反常态，仿佛心安从不曾当面硬撑过她。任梅动情地说了很多，核心意思就是不管公司的项目后续进展情况如何，心安都要在业主群里面潜下去，及时了解业主动态，并主动引导舆论。心安做这些事的对价是如果公司出现再度延期交房，心安可以获得全额退款以及相当于银行同期贷款的利息。任梅说瘦死的骆驼比马大，就算是公司真的有一天到了心安说的地步，给心安的这点儿钱还是拿得出的。

心安没有吭声，这个交易对他个人而言，确实很划算，但其他的业主很可能就没有他这么好的运气。苗蓝什么也没说，只是看了一眼心安。

看着苗蓝递过来的眼神，心安知道，自己现在应该接受这个条件。后续如果幸福家园再延期交房，或者就不能交房了，他也可以全额拿回房款，至于其他人该怎么办，那就只能到时候再说了，各人有各命，这种时候真由不得他李心安高尚，想着保全自己的利益，不丢人。

心安答应了下来。

另一边，雷声又将吴非叫到了办公室。

"四亿元贷款到底到什么程度了？"雷声面沉如水。

"雷总，找了关系人问，那边打包票说月底之前一定会给放出来。"吴非赔着笑脸说。

"这次公司到了生死存亡的关头，现在只有半个月的时间了，这笔钱必须拿到。成了，公司会重奖；败了，所有人就都准备打包回家。"

"嘿嘿，雷总，您放心。这段时间我几乎天天陪着银行的人。"

3

墨菲定律表明，如果事情有发生的可能，不管可能性有多小，它总会发生。

8月20日，雷声赶到银行，拜会江行长。

8月22日，雷鸣在公司总部大楼接待银行信贷团队。

8月23日至27日，雷氏兄弟度日如年。其间，8月26日，雷鸣接到高利贷金老板的电话，笑着提示他两亿元的贷款马上就要到期。

终于挨到了28日——预计的银行放款日，兄弟二人一早就到了公司，等着说好的上午十一点放款。

从早晨八点开始，雷声就不停地吸着雪茄在哥哥的办公室中央一圈一圈地走。雷鸣坐在茶海边喝茶。

"大哥，这回我算知道电影里被围城的军队将领为什么都要在作战大厅里不停地转圈踱步了。"雷声甩甩头，苦笑着说，"心里太乱，根本停不下来。"

"商场如战场嘛。"雷鸣的脸上没有表情，毫无感情色彩地说了这么一句。然后兄弟二人再无交流，一位无声地喝茶，一位无声地走。

九点钟，吴非将电话打给雷声，报告公司的财务和出纳都已经到位，一会儿十点半的时候，会和他一块儿到董事长办公室操作转款。

十点钟，吴非神色慌张地跑到了雷鸣的办公室，上气不接下气地说："雷总，不好了。刚刚接到银行通知，他们临时将这次开发贷的额度从四个亿降到两个亿。"

"为什么？怎么到了最后的时候来这么一手？"雷声朝着吴非咆哮起来。

"那减掉的两个亿什么时候能放出来？"雷鸣沉声问道。

"银行没说具体的时间，他们只说现在手里额度太少，僧多粥少。刚刚他们领导发话，要考虑别的公司的需求，所以这次先发放鸣声两个亿，后续资金尽快安排。"

雷声忍不住破口大骂："银行这帮人都是什么玩意儿！不是他们求着鸣声贷款的时候了！"

雷声让吴非给江行长打电话，吴非忙活了半天，哭丧着脸说江行长不接电话，微信也不回复。

"吴非，你调整下资金安排计划，老金那边的钱先还一个亿，剩下的给各总包分一下。"雷鸣面沉如水，吩咐吴非道。

"大哥，老金的钱不全部还掉，会出问题的。"雷声急了。

"先这么安排，老金那边我去说。"

吴非答应着在电脑上开始调整方案。房间里静得只听见吴非敲击笔记本键盘的声音。调整好付款计划后，吴非打印了两份，到外面的打印机上取回来，呈给雷鸣和雷声过目。

董事长和总经理都没有任何要再调整的意思。

十点三十分，两名财务人员来到雷鸣办公室，调试转款软件。

十一点，银行的电话打给吴非，说资金开始释放。鸣声财务人员用U盾登录公司账号，看到了后面跟了八个0的数字"2"。

吴非把自己的笔记本端了过来，财务人员按照上面列好的账号准备给相关的账户转款。"

雷声拿起手机按照纸上的付款安排，开始给一会儿就要收到款项的总包商打电话。

"老刘，别一打电话就跟我要钱，你从我这里挣的钱还少吗？我和你说啊，一会儿先付你二千万，后面的尽快给你安排。你放心吧，鸣声还能差了你吗？喝酒？行，你定个时间吧。"

"喂，李总吗？我，雷声！前段时间要谢谢你的配合啊，一会儿我这先给您转过去三千万，后面还得多支持啊。"

雷声刚刚打出两个电话就被财务人员的惊呼声打断了。只见两名财务人员指着眼前的电脑目瞪口呆。吴非连忙凑到电脑旁，他看了一眼屏幕上出现的"此账户为司法冻结账户"，回过头来颤声说账户好像被冻结了。

"你说什么！"雷声两步跨到电脑边，说，"是刚才我给打电话的老刘的账户被冻结了吗？"一个财务紧张地说换了两个收款账户，都付不出去。

吴非小声说："是我们公司的账户被司法冻结了。"

"被冻结了？为什么没有提前发现？"雷声继续揪着吴非的衣服领子问，拽得吴非双脚都快离地了。雷鸣也一下子站了起来。

吴非哆嗦着说："这半个月，公司的这个账户一直是只进不出，没有对外付一分钱。账户被冻结，可以往里打款，但想往外转出却是不能。这不往外付款，就看不出来账号被冻结了。"

"吴非，你先去找银行的人打听下，看看账号到底是怎么回事？老二，请汪大律过来，就现在。"

雷声松开吴非，吴非带着两个财务低着头赶紧要走，雷鸣叫住了他们，让他们对今天的事情务必保密。

偌大的办公室里只剩下雷鸣和雷声兄弟二人。

雷声冲到大哥面前，激动地说："大哥，您快走吧！就按照我上次说的那样，您去和欣然会合。国内的事我来处理，随后我就来找你们。"

"不要慌，老二。我怎么能临阵脱逃？"雷鸣镇定自若地说。

"大哥，这不是逃跑，这是您在行使股东的权利。鸣声地产是有限责任公司，股东以其出资对公司的债务承担责任，我们雷家全额出资，没少过鸣声一分钱的注册资本金。我们的义务已经尽到了。现在离开，在法律上没有任何问题。"

"这不是法律问题，这是信义，是仁义廉耻！鸣声这么大的公司，这么多的员工，这么多的业主，再加上总包商、分包商、供货商，还有他们的家属，有多少人要靠鸣声去养家糊口。如果现在我们雷家走了，抛下大家不管，那得有多少家庭遭难。"雷鸣望着弟弟平静地说，"我们不能只想着打胜仗，也要能够收拾好残局，东山再起。鸣声只是周转出了问题，资产其实很优质，不是一点儿机会都没有。"

"大哥，怎么到这时候了你还在讲情怀啊？两个亿的高利贷马上就到期，各项目代付的总包款、材料款也都快有三个亿，就算我们账户能恢复使用，可里面只有两个亿，我们真的是没时间也没能力去找那么多的资金来堵住剩下的窟窿了。"

办公室的门被敲了两下，秘书进来说汪珐律师到了。

雷鸣让雷声去把这次司法冻结的情况彻底搞清楚，他自己先和汪律师谈些事情。

雷声从哥哥的办公室出来，迎面走来一位身材不高、衣着朴素、肚子微微隆起、还有些谢顶的中年男人——正是邹信星的老板，晴阳市律界赫赫有名的珐正律师事务所创始人汪珐。

雷声和汪珐简短地握手："汪大律很久没来我们这里了，我现在有些急事要处理，后面找时间聊。"

"小雷总，您还是如此精干，我随时恭候您！"汪珐一张圆脸笑眯眯的，半鞠躬着目送雷声离开。

进了雷鸣办公室，汪珐马上伸出右手，一路举着，小跑着，上前握住雷鸣的手，使劲儿地摇了摇，满脸堆笑："雷董，好久不见啊，您这气色可真不错。"

雷鸣爽朗地笑着说："汪大律，你现在可是越来越有名了，前两天在电视上看你穿着西装，我一下子都没认出来。"

"让雷董您见笑了，那是参加一档法治栏目的录制。您别说，那西装我还真是穿不惯。我就愿意和雷董您一样，穿白衬衣、黑裤子。"

雷鸣拉着汪律师的手走到茶海边坐下，拿起一把石瓢紫砂壶冲水，问汪珐材料都带来了吗。汪珐从随身带的公文包里掏出一个牛皮纸文件袋，解开文件袋口绕着的白绳，从中抽出一沓 A4 纸文件，递给了雷鸣。

雷鸣接过文件，放在一边，先把茶泡好，给汪珐倒上了一杯，然后戴上花镜，拿起文件看起来。足足看了有十几分钟，最后摘下花镜说："汪大律办事总是一如既往地让人放心。"

"雷董您的事在我们所里就是天字第一号重要的事，文件我也亲自审核过，保证没有问题。"说到这里，汪珐轻咳了一下，"可是雷董，真的要按文件上写的做吗？"

"嗯，这个计划是认真的，而且要马上执行。"雷鸣把洗茶的水倒掉，"我这两年是有些累了，也确实老了。"

"按照国际标准，雷董您这还是算青年人呢。"

雷鸣苦笑着摆摆手："一会儿雷声过来，具体的法律细节问题还得请汪律给他解释下。"

"好嘞，我都听雷董事长的，您挥动指挥棒，具体的事情我来办。"

两人又扯了会儿闲篇，雷声很快回来了，再次和汪珐热情地握了手。

"老二，你坐下，我和你说件事。"雷鸣拍了拍他旁边的沙发，示意弟弟坐过来。

"雷董，要不你们二位先说着，一会儿我再进来。"汪珐边说边站起来。

雷鸣笑笑："抱歉，汪律师，事情有些仓促，还真要辛苦您先到外面坐一下。"

汪珐出了里间办公室，把门带上，在外间的会客沙发上坐下来。

"老二，我准备把我名下的股份全部转给你。"

"大哥，您这……是做什么？"

"公司现在到底是什么样子，我心里很清楚。以前你说资金链要断了，我没当回事，那是故意做给大家看的。不到最后一刻，我不能轻言放弃。否则如果一开始就和大家一样认为公司不行了，恐怕鸣声撑不到今天。"雷鸣长叹一口气，"现在我们真的是到了壮士断腕的时候了，得迅速处理掉几个项目，拿回些现金，把总包商们都稳住，不能让大家都去走诉讼查封的路子，那样鸣声就真的死无葬身之地了。"

"可是，大哥，那也不用把您的股份转给我啊！"雷声胸口好像被一块巨石压着，憋得喘不过气来。

"老二，我得去对付老金。两个亿的高利贷到期不能还他，你能想到他会做什么吗？我是真不敢想。"雷鸣再次长声叹气，"当初我向他借这笔钱的时候，没有给他任何东西做担保，但许给了他五千万，也就是过桥一个月，给他五千万的利息。我和他说得很清楚,鸣声地产现在和未来的经营不能受到任何干扰,我也不会拿鸣声地产的股份抵押给他。所以我现在要去和他周旋几日,给你赢得处理项目的时间。"

"大哥,其实您不该借这高利贷,当初我们直接甩掉一些项目就会好过些。"雷声的声音有些发颤。

"那些项目可都是好项目啊。当初我们拿地的时候有多不容易,看那些项目,就像看自己的孩子。一句话,舍不得啊!舍得、舍得,舍了才能得,看来,我还是没修炼过关哪。"雷鸣有些自嘲,拿起茶海上的烟,抽出一支点上,深吸了一口,接着说,"现在,我把股份全部转让给你,法定代表人也由你来担任。"

"大哥,您也可以把股份转给欣然。哦,也是,现在最好还是不要让欣然持股,可不能连累了孩子。"

雷鸣点点头:"老二,我的股份最后确实还是都要留给欣然,但不是现在。我让汪律师起草了股权代持协议,我的股权都先过到你这里,由你对公司进行绝对控制。同时你也签署股权代持协议,表明这部分股权是代欣然所持有。"

"大哥,我明白。其实我的股份将来也都是要给欣然的。包括我那个码头,也是留着给欣然的。"雷声情不自禁地拉住雷鸣的手,"大哥,您说的这些我都没问题,我能担着。可老金那里怎么办?要不我陪您一块儿去见老金,他要真来横的,我倒想和他好好斗斗,咱也不是吃素的。"

"你把公司的事情搞好就行,"雷鸣很坚定地一摆手,"我接下去就不来公司了,下午召开大会宣布一下我的退休消息。以后这公司,就统统交给你了。去吧,把汪珺请进来,我们这就签股权转让协议。"

4

当天下午,鸣声地产总部召开全体员工大会。会上,雷鸣发表了热情洋溢的讲话。他先回顾了鸣声地产的历史,其间点到了几个老员工的名字,被点到名字的人泪眼婆娑。忆往昔后,雷鸣谈了他对目前房地产行业和公司目前状况的看法。雷鸣认为虽然企业目前遇到了困难,但长远看整个行业是好的。房地产行业将从以往的依靠土地资源获利转向一般制造业一样获取社会平均利润。这个时候对鸣声地产既是挑战也是机遇，关键还要看大家怎么去做。

最后雷鸣饱含深情地说："各位同事，我们大家因为鸣声地产这个平台而走到了一起，你们既是鸣声的员工，也是公司的主人。大家都知道，我们鸣声的文化箴言是'携手相望，共建家园'。这句话到什么时候都不会变！今天我们公司已经发展成为年销售额一百亿元，正式员工一千余人的中型房地产公司。未来我们还要进入地产前五十强、三十强，只有公司变得更强大，才能持续不断地为我们的员工、我们的业主、我们的供货商的美好家园和生活提供支撑。

"还是那句话，鸣声地产是大家全体的，鸣声好则大家好，鸣声衰则大家哀！当前公司面临激烈的市场竞争，遇到了一些困难。但是，两强相遇勇者胜！我们现在要组织突击队、冲锋队，在红海中杀出一条血路，开辟出新的航道，将鸣声地产这艘承载着我们所有人生存与梦想的巨轮驶向蓝海！"雷鸣站了起来，双手叉腰，缓缓地目视全场，接着大声说，"兄弟姐妹们，以前都是我领着你们打冲锋，但这回我给你们大家选了个新的突击队长。雷声，他将成为鸣声地产的董事长、法定代表人，在公司有绝对的权力，他将带领大家做极致的努力、极致的冲刺，为鸣声地产去争取一个更光明的未来！"

会场里顿时发出热烈的掌声。掌声过后，大家则开始琢磨起雷董的话是什么意思。公司以后交给雷声，那雷董又去干什么呢？

"大家一定奇怪，那我该干什么去呢？"雷鸣早已料到大家的想法，他笑笑，接着说，"我当然不会离开鸣声，大家知道，我这么多年一直是单身，你们中间还有很多人给我介绍女朋友，但都被我拒绝了……你们不要笑，我知道你们在我的背后有很多的议论和猜测。今天我就告诉你们，这么多年我一直没有再娶，就是因为鸣声就是我的爱人，在她的身上我倾注了全部的精力，过去、现在和未来我都会用我的生命去爱护她和守护她。"

"现在，我要从公司一把手的位置上退出来，把我名下股份全部转让给雷声，由他来担任公司董事长和法定代表人。大家会去想，是我雷鸣不再爱鸣声地产了吗？是我变心了吗？不！我对鸣声的痴心不改，我甚至比以往更爱鸣声。经过这么多年的沉淀，我们锻造了一支能打硬仗的队伍，我们有了系统的管理制度和体系，我们有了忠诚的客户和合作关系紧密的上下游企业，鸣声现在到了要从丑小鸭变成白天鹅，到了要一飞冲天的时刻。"雷鸣的声音有些哽咽,"这个时候,我要退下来,就是因为我太爱鸣声以至于我把她看得紧。我个人的想法把鸣声牢牢给束缚住了。现在市场环境也变了,鸣声需要新的思路、新的管理体系。现在的我无法否定过去的我,我只能选择离开,选择放手,让你们在座的各位去赋予鸣声新的生命,让她永葆青春的活力和娇美的容颜!"

鸣声地产的员工再次为雷鸣的讲话而动容。鸣声地产的老板对员工好,这在业内都是出了名的,每年公司都会被行业协会评为最佳雇主。现在公司的老掌舵人要离开,只是为了让公司能够发展得更好,这如何不让员工们为之而感动,甚至是感恩呢?

雷声在大家的掌声中发表了就职演说,核心就是他一定不会辜负前董事长的期望,会和大家一道把鸣声建设得更美好。让每一个住在鸣声楼盘的业主感到骄傲,让每一名鸣声的员工感到自豪,让鸣声成为一个能够让所有与她有关联的人和企业获得美好前途的平台。

雷氏兄弟的讲话在这天下午感动了在场的每一个人,其中也包括心安。心安当然相信台上这两位鸣声地产的缔造者一定比台下所有人都更希望鸣声变得更好,他也知道他们正在竭尽全力让鸣声地产渡过难关。但问题是,这次真的可以人定胜天吗?还是说这一切只是暴风骤雨来临前的无谓挣扎?

第七章

雷鸣遇难

1

　　那个下午，心安正在激动且惶恐的时候，白雪正在孙炳文的办公室里和他谈公司账目的问题。这也是白雪第一次来孙炳文的金鼎金融公司。

　　金鼎金融公司坐落在西二环的金融区的一座高档写字楼里，办公区占了整整一个楼层。公司前台引导白雪沿着公司的走廊来到孙炳文的办公室。白雪注意到走廊的墙壁上挂满了一些能够叫得出名字的企业家和孙炳文的合影。也有一些人叫不出名字，但这些照片的下边都会有一条某年某月某日，公司董事长孙炳文先生会见来宾的介绍。

　　孙炳文已经接到了公司前台的报告，笑盈盈地等在自己办公室门口，亲切地与白雪握手，把她让进去。

　　进入房间，白雪就闻到了幽幽的檀木香。只见房间里一面墙的边上矗立着摆满了书籍的紫檀木书架。房间正中靠后的位置摆放了一张巨大的写字台，上面没有电脑之类的办公用品，而是铺了一张白毡子，上面摆着文房四宝。写字台正前方，对着门的方向摆放着一张巨大的由老树根做成的茶海。

　　孙炳文先请白雪参观了他的办公室，用他的话说是请白雪视察并提出宝贵意见。白雪看到檀木书架上摆放了《二十四史》《资治通鉴》等传统书籍。写字台后的墙上挂了一张毛笔字横幅，上书"宁静致远"，落款为"炳文"。而另外两面墙中，一面墙的紫檀博古架上摆满了各式各样的高档酒，另一面墙上的架子上则摆满了金骏眉、大红袍、普洱等茶叶。

　　白雪由衷地说："孙总，真没想到，您这么有品位。"

孙炳文谦虚地说:"我这个人贪玩,对钱没有兴趣,平时就喜欢在这里和朋友们舞文弄墨,喝茶品酒。"看到白雪有些惊讶的表情,孙炳文继续说:"公司正常运转,虽说我算不上富豪,但现在也不需要再为钱的事操心。"

"孙总,你们成功人士都是这般的洒脱,不像我们这些平民百姓,整天都要为五斗米折腰。"白雪笑得有些不太自然,眼前这位孙总的超凡脱俗让她耳目一新,这如果不是有巨额财富作为支撑,又哪儿来的这等气定神闲。

白雪委婉地问孙炳文:"您的公司运转得如此良好,似乎不太需要我来做什么。"

孙炳文一脸正色:"我这公司确实配有财务总监、主管、出纳等一班人马,但我需要有另外的视角来看公司财务账目。这个习惯我已经保持了多年,前不久一直给我做账的外部顾问出国定居了,现在需要再找一位新的外部财务顾问。"

白雪莞尔一笑:"那我一定会努力做好,如果有什么做得不到位的地方,请孙总一定指出来。"

孙炳文点头,拿起一把小巧的紫砂壶,放上武夷大红袍。孙炳文用充满磁性的声音给白雪介绍:"喝茶不仅要四季不同,其实每天的各个时段也应该不一样。这上午就如同春天和夏天,人的火气大,可以喝当年的绿茶。下午如同秋天,可以喝红茶。晚上如同冬天,就该喝温性的普洱。"孙炳文边说边把洗茶的水倒掉,"喝茶也不能只用一把壶,不同的茶要用不同的壶泡,这样才可以把茶的特性淋漓尽致地发挥出来。"

孙炳文和白雪聊了起来,但内容都和公司的账目无关。

坐了一会儿,孙炳文起身进到里面的房间去上洗手间。白雪才发现这间办公室里面还有一个套间,她不禁在心底又一次赞叹有钱人的世界真好,这间办公室的面积已经有她现在租住的房子两倍大了。

白雪看到了心安的微信,但在孙炳文的面前她没有回复。她实在不想让心安在这个时候出现在她的脑海里,因为如果将心安和眼前的孙先生摆在一起,她会感到难受。

中午,孙炳文执意要请白雪吃饭,说是以后公司的财务就拜托给白雪帮他看着,这第一次到公司来饭总是要吃的。

白雪平生第一次体验了金融区最奢侈的商务餐厅,第一次吃到了黑鱼子酱,第一次喝了拉菲,第一次听到孙炳文介绍牛身上不同部位的肉分别都有不一样的名字，而且牛排还分了不同的等级。这次就餐让白雪想起好多年前自己第一次从县城来晴阳市时的感受。站在晴阳市火车站的站前广场上，打量着这个巨大的陌生的城市，心里充满好奇、兴奋、不安，还有坐公交车时被售票员操着一口本地腔调大吼时的自惭形秽。

午餐结束，孙炳文没有开车送白雪，他说金融协会下午有一个重要的会议，非得他去参加不可。白雪忙不迭地请孙炳文赶紧去忙自己的事情，说她自己打车走是很方便的。孙炳文走了，白雪转身去了地铁站。挤在地铁里，闻着一股汗臭味，她的心里有一丝怅然若失。

2

晚上心安回到家，打开房门，家里小客厅的灯雪亮。白雪坐在沙发上一声不吭地抽烟。

"发生什么事了？"心安吓了一跳，白雪以前是从未在他面前抽过烟的，他小心翼翼走过去，赔着笑脸，"怎么还抽上烟了？"

白雪没有吭声，眼睛直勾勾地盯着眼前的小茶几。心安看到那上面摆着两本结婚证。心安说："大晚上的摆弄这两个小红本干什么？"

"明天就去办手续！"说完，白雪"噌"的一下坐起来，两步走进小卧室，"砰"的一下关上门。

白晃晃的吸顶灯让心安有些头晕目眩，他使劲儿按了按两眼的内侧，强打精神凑到卧室门口，轻声地对里面说："最近我是对你和可可的关心少了点儿，可这不也是为了照顾咱妈吗？"

小卧室里面没有动静。

"小雪，你别生气了，我保证从明天开始每天都回来。对了，我们的房子可能交不了房了。"心安的口气低沉，甚至可以说是有些悲切。

房门"忽"的一下打开了，白雪一脸冰霜，双手交叉抱臂，对着心安怒目而视。

"少废话，房子到底咋啦？"

"公司资金链马上要断，不，确切地说，已经断了。估计公司的项目都要停工、烂尾。幸福家园上次定的延期三个月后交房，肯定不可能。"

"李心安！我们买的可是你公司的房子！你口口声声说那房子好，有学区，又能打折，现在你告诉我房子交不了了，要没了！李心安，你坑死我和可可了！"白雪突然爆发，厉声嘶吼起来。

"哇"的一声，可可不知什么时候已经站在了卧室门口，看见妈妈歇斯底里，她也害怕得大哭。

女儿的哭声让心安的心都要碎了，他回身一把抱起可可，小声地哄着、安慰着，告诉孩子爸爸妈妈没有吵架，然后一边向白雪使劲儿地眨眼。

白雪不再哭号，一屁股坐到沙发上，头转向阳台，不看心安和可可，肩头一耸一耸地抖动。

心安好不容易把可可又抱着哄睡了，轻手轻脚地把她放到卧室的大床上，然后走出来，关上门，来到白雪身边坐下。

"现在还有一个可能，就是我们可以要求公司退钱。"心安对白雪说。

白雪"噌"的一下回转身来，急切地问："房款能拿得回来吗？一分都不少吗？"

"嗯，可能还能要点儿利息。"

"可能是什么意思？你能不能说得靠谱些。"白雪一把扯住心安的衣袖，使劲儿地拽了一下。

心安把雷声和他的谈话跟白雪说了。他说现在公司肯定是在极力掩盖资金链断裂的事实，至于下一步公司会怎么样，他不知道。但他知道，现在公司肯定是不想让所有的买房人都知道这件事，否则都到公司来闹、去法院起诉，这样一来，鸣声会立刻崩溃、死掉。所以公司一定愿意拿出钱让他保持沉默。

白雪让心安赶紧找公司去要钱，不行的话，她明天和心安一道去。

心安说白雪不必去，这个时候他从公司要回他们的房款应该没有问题，只是他觉得其他的业主可能就没机会拿回房款，他在犹豫是不是要在幸福家园的业主群里暗示大家一下。

"我是不是得告诉他们？"心安喃喃地说。

"你有病啊？这个时候业主们要都知道这个消息，还不都打上门去。咱的钱也别想拿回来了。"白雪恼怒地说。

"这些天在业主群里和大家聊天，在城里买个房，大家都不容易。这要眼睁睁地看着他们没了房子，也要不回房款，我这心里真是过不去。"

白雪冷笑："房款要是拿不回来，我们又能找谁去哭？收起你那套廉价的公平正义。现在就是决定我们家生和死的时刻，至于其他人，谁能活下来，全靠个人的造化。"

"可安妮呢？要不要说一下？"

"一个都不能说！"

3

幸福的人都是相似的，不幸的人各有各的不幸。当心安两口子正为房子的事各自焦虑不已之际，鸣声地产前董事长雷鸣则在自己的别墅里吃下成倍剂量的抗抑郁药，然而这些药物似乎总是无法压住他要从窗口跨出去的念头。

雷鸣患上抑郁症有些年头了，近两年越发严重起来。

他三十五岁从单位出来经商，经过近二十年的打拼，将鸣声地产从一家小建筑队做到了年销售额近百亿的中型地产公司。在外人眼中，他是成功的，已经实现了财富自由，似乎可以随心所欲。但事实上，随着公司越做越大，开发的楼盘越来越多，员工的人数也越来越庞大，雷鸣觉得鸣声地产不是他自己的私人财产。公司就像一个连接点，连着客户、员工、供应商、总包商……太多的人都等着从公司拿到工资、货款、工程款。如果公司经营不好，这个连接点另一端的人或者他们的家庭就都会受到影响，雷鸣觉得每个和自己、和鸣声地产有关系的人都应该过得更好！

前些年地产行业形势一片大好，房价飞涨，太多的难事都能够用钱去摆平。可这几年，作为民营企业融资成本太高，有时候资金要支付年化15%的利息算是正常，甚至更高。房市也进入了买方市场，盖好的房子卖不动，资金不能及时回笼，融资成本不断累加，他好几次都觉得自己已经站在了悬崖边上。在众人面前，他谈笑风生，挥斥方遒，一个人的时候却心境低落，做任何事情都没有兴趣，甚至身体也出现了问题。

一开始，雷鸣还不知道自己是得了抑郁症，直到有一天他从新闻上看到有人跳楼自杀，原因就是抑郁症，雷鸣才私下约了国内最好的神经学专家对他诊断，结果验证了他自己的担心。雷鸣极端排斥这个结论，他甚至一度拒绝吃医生开的药。但他越来越难以控制自己的心情，整夜地失眠，思维联想速度缓慢，反应迟钝，这些都严重影响了他在生意上的判断力。

雷鸣之于鸣声，犹如神一般的存在。公司的巨大成功，让雷鸣在鸣声一言九鼎，至高无上，所有的人都会无条件地执行他的命令或意见，包括他的弟弟雷声。所有的问题都被公司的迅速扩张给掩盖住了，直到最近两年，公司财务出现危机并越发严重，直至今年的彻底爆发。

老金，本名金俊才，年纪与雷鸣相仿，最早与雷鸣一道创立鸣声地产。老金人如其名，追逐金钱是他的至上目标。等他和雷鸣一起在鸣声赚到了第一桶金后，为了更快速地攫取巨额财富，老金经常不择手段。他的想法屡屡遭到雷鸣的否决。最终老金带着巨资离开了鸣声。后来老金利用自己的特长去干总包，接着又去干来钱更快的生意——开办了担保融资公司，明着按照正常利息对外借款，暗里放高利贷，七八年下来，身家亿万。

一个月前，为了应对鸣声地产资金缺口，情急之下，雷鸣找了老金。虽说十年前老金离开了鸣声，但他自问对得起老金。当年雷鸣给老金平了事，也给了足够高的"分手费"。这几年鸣声地产一直未和老金的公司发生过生意上的往来，但两个人总还是能在一些场合上见面，面上也都过得去。雷鸣对老金一直保有道德和心理上的优势，老金也总是雷哥长、雷哥短地叫得亲热。

老金对雷鸣的到来并未感到意外，他仿佛一直在等着这一天，等着雷鸣这个强人来找他借钱。这两年老金见证了多家房地产公司的崩盘。他指挥手下的融资担保公司对来借钱的地产公司进行残酷的压榨。地产公司资金链将要断裂，亟须输血，老金他们就把地产公司提供的抵押资产的价值评估得很低，放钱出去前一定是要先收"砍头息"，利息高得离谱。自然，来找他借钱的公司最后能全身而退的不多。

雷鸣不是不知道这些事情，他是明知山有虎，偏向虎山行。而且他的抑郁症使他的思维没有以往清晰，容易陷入偏执。雷鸣在潜意识中总认为自己是一个重情义的人，老金发家的本钱都是他给的，当年也是他让老金免除了牢狱之灾。他有恩于老金，这个老金会盘剥别人，但断然不会忘恩负义对他使什么手段。

果然，钱借得很痛快。在老金的豪华办公室里面两个人只谈了十分钟就敲定了两个亿的过桥贷款。老金把他的财务总监叫到办公室吩咐给雷董事长转款。

老金的财务总监按照程序请雷鸣签署股权质押协议，要雷鸣把他在鸣声地产全部的股份作为担保物抵押两个亿的借款。

雷鸣看了老金一眼，慢慢地说："小金，我在你这里不值两个亿吗？"

老金赔着笑："看您说的，您到我这来，就是给我和我们公司这些人脸了。手下人不懂事，大哥，您别生气，千万别生气。"

"啪"，老金一个嘴巴脆生生地打在财务总监的脸上，大吼："快给雷董道歉，马上去转款！"

财务总监哭丧着脸说："对不起，雷董，请原谅我不懂事。"

"小金，你这是做什么？他也不过是在履行自己职责，可以理解。"雷鸣脸上波澜不惊，"只是我的股权都押给了别处。"说着，雷鸣示意那个捂着脸的财务总监去拿纸笔，然后唰唰地写了一张欠条，签上了自己的名字。

雷鸣离开后，财务总监赶紧凑过来问："老板，为什么不让他把股权和房产押给我们？"

"雷鸣来找我借钱已经是没了面子，再让他把他的命根子拿出来抵押，就等于当众打他的脸。"老金"嘿嘿"冷笑，反问财务总监，"你说是打脸重要还是将来拿到他的公司重要？"

财务总监摸摸自己的脸："可这连质押合同都没有签，到时候就算是他还不了钱，我们又有什么办法？"

"雷鸣为人极其自负，也极爱面子。他借再多的钱，就算没有借条，该还的时候也都会还的。两个亿对他不是大事，到时候利息一分也不比别人给的少，对于我们而言也就做了个顺水人情。"老金沉声说到这里，顿了顿，"再说了，做到雷鸣这样程度的企业家，如果不想声名扫地，连累鸣声，就得乖乖还钱。"

财务总监还是有些犹豫："房地产老板倾家荡产跑路逃债的可是不少，万一一个月之后没钱还，他会不会也跑路？"

老金脸上似笑非笑的表情不见了，眼神中透出寒意："跑？他死都不会跑的。"

4

第二天上午，心安一到公司便去找樊丽丽提出自己要退房的要求。

樊丽丽先是冷笑了几声，然后阴阳怪气地说："我可从未听说过小雷总要给你退房，再说了，也没先征求过我们营销的意见呀！"

心安有些不耐烦："这是小雷总特批，人力资源和客户关系的两位总监都知道。"

"人力资源和客户关系的人不对销售业绩负责,当然站着说话不腰疼。"樊丽丽翻出白眼珠,"客户们要是都像你这样跑来退房,那公司的销售业绩弄不好就成负数了。"

"放心,现在只退我这一份。"

"哟,你这一个干了那么多年法务的人,私下这么干,对其他业主公平吗?"

心安虽然极其讨厌樊丽丽,但她最后这质疑的话却让他脸上热辣辣的。

"樊丽丽,你抓紧给李心安办理退房,这事不需要营销同意,是雷声总交代特事特办的,我们都是执行者。"苗蓝刚才看见心安进了销售中心,就跟了过来,已经站在两个人身边听了一会儿。

"哎呀,苗总,这还惊动您了?我是同李心安讲,这事口说无凭,总得有个手续吧。万一将来公司不认这笔账,可就全都算到我头上,说我擅自给李心安退房。不知道的,还以为我们两个有什么事呢。"樊丽丽的一张胖脸泛着油光,说到此处,竟然还有一些娇羞的忸怩作态。

心安强忍住心头泛起的一阵恶心,问:"到底需要什么手续?"

樊丽丽没好气地说:"这事不能明着说,只能走线下的纸质签报审批。营销、人力、客户关系和财务会签,最后雷声董事长审批。"

心安沉着脸,不再言语,点头向苗蓝轻轻致意,转身离去做纸质签报。

"你看他那副德行!好像全世界都欠他钱似的。"看着心安离去的背影,樊丽丽夸张地说着,然后转过脸面对苗蓝,"姐,我刚才可不是冲着您,李心安这人吧,平时对付业主,那可是一套一套的,到了他自己这儿,就完全没了规矩。"

苗蓝轻轻扫了一眼樊丽丽:"现在公司是非常时期,内部就不要再节外生枝了。"说完便转身离去。

当天下午,白雪的银行卡上便收到了房子的首付款一百二十万。白雪不但没高兴,反而没好气地质问心安剩下的啥时候退回来。心安说他接下去每天都会去催财务,但公司现在确实没那么多现金,估计得再等两天。此外,心安更是心知肚明:这房款是不会白白退给自己的,一切不过交换而已——雷声作为老板要求公司现在不能乱,尤其是买了房的业主们绝对不能来公司闹事,所以心安需要好好履行自身职责。任梅、苗蓝和樊丽丽则要求心安必须继续在业主群里当好"卧底",引导好业主们的舆论倾向,让大家静静地等下去。对于所有的要求,心安自然全盘答应,现在,他不作他想,只想着要回自己剩下的钱。

这段时间幸福家园业主维权群比较活跃。朱先生每天一大早都会在群里面发一篇心灵鸡汤文,然后开启碎碎念模式。前些年他坚定地认为房价会降,将家里的积蓄一股脑儿地放到了股市里。七八年下来,房价股市,二者此消彼长,原本可以在二环内买大房子的钱缩水到了只能去买南五环外的房子。老婆时常拿这事在家里埋怨他。渐渐地,他变得郁闷起来,再渐渐地,他抑郁了起来,现在他和雷鸣一样,也已经是一个不折不扣的抑郁症患者。只是家里人并不知道他这不稳定的状态是患了病,反而会觉得他是在找借口逃避没有早点儿买房的错误。在群里,朱先生的谈话内容是广泛的,他有时候会讲当年曾经在股市上的辉煌,有时候也会说现在有颗小行星正朝着地球飞过来,他只管说,也不管是否有人回应他。

贾老师为人稳重,说的都是家里的具体事,在群里主要向大家征求婚房该怎么设计,讨论冰箱是买双开门的还是单开门的,洗衣机是要滚筒的还是掀盖的,热水器是装电热的还是燃气的。她说话从未有炫耀之意,但能看得出,她对她那做IT工作的儿子和未来的儿媳都很满意。

安妮一直在群里引导时尚潮流,确切地说,是在炫耀各种男友给她买的高档服装和饰品。常常为今天穿哪一个品牌的鞋子在群里征求大家的意见。有时候会发个很痛苦的表情包,有好事的男子跟着追问为什么,她就会说男友请她去吃了一片就要几百块钱的牛肉,她的减肥大业又失败了。安妮发的这些让白雪又气又恼,更加坚定了她不告诉对方幸福家园快要出大事的想法。

也有业主发出幸福家园工地的图片,说路过项目的时候始终就看不到工人,担心项目是不是还会有什么变化。心安则立即把公司早就准备好的工人在楼内热火朝天的施工照片发到了群里,说他今天也碰巧路过了工地,好说歹说混进了工地,进到楼里拍下了这些照片。心安的照片立即引发大家一片热议,有的业主还拿着照片找自家所在的位置,大家都说这样的照片简直看不够,让心安有多少发多少,还向心安取经,到底是怎么混进工地的。

心安在发这些照片的时候不是没有纠结过,他真心不希望这些业主被他蒙蔽。当然了,此时他的心里对鸣声地产不会垮掉其实还抱有一定的希望,所以他认为自己的行为也不一定就是在损害这些业主的利益，说不定最后还真会帮到大家呢。在给自己做了足够的心理建设后，心安积极地在业主群里回答业主们提出的关于房屋的问题，很快便获得了"幸福大律师"的称号。

5

9月的第一天，雷鸣按照约定来见金俊才。

"小金，今天没带钱来，什么时候能给你，现在不确定。"雷鸣的声音依然中气十足。

"不急，大哥。"金俊才笑着给雷鸣泡工夫茶，没再说什么。

老金公司的财务总监则在一旁紧张地说："老板，公司每一笔钱都是计算好了进出的时间，这下家还等着雷总的这笔钱救急呢，现在要是贷不出去公司就违约了，也会害了下家。"

金俊才没像上次一样再给这个财务总监一记耳光，只是不作声，缓缓地将茶水加到雷鸣的茶盅里。房间里面充满乌龙茶的香味，却静得出奇。

老金啜了口茶，望着雷鸣："大哥，要不您就延到9月15日，这半个月没有利息，算是送大哥的，主要是我得给下家一个交代。"

"小金，你知道我的钱都用来盖房子了。鸣声的资金链不能断，一断就要有几千户的家庭遭受灭顶之灾。"雷鸣说完喝了口茶。

"我特别理解大哥！虽说这些年咱们哥儿俩各干各的，但大哥的所作所为那是非常让人佩服。"老金也呷了口茶，"可是这后面那家等着放款的也是一家地产公司，要是他们家垮了，也是几百户买房的家庭要跟着倒霉。"

雷鸣沉下脸，金俊才的这些话着实堵住了他的嘴。雷鸣的心情开始烦躁起来，他强忍着抑郁症给他带来的心悸、燥热，头脑也开始不清楚。

看着雷鸣坐在那里，没有任何表示，眼睛只是直直地看着紫砂壶，金俊才给财务总监使了个眼色。

财务总监立即凑近雷鸣说："雷董事长，其实还有一种方式，不仅您不必还钱，而且还能给您再融些现金回来。"

雷鸣完全没有反应，脸上的表情很茫然，还有些不知所措。

"大哥，大哥！"金俊才提高了声音。

"完事了？那我走了。"雷鸣猛地从失神的状态恢复过来，"噌"的一下站起身来要走。

金俊才连忙拉住雷鸣:"大哥,您先坐,听我们给您汇报一个一举两得的方案,保管让咱兄弟二人都受益。"

"我要去趟洗手间。"雷鸣大声地说,挣开金俊才的手。

财务总监赶忙跟上,几乎贴着雷鸣的身体,像是要搀扶,又像是引路,把雷鸣送到办公室套间里面的洗手间。

雷鸣在洗手间咽下了一把药,精神回归正常状态后回到茶海边坐下,听财务总监说了他们的方案。这个方案的核心就是要从鸣声地产拿出一个项目进行包装,假设项目的工程量有四个亿,通过虚增工程量做一套十个亿左右工程量的总包合同出来。然后用这套文件去银行申请开发贷,按照70%的抵押率,可以从银行贷出七个亿。这七个亿里面四个亿留给鸣声地产,三个亿由老金他们拿走。

雷鸣听完后没有作声,表情不置可否。

老金怂恿说:"大哥啊,这可是让大家解套的唯一方法。要不然我的两个亿也要折在鸣声。这么干,也能尽快解决鸣声的资金问题,是双赢的办法。"

见雷鸣不说话,老金又说:"大哥您也不必有后顾之忧。鸣声现在的状态我大概也知道。雷大哥也把股权给了雷声兄弟,还不是为了能全身而退?这四个亿到了那总包公司的账上,您要是觉得鸣声地产还有救,就把这钱转到鸣声地产去,该怎么干就怎么干;要是觉得这鸣声没救了,就把这钱直接转到海外的户头上去,这四个亿也够养老用的了。至于鸣声地产,让雷声直接申请破产,或者索性就放任不管,等处理得差不多,就让雷声也出国,其他的也就都无所谓了。"

雷鸣知道,这么多年,金俊才嗜血逐利的本性依然没有改。这是贷款诈骗,是赤裸裸的犯罪。这么干,他雷鸣一对不起公司,二对不起买了房的老百姓,这是把上千户的家庭推向绝境,临了还要落井下石。雷鸣内心气急,反而笑了:"小金,这件事我需要和雷声商量下,具体怎么办,稍后再给你回话。"

"好啊,你们兄弟好好商量,不过要快,留给您的时间真不多了。"老金冷不丁儿地也笑着说,"对了,欣然还好吧?我在国外有好多朋友的,欣然要有什么事您就招呼一声,我能使上劲儿。"

雷鸣脸上依然没有什么变化,说了声"走了",然后告辞离开。

雷鸣从老金这里出来后径直回到了鸣声。

雷声被哥哥紧急召见，一进办公室就迫不及待地问："大哥，您和老金谈得怎么样了？"

雷鸣面色平和："小金那里问题不大，你不用担心，钱都是以我个人名义拿的，和公司没关系。小金总是要给我面子的。"

雷声仔细打量哥哥，实在没有看出什么异样，他松了口气，正要和哥哥说公司经营上的事，只听雷鸣说："你现在是董事长了，公司所有业务都由你定，不必问我。我累了，真的要给自己彻底放个长假了。"

"大哥，您就放心吧，这些天我在抓紧处理项目，回笼资金。公司上下现在一直保持战时状态，外松内紧，效率还是很高的。"雷声虽然不舍，但想到大哥就此能够早点儿出国和欣然团聚也未尝不是一件好事。

雷鸣脸上一直挂着淡淡的笑容，雷声走后，他又找了几位老员工简单聊了会儿天，就离开了公司，从此，再也没能够回来。

雷鸣离开鸣声后，一直待在位于西山的别墅里。除他以外，家里还有一个老保姆和一个司机。每天清晨司机都会开着闪亮的迈巴赫载着雷鸣到高尔夫球场打九洞球，然后就回别墅。一周下来都是如此。

老金听到手下的报告后，给雷鸣打了一个电话。

"大哥，贷款的事决定了吗？"

"不做。"

"那这事可不好办了。"

"两天后会给你个交代。"

听着手机里面传来的嘟嘟声，老金深吸了口烟，啐了一口，关掉免提。旁边一直听着的财务总监说："雷鸣这是敬酒不吃吃罚酒，都到这步田地了，还死要面子活受罪。"

老金低沉着脸："你让人盯紧些，把手段都用上。"

6

9月6日凌晨两点，远在国外的雷欣然刚刚睡下就听到有人在叫她。雷欣然打开房间的灯，开门一看，只见父亲穿着打高尔夫的T恤笑盈盈地看着她。

"老爸,您怎么有时间来看我了?"欣然从床上跳起来,穿着睡袍跑到雷鸣的身边,去拥抱他。

"爸爸,您身上怎么这么凉?对了,这边的天气要凉一些,晚上也就十摄氏度左右,爸爸,您等着,我去给您拿衣服。"

"不要了,然然,爸爸这次来得比较匆忙,一会儿就得走。爸爸有几句话要和你说。"雷鸣握住女儿的手,让她坐在自己的身边,"然然,爸爸最近听你的话,把公司都交给你小叔管理了。将来你学成了,你小叔就会把公司交到你手上的。

"然然,爸爸一直也没关心你的终身大事。有男朋友了吗?要早点儿成家,有人照顾你,爸爸才能放心啊。"

"爸,不急,我现在还没有碰到合适的人,等回国再找吧。"欣然有些不好意思。

"还是要抓紧,不能只顾学习。另外,要找朴实的小伙子,别找那些瞧不起老百姓的人。咱家也不缺他们那些跑车和别墅什么的。"

"知道了,爸!对了,我这次回来参加的课题就和国内的地产公司资金重组有关系。这段时间我问小叔要了些咱们鸣声的资料和数据,我发现公司现在的管理已经严重落后,这样下去公司的资金流会有大问题的。"

"好、好、好,你长大了,爸爸那老一套不行了,将来就靠你了。"

"爸爸,我这就和您细说啊,肯定能够帮上公司忙的。"

"不,这次爸爸先不听了,回头你好好和你小叔说,让他好好改一改,让公司发展得更大、更好,让更多的老百姓都住上咱们鸣声的好房子!"

"爸,您真的是太伟大了,能够真正替老百姓着想,尤其是地产开发商。国内怎么说来着?叫黑心开发商。"

"好了,不提这些了,也不早了,爸爸先走了,然然,记住爸爸的话,一定要照顾好自己!"

"爸,为什么这么急?我陪您在这儿好好玩两天吧。爸!爸!"无论雷欣然怎么用力地去握爸爸的手,雷鸣还是抽身走开了,头也不回地走向门口。"爸爸!您别走啊!"雷欣然大声喊着,猛然间发现周围的一切都黑漆漆、静悄悄的,只有从窗帘缝隙处投过来微弱的光。

雷欣然躺在床上辗转反侧,回味着父亲在梦中和她说过的话,一种强烈的不安涌上心头,国内现在是上午十点钟,她赶紧拿起枕边的手机,拨出了父亲的电话号码。

电话一直通着，但每次都没有人接，欣然又开始拨打小叔的手机。

雷声倒是很快就接听了，欣然赶紧问："小叔，您看到我爸爸了吗？他在不在公司？现在好不好？"

"然然，你这是怎么了？你爸这几天一直在家里。昨天我们还通过电话，听着状态挺好的。"

雷欣然还是不放心："小叔，刚才我给他打了好几个电话都没有通，您快安排人去家里看看吧。"

雷声笑着安慰欣然："放心，你爸现在每天上午都会去打高尔夫，现在应该还在球场上呢。"

欣然挂断电话后更是毫无睡意，心中越发不安起来，总觉得有大事要发生。国外时间清晨六点，刺耳的电话铃声突然响起，雷声说自己上午和她通话后也不太放心，中午就去了雷鸣的别墅，结果被司机告知今天雷鸣根本没有去打高尔夫，而是一个人到附近爬山了，直到现在都没回来，也没有人可以联系上，他已经报了警，当地公安和救援队都出动了人员开始进山寻人。

雷欣然没去学校上课，坐立不安地在公寓里每十分钟就往国内打一个电话，到了国内时间下午五点，父亲的下落依然杳无音信。欣然没法再待在国外死死等待了，就买了最近一趟直飞晴阳市的航班，第三天凌晨五点飞机稳稳降落在晴阳国际机场。当飞机刚刚落地还在滑行的时候，雷欣然就忙不迭地取消了手机的飞行模式，在她还没来得及给父亲和小叔打电话之际，几条自动推送的信息已经跳跃在屏幕上。

"鸣声地产集团创始人雷鸣登山时坠亡，警方排除他杀。"

第八章

维权无门

1

一早,雷鸣坠亡的新闻充斥了鸣声地产的各个业主群,人们的心态彻底炸裂了。

心安看到这条消息时正在上班的地铁上。他把消息关了又开,开了又关,甚至把手机都重启了一遍。"鸣声地产集团前任董事长雷鸣先生在西山居所附近登山,不慎坠亡,享年五十九岁。""前董事长出事和鸣声地产融资失败有关系吗?是不慎坠亡还是……""掌舵人意外身亡,鸣声地产将何去何从?"这些裹挟着巨大冲击力的信息一个个仿佛都要从手机屏中跳出来。下了地铁,心安向公司狂奔而去。

已经到公司的员工还不多,整体气氛很是诡异,没人能够静得下心去干任何工作,只是不停地小声说话,或者发呆围观。九点上班后,员工们基本都到了,各自回到工位后不再发出任何声响,公司里面顿时一片肃杀。

陆续有公司外面的人前来打探消息,不过他们担心的只是鸣声地产还能否正常运行,还有没有钱结算给他们,至于雷鸣到底为何坠亡,他们根本不会在乎。

鸣声地产在晴阳的几个新项目的业主代表也一起组团过来了,十来人被公司安排在大会议室统一接待,其中幸福家园的业主代表正是朱先生和贾老师。

尽管心安不想和业主代表们在线下见面,特别是见到贾老师,毕竟此前他们通过话,他害怕贾老师能听出自己的声音,从而拆穿自己是"卧底",然而现在公司可以说是十万火急,而且客户关系总监苗蓝还不在,那他作为在职唯一的法务，自然需要责无旁贷地冲锋陷阵去救火，至于其他后果一时间没法考虑太多。

心安抓紧时间做了会儿心理建设后，硬着头皮走进会议室，瞬间就感受到空气中的剑拔弩张。

一位四十多岁、穿着比较正式的女业主说起话来很不客气，她盯着鸣声地产人力总监任梅说："鸣声现在必须对项目能够顺利交付给出具体的担保措施，而且，明确告诉你们，我本人就是律师，现在是在行使不安抗辩权。"

平时公司处理客诉问题，主要由苗蓝带着心安出面，现在苗蓝不在，任梅也不说话，就转头看着身边的心安。心安苦笑一下，极力掩饰自己的担心，先假装拨弄头发，稍稍稳定了情绪，然后装作没有听清楚那位女业主的问题，做出疑惑的表情，将声音压低了一点儿说："这位女士，能否请您重复一下刚才的话？"

自称为律师的女士柳眉挑起，声音提高八度重复了自己刚才的问题，然后气哼哼地盯着心安。

心安偷偷瞅了眼贾老师，发现她完全没有任何疑惑的神情，这才放了心，于是清了清嗓子，不紧不慢地回应起来："刚刚故去的雷鸣先生是本公司的前任董事长，他原来持有的公司股权已经全部转让给公司现任董事长雷声先生。从法律意义上讲，雷鸣先生既未担任公司的任何行政职务，也未持有公司股权，简单地说雷鸣先生现在与鸣声地产没有任何关系。"

女律师露出不屑的表情："别和我在这儿玩法律字眼儿的游戏，谁不知道鸣声地产的创始人就是这位雷鸣先生？现在的董事长雷声是他的亲弟弟，要说他出事不会对鸣声地产有任何影响，这谁能相信？"

"您一开始就表明身份，说是律师，然后您又不让我讲法律。那好，我就和您聊聊人情世故。"心安顿了顿，目光轻轻扫过对面坐着和站着的十几位业主说，"正如刚才这位女士所讲，雷鸣先生是鸣声地产的创始人，是他一手缔造了这个百亿公司。但雷鸣先生的了不起之处不仅在于鸣声地产发展到了多么大的规模，更是在于他从未将公司当作他的私有之物。雷鸣先生一直把鸣声地产作为业主、股东、公司员工、供货商、承包方，也包括农民工等所有相关人员的共享利益之平台。"

女律师业主不耐烦地打断心安："你到底想说什么？既然你说雷鸣和鸣声没关系，那你就让一个有关系的来！我们要见你们的最高领导。你又说了不算，这还不是在浪费大家的时间！"

"大家少安毋躁，等我把事情慢慢说清楚。鸣声地产自从成立后，雷鸣先生一直无比重视公司的稳健发展，希望能够持续地为大家建住得起的好房子，公司能够为员工提供优厚的薪资待遇，让每个人都能过上体面的生活，让公司的上下游单位也同样能够受益。这些年来鸣声始终没有上市，一直秉承稳健发展之方针，就是要有多少钱就办多大的事，不贪功、不冒进，这是对公司负责，也是对广大业主负责。"

说到这里心安顿了顿，接着加重了语气："所以雷鸣先生在他快到六十岁的时候，为公司选取了继任者，也就是公司现任董事长雷声先生。正如刚才这位女士所讲，雷声先生还是雷鸣先生的弟弟，并且雷鸣先生为了能让雷声先生获得充分的权力来维护鸣声地产的利益和发展，还把他名下全部的股份转让给了雷声先生，自己则从鸣声地产光荣退休。所以我想请问这位律师女士，一位已经不持有股份的退休的前任公司董事长出了意外，又能对公司有什么样的影响？"

女律师见众人目光都集中在自己身上，使劲儿挺了挺胸："既然说到这里，那就别怪我把话彻底说透。我先声明没有任何对雷鸣先生不尊重的意思，可新闻上警方公布为坠亡，排除他杀。那我就想知道雷鸣先生到底是出了意外失足坠落，还是，还是……自杀？"女业主说完，往自己的左右看看，想在众人的表情上寻找支持。

不少业主都连连点头，其实今天来的人最关心的就是这个问题。如果是意外事件，那确实和鸣声地产的运行没有什么关系。可如果不是意外，是自杀，那就很难说鸣声地产是不是遇到什么重大问题突然导致创始人转让股权，辞去董事长职务，继而也会影响到在座每位业主的利益。

"雷鸣先生怎么会是自杀？这么说本身就是极不负责，也是对逝者的不尊敬。"一个冷峻和威严的声音在大会议室里响起，人们不自觉地打了个冷战。

苗蓝一身黑西装，戴着墨镜，出现在会议室门口，漠视全场。女律师业主不由得缩了缩脖子。

心安不由自主地站起来，请苗蓝坐在自己和任梅中间。

苗蓝款款走过来，轻轻落座，摘下墨镜，两眼盯着那位女律师。

"我来给各位简单介绍下雷鸣先生的生平，"苗蓝傲视全场，"雷先生年轻时生活经历丰富，自己也当过兵，后来转业到当地单位工作。响应鼓励创业的号召，他投身并创立了鸣声地产。二十多年过去了，鸣声地产年销售额已经过百亿，他的个人资产也已高达几十亿。"说到这里，苗蓝问向对面的业主们："请问这样一位饱经风霜并早已实现财富自由的人，他有什么理由要像这位女士说的那样，去故意结束自己的生命？"

女律师的脸红了，她嘴角动了动，但终究没有发出声音。

朱先生坐在一边欲言又止，他将头凑向坐在他身旁的贾老师："这种事，说不清楚的。有些得了抑郁症的人，表面上看着挺好的，可就是忍不住要跳楼。"

贾老师往边上躲了躲，有些不快地看着朱先生："咱们都不是医生，不好这么讲话。"

苗蓝听到了朱先生的话，脸色铁青，拍案而起："我决不允许有人肆意诋毁雷鸣先生，鸣声地产一定会对侵害雷鸣先生名誉权的人提起诉讼。"

看着业主们都被苗蓝的气势压倒，心安接着说："刚才这位女士提到了不安抗辩权，我来给大家稍微解释下。不安抗辩权是指在有先后履行顺序的双务合同中，应先履行义务的一方有确切证据证明对方当事人难以给付之时，在对方当事人未履行合同或者未对合同履行提供担保之前，有暂时中止履行合同的权利。如果这位女士要主张行使不安抗辩权，就是要在证明鸣声公司履约能力有问题的情况下，先不履行自己的合同义务。但是，现在各位的主要义务，也就是缴纳购房款，已经通过首付和银行贷款履行完毕。也就是说各位现在已经没有行使不安抗辩权的权利。我理解，大家现在只是不安，担心开发商不能把房子按时建出来，这并不是什么在法律上行使不安抗辩权。"

心安这一段关于不安抗辩权的论述虽然有些拗口，但业主们还是都听懂了，并发自内心赞同。是啊，为了买房，多少人掏空了六个钱包，更是因为银行贷款让他们成了月光族，每天都小心翼翼地活着。业主中立即有人激动地嚷起来："房款都交完了，现在只等着开发商交房。"这一认同，反倒让大家都觉得中年女业主的可信度有问题，这个人自称是律师，可说出的话哪里符合律师的水准？

心安见状接着说："刚才我们苗总监已经和大家讲得很清楚，公司前任董事长因意外而离世，这只是一个意外。除此意外，鸣声地产没有任何异常和变化，所有的项目都按照既定的经营计划在有序进展。"

女律师不甘心被碾压，翻着白眼说："既然没有问题，那为什么今天你们的现任董事长不能出面和我们对话？"

"现在的人都这么没有人情味了吗？哥哥出意外，弟弟去处理后事，这难道不是天经地义，再正常不过的事！"任梅适时"噌"地站起来，拍桌子怒吼，"我宣布本次业主接待答疑到此结束，有任何其他问题要沟通请打公司电话，好走，不送！"

2

业主们离开公司不久，朱先生就在幸福家园的业主群里面发语音信息，说刚刚和贾老师一道去了鸣声地产，一个法务总监给大家讲了不安抗辩权和不安的区别，说得大家都哑口无言，然后把大致过程简单复述了一遍，还专门@了群里面的心安，问他怎么看。

心安赶紧调整心态，转换身份，在群里用文字回应说看来鸣声的法务和客关都挺专业，人也算厚道，道理简单明了且客观，没什么问题。

朱先生听了却始终坚持自己的疑虑，他还是不确定鸣声地产前董事长坠亡到底是不是意外。朱先生说有深度抑郁症的人往往无法被人从外部表现识别出来。他本人在炒股失败后就患上了深度抑郁症，无数次站在他们家的窗户边往楼下看，总有抑制不住地想要跳下去的冲动。经过治疗和运动才好不容易恢复正常，现在每天要服用抗抑郁的药。所以，一听到雷鸣坠亡的消息，他首先就想到是不是雷鸣和他一样也患有类似于抑郁症这样的顽症。

心安在群里说："作为买房人，大家其实再怎么担心都不算过分。只是像雷鸣这么成功的人，怎么想都不大可能走自杀这条路。真要是企业不行了，直接跑路到国外不就行了。像他们这种老板，就算是企业破产了，但他们个人已经完全实现了财富自由。现代公司的有限责任制度在股东的个人资产与公司资产之间设立了一道防火墙。股东只以当初他们投入公司的资本对公司的债务承担有限责任，也就是说公司成立的时候，股东投入或者认缴五十万元的资本金，那将来公司就是欠外面一千万元的债务，股东也就是当初实际投入的五十万元收不回来，或者如果没有实际投入，只是认缴的，那就再补给公司五十万元，或者在五十万元范围内替公司偿还债务就可以。所以从法律责任承担上讲，雷鸣没有理由自寻绝路。"

听了心安大段的发言，朱先生情不自禁地说当初他得了抑郁症，是因为家里的积蓄几乎都被他炒股炒丢了，他实在是无路可走。的确如心安所说的那样，但凡能有一点儿希望，谁也不会想着走上绝路。

心安又说股东有限责任的制度设计最早产生于15世纪末欧洲的海上贸易，当时有钱人出资买船做跨洋贸易，因海上风险大，出资人仅以其出资对航行中的风险承担责任，这直接催生了大航海冒险时代。这个制度演变到18世纪诞生了现代公司法，核心就是股东以其出资对公司承担有限责任，有学者比喻有限责任犹如蒸汽机的发明，为人类经济大发展提供了基础支撑。

贾老师给心安发了个竖起大拇指的私信表情。

心安最后总结说既然朱先生和贾老师今天在公司没有看到什么异常，那就不妨再观望观望。再说了，鸣声地产现在最需要的是凝心聚力盖房子，而不是整天来应付他们这些业主，所以他们不去找鸣声的麻烦就是帮自己早日收房。

业主群暂时又陷入平静，接着大家又开始一如往常地说起房子以外的事情。

整整打了一上午的仗，心安长嘘一口气，后背早已被汗水浸透。手机突然响了起来，是白雪。

白雪一如既往地用一种盛气凌人的语气对他说："李心安，我不管你怎么忽悠别人，现在你赶紧把剩下的房款给我要回来。"

"小雪，能不能再等等？人死为大，公司现在群龙无首，都在处理前董事长的事。"

"哼！三天之内必须把钱给拿回来，不然我就去你们公司闹！你那套对付得了别人，对我，没用！"

3

下午心安接到佶星微信，说自己出差回来了，晚上一起吃烧烤。心安正满肚子的愁苦无处诉说，赶紧答应，不过下班后得先去趟医院看望母亲。

"这次住院，到底花了多少钱了？"母亲自从清醒后，一直就追问这个问题，她想知道，却又怕听到花了很多的钱，前两次问心安，心安一直搪塞着不说，更让她心里堵得慌。

心安把一些水果放在病床旁边的小橱柜上，随后挪开上面放的饭盒。心安平静地和母亲说："妈，这次生病住院确实花了不少钱。"

"那得……多少啊？"母亲问得小心翼翼。

心安说连急救、ICU再加上现在住院，一共花了有两万多。实际的数字已经远超三十万元，心安只是不想让母亲难过，故意说花了很多，然后说出两万这样一个数字。

"这么多钱？家里还有钱还贷款吗？可可明年上小学也得要钱，你说我这不是添乱吗？"母亲坐在床上，自责地拍着床。

"妈，你放心。我这一年的工资有三十万元，白雪也得有十几万元。房子也已经买了，年底就有新房住。这些医药费，还是拿得出的。就算是再花上这么多钱，也没关系。当初辛辛苦苦考上大学，不就是想有一天能过上好日子。"

"这一下子就要这么多钱，可真是生不起病了，能出院就赶快给我办理出院手续。"母亲执意让心安先吃他剥开的香蕉，一个劲儿地问他可可在幼儿园好不好。

母亲的邻床是一位很有气质的银发老太太，她目不转睛地看着心安。母亲就给她介绍说是自己的儿子，是做法律工作的。而这位老太太，母亲说她是大学的一位老教授，有两个女儿都在国外定居。

老教授一脸羡慕地说："老姐姐，你真有福气。有这么孝顺的儿子在身边。"

母亲对老教授说："您培养了那么优秀的孩子，都是国外大学的博士，还都在那边买了别墅。这可是我们想都不敢想的事。"

银发老太太黯然摇了摇头。"那都没有用的。等到人老了，生病了，才知道不管穷富，有儿有女在身边才是好。"老太太叹了口气接着说，"我那两个女儿确实很优秀，也都收入很高，每个月都汇款回来。可这钱我根本用不上，大学里的退休金就足够了。"老太太用纸巾抹了下眼睛，红着眼眶说，"上次看到您那小孙女来，我就想在国外的女儿和外孙女们，真羡慕您啊，老姐姐。"

心安母亲是善良的，她见不得别人不好，尤其是这样让她觉得高不可攀的教授，怎么可能会为她这种普通人都没有的烦恼所困惑呢。她说："老姐姐，您要是想孩子们，那就去国外找她们，或者让她们回来看您。"

老教授说："刚退休的时候，我去那边生活过。白天孩子们都上班，外孙子、外孙女都上寄宿学校，一周都见不到一次。一个人待在空荡荡的别墅里面都瘆得慌。孩子们更是不可能回国，他们都已经定居了。"说到这里，老教授摇了摇头，"唉，谁都怨不着，就怨我自己啊，我一直灌输她们出国的观念。"

其实，现在国内发展得根本不比国外差。"

心安见老教授有些伤感，就打着圆场说："阿姨，家家都有些不如意的事儿。不是有人说过幸福的家庭都是相似的，不幸的家庭各有各的不幸。"心安说到这里，似乎觉得有些不妥，于是连忙又说："对不起，阿姨，您的生活是多少人梦寐以求的，就不能用不幸这个词。"

"小伙子，我知道你的意思。不过现在说什么我都不会往心里去了，有人能陪我说说话，我就很高兴。"

心安母亲说："以后您要是愿意，随时可以和我说话，可就怕我文化水平太低，让您这大教授见笑。"

心安一直陪两位老人谈心，直到八点才离开。在去烧烤店的路上，心安回想着老教授和母亲的话，苏东坡的千古名句突然在他的脑海里出现，"人有悲欢离合，月有阴晴圆缺，此事古难全"。老教授的烦恼、母亲的烦恼，还有自己的烦恼都不同。就算有一天自己收了房子，挣了更多的钱，生活就会没有烦恼了吗？应该不是的，自己的成就那么高且把子女培养得那么好的老教授也有这么多烦恼。看着街上匆匆走过的行人，心安想每个人都有自己的烦恼吧，其实也不必急着赶路了，赶到前面可能是另一个更大的烦恼在等着自己。与其那样，还不如忍受现在的小一点儿的烦恼，慢慢地过自己的生活。自己这算是开始领悟人生了吗？心安不禁苦笑，又摇了摇头，想什么呢？白雪都那样发飙了，还是先把房款拿回来再慢下来生活吧。

4

心安很快赶到约定的烧烤店，点了两个人平时爱吃的一些东西。随后，佶星风风火火地赶到。几杯啤酒下肚，心安把杯子重重地蹾在桌上，悠悠地冒出一句："鸣声地产真要完了。"

"咋回事？"佶星瞪着眼睛问。

"我们公司前董事长坠崖，应该是自杀。"

"嚯！这可够劲爆的！官方公布的消息是排除他杀，但也没说是自杀，只说是意外坠亡。"佶星挠挠头说，"哥们儿，你这绝对是惊天内幕。"

心安木然地摇摇头："这不是重点，没工夫八卦。如果雷鸣董事长是自杀的，鸣声地产估计就有大问题，后续可能要崩盘。"

"崩就崩呗，我邹大律早就盼着你们公司倒了。"

"你就不能盼我点儿好？"

"能有多大点儿事，早就说过，你出来一块儿做律师。这样正好，咱俩又可以再续金牌律师二人组的前缘。"佶星给心安的杯子倒满，"此等美事当喝一杯！这烧烤还是配啤酒好，我还得和你搭伴干才有意思。为庆祝你获得新生，你我兄弟二人满饮此杯！"

"还没到那一步。我担心的是鸣声地产一旦资金链断裂，幸福家园房子就没有资金建设完工，就没法交房。连我在一块儿的业主们就都要彻底沦陷。"

"这事好办，亏得你还是个干法律的，要拿起法律的武器啊！"佶星边说边干掉一根羊肉串，"按照房款加利息加违约金直接起诉查封，没有诉讼费我垫上，等最后都要回来给我本金就行，不要利息。"

"我还不知道可以起诉吗？可要是一旦起诉，其他的业主就都会去法院，那鸣声马上就会崩盘。"

"崩就崩了呗，前任董事长都走了绝路，公司还能有啥好？"

"要是公司走到破产那一步，那就是覆巢之下，焉有完卵，每个人都会损失惨重。"心安端着酒杯问，"你还记得上学的时候有个著名的'病马理论'吗？"

"嗯，我记得上学的时候法学院倒是有个马老师，不过他不是教婚姻法的吗？他当时的口头禅就是婚姻就是一个契约。"

心安说："去你的吧，你说的那是风马牛不相及。我说的是破产法上的'病马理论'。"

佶星把自己的长发往脑后捋了捋，"嘿嘿"笑了两声："这破产法上还有马的事？学习委员，就请你帮助一下你这亲学渣同学，说说这'病马理论'是咋回事。"

心安先给邹佶星普及了破产法上的基本概念。说破产指的是债务人因不能偿债或者资不抵债时，由债权人或债务人诉请法院宣告破产并依破产程序偿还债务的一种法律制度。这里面的核心问题就是债务人资不抵债，通俗地讲，就是剩下的钱不够还债了。这时候所有的债权人都要到法院来登记债权，最后按照各自债权占总债权的比例去分得债务人剩下的资产。这时候的债务人就好比一匹马，确切地说是一匹生了病的马，破产程序就相当于杀马分肉。

而债务重组程序是指专门针对可能或已经具备破产原因但又有维持价值和再生希望的企业，经由各方利害关系人的申请，在法院的主持和利害关系人的参与下，进行业务上的重组和债务调整，以帮助债务人摆脱财务困境、恢复营业能力的法律制度。通俗地讲，这债务重组不是让大家都接着杀马分肉，而是要给这匹病马一些时间，在外面找个能给马吃药的大夫，把马治好了。然后这匹好马后续再通过当牛做马来偿还大家的债务。

心安看着眼睛有些发直的邹信星继续说：“国内有位著名的学者就总结出'病马理论'来解释。说这破产企业好比一匹病马，清算是'杀马分肉'，重整是'治病救马'，活马的价值高于马肉的价值，故值得一救。当然这救治病马要考虑成本，通过病马的市场交易，可以降低救治成本。”

"妙啊，真的是妙！"邹信星情不自禁地鼓起掌来，"我觉得你们鸣声地产现在就是这匹病马，而且还是匹不错的、很值得救的病马。"

"所以我现在最纠结的地方就是，要不要告诉其他的买房人，公司的资金链要断了，该怎么办，让买房人自己去做出选择。"

信星沉吟了一下：“我看你还是不要说出去。有多少大银行都是被挤兑垮的？人们一听到地产公司要出事的消息，第一时间一定是抢先出手尽可能维护自己的利益。本来只是现金流一时周转不过来的公司立刻走投无路。这个时候没有人能不出手，因为谁也不敢保证别人不出手。"

"囚徒困境！"心安插了一句。

信星得意地笑着说：“对！就是这个囚徒困境。怎么样，哥们儿我是不是也很有理论高度。"

心安忧心忡忡地说：“我们这些买房人都是囚徒，都陷入了进退两难的困境。现在最好的办法就是给鸣声地产一些时间，让它撑过去。否则，南美热带雨林的蝴蝶效应就会落在我们头上。"

邹信星一半认真，一半调侃：“哥们儿，你真伟大。明知道鸣声地产的前任董事长都跳崖了，还能这么沉得住气，思路还如此清晰，真行！"

"我还能怎么办？我老婆现在天天催着我把房款从公司要回来，要不回来她能跟我玩儿命。"心安长长叹了一口气，"还好现在已经把首付要回来了，可剩下的是真费劲儿。"

邹信星嘴里正咬着一个烤鸡爪，听到这儿，他呆住不动，瞪大着眼睛："你这么牛，还能从铁公鸡身上拔毛？"

"也没啥，我就是找到老板，说如果公司不退我房款，就把公司资金链要断的秘密公之于众。"

"不是，你把我给整蒙了，需要从头捋一捋。"佶星放下酒杯，瞪着心安，"你今天一上来就先说你们公司要垮了，然后说你的房子要收不到，然后又说得给公司机会，再然后又说你甘当囚徒，最后又说你已经退了首付。那我就想问一下，其他的业主也都退了首付吗？"

"当然没有，我说了，其他买房人还不知道鸣声快不行了。"

"那我算听明白了，也就是说你小子利用信息不对称，"佶星脸色突然一变，"一方面在业主群里面极力疏导业主们的愤怒情绪，一方面又利用业主们愤怒的力量给你自己要回了首付。"

心安轻轻点点头，声音低沉："我只是要回了属于自己的钱。"

"那这就是你不对了，我邹佶星认识的李心安以前不这样啊！"佶星双手举在头上挥舞，大声说，"大学里的那个李心安正义且善良，绝对不会做这种损人利己的事！你不觉得这么做对其他买房人不公平吗？"

"算了，我没你说的那么崇高！我也不想那么崇高！我老妈现在还在医院里躺着，孩子还在等着指标上学，房贷也月月都要还，你说你要是我，你能怎么办？除了上学的时候傻了吧唧的，心里不想事，毕业这些年我哪一天痛快地活过？"想到辛酸处，心安没控制好，突然歇斯底里地喊了起来。

邹佶星梗着脖子："正义有时候会迟到的，但永远不会缺席。"

"迟到的正义还是正义吗？你在学校的时候，法理学的考试卷子还是抄的我的答案，还给我讲正义？"心安瞪着邹佶星，接着说，"我也想大大方方地告诉其他业主，鸣声地产快不行了，大家一块儿去和公司要钱。可我要是这么说，我真怕白雪明天就跑到公司去闹，鸣声地产到时可就真的垮了。"

邹佶星不说话，静静地看着心安。

心安继续问佶星："我现在作为买房人，如果预先知道鸣声地产没有资金把房子建完交付，是不是有权提出解除合同？是不是有权要求公司返还全部购房款和利息？"

邹佶星还是不说话。

心安突然抓住佶星的胳膊，使劲儿地晃着说："你这个浑蛋倒是说啊，你说李心安，你有这个权利，你做得根本就没错！"

"心安，快别演戏了，其实你早就想好了，先把自己的房款拿回来，而且是在鸣声地产资金链断裂的消息传出去之前，这样你就可以全身而退。"邹佶星突然笑了，"是不是现在觉得良心上有些过意不去了？你早拿定了主意，现在却向我求证你有没有这个权利，不过是在寻找心理上的一点儿慰藉，想在我这里得到一个你在为自己寻求一个公平和正义的解释。"

心安泪流满面，拿起啤酒瓶使劲儿地猛灌自己一气，然后哽咽着说："我就想要拿回属于我的钱！我要钱！要钱！我不能没有这笔钱，不能！"

佶星点燃一根烟，抽出被心安抓着的胳膊，说："心安，不管你有多么痛苦，但你终归有机会可以选择。而那些被蒙在鼓里的其他买房人，他们有选择的机会吗？人最可悲的事情就是没有机会选择，这是最大的不正义！"

心安"嚯"地站起来，大吼："别说了！就你懂法律，就你是正义的！滚！统统都给我滚！"然后跟跟跄跄地走了出去。

邹佶星默默地坐在原地抽烟，没有去追。

5

9月下旬，雷鸣的遗体告别仪式在旸山人民公墓殡仪馆举行。雷欣然至今依旧无法接受父亲已经永久地离开了她的事实。

七天前，当她看到父亲离世的消息时，犹如五雷轰顶，脑子一片空白，瘫在座位上。飞机上的人都走光后，空姐过来检查机舱，发现了一动不动、泪流满面的欣然。

空姐温柔地请欣然下飞机，却发现这个女孩儿努力地站了起来，但双目茫然，不知该往哪里走。空姐问女孩儿有什么人可以联系，她的双眼仍然是空洞的，仿佛没有听到空姐说什么。空姐正在试图和女孩儿进一步沟通，女孩儿的手机响了。空姐接听了手机，是雷鸣的司机邓叔打来的，他在机场的显示屏上看到欣然乘坐的航班早已到达，却在到达口迟迟没有看到人，就拨打了欣然的手机。

两个空姐半扶半架着欣然走出飞机，进到航站楼，一直到出口。反复确认邓叔的身份后，她们把女孩儿交接给了他。

宽大的车后座上摆放着一个古铜色的靠枕，欣然坐进车里后，把靠枕抱在怀中，"哇"的一声哭了出来。这个靠枕还是欣然送给父亲的，让他垫着自己的腰。

车里有父亲的味道，欣然哭得更厉害了，邓叔一时手足无措，只有发动车子，向医院驶去。

哭了一会儿，欣然泪眼婆娑地问："邓叔，我爸他……到底是怎么出事的？"

邓叔的声音同样无比悲伤："昨天早晨，董事长和往常一样穿好打球衣后没有直接去球场，而是让我把车开到了球场，说是到了中午如果他还没有到，就让我把车再开回家。中午我没等到董事长，就把车开了回来。回家后没有见到董事长。下午两点，雷声总到家里来找董事长，刘妈说上午董事长一个人往别墅外的小山上去了，雷声总赶紧联系董事长，可怎么都联系不上，就报了警。"

欣然静静地听着。

"公安和救援队的人就开始在那座小山下拉网搜索，最后在一处断崖下发现了董事长。"邓叔说到后面哽咽起来。

车子驶入医院，在太平间门外停下。几个人走上来拉开车门，欣然一眼就看到了其中的雷声。

"小叔！"欣然凄然地哭喊，其中夹杂着委屈与悲伤，她扑进了雷声的怀里，爸爸走了，在这世上，小叔就是她唯一的亲人。

雷声搂着自己的侄女，现在她是他在这世上的唯一有血缘关系的亲人，他轻轻地拍着欣然的背，让她在哭泣中能呼吸顺畅一些。大哥的突然离世，对外虽然宣称为意外事件，但他自己心里清楚得很，大哥是自己主动选择结束自己的生命的，其目的是给鸣声地产赢得突围的时间。当然大哥最终的想法还是要让欣然能够更好地去继承这份事业。是的，鸣声地产最终不是雷鸣的，也不是他雷声的，这一切都会属于欣然。

可这个时候，鸣声地产已经到了最危险的时候，有些话雷声还不能和这孩子说。等什么时候自己把眼前的麻烦事都处理完毕，再想着如何与欣然讲这件事。

太平间的冰抽屉被拉了出来，强人雷鸣静静地躺在里面。他这一生中建造了成千上万套的房子，最后他自己却只是躺在这么狭小的冰盒里。

雷欣然还没走到父亲的身旁，整个人就已浑身颤抖，双腿一软，就要瘫倒。雷声见状赶紧将她一把拽住，搀着她慢慢地走过去。

雷鸣死因系高处坠落后心肺破裂，他的头部和身体并没有明显的外伤，躺在那里如同陷入了深度的睡眠。

"爸爸，爸爸，您快起来啊，爸爸，您快起来啊，您去给我捕蜻蜓去，您别在这里睡了。快起来，带然然出去玩啊。"欣然抓住爸爸冰冷的手，她恳求着、哭喊着……

雷欣然一时悲伤过度，当场哭晕厥了过去，此后几天她一直待在医院里。到了遗体告别仪式这天，雷欣然的眼泪已经流尽，她和雷声站在一起，鞠躬向前来送别雷鸣的人致谢。

心安的手里拿了一枝黄色的菊花，他站立在雷鸣的遗体前，深深地三鞠躬。他的心情是复杂的，他敬佩这位雷厉风行的地产强人，这些年来鸣声地产公司在业界做了一系列的良心产品，真正地践行了雷鸣要给普通老百姓造住得起的好房子的理想。可与此同时，公司又因为这位固执的掌舵者的一意孤行而陷入了万劫不复。

心安走到雷家叔侄女身旁的时候，握住了雷声伸过来的手，表示哀悼，同时对雷欣然的深鞠躬也垂首回礼。心安看到雷欣然脸色蜡黄，瘦得像薄纸一般，两眼空洞洞的，全无了两个月前二人第一次在鸣声办公楼下广场初次见面时的神采。心安本想和雷欣然说句话，但她木然的表情让他把要说的话咽了回去，祭拜之后心安便匆匆离开了告别厅。

老金也来到遗体告别现场，他和雷声握了很久的手，眼睛却始终瞟着旁边的欣然，然后在雷声的耳边轻轻说了句："还好，女儿还好好的。"然后，笑着转身扬长而去。

第九章

骗贷融资

1

父亲的葬礼过后，雷欣然很快就回到了国外的学校。一来在国内睹物思人，倍加伤心；二来她负责的那份地产研究报告也到了最关键时刻，导师委婉地提醒她如果延期提交内容，将会影响到整个项目的结果。回程的飞机上，欣然还是觉得这一切都如同梦中一般。她还有好多计划等着毕业后和爸爸一道去完成，人生也有太多的美好还没有经历，就这样戛然而止了。

欣然戴上 U 形枕，想要努力地睡去，希望能够在梦中再见到父亲。翻来覆去折腾了半个多小时，就连她平时最看不上的数羊催眠大法都用上了，也还是头脑清醒，毫无睡意。欣然索性起身打开头顶的行李舱，从双肩包中拿出一个塑料文件袋。

父亲葬礼结束后的第二天，珐正律师事务所的主任汪珐律师就上门找到了她。汪珐在遗体告别仪式上已经见过欣然，再一次地表示哀悼后，汪珐将雷鸣委托他保管的鸣声地产股权代持文件交给了欣然。汪珐向欣然解释说她父亲虽然把名下的鸣声地产股权全部转让给了她小叔，但是她小叔同时也签署了股权代持确认书。雷声在这份文件中确认他所接受的雷鸣转让的股权全部系替雷欣然代为持有，这部分股权的真正所有者是雷欣然。当时的雷欣然没有任何心情去想父亲以外的事情，对于小叔她更是无比信任，所以并没有细听汪珐给她解释这番股权转让与代持操作中的意义。现在飞机上，身体无处可去，精神也无处安放，她索性拿出了父亲的股权转让协议和小叔的股权代持确认书，看了起来。

父亲永远想给女儿最好的——这是欣然看完几份文件后最直接的感受。可是父亲的突然离世，让欣然自然地不想再回到这个让她无比伤心的地方，是的，她不想再回国，也不想去接小叔的班，等有一天小叔老了，就把小叔也接到国外去，至于鸣声，就交给职业经理人团队打理好了。

2

好事不出门，坏事传千里，社会上开始大范围地流传关于鸣声地产资金链要断裂的消息，一些专门写地产方面内容的公众号也不断登出文章说鸣声地产存在重大危机，并影射雷鸣的离世可能与公司经营不佳有关。雷声为之震怒，要求客户关系总监苗蓝立即组织人员发布公告，予以正面回击。

尽管苗蓝的努力起到了一定效果，但是买了鸣声地产房子的人们还是注意到了这些可能会毁掉他们的家庭终极梦想的不利消息。

朱先生在幸福家园的群里开始不停地说这套房子是他加杠杆炒股失败后，卖了市里面的房子，用剩下的钱买的。如果这个房子没有了，他的小女儿明年就没有小学可上，他老婆一定会和他离婚。

心安看到了朱先生的信息，犹豫了，没有像往常一样在群里发言来引导朱先生，因为他注意到朱先生提到了小女儿明年要等着上幸福家园的配建小学，这和他们家的可可面临的是相同的问题。女儿是心安最大的软肋，都说"穷养儿，富养女"，他虽然没有赚到很多钱，但是他对女儿是最舍得花钱的，甚至有时候白雪都怪他太惯着可可。现在他李心安已经明知道鸣声地产存在巨大的财务危机，他无法再去劝朱先生不要相信那些危言耸听的话，甚至他有要把知道的真实信息告诉朱先生的冲动。但是这个念头也就在他的大脑里出现过那么一瞬间，他马上想到自己还有一大半的房款没有拿回，他现在什么都不能说。否则如果朱先生他们知道自己的房子很可能交不了房的时候，他们会把鸣声地产撕碎，那他剩下的房款也就不可能再要回来了。

纠结与矛盾让心安整天眉头紧皱。一个人如果心里有事，那么无论他想什么或者做什么，都会被蒙上一层蜘蛛网，有时候这张网又厚又密，还落满灰尘与昆虫的残骸，有时候这张网只是薄薄的一层。

终于，心安在蛛网笼罩下的世界，被白雪打破了。

看到了朱先生在群里发的内容，白雪的心情也糟糕到极点。她马上打电话质问心安剩下的房款什么时候能拿回来，说这都一个多月过去了，心安能不能长点儿心。朱先生都在为女儿上学着急，怎么他李心安就跟个木头似的，也不知道想点儿办法，哪怕是去给那个财务总监送点儿钱都行。挂电话前，白雪语气稍微和缓些，说她今天晚上不回家了，临时要和客户去上海的分公司查账，让心安早点儿去幼儿园接可可。

心安正琢磨着怎么去找吴非要房款，突然收到了贾老师发来的二十多条语音，每段都将近一分钟。心安立即戴上了耳机，认真听了起来。

贾老师说的事和她儿子的婚事有关。她说这件事有些不好启齿——她儿子李东上小学时，她就和李东当海员的父亲离了婚。多少年了，李东的父亲再没出现过。李东从小就内向敏感，但因为有一位当老师的母亲，他的学习很优秀。高考考得很好，学计算机编程，后来又考上了研究生，毕业后在西南四环这边的一家IT公司工作。李东工作后，贾老师也向单位申请了内退，来到晴阳照顾儿子。刚来这里的时候，母子二人在李东公司附近租房子住，但普通的小两居一个月也要六七千元的租金。贾老师一咬牙，把老家的房子卖了，加上自己多年的积蓄，还有李东这两年的收入，凑在一起交了首付，买了现在幸福家园的房子。

李东工作后，公司的人给他介绍了个对象，一个幼儿园的舞蹈老师，人长得很漂亮，很活泼，李东一眼就相中了，女孩儿也不反感李东。相处了一年后，双方开始谈婚论嫁，女方要求必须买新房，而且新房上一定要写上女方的名字。贾老师虽然当时内心不愿意，但看到儿子为难的样子，就同意在购房合同上写上了李东和他女友的名字。交了首付以后，女孩儿显得很高兴，有时候就留宿在李东的房间里不回去了。贾老师知道现在的年轻人能够接受婚前同居。她也觉得两个人早晚都会在一起，也就高高兴兴地给他们做饭、洗水果什么的。

可最近李东变得很沉默，女孩儿很久都没有到家里来过了，李东每天也都按时回家，也不找女孩儿出去约会，也几乎不和贾老师说话，就一个人闷在房间里。贾老师问李东，李东不说，只是关着门打游戏，再问，就干脆住在公司，连家都不回了。

贾老师忍不住联系了李东的女朋友，女孩儿的回答很干脆，说她听说李东买的房子出问题了，很可能烂尾，收不到房子。贾老师和她解释说房子只是延期三个月交付，不是烂尾，但女孩儿直接就说那就等什么时候交房，她就什么时候再来找李东。贾老师说她本人是一个理性的人，却没想到这女孩儿更加现实。

贾老师给心安提出的问题是，如果这个女孩儿就此和李东分手，那房屋买卖合同上面写了女孩儿的名字意味着什么；如果将来他们两个人分手了，能不能把女孩儿的名字去掉。

心安沉吟片刻后主动拨打了贾老师的手机："贾老师，感谢您对我的信任。对于您刚才的问题，我先试着回答下第二个问题。因为有些复杂，所以还是直接用电话说了。"

"李律师，太感谢您了！您这么忙还能给我打电话。谢谢您！"贾老师对心安能够主动给她打电话，非常感动，一改固有的矜持，在电话中再三向心安表示感谢。

"贾老师，您别客气。因为都是幸福家园的业主，我很清楚李东目前的购房状况，我就直奔主题了。"

贾老师在电话里连声说"好"。

心安说："贾老师，我先确认一些信息。首先是李东和他的女友作为共同买房人与鸣声地产签订了商品房买卖合同，并且这份合同已经在房管部门备案。其次，按揭贷款合同也是李东和他女朋友共同与银行签署。目前房子还没有交，也就还没有办理房产证。李东和您两个人付了首付。"

"是的，李律师，事情的经过就是这样的。"

心安接着问："银行月供都是谁交的？李东的女友有没有跟着一块儿分担？"

"月供一直都是李东自己在交，他女朋友没有出钱。"

在了解了基本的信息后，心安认真地分析起来："现阶段，如果想直接去掉已经在房管局备案的网签合同上的李东女友的名字，那几乎不可能做到。如果想达到目的，首先要李东的女友配合，同意把她的名字从购房合同中去掉，然后还要开发商同意，从住宅与房地产信息网下载《商品房买卖合同撤销或变更信息申请表》后，李东、李东的女友和开发商共同填写，并签字盖章。开发商携带合同原件及复印件、变更合同理由凭据、《商品房买卖合同撤销或变更信息申请表》、买受人身份证原件及复印件、公司代理人身份证原件、企业授权委托书等其他相关证明材料，到房管部门办理。但是，各个区的房管部门的政策不一致，对于商品房买卖合同已经网签备案过的，有的区房管部门直接规定不予办理，等领到房产证后再说。有的部门给予办理，但需要当事人拿到法院的判决或者仲裁机构的裁决书，按照这些法律文件上的内容予以办理。还有的不能办理信息变更，而是要求直接解除网签备案合同，然后再由真正的买房人与开发商签订房屋买卖合同。"

贾老师听得心堵得慌："我儿子女朋友和开发商估计都不会同意和配合。李律师，是否还有其他的好办法？"

心安说："如果女孩儿不愿意把自己的名字从房屋买卖合同上去除，就意味着女孩儿想在这套房子的所有权上分一杯羹。现在在形式上女孩儿和李东是幸福家园这套房子的共同买受人，如果按照正常的手续走下去，未来的房产证上女孩儿和李东将被登记为共有所有权人。"

贾老师忙不迭地说："如果她和我们家李东没有成，那怎么可以让她就白白地占了这么大的便宜，房子的一半怎么也要值两百多万元。"

心安说："贾阿姨，您不要急，下面就说说该怎么办。李东在购房合同上加了女友的名字，但所有的首付和每月支付的按揭贷款都是由李东承担的，如果他女友现在提出分手，或者李东不愿意再将这份感情继续下去……"

贾老师插话："现在不是李东不愿意。"

心安说："这就是一个假设，就是说两个人的恋爱关系结束了，李东现在有两个选择……"心安停顿了一下，他在等贾老师的插话，但这次贾老师没有说什么，她静静地等心安继续往下说。

"李东现在可以选择要钱，也可以要房子。如果选择要钱，李东在购房合同上加上女友的行为可解读为李东和女友合伙共同买房，倘若没有明确区分两个人未来在房屋所有权上的份额，则在法律上将被视为共同共有，未来如果需要分割，则将按照每人各50%的比例操作。如果李东和女友没有书面的约定，说购房款全部由李东承担，则李东的女友理应承担房款的一半。现在李东支付了全部购房款，意味着李东替其女友交了她该承担的那一部分，在双方没有明确表示为赠予的情况下，可解读为李东对其女友的借款。如二人关系破裂，李东可到法院起诉要求其女友，不，这个时候应该称为前女友，来偿还李东替其支付的一半房款。"

"那将来怎么办？"

"等房产证办下来之后，二人可协商将房屋归于一人，得到房屋的人支付对方另一半的房款。如果双方不能达成一致，可到法院要求起诉解除共有关系，法院会判决归一方所有，或者将房屋出售，所得房款双方均分。"

"如果我们就是想要房子呢？"

心安想到了鸣声地产和幸福家园的现状，他差点儿脱口而出：现在还要什么房子，还不赶紧拿钱走人？可这话又怎么能和贾老师直说？

心安只好说："如果想要房子，就要等公司交房，办了房产证后，向法院起诉要求解除房屋所有权共有状态。鉴于女方没有在购房过程中出钱，而且李东同意在房产证上写上女友的名字也是以结婚为目的。现在双方分手了，女方无权分得房产。"

贾老师又问："现在不能马上起诉要求解除共有吗？"

"现在房产证还没有下来，李东和女孩儿还没有取得房屋的所有权，还未形成对房屋的共有权。如果实在没法等，那就由李东起诉撤销对其女友的赠予。"心安说完这句，觉得需要推敲，接着补充起来，"确切地说这也不能完全算是赠予，这个阶段只是让李东和女朋友一块儿跟开发商签了一份房屋买卖合同，套用前面说的，女孩儿还有一半的付款义务，甚至在李东不付钱的时候，她还会被开发商或者银行要求承担代付款义务。所以说是赠予不太合适，应该还是将两个人定义为合伙买房的关系比较合适。关系明确了，就可以采取相应的措施，比如李东可向法院提起解除合伙买房协议，要求确认其为唯一买房人。不过，这样的事我也是第一次遇到，法院会不会受理还得试试看。"

心安想了想，又劝了贾老师一句："贾老师，不管怎样，还是以和为贵吧。一旦诉讼，耗时耗力，两败俱伤，结果很可能不是自己想要的。如果这个女孩儿真的因为房子的问题不能和李东走到一起，还是好好地谈一谈，看能否争取和平解决。"

贾老师在电话里面很热切地问："李律师，您看能不能出面和李东，还有他的女朋友谈一谈，就算我求您了，至于律师费由您来定。"

心安说："贾老师，您不用和我谈费用的问题。大家都是因为幸福家园的事走到一起，将来还要在一起做邻居。远亲不如近邻，我怎么也不会挣这个钱，但是我最近确实不方便出门。我母亲生病住院，孩子不能上幼儿园，我得在家陪着。"

贾老师问："哦，没想到是这样的。孩子妈妈不在，还是太忙？"

心安的心突然猛地跳动了一下，是啊，白雪好像最近总是很忙，不是晚归就是出差，可可几乎都是由他来接送的。

心安说："孩子的母亲是做财务工作的，很忙，我做律师时间相对还能自由一些，但陪了孩子就只能放掉工作了。"

贾老师问心安住在哪里。心安犹豫了一下，说了自己现在住的地方。结果贾老师兴奋地说："我们住得不远，地铁也就三站。现在也不着急给李东和他女朋友解释，要是您的孩子没有人照顾，可以先送到我这里来，或者我过来帮你去幼儿园接孩子，反正我一个人也没什么事。"

心安的内心暖暖的："我先谢谢您，贾老师，我们还没成为邻居，您就要帮我的大忙了。"

贾老师发自肺腑地说："李律师，您别客气。要说帮忙，您这段时间可是给我们家还有幸福家园的业主们帮了大忙。要不是您在群里给大家讲开发商延期交房的时候该怎么办，现在估计大家早就乱成一团。您还在群里解答了很多人的其他法律问题，可真是一个热心人。"贾老师停了一下，接着说，"朱先生和我，还有一些人，大家都说幸福家园的业主有福气，碰到您这样有水平又热心的大律师当邻居，都说将来住到一块儿了，头一件事就是大家要一块儿请您吃饭。"

心安的鼻子有些发酸，眼角湿润，在这尊崇丛林法则的钢筋水泥的世界中，能被人信任，而且是被很多素不相识的人信任，这是一件多么稀缺而又让人幸福的事。不过自己却辜负了这份信任，因为他只是一个"卧底"。

临近小长假，心安原本计划同白雪带着可可先去医院陪奶奶一天，然后一家人再到郊区玩一玩。可白雪却说要陪同做账公司的老板到南方的公司进行财务检查，整个假期都无法待在晴阳。看着心安难以置信的眼神，白雪说假期加班给三倍工资，亏你还是学法律的。这时候不多挣些钱，到时候拿什么还房贷、给你妈治病、给可可报课外辅导班？

心安只能自己带着可可去医院看望了母亲。母亲见到可可格外高兴，拉着可可亲个不停，但眼睛却分明还在寻找什么。心安知道母亲的心思，告诉她白雪出差去了，等她回来就会来医院的。母亲听了也没再说什么，但神情中透有不安。假期中，贾老师盛情邀请心安带着可可到她家里做客，心安再三推迟后实在拗不过，贾老师看到可可喜欢得不得了，告诉心安，平时要是没有人带可可，就交给她。还说心安的讲解暂时让李东的女朋友缓和了情绪，表示可以继续和李东交往下去，等到幸福家园交房日再说。心安感叹年轻人的现实，但想想自己难道不是更现实？甚至现实得虚伪。

3

假期过后的第三个工作日上午，心安刚刚到公司，还没来得及在工位上吃早点，财务部负责办理贷款手续的小董过来找他。

在鸣声地产公司，吴非曾经是雷鸣的心腹，现在又自然而然地成了雷声的左右手。而今天来找心安的小董则是吴非的小弟，凡事皆以吴非马首是瞻。

小董在心安的桌子上放下几份合同和一份审批表就要走。心安赶忙叫住了小董，问是什么情况。小董不耐烦地说就是一份贷款协议，让法务赶紧审核签字，吴总那边还等着去银行。

心安心想真是狗眼看人低，这一大活人就在你面前坐着，连句话都没有。

心安冷冷地问小董："你是不是最近眼睛坏了？"

"怎么个意思？我心明眼亮，好着呢！"

"眼睛没毛病，那怎么就看不着人呢？你老老实实把事情说清楚，这是什么贷款？"

本来要走的小董不走了，他像是看稀有动物一样端详着心安，嘴里叫着："哎哟哟，老板您是哪位？都让人认不出来了。"

心安冷笑着哼了一下。

"李心安，给你脸了不是？"小董走近心安，使劲儿用鼻子闻了闻，说，"我问你，谁给你的自信，还是喝大了，连吴总的协议你都敢卡？"

"用不着你给脸，你也没有脸，都是打工的，装什么大尾巴狼？"说着，心安把桌子上的协议和审批单抓起来，往旁边的空桌子上一扔，"老子今天不高兴，去你的吴总！你愿意怎么巴结他就怎么巴结，别来恶心我。"

"你牛！"小董气急败坏地往外走，合同也没有拿，一边走一边嘟囔着，"你给我等着！"

很快，正悠闲地喝着咖啡的吴非面对脸涨得通红的小董，只淡淡说了句"让你解释，你就解释，抓紧让他签字"。小董仿佛不相信自己的耳朵，他最期望出现的就是吴非拿起电话打给人力总监，让她直接把心安开除，或者扣当月的奖金，让这个今天像是疯了似的家伙好好吃个教训。

小董摸了摸头说："老大，这不是在打您的脸吗？财务什么时候让人这么挤对过？"

吴非眼睛一蹬："哪儿那么多废话？赶紧让他签字。"

小董吓得把自己要说的话生生地咽了回去，掉头往外走。

心安今天是铁了心要和财务的人闹上一闹了。

在鸣声几年，心安是大气都不敢喘。本来他这个法务就是为公司各个职能部门背黑锅的最好人选，只要一出点儿事儿，最后多会说法务没有进行风险提示，或者说提示得不到位。一年到头，奖金能拿全的时间不多。心安曾经试图强势过，有风险的合同他就不同意，但结果总是被销售、工程这些强势部门痛击，最后既要背黑锅，还要为耽误其他部门的时间而被扣钱。这两个月，心安就更加煎熬了，除了传统的受气，又多了一个明明是公司的业主，却又不得不去当"卧底"的差事，不然房子收不到，房款也只能拿回一小部分。心安求吴非退给他剩下的房款，却总是像皮球一样被踢来踢去。这回，他想和吴非强硬一次，既然服软求饶没用，那就索性鱼死网破，如果吴非还赖着不给他退钱，他就坚决不审不签财务的文件。真给逼急了，他就威胁说要把公司资金链断裂的事在业主群公开——威胁公司的话和吴非当然说不着，只和雷声说得着，不过事情也不能一下子就都闹到雷声那里去，用财务当一个导火索倒是个不错的选择。

心安在工位上正吃着包子，见小董又急急慌慌地跑了过来，他没说话，吃包子的速度至少放慢一半。小董也没吭声，他快速地扫视了心安的工位，看到一个空水杯，立即二话不说，拿起杯子就去饮水机上接水。回来后毕恭毕敬地把杯子放在心安面前，赔着笑说："心安总，您喝水。小心，有点儿烫。"

"你是……财务的小董？"心安看小董这家伙仿佛变了一个人，自己也揣着明白装糊涂。

"心安总，咱们这都认识多少年了。"

"你，刚才来过？"

"我……不是刚来找您签字了嘛。"

"你是来通知我被开除的？！"

"瞧您这话说的，要开也是开除我。您这么重要，怎么可能？"

"我重要？"

"特别的重要，离了您我们就什么都办不成。"

"你们吴总不来找我的麻烦了？"

117

"这不我来给您找麻烦了嘛。"

"你找我麻烦？"

"啊，不，我是说，我来给您添麻烦了。"

全程，小董脸上都笑得非常自然，毫不做作。心安心中发出由衷的赞叹，这小董的脸皮到底是怎么炼成的？明明刚才还盛气凌人，现在瞬间就能变得热情洋溢，真是个人才。

"那你倒说说给我添的是什么麻烦？"心安吃完包子，打了个饱嗝，心满意足地瞅着小董。

"好嘞，哥！"小董赶紧又把杯子递到了心安的手里，然后赔笑着对心安讲这次贷款的大概情况。

心安不听则已，细细一听，惊得一口水都喝不下去——鸣声地产正准备进行一次新的融资。具体的方案是以幸福家园项目二期工程作抵押向银行申请一笔开发贷，贷款金额为八个亿。

心安问小董："幸福家园二期工程的总造价不超过六个亿，怎么能贷出八个亿？"

小董说："这次贷款合同上的幸福家园二期工程总造价将调整为十二个亿，按照70%的银行抵押率，贷款八个亿绰绰有余。"

心安惊讶地问："这工程量怎么会平白多出一倍来？"

小董笑得很诡异："心安总，您就别开玩笑了，这不就虚报点儿工程量想多贷点儿款吗？"

心安的脸色一变："这字我签不了。"

小董原本笑得像花一样的脸，瞬间就哭丧了起来："心安总啊，您就别难为我这个跑腿的了。刚才吴总说了，要是我今天不拿到您签了字的审批单，就不用回去了。"

心安知道这小子在演戏，打着哈哈说："今天我要是签了这个字，就是在犯罪。"

"您可别吓唬我。您是专家，您要说这是犯罪，那我现在连这个合同都不敢拿了。可我要是不拿，我就没法回去交差，您说我这上有老下有小的，也就是个打工的。要是吴总一生气把我给开了，我们这一家人可怎么办呢？"说着，小董的脸上居然真的淌下了眼泪。

心安暗自称奇戏演得有点儿过了啊！但仍然笑着对小董说："我也不难为

你，让你们吴总来找我吧。"

"我不敢回去。"小董嗫嚅着说。

心安拿起合同就走。小董忙问："心安总，您这是做什么？"

"去给你小子解套！"

4

财务总监室里，吴非的态度不同以往，非但没有对心安居高临下，反而笑眯眯地说："嗐，这能有什么问题？李总，还请抓紧审查，雷董还在等着呢。"

心安面无表情地说："这合同工程总量加大了一倍，要是真这么干，涉嫌触犯骗取贷款罪。你们可以不知道，我却没理由说不懂，作为公司法务，我有责任说出来。"

吴非像早就准备好了一样，举着手机说："嗯，网上的资料是这么说的，骗取贷款罪是指以欺骗手段取得银行或者其他金融机构贷款，给银行或者其他金融机构造成重大损失或者有其他严重情节的行为。本罪的法定刑责为处三年以下有期徒刑或者拘役，并处或者单处罚金；给银行或者其他金融机构造成特别重大损失或者有其他特别严重情节的，处三年以上七年以下有期徒刑，并处罚金。"

心安笃定地回应："公司现在虚报工程量就属于使用了欺骗手段。"

吴非干咳了一声，说："关于法律方面的问题，我就不和你在这里讨论了，这次融资呢是雷董亲自找珐正律师事务所的汪珐主任论证过的。如果心安总有专业上的疑惑，可以直接和汪律师说。"说着，吴非打开电话免提，拨出了一个号码。

电话中传出一个有些喑哑低沉的声音，正是汪珐。简短寒暄后，吴非请汪珐对幸福家园二期这次融资做一下法律上的解读。

汪珐语速不快，说出的话让人觉得有分量，可信度非常高。

汪珐很亲切地说："心安，你的担心我完全理解，但有几个点，听我给你说说。首先，幸福家园二期的工程是真实存在的，工程量金额存在测算上的误差也属正常。其次，本次贷款的担保是充足的，将使用鸣声地产所有项目资产未抵押的部分进行抵押担保。最后一点，也是最重要的，只要是贷款能够到期归还，或者贷款公司有能力归还，是不会被作为刑事案件立案侦查的。

毕竟在贷款过程中，无论是银行还是其他主体，都没有受到任何损害。这次融回来的资金将全部使用在鸣声地产的项目上，鸣声地产能够一举摆脱经营上的困境，是对银行还款的最大保障。"

心安知道像汪珏这种顶级的大律师，他如果想支持一种观点，一定会讲出很多的理由和依据。如果他今天也站在相反的立场，那这次融资基本就会被他钉进棺材。

汪珏接着意味深长地说："心安，作为一名企业的法务人员，你谨慎的态度很令我欣赏，也让我钦佩，这也是你接受了多年的法律专业训练的结果。但在商言商，企业的法务人员首先是公司的员工，这个角色不可能脱离企业的经营，不考虑企业的发展。企业最大的风险是没有风险。风险与收益之间是成反比的，皮之不存毛将焉附？作为法务人员在审查合同时只需看合同条款是否存在矛盾、是否有重大违约责任等，至于合同里面数据的真实性，这个属于公司业务人员及决策层负责的事情，与法务无关。换句话说，即使有一天出现了什么问题，也与法务人员无关。"

心安明白汪珏说这些就是想告诉自己，就算是在审批单上签字也无须承担任何法律责任，这算是让心安无话可说的阐释。

吴非挂掉了电话，眼含笑意地说："李总，这回该放心了吧？"

心安却更加疑惑了："为什么一定要我签字？既然雷董事长都决定了，公司直接做就可以，何必多此一举？"

吴非晃着尖尖的脑袋说："非也非也。刚才汪主任不是说了，如果真的有什么事，责任最后是要公司管理层，甚至是雷声董事长承担。以往公司的合同走什么样的审批流程，这次也一样要走，至少在追究责任的时候，管理层还可以说一句这是经过公司正常审批流程的。而不是一上来在程序上就存在重大瑕疵，容易让人做不好的解读。"

心安沉默不语。

吴非语重心长地说："心安老弟啊，你要知道，我今天本可以不用和你说这么多，你签不签字我也不在乎。你有没有想过，雷声董事长，包括我，我们这些人辛辛苦苦地冒着这么大的风险给公司融资是为什么？这次贷款的工程量确实被做大了，但公司的目的是什么？不就是想多给公司融资，好让项目都顺利做下去，能给员工发工资，给业主交房，给总包结工程款吗？这不是一件你好、我好、大家都好的事吗？你就想眼睁睁地看着鸣声地产因为资金一时短缺就这么垮了吗？"

心安看着慷慨陈词的吴非，瞬间有些恍惚了，什么时候那个唯利是图、好色阴险的鸣声财务总监变得如此正直了？他当然不会相信，但吴非的话句句说到了他的心里。

吴非看着在他面前仍然犹豫不定的心安，祭出最后的大招："心安老弟，现在只要你在审批单上签字，你剩下的房款立马给你结清。"

心安太想拿回自己的房款了，但现在这件事已经涉嫌骗取贷款罪。如果将来事发，虽然汪珺也讲了，追究刑事责任的可能性不大，但再怎么说他也是同谋者，他真的犹豫到底要不要签这个字。

"老弟，这没什么好犹豫的。想想你母亲的医药费、女儿的学区房，这些哪一样能离开钱？你今天签字，至少还来得及再给女儿买个学区房；不签字，那你就直接收到一张解聘通知书。至于你是不是会去煽动业主闹事，说实话，公司真不怕。退一步说，如果你把公司闹垮了，对你有什么好处呢？公司还可以告你违反了保密义务，不但让你拿不到剩下的房款，还得让你把已经拿回去的房款给退回来。

"我们的生活就像这杯咖啡，苦涩，但我们还是要喝下去，因为喝过了，感觉会好一些。生活也是如此，等熬过了这一段艰难的日子，我们就会感觉好受一些的。"吴非喝了口咖啡，接着说，"不是有那么一首老歌吗？估计老弟你这年纪应该也听过。里面有一句歌词说，一边是友情，一边是爱情，左右都不是，为难了自己。你现在一边是急需钱的老人和孩子，一边是拿回自己的钱。老弟，这个选择很难吗？"

心安低垂的眼角突然抬起："现在就给我剩下的房款。"

"这才对嘛！"吴非干笑两声，"不过公司账上现在真的没有钱，所有的钱都被调去支撑这次融资。这要是八个亿的贷款到位了，老弟你说，你那点儿钱还算事吗？"

第十章

祸不单行

1

毫无疑问,吴非对心安说的这个骗贷融资方案不可能是他自个儿想出来的,而是小长假前老金对雷声讲的。雷鸣惨烈的抉择让老金没有马上采取行动去追回自己放出的高利贷,他懂得做人留几分的道理。雷鸣葬礼过后半个月,老金找到了雷声。

雷声办公室里,汪珐和吴非都在,他们正在商量如何应对公司到期的债务问题。老金微笑着和屋里的人打招呼,然后在雷声对面坐下来,干笑两声说:"小雷总,哦,不,雷董事长,大雷总的事都安排妥当了吧?有什么需要兄弟做的,尽管吩咐。您说大雷总正值壮年,怎么就出了这么个意外?唉,真是天意难违啊!"说着,老金吸了两下鼻子,摇了摇头。

雷声"哼"了一声:"不是天灾,是人祸。"

老金听了丝毫不以为然,从包里拿出一张纸,放在茶海上,打着哈哈说:"前段时间大雷总找我拆了一点儿钱,以我和大雷总那么多年的交情,可是什么抵押、担保措施都没做,全凭大雷总的一个签字。"说到这里,老金扫视了一下房间内的所有人,"我这朋友做的,自问对得起良心。雷声老弟,你可不能把大雷总出事怪到我头上啊!"

"啪",雷声重重拍在茶海的紫檀桌面上,"金胖子,你还配提'良心'二字,你还有脸在这称兄道弟,要不是你逼的,我大哥一定不会走到今天这地步。"

"雷声老弟,话可别说得这么难听。我干的就是这买卖,干的单子也不止你们鸣声一家。"老金脸色也变得不好看起来,"哪个大老板不是自己主动来求着我帮忙的?你可别忘了,当初也是大雷总主动求的我,不是我找的他!"

"我哥现在人不在了,就由着你在这儿编故事。这才几天的时间,你就逼上门来?逼急了信不信我把你的老底都捅出去。"

"姓雷的,和你客气,纯粹是看你哥面子。你还没资格在这儿跟我指手画脚。我今天没带别人来,就是看在大雷总已经去了的分儿上,别敬酒不吃吃罚酒!"

坐在一旁的吴非早已吓得瑟瑟发抖,汪珏却淡然自若地干咳了声,一如既往笑嘻嘻地说:"两位火气都别这么大,听我念叨两句,然后是战是和,二位悉听尊便。"

汪珏沙哑的声音不高,但非常沉稳,这当然来自他见过大风大浪的人生阅历且人脉雄厚的底气,两位剑拔弩张的大佬都不由得停了下来,齐齐看向了他。

汪珏拿过紫砂壶,注满开水,略微放了十秒钟,然后将褐色的茶水倒在公道杯中,给雷声和老金面前的茶盅分别倒了七分满,等慢条斯理地做完这些后才接着说:"大家聚到一起皆为求财,没什么私人恩怨。大雷总驾鹤西行,相信也不是金总所愿。"

老金点头称"是",雷声则鼻子里面"哼"了一声。

"地产行业现在不好做,很多企业的资金链都出了问题,大雷总找到金总,既是他们以往的交情,也是如今的无奈。"

老金插话:"汪主任,您说得太对了。我和大雷总那是十几年的兄弟,要不是大雷总,我怎么会连任何担保措施都没加?再说了,就算款子到期了,我也一句不好听的话都没提过。"

"你是什么人,能干出什么事,谁不知道?"雷声的火药味依旧十足。

"我汪珏和大雷总、小雷总,还有金总都是在十几年前就认识的。那时候鸣声地产刚起步,金总还没离开,我这老朋友就说些不怕大家生气的话了。"汪珏先向二人做了一个请茶的动作,然后声音低沉着说了起来,"大雷总为什么会走?不管具体的原因是什么,我想,终归都是为鸣声。咱们都一块儿经历过鸣声的创业期,你们二位是直接的参与者,我是公司的法律顾问。大雷总把鸣声看作他的命根子,他所做的一切都是为了鸣声地产好。近期公司资金出现问题,他去找了金总。金总的钱贵,这是人人都知道的。两个亿,放

123

在以往，对于鸣声根本不算什么。可现在情况不同，多少企业就是因为一笔钱周转不过来就倒下了。金总不要担保就能把钱给大雷总，那也是和大雷总有那个交情。兄弟们风风雨雨十几年，江湖恩怨，哪能说得清谁对谁有恩，谁对谁不义？"说到这里，汪珐用眼神探寻着雷声和老金，然后自问自答，"不可能！"

"所以，大家凡事还是要向前看，看下一步该怎么办。钱虽然是以大雷总个人名义借的，但最终还是用在了鸣声。鸣声现在又急需资金，不可能有现金给金总。事就是这么件事，现在大家没时间去争吵，应该一块儿想条生路。"

雷声点燃一支雪茄："我们家已经付出了天大的代价，现在鸣声账上没一分钱。老金愿意干什么就干什么，我都接着。不过有句话先说到前头，别再整那套下三烂的玩意儿，我雷声不是吃素的。"说完，雷声将茶盅端起，一饮而尽，然后把茶盅重重地蹾在茶海上。

老金则嘿嘿一笑："小雷总还是这么个暴脾气，事情虽然难办，但办法总比问题多。"说着，老金看向汪珐，"我这次来，就不是向小雷总兄弟催账的，我知道鸣声现在有多难，哪能在这个时候追在人家屁股后头要钱，那也忒不仗义了。"

汪珐接过话说："是的，有事好商量，都是经过大风浪的人，少安毋躁，办法总比问题多不是？"

老金点头："正好，汪大律也在，我这儿先提个方案，大家看是否可行？"老金把眼前的茶水一饮而尽，然后开始说他的方案。

老金的办法其实就是此前和雷鸣提过的——从鸣声找出一个还没有开发建设的地块，做大工程量，将总包合同金额大幅提高，这样就可以从银行多贷款。将原本只能贷出四个亿的工程量贷出八个亿。这样，老金的两个亿连本带利能够一次清偿，剩下的资金投入鸣声地产在建项目，项目销售资金回笼后再还给银行。这样一周转，满盘皆活。

雷声听了老金的方案，心中为之一动。但他知道这属于刑法中明确定性为违法犯罪的事，所以更多的是犹豫。

汪珐则恰到好处地对这件事是否最终会被追究刑事责任做了法律层面的详细分析，内容就如同他后来劝说心安时讲的一样，当然，讲得会更有煽动性一些。

听了汪珐的专业分析后，雷声虽然在内心深处已经倾向于要做这件事，但他也提出现在银行信贷大幅收紧，很难从银行批出这么大的额度。

老金哈哈大笑，面露得意之色："雷声老弟啊，这就是术业有专攻的问题了。这么多年来，地产一直是黄金时代，我没干地产，我干吗去了？就是去干这金融啊！我虽然没有直接干开发，但我专门借钱给干开发的，这些年从兄弟我手里过的钱可太多了。贷款这条路全是通的，只要合规合法，他们不给别人也一定会给我，而且是先给我。"老金说得嗓子有点儿痒，端起杯茶，一饮而尽，"所以贷款的事根本不需要你雷声老弟操心。你们鸣声地产只需提供一份总包工程量清单就行。"说到这里，老金又转向汪珐说："然后这法律层面的事，还得靠你老兄。"

"好说，好说，只要两位老板定好，其他的都交给珐正。"汪珐一脸赞许地笑着补充说，"对了，这次鸣声地产申请贷款一定要把公司内部流程走全了，相关部门的负责人都得签字，这样即使将来有什么问题，还可以推说是公司集体决策。你想想，连我们公司法务都没看出来的法律问题，董事长又怎么可能知道呢？"

几个人顿时哈哈大笑，老金拍手说汪大律就是大家的保护神，今晚都别走，大家好好聚聚。席间老金频频向雷声示好，但雷声并没有当场就答应老金的方案，汪珐则打圆场说来日方长，让雷董好好考虑考虑。

小长假期间，雷声整天一个人坐在办公室，觉得鸣声现在诸事不顺，举步难行，似乎只有老金这一条路可走。虽然有一定风险，但与其就此困死，还不如索性放手一搏，总不能兄弟两个人奋斗了大半辈子，最后什么都没给欣然留下。

假期结束后的第一天，雷声给老金和汪珐分别打了电话，表示自己同意老金的方案。于是各方立即开始紧锣密鼓地行动起来。吴非负责内部流程，雷声指示他说为了促成此举，可以使用非常的手段和方法。

2

吴非办好贷款所需的全部材料后，老金利用他多年在银行建立的关系网，全速推进，贷款审批一路畅通。鸣声高层重燃希望，要是能有五个亿的资金注入，公司定能转危为安。甚至雷声乐观地认为现在很多贷款无门的中小房地产公司倒闭，等鸣声挺过这一关，还能到市场上买几个便宜的项目，捡捡漏。

在贷款材料上签字后，心安的心情颇有些忐忑，但想到鸣声地产可以借此翻身，幸福家园的业主们能够顺利收到房子，他觉得值得冒这个险。是的，做生意哪能没有风险呢？英文缩写 JV 指的是合资企业，其实就是取的英文单词"Joint Venture"的首字母，英文直译就是"共同冒险"的意思。最重要的是，这让先拿回了部分房款的心安在面对幸福家园的业主们时，心中的愧疚感能减轻一些。

朱先生在幸福家园业主维权群里面碎碎念的问题越来越严重，现在开始展示他女儿的照片了。那是一个和可可年纪一般大的小女孩儿，长得像洋娃娃一样，活泼好动。心安每看到一次，心里就难受半天，他不敢想象如果朱先生不能按时收房，幸福家园的配套学校不能开学，这个可爱的小姑娘能去哪里上学呢？心安无数次祈祷，鸣声地产这次的融资能够顺利进行，人们都能够得偿所愿。

贾老师经常会在下午的时候坐三站地铁来把可可从幼儿园接回家，她已经实际承担了奶奶的角色，她说将来等幸福家园的房子交了，大家都住到一个小区里，那个时候可可奶奶也早就出院了。她就和奶奶一块儿带可可，也省得她一个人在家也没个伴儿说话。可是一说到儿子和女友的关系，贾老师就笑不出来，女孩儿坚持要等真正收房后才能领证结婚，而李东也觉得自己的爱情被什么东西污染了，没原来那么甜蜜了。

3

鸣声地产本次的融资是向银行申请的开发贷款，必须专款专用，只能用于申请贷款工程的开发建设，而且只能随着工程开发建设的进度来逐步释放资金——但实际的做法是另外一个样。有的开发商会想尽办法来一次性提取这笔资金，不会任由这么大一笔资金躺在银行的账户中。

开发商会以支付总包工程款为由，将款项从开发商账户支付到总包商账户，当然这需要总包商配合，提供工程量清单。等钱到了总包商账户后，再由总包商账户支付到开发商指定的其他账户，从而达到开发商灵活使用这部分资金的目的。地产业内称为开发贷盘活，合规吗？不合规，但有人铤而走险这么做。

为了便于控制，幸福家园二期项目的总包单位直接定了老金所控制的建筑公司。转款路径为网银操作，即银行将款项放到鸣声地产开发贷专用账户后，由鸣声地产通知银行将该款项从鸣声的账户划转到建筑公司账户。建筑公司的财务人员来鸣声地产，在鸣声地产财务和法务人员的陪同下，将收到的开发贷瞬间再转到鸣声地产指定的账户。当然这个陪同理解为监视更合理。

  银行将本轮贷款放款日定在 10 月 20 日上午 10 点，当天上午 9 点 30 分，建筑公司的两名财务人员已经到了鸣声地产。她们随身携带了一台笔记本电脑，转款的现场就设在鸣声财务总监吴非的办公室。

  9 点 40 分，建筑公司财务人员打开了电脑，连上网络，吴非让鸣声地产的财务人员先通过一个账号给建筑公司接收贷款的专用监管账户打了 10 万元。很快，笔记本显示建筑公司的账户收到 10 万元。建筑公司的财务人员随即将这 10 万元汇往鸣声地产用于接收开发贷的账户，鸣声地产的财务人员也很快确认该账户进账 10 万元。整个汇款通道没有问题，所有人员都屏气凝神等待放款时刻的到来。

  10 点 08 分，银行开发贷终于如约而至，总包商财务人员的笔记本电脑的屏幕上显示出账户接收到的款项金额，前面第一个数字是"5"，后面跟着"00,000,000.00"，五个亿。心安反复数了两遍，确认无误，刚要说话，只见吴非催促财务人员立刻往回转款。众人都屏住呼吸看着转账。负责转账的女孩儿输入了转出的金额为五个亿，点击确认后，电脑界面转了十几秒钟，显示转账失败。吴非急问怎么回事，女孩儿没有答话，又重新操作了一遍，还是没有转账成功。

  "好像是账户设了转账金额限制。"女孩儿的鼻尖上冒了汗，说话的声音微微颤抖。

  "怎么回事？赶紧查！"吴非厉声高叫。

  女孩儿用颤抖的手在网银上查看："交易设有一次最高只能转款一个亿的限额。因为刚才一次性转款五个亿，所以系统显示不能成功。"

  心安的心刚才已经提到了嗓子眼儿，他以为出现了什么意外，听到女孩儿说账户设了交易的上限，心情稍微平复了些。吴非让总包商财务人员马上给银行客户经理打电话，取消付款上限。

  一番操作，时间又过去了五分钟。

  得到银行客户关系确认账户付款上限已经取消后，总包商财务人员再次登录付款账号，待界面出现在她的面前，她不禁"啊"了一声。

众人急忙都凑到笔记本屏幕前观看，只见数字"5"依然排在第一，但后面只剩下两个0，后面一连串的0都不翼而飞。五个亿变成了500元，距离大家看到令人震撼的五个亿的数字只过去了不到五分钟。

"钱呢？"心安脱口而出，他的眼睛都快冒出火来，一把抓住操作电脑的女孩儿的胳膊。

"我，我也不知道怎么会这样！"女孩儿哆嗦着说不出话。

"哭什么哭，给我老实说，这到底是怎么回事？"吴非大吼起来。

"我们真的什么都不知道。"总包商的两名财务人员，年轻的那个已经哭起来，年岁稍微大一些的只是不断地重复这一句话。

吴非大喊快给银行打电话，问他们到底是怎么回事，是不是银行的系统出了问题。毕竟吴非搞了这么多年的财务，关键时刻还能拿个主意。

年纪大的财务人员给银行客户经理打了电话，当她放下电话的时候，整个人瘫坐在椅子上，一言不发。

吴非跳过去，一把把她从椅子上薅起来，一个字一个字地咬着牙往外迸："怎么回事？"

"钱被人从柜台转走了。"蚊子一般的声音从她的口中传出来。

心安只觉得自己耳朵嗡嗡作响，大脑一片空白，只听吴非在厉声问："是谁？什么时候？转走了多少？"

"就在刚才联系银行取消付款限额的时候，有人在柜台将五个亿全都转走了。"

"什么人？"

"没说，银行就说对方证照齐全，合法合规。"

"去你的。"吴非一巴掌扇在总包商财务人员的脸上。然后让人喊几个保安进来看着这两个财务，吩咐事情查清楚之前，谁都不能走。

吴非对心安和鸣声地产的财务说了一句"我去找雷董"，然后快步走出办公室。

从吴非的办公室窗户望出去，原本晴朗的天空中不知何时已经阴云密布，心安的心情也黑暗到了极点。

他最害怕的事情来了。说好的八个亿，怎么到放款的时候就变成了五个亿？公司提前不知道？看吴非的样子不像不知道，因为一开始从账号上看到的就是五个亿，吴非没有提出任何疑问。账户被设置转款上限，在取消限额过程中，就有人从柜台把款转走，这是赤裸裸的盗窃，甚至是抢劫！心安想到这里，"噌"地站起来，他要去找吴非，不，去找雷声，这事没有那么简单，应该立刻报警！

心安心急如焚地走到门口，迎头遇到了沉着脸的雷声，后面跟着吴非。

吴非进房间后，对坐在沙发上的两个低着头的总包商财务人员说她们可以走了。

心安急切地问："雷总？"

"我现在强调一件事，今天在这里发生的一切，包括银行柜台的事情，谁也不许对外说。否则，鸣声和我雷声都饶不了他！"说完，雷声铁青着脸，转身离去。

李心安心急如焚，他拦住吴非："吴总，到底发生了什么？"

吴非耸耸肩："这是雷董事长和总包商之间的事，我也说不清楚。一切都等老板的指示。"

4

心安这一天过得六神无主，浑浑噩噩。下班先到贾阿姨家里接上了可可，然后回到家，难得看到白雪在家里。心安突然意识到，白雪好像已经连续出差了好多次，而且每次都要在外面待上几天。只是这些日子心安的心思都在向公司要回房款上面，他麻木了，麻木到自己妻子究竟在忙些什么，他都没有细细想过一次。

晚上九点钟，可可睡熟了，白雪靠着床头躺在可可身边看手机。

"这些天你总在外面，肯定累坏了吧？"心安走进小卧室，柔声对白雪说。

"你什么意思？"白雪眉毛竖了起来，语气中带着一些诘问。

"我没什么意思啊，就是这些天你都没怎么在家，辛苦了。"

"废话，我倒是想天天在家，可你也得能养得起我们呀！"

沉默，长时间的沉默。

最终还是心安打破了沉默，声音低沉地说："鸣声这回真的要不行了。"

白雪"哼"了一下："就你们那个破公司，早该倒闭八百回了。"

"我……打算回头去做律师。"心安犹豫了半天，还是将心中的想法说了出来。

"早干什么去了？现在律师是那么好做的吗？接不到案子就没有钱，到时候让可可跟着去喝西北风？"

心安嗫嚅着："也不会一点儿钱都挣不到的。这几年在地产公司当法务，总想着法对付业主，心里不好受。我就想着出去当个普普通通的律师，代理老百姓的案子，他们也需要有人替他们说话，维护他们的利益。"

"李大善人，你是脑子进水了吗？看看，你好好看看，现在这家都变成什么样子了？"白雪干脆从床上坐起来嚷了起来，"我整天还在外面拼命挣钱，一心想着给可可买个新的学区房，可你倒好，在这儿玩起悲天悯人来了。求求你，在关心其他老百姓之前，先关心一下你的女儿李可可，行不行？"

"我不是那意思，就是想和你说说心里的想法，这不也好不容易见到你，和你商量下。"

"甭废话，李心安，我们没什么可商量的。一句话，你必须立刻马上把剩下的房款要回来。你们鸣声地产谁死了我都不管，反正我的房款不能死！还有，你要真去当了律师，没了稳定的收入，就别在这个家待了。要你这个大男人有什么用呢？离婚！趁早！"

"小雪，现在你一说话就急眼，难道我们就不能心平气和地说说家里这些事吗？"

"我急眼？好，我以前是这样吗？还不是买了你们公司那倒霉房子，现在房子不能交，钱也退不回。我能不急吗？我愿意这样吗？"白雪声音越来越大。可可被吵醒了，哭着喊："爸爸妈妈你们不要吵架，可可害怕。"

心安一把把女儿搂在怀里，连声说："可可乖，爸爸妈妈没有吵架，是在商量事情。你看，妈妈还朝着你笑呢。"说着，心安朝白雪使劲儿地挤眉弄眼。白雪则没好气地走进洗手间，拒绝和心安对话。

第二天心安到了公司，什么事都不做，直接去了吴非办公室。吴非不在，心安就拉了一把椅子坐在吴非的办公室外面。公司陆续有人来上班，看着心安脸色铁青地坐在吴非的门外，顿时议论纷纷。人力总监任梅闻讯而来。

任梅说："李心安，你这是唱的哪一出？不在工位上待着，跑到这里想当保安啊？那你这个月就只能领保安的工资。"

心安面无表情地说:"鸣声地产欠我的多了,还在乎这点儿工资吗?"

"你这是什么态度?李心安,马上回到工位上,不许在公司制造混乱,否则开除你。"

心安一脸鄙夷:"除了吓唬人,你还会什么?能找点儿有技术含量的招儿吗?"

任梅脸色煞白:"李心安,反了你了,你给我等着,这个月的奖金和绩效全部扣罚!"

"你扣下试试?告诉你,我没有违反任何公司的劳动纪律,更没有违反劳动合同,我的KPI(关键绩效指标)都保质保量完成,你凭什么扣我的绩效和奖金?"心安看着脸色涨得像紫红茄子一样的任梅,心中升起阵阵快感,"就因为我没听你那没营养的话就要扣钱,那你等着劳动仲裁委给你发仲裁通知书吧。别忘了,哥们儿学法律的,我非告死你不可!"

任梅见吓唬不住心安,嘴里嚷着:"不可理喻!"然后快步离开。任梅平时在公司专横跋扈,眼睛总是向上看,中下层的员工没少受她的欺负。今天大家见心安公然顶撞她,都觉得无比地爽,路过的人偷偷地对心安竖起大拇指。心安则无奈地摇头苦笑,为了五斗米,他在公司里腰杆子就没有直过。今天他是抱着不退房款就要大闹一场的想法来的。这份法务工作,他倒是还想干,可公司明天还在不在都不知道呢。

等了将近一小时,吴非终于来了,见到坐在门口的心安,没有表现出诧异。

"吴总,昨天的事后来怎么样了?"心安跟着吴非进了办公室,赶紧问。

"昨天的事儿多了,你说的是哪件?"

"就是那五个亿,被总包商在银行打时间差转走的五个亿。还有什么比这事重要呢?"

吴非听了,轻描淡写地说:"哦,那件事啊,都说了雷董会亲自处理。"

"可是雷董会怎么处理?"

吴非像看外星人似的看着心安:"看你这话说的,雷董要怎么办,他会和我商量吗?这是他和金总两位大佬之间的事,你我都只是个打工仔,服从命令听指挥就行了。"

"事情不是这样的。总包商的行为已经涉嫌诈骗,这么大的金额,公司应该立刻报案。由公安局立案,追查这些资金的去向,然后对接收这些资金的账户进行查封冻结。"心安急了,"真不能再等了,应该马上采取行动,否则这些钱要是被总包用来还债,或者多次转账,最后就很难追回来了。"

吴非嘿嘿一笑:"报案?去公安那里说什么?说我们的贷款被人骗走了?然后公安问我们被骗走了多少?怎么骗的?我们就说公司先和总包商串通好了,从银行把贷款先弄出来付给总包商,但总包商不讲信誉,没有把钱再转回给公司?我们被黑吃黑了?"吴非点上一支烟,猛吸一口,"你也说过,我们这次从银行贷款,涉嫌触犯骗取银行贷款罪。这些公安会不会问?他们不能只听我们说,不自己调查吧?"吴非弹了下烟灰,"我们不能干贼喊抓贼的事。"

"吴总,这事情原本是什么样的,总能说清楚。关键这笔钱要是不快点儿拿回来,咱们公司不就完了吗?"

"心安老弟,别动不动就完了,没那么严重,雷董已经去找金总交涉。这解铃还须系铃人,报案?起诉?这些都需要时间。你是法律专家,你倒说说,公安和法院,我们走哪条路能一个月内就把钱拿回来?"

心安摇摇头。的确,就算是公安能够立案,立即开展侦查,然后从公安转到检察院,最后案子提交到法院审理。就算是各个环节都极致加速,都是很大的时间成本。如果直接去法院起诉还款,法院也会随时间处理。如果对方提出管辖权异议,经过两审先确定受理诉讼的法院有没有管辖权,这程序花费时间更多。而且在对涉案账户的查封上,公安的力度要比法院大得多,二者不可同日而语。如果被定为刑事案件,则无论款项转了多少次,公安机关都可以将最终收到款项的账户进行查封冻结。如果是到法院以民事侵权或者合同违约的理由去起诉,则法院只能查封总包商的账户,而接收了五个亿的其他转账账户,没有理由查封。另一方面就算以共同侵权为由将总包商和所有接收了款项的公司和个人列为共同被告,但问题是法院不会主动去查这些银行账号,只能由当事人,即鸣声地产去提供到底哪些公司和个人用什么账号接收了款项,这对于一个民事主体而言,根本无此能力。

心安想了想说:"那也应该先到公安局报案,把钱封住再谈。否则,这个钱如果被总包商转得不知道去哪儿了,雷董又有什么筹码可以和对方谈?"

"老弟啊,咱别皇帝不急太监急,这就是该老板操心的事。你我能想到的,雷董想不到?就这样吧,回去踏实等消息。"

"吴总,这事儿怎么能踏实。我那房款还有一大半没有退回来。要不,吴总今天您就帮忙把这事给办了。"

吴非干咳了两声："这事，按说确实应该给你退。但是公司目前的难处你是知道的，如果这次融资顺利到账，那支付你房款不成问题，但现在公司根本就没有收到钱，你说让公司拿什么给你？"

心安知道到这份上和眼前这家伙也没什么好再说的了，看来这事还得去找雷声，于是转身就走。

雷声一直不在，没人知道现在他去了哪里。

中午吃过饭，心安例行公事般地又到雷声办公室门前转了一圈，门仍然紧锁着，将耳朵贴在门上也听不到任何声音。回到工位后心安想先睡一会儿，攒足了精神下午继续去堵雷声。

刚刚进入一种蒙眬的状态，手机响了，是一个座机号码。接通后就听到一个女人很急迫地问："你是刘芸的家属吗？"

心安脑子有些发蒙："你是哪位？"

女人声音很冲，有点儿急了："我就问你是不是刘芸的家属？"

"你是谁呀？"心安也急了，"有事说事。"

"我是晴阳医院！"

心安立马精神了，立正点头："您好！我就是刘芸的儿子，请问您有什么事？"

"刘芸颅内出血，正在抢救，需要病人家属签字，你马上到医院！"

心安失声叫出来："我妈她怎么样？特别危险吗？她现在哪里？"

"急救室，你到了就打这个电话，抓紧！"电话冷冰冰地挂断。

心安猛地掐自己大腿，一阵钻心的疼。这不是一个梦，是真的。然后撒腿就往外跑，一边跑一边打开叫车软件，所有能选的车都选上，三分钟后，车到了，停在路边，心安跳上车，催着司机用最快的速度往医院开。

5

母亲这些天的状态一直挺好，上周还和心安念叨要出院。心安为了安全起见，千方百计才争取到让母亲在医院再住上一星期的机会，好等确定完全没问题后再回家。现在怎么突然又进了急救室呢？

心安心急如焚，四十分钟后赶到医院。母亲已经被送进了手术室，他失魂落魄地守在外面，此时除了苦苦等待，他什么办法都没有。

很快一位满头银发的老太太走了过来，看到坐在椅子上发呆的心安，上前关切地问："大姐怎么样了？"

心安认出了这是和母亲一个病房的那位老教授，赶忙起身给她让座，然后说："还没有消息，医生正在里面抢救。"

老教授叹了口气："大姐多好的人啊。这几天她就一直念叨着要出院了，还说出院后会回来看我。"

"阿姨，您知道我妈今天怎么会突然出现这种情况吗？"

"今天早起，你妈的精神很好，早晨我们两个人还去医院的小花园里一块儿遛弯儿。"老教授停顿了下，好像在仔细地琢磨什么，"上午有个年轻的女人来看她，你妈说是她的儿媳妇。"

心安点头："我爱人，她叫白雪。"

"你爱人和大姐说了很长时间的话。基本上都是你爱人说，你妈听。中间我隐约听到了什么钱、理财这些词，具体说的是什么没有听清楚。"说到这里，老教授顿了顿，"我不是故意偷听的，因为就在一个病房，她们声音也不小，所以能听到一些。你爱人走后，大姐脸色就不太好。中午医院的人来送饭，大姐打了饭就放在了小柜上，一直就没有动。等我吃完了，大姐还是躺在床上。我就过去问她为什么不吃饭。可大姐没有回答，嘴角淌出了白沫。我一看就知道事情不好，赶紧按呼叫铃。管床医生来了就决定直接送急救室抢救。"

心安大概明白母亲为什么会突然发病了，肯定是白雪今天过来说了什么刺激到了母亲。在路上他已经给白雪打过电话让她也赶紧过来，可现在三个多小时过去了，还是没有她的影子。

心安努力不去想白雪的事，此刻，他只想为母亲祈福。到了傍晚，手术还在进行中。白雪也还没来，心安给白雪打电话让她就别来医院了，直接去幼儿园接可可回家，今晚在家照顾好可可就行。电话那边很嘈杂，心安问白雪在干什么，白雪说是客户公司有重要活动，她知道怎么做，不用心安管。

晚上九点半，天气骤变。天空中黑云翻滚，电闪雷鸣，瓢泼般的大雨从天空倾倒下来。心安看了看表，距离母亲进抢救室已经快十个小时了。教授要回病房休息了，临走时，她说已经过去这长时间了，现在没消息就是好消息。心安听了，心情稍微好受一些。

是啊，如果一开始就不行，手术早就结束了。现在已经过去这么长时间，说明母亲正在一点点地从死亡线上往回走，心安努力地给自己做心理建设。

午夜零点时分到来之际，手术室的门终于从里面打开了，两名护士推着手术车走了出来，后面跟着一位中年医生。心安连忙跑过去，只见母亲的头被白色的纱布严严实实地裹着，只有根氧气管从鼻子处伸了出来，从被子中露出的手背上扎着打点滴用的蝴蝶针。医生用非常疲惫的语气告诉心安他母亲急性脑出血，出血量大，直接做了开颅清血手术。手术算是比较成功，但人醒过来后肯定会半身不遂，后期能恢复到什么程度不好说。说完后让心安在手术报告上签字，转身回了手术室。

母亲又被送进了ICU，心安就守在外面。医院灯火通明，楼梯间的地上躺满了陪护的病人家属，四下鼾声阵阵。心安坐在一张椅子上，困得有些恶心，但两只眼睛根本合不上，脑子高度亢奋，不停地在想象白雪和母亲谈话的画面。

凌晨两点，心安怀抱着双肩包刚有点儿困意，手机在包里面嗡嗡地振动起来。心安赶紧接通，白雪在电话中疯了一样喊着："你快回来，可可不见了。"

可可好好地在家睡觉，怎么会突然不见了？心安感到自己精神彻底乱了，这白雪到底在说什么呀？可可不见了？怎么可能？

白雪舌头打结，结结巴巴地说晚上九点多，因为公司突然有事，她看可可睡着了，就出去了。等事情结束回到家后发现可可不在床上了，她立即找遍了屋内所有角落、橱柜，都没有找到人。

心安来不及问白雪晚上到底出去做了什么，他急火攻心，嗓子一下子哑了。他一边告诉白雪赶紧报警，一边拔腿就往医院外面跑，医院门口总有出租车在等活儿，心安跳上一辆车，几乎是哭着求司机赶快开车往家里赶。

路上，心安不停地给白雪打电话，问有没有消息，得到的答案都是让人绝望的。望着雪白的车灯照射出的光柱中，线一样的大雨恣意横行，心安整个人都哆嗦着，用手使劲儿地薅自己的头发，捶自己的头，嘴里不停地念叨着可可的名字。

快到家的时候，白雪打来了电话："可可找到了，你直接去家附近的小医院。"

心安冲进医院，在楼门口见到了正在迎他的白雪，跟着她来到了医院的住院病房。病房外站着两位民警，见心安和白雪过来，就要和心安说话。心安的心跌到了谷底,他颤声说:"警察同志,您先让我看看我女儿,求您了!"

民警理解地让开了路,没有开灯的病房中,借着门上玻璃窗透过来的光亮,心安看到可可睡在一张病床上。小家伙头上粘着退热贴,手上打着点滴。心安轻手轻脚地凑过去,两腿一软,跪倒在床边。女儿是他的命根子,没有女儿之前,他觉得自己的人生已经了无生趣。自从可可降生以来,心安又重新有了生活动力,每天无论有多大的压力,有多少苦,他都愿意承受,他要拼全力给女儿一个好的成长环境。眼泪顺着眼角恣意流淌,女儿没有丢,心安觉得自己的魂又回来了。他用手轻轻地摸可可的额头,烫得有些吓人。心安赶忙从病房出来去护士站找值班医生。医生说可可被大雨淋了,送来的时候有痉挛,紧急处置后情况稍微好了一些,但现在仍然在发高烧,该用的药也都用了,剩下的就只有等待了。

心安再次回到病房,白雪看到心安进来,欲言又止。心安则用手指着白雪,使劲儿地点了几点,气得说不出话来。眼前这个女人变得非常陌生,她怎么能干出这种事?雷雨夜,把自己六岁的女儿独自留在家中,她到底干什么去了?但是,心安现在不想说,也不想问,他只想静静地等着女儿退烧,完好无损地叫他一声爸爸。此刻,他要默默地、全身心地去祈求上天,给他的女儿一个平安。

很快,两位公安同志中年长的那位脸色铁青地把心安和白雪叫到一起,严厉地训斥了他们。告诉他们要有个为人父母的样子。把这么小的孩子一个人丢在家里,要是出了问题,他们就是作孽,就是犯罪!

心安抡起右手对着自己的脸狠狠地扇了一巴掌,还要扇第二下的时候,被公安一把拉住,公安脸色稍微好了一些,介绍了他们发现可可的经过。

几小时前,他和同事在街上开车巡逻时,就看到大雨中一个哭着、喊着在街上奔跑的小孩儿。两个人赶紧下车,把孩子抱到车上。孩子不停地喊着找妈妈和爸爸,哭得快背过气,一时间也说不清楚自己的家在哪里。两个人开车把孩子带回派出所,让值班的女民警给孩子洗了澡,穿了件大人的干衣服,本想先哄着孩子睡觉等到天亮再找孩子家长。可是没多大一会儿,孩子就发烧了。两位公安又赶紧开车把孩子送到了医院。这时候110指挥中心接到了白雪的报警电话,一顿排查后总算接上了线。

上午八点,可可醒了,烧也退了,可她明明睁着眼睛却喊了起来:"爸爸，我怎么看不清你和妈妈，我害怕。"

"可可不要怕，爸爸和妈妈都在这里。"心安赶紧抱过女儿，细细地看了起来，发现她两个眼角都红红的，有眼泪在往外淌。连忙找来大夫，大夫让他们赶紧去眼科。

眼科医生给可可做了检查，得知可可刚被大雨淋得发高烧后，医生说："孩子现在是因为高烧导致眼角膜受损。雨水中有细菌，也会加重感染。"

心安声音颤抖："大夫，严重吗？后果会怎样，能不能治好？"

"现在不好说，重者双目失明，轻者可以痊愈，不过视力也会严重受损。"

心安的心顿时"掉在"了医院的地板砖上，摔得稀碎。他哀求医生一定要好好地给女儿诊治，要用最好的药，只要女儿能好起来，让他做什么都行。真要是可可的眼角膜彻底坏了，就把他的移植给女儿。

现在母亲还在医院ICU里面，心安冷着脸让白雪留下来陪可可，哪儿都不要去，然后亲了亲女儿，又转身往晴阳医院跑。

三天后，母亲和可可的病情都稳定了下来，这个稳定是打了引号的——母亲将半身不遂，卧床不起，很可能有生的日子里都是这样；可可的眼角膜严重受损，如果不做移植手术，未来她的世界也将变得混沌不清。

钱，很多很多的钱，心安此时比任何时候都需要钱。

第十一章

拿钱闭嘴

1

当心安带着满腔怒火和激愤终于在鸣声地产见到雷声的时候，他彻底红了眼，现在要么鸣声地产交给他房子，要么立即把房款全额退给他，否则他真的什么事都做得出来。

心安想好了各种可能发生的情况，唯独没想到雷声听后竟一口答应立即给他退款。而且雷声除了要求他继续对这一切保密外，没有其他额外要求。一切顺利得都让心安不敢相信。只有中间办手续的时候樊丽丽摔摔打打地说风凉话，还试图拖着不办，结果被黑着脸的吴非给臭骂了一顿，只得乖乖地给办了。吴非这次不拦着，还居然替自己说话，这让心安有些诧异。但最近发生的事情太多，容不得他多想。

贾老师知道可可病了后，一定要到医院来看望，并主动提出以后每天都过来照顾一会儿可可。心安每次面对贾老师都心虚得不行，现在他的房款都已经拿回来了，可贾老师他们怎么办？业主群里朱先生开玩笑说鸣声地产要是不能交房子，他就要去跳楼。贾老师也说儿子最近越来越消沉，每天在公司疯狂加班，说要再多赚一些钱，争取在别的地方重新买一套靠谱的房子。安妮则在群里开始向大家请教养胎护胎的经验，她说有了房子她就敢生了，但又说要是房子没了她就更得生。

为了生存而斗争的激情过后，心安越发觉得对不起朱先生、贾老师和安妮这些和他一样的普通人。他想起了和佶星撸串儿时的不欢而散，邹佶星当时质问他是否对得起自己的良心，那么他李心安到底还有良心吗？记得小时候他不小心碰掉蚂蚁的一只脚，蚂蚁会瘸着原地打转，心安觉得蚂蚁很可怜，就闭着眼狠心一脚把蚂蚁彻底踩碎，帮助它解除掉痛苦。可现在他还能像小时候一样，继续欺骗他们，眼睁睁看着这些人走向不归之路吗？

他做不到，真做不到！

心安又开始去雷声办公室门口堵他。这次很顺利，只等了一上午，就见到了雷声。

"李总监，剩下的房款都收到了吧，"雷声挺客气，"我早说过，鸣声是不会亏待自己员工的。"

"收到了，收到了。"心安连连点头，"谢谢雷董关心，不过我现在找您不是为了我自己的事。"见雷声有些诧异地看着自己，心安赶紧说，"雷董，总包商前些天通过设定网银转款限额，然后从柜台人工转走五个亿开发贷的行为已经涉嫌刑事犯罪，咱们鸣声是受害人，应该到公安局报案，申请对接收这笔贷款的账号进行查封。否则，如果这些钱被总包商分散转到更多的账户上，或者通过地下钱庄出境，公司可就真要损失五个亿。开发贷是用鸣声的资产做的担保，银行一定会来追。到时候，公司一方面要还银行的贷款，另一方面却无法锁定巨款的去向，无法追回。这样一正一负，公司的损失将是整整十亿元。"

雷声点燃一支雪茄，边吸边说："我得感谢你能替公司着想。但这件事比较复杂，公司需要综合考虑后再做决定。"

"可是雷董，如果不马上报案，通过刑事追赃把这笔钱找回来，公司恐怕没有钱去把现在的楼房都赶到竣工备案，顺利交房。那上千名业主可怎么办？"

雷声轻轻弹了下烟灰："李总监，你什么时候不做法务了？"

"我一直就是做的法律岗啊。"

"我以为你现在已经当了公司的财务总监，甚至是总经理了。"雷声面色沉了下来，"去做你该做的事，其他不要胡思乱想。"

"雷董，我手里的工作从未耽误过，现在公司不容易，我只会比以往更用心。您必须听我一句，除了报警，真没其他什么更好的办法。我不是一个多管闲事的人。但五个亿这么大的事它本身就不是什么闲事，我现在就是在履行一名公司法律顾问的职责，给您和公司提出法律上的建议。如果我什么都不说，那就是我最大的失职，我得对得起您付给我的薪水啊！"

说完，心安又急急忙忙地把解决这件事通过民事诉讼还是刑事诉讼的利弊讲了一遍。

雷声听后看着坐在办公桌对面的心安足足有一分钟，然后说："还是要谢谢你，但这件事的处理方式和方法可能都不会是你所能想象的，因为我们所处的位置不同，掌握的信息和资源不一样，做出的选择也会大相径庭。你今天的意见和初衷，我都知道了，一定会在日后的决策中予以考虑。"

雷声最后对心安强调："今天在这间办公室里说过的话，出去不要再对任何人说。公司现在处于非常时期，各种的人和事都掺杂其中，有的想榨取好处，有的想吞并公司，既然你希望鸣声好，那就保持沉默，就是对鸣声最大的好。"

心安从雷声办公室走出来后，脑子无比混乱。雷声对他已经做到了足够耐心和容忍，也认可且感谢了他对公司的担心与意见，但后续公司到底要采取什么样的举措，丝毫都没有说。心安也实在是想不出除报警这条路以外还能有什么样的好办法。然而雷声的声音与表情又让他不能不相信，这位鸣声地产的创始人之一，应该有属于他的独特的回天之术。

又等了几天，心安还是没有看到鸣声地产有任何应对之策。偏偏这时，幸福家园业主维权群又出了问题。一位业主潜入项目工地，在密封施工的楼里面根本没有找到工人，他拍回来的现场视频和照片显示，房屋内部工程还处于刚刚开始施工的状态。到处都是裸露的钢筋和水泥界面，电梯井黑洞洞的，楼梯间四处是断头路，一不小心就会栽下去。他去找现场的保安打听，却被保安队长带着几个人堵住，要强制删除他手机中的影像资料，最后报了警才得以脱身。

那一丛丛如同杂乱的灌木指向天空的钢筋，刺痛了业主们原本就很脆弱的心。业主群里原本潜水的人们都跳了出来。

"这哪里有就要交房的样子，这室内的工程压根儿就没做什么呀！"

"电梯还没装呢！"

"人呢？为什么没有工人？他们不是现在正在加班加点地赶工吗？"

"怪不得整个工地包裹得那么严实，原来就是不想让我们看到里面真实的情况。"

"你们还记得前一段时间开发商的董事长跳崖的事吗？"

"是啊，出事前一个星期还是董事长呢。"

朱先生情绪最为激动，说爱人现在确信肯定收不到房了，整天在家哭，他要去鸣声地产要说法，问大家谁去。这回一呼百应，贾老师、安妮、其他积极分子，还有很多从不在业主群发言的人也都站了出来，约好先去工地，再去鸣声地产总部。

心安在群里没有发言，他无法也不愿再找理由为鸣声地产辩解，否则他的良心会痛。贾老师打电话问心安是否参加业主们的现场行动，心安说他正好要出庭，实在去不了。贾老师觉得很遗憾，在她心目中，心安既精通法律，又能言善辩，是带领业主维权的最佳人选。贾老师还说，这段时间她儿子李东情绪很不好，她要多在家里照顾他，就不能到心安这边来看护可可了。

可可这段时间远不像以前那样活泼，每天戴着一副六百多度的近视镜，就这还看不清，这让小家伙心情很沮丧。白雪现在出差的频率更高了，心安也知道不能全部指望贾老师，就请了一位保姆，负责下午到幼儿园接可可，并一直照顾到他回家。这些年来心安努力想给宝贝女儿创造一个更好的生活条件，但现在的一切都和他所想的背道而驰，渐行渐远。

家，现在已经完全不像个家了。

2

鸣声地产走上不归路的速度很快，不仅是幸福家园的业主，其他鸣声地产开发的小区的业主也都到公司维权，但得到的答复都是鸣声正在想办法筹集资金以维持各项目的正常开发建设，目前阶段请业主们给予充分理解和支持，大家同舟共济，共度时艰。

鸣声地产的回复相当于已经承认公司的资金出了大问题，这无疑是最糟的情况。业主们有的失望，有的愤怒，有的恐惧，还有的甚至要走极端。朱先生突然不说话了，不仅是在业主群里面不说，就算和大伙一块儿到了鸣声地产，他也不说话，仿佛心中已经装下了所有天下大事，紧锁双眉，只是默默地看着他眼前发生的一切，什么都不说。李东的女朋友得到消息后已经和他摊牌，两个人的关系宣告结束。李东也和朱先生一样，什么都不说，不但不说，他还什么都不看。就站在人群后面，埋头鼓捣手机。安妮已经陷入恐惧之中，她很清楚这套被她视为前半生最大成就、后半生最大依靠的房子将与她失之交臂。

如此又煎熬了几日，心安仍然不见雷声有什么大招祭出，直到一日下午突然接到邹佶星微信，内容只有短短七个字："鸣声要申请破产。"

心安的心快要跳出胸腔，他忙不迭地打电话过去。两人自从上次吵架后就没再见过面，但都早已不生对方的气。只是碍着面子，就一直都没主动联系对方。一旦通上话，多年的默契自然又回来了。

"你怎么知道的？"

"汪珐在珐正所外还控制着一家律所，这你知道吧？"

"以前你说过。那个所是他处理利益冲突，解决双方代理的事用的。"

"在这个所牵头做事的律师是咱们上几届的师兄，和我关系特好。昨晚一块儿喝酒的时候，他说最近汪珐把一个地产公司破产的活交到了他们那里。"邹佶星说他一听是地产公司就上了心，忙问到底是哪家地产公司。他说就是前段时间董事长出了意外的那家。再多问，师兄就说项目还处在保密阶段，不能多说。

心安拿着手机半天没说话，脑子却早炸开了锅，主动申请破产？雷声和汪珐闪烁其词的应对谋略就是这样一个釜底抽薪的方案？公司破产了，他怎么办？幸福家园的业主们怎么办？还有那么多买了鸣声房子的老百姓，他们又该怎么办？

挂断电话，心安直奔雷声办公室。雷声和吴非都在，二人见心安连门都没敲就闯了进来，眉头都不由得一皱。

心安见到雷声的第一句话就是"鸣声千万不能破产"。

雷声眼眉一挑："你听谁说的？"

"雷董，谁说的不重要，关键是鸣声万万不能走破产这条路。只要公司在，老百姓就还有希望，要是破产了，多少人会无家可归？真的会害死很多人的。"

"李心安，注意你的说话用词，不要危言耸听！"吴非立即上前怒斥起来，"做生意有风险，买房子就没有风险？鸣声不是慈善机构，雷董也不是慈善家。不要在这里搞道德绑架。大家都是成年人，买房就像买股票一样，风险自负。"

"心安，今天这房间里没有外人，也没有坏人。当然，也不是说我雷声就一定是什么好人，今天这里只有努力活着的人。"雷声摆手示意吴非不要说话，自己看着心安的眼睛，娓娓道来，"人的世界从来都是自然法则，猎豹奔跑，羚羊奔跑，它们的奔跑本质上都是为了活下去。我们也是如此。鸣声走到今天，走向破产，这是我作为股东的选择，不破产，那是买房人的选择，到底哪个选择是对的？哪个选择是错的？这就如同猎豹和羚羊哪个是对的的问题。事实上，站在各自的立场上都没有错，站在另一方的立场上，又都是错的。心安，你们学法律的都讲公平正义，那你说说，猎豹和羚羊哪个活下去是公平的、正义的？"

心安苦笑："雷董，您说得特别深刻，我几乎回答不了您的问题。但关于公平和正义，上大学时，我的老师教过一个朴素的道理。猎豹和羚羊最后谁能活下来确实要看它们自身的素质和能力，但在开始的时候，它们却都有选择奔跑的自由。对于它们而言，最大的公平和正义在于它们有平等或者说对等的选择跑与不跑，以及何时跑的权利。而鸣声地产的买房人呢？他们有权选择什么？他们什么都不能选择，只能被动地接受鸣声破产。他们甚至连公司究竟发生了什么事情都不知道，这对他们是最大的不公平。"

"心安，你说得很对，但现在是讨论公平的时候吗？鸣声地产是从一开始就走到今天这步田地的吗？你不也一直都相信公司一定会转危为安，也在业主群里告诉业主们要对公司有信心吗？但事实上，从一开始，我们就走上了一条不归路。现在回头看，在这条路上，无数个关口，如果我们做了别样的选择，鸣声都不会走到今天这一步。可公司做出的选择，在当时那个时候，又有哪一个不是最优的选择？请你相信，我雷声已经做出了全部的努力，甚至连我的亲哥哥都……可以说我们雷家在鸣声做出的牺牲要比任何人都大，这对我们这些辛辛苦苦投资办企业的人公平吗？"

心安无话可说了，雷声把话说到这个份上，他还能说什么。说雷鸣董事长活该？说雷声也该如此以谢业主？当然不可能。

心安最后只是几乎出自本能地说："雷董，那能不能给其他业主也退房款？"但这话一出口，他也觉得自己这么说简直就是荒唐。要是有钱给其他的业主，公司何以至破产之境地。

心安离开办公室后，雷声嘱咐吴非在法院正式受理鸣声地产的破产申请前务必要稳住心安，在这个过程中绝不能让业主节外生枝。

3

树欲静而风不止，早在三天前，鸣声地产的破产申请便已被悄无声息地递交法院。法院审查后，做出了予以立案的裁定。

作为理论上的债权人，所有买了房却还没有收到房的鸣声地产的准业主都收到了法院要求申报债权的通知，法院也在报纸上做了鸣声地产已经申请破产的公告。

如同当空引爆地球上最大的核弹，业主们顿时被鸣声地产破产的公告和通知给炸蒙了，等于一纸公告直接毁掉了人们所有的希望，关键是哪怕破产前一天，鸣声都对此着力隐瞒，装出各种求生为民的假象，所以这显然是一场预谋已久的、赤裸裸的诈骗，不，抢劫。业主们旋即群体愤怒，开启极端维权模式。

几百位激愤的业主在鸣声地产楼下广场拉起横幅，有人高喊口号，有人静坐，甚至有人前往市里上访。十多天过去了，各种批示纷沓而至。有关领导直接约谈鸣声地产董事长雷声，明确提出要求：一要依法办事；二要重视人民群众利益的维护；三要慎重选择破产，保持社会稳定。雷声回去后立即安排增加人手接待来访业主，要求绝对笑脸相迎，打不还手，骂不还口。

接连一个月，市里连续召开各部门协调会，但都没有具体结论。就这样鸣声地产的破产程序如同一辆正在高速行进中的蒸汽机车，在稍事休息后沿着一条直线轰隆隆地向前疾驶，黑烟滚滚。

无论如何，心安都是最为"幸运"的那一个，在风暴彻底形成之前，主动出击，趋利避害，保全了自己的财产。但是除此之外，他无法再去为他人多做哪怕一分一毫，为此也只能承受良心的痛，痛定思痛，心安最终决定选择做一只鸵鸟，不但更换了手机号和微信号，而且搬了家，甚至给可可也换了幼儿园，彻底消失。

贾老师到心安原来的住处找过他好几次，每次都扑空。说起来，心安最不愿意面对的人就是贾老师，内心最有愧意的也是贾老师，这段时间她如同可可奶奶一般照顾着可可，自己却一直让她蒙在鼓里，心安一想起来就极为不安，所以必须彻底逃离，然后把自己的头深深地埋了起来。

贾老师怎么也找不到心安，以为他同样是因为房子烂尾的事想不开，出什么事了，心中更为担心。李东听母亲在家总念叨心安和可可的名字，就发挥了一个IT男的特长，从司法局注册律师库里面找到了三个名字叫"李心安"的执业律师。其中一个五十多岁，被排除掉。剩下两位都是男性，年龄都在三十多岁，贾老师决定分别去两个人所在的律所试一下。其中一个律所就是珐正——这几年心安虽然在鸣声当法务，但自己的司法职业资格证在佶星的安排下一直挂在珐正所，名义上算作这里的执业律师，这样除了进出法院可以更方便一些，也能多点儿收入。

因此，贾老师顺藤摸瓜，很快找到珐正所，然后逢人就问所里是不是有一位名字叫李心安的律师，佶星听闻后赶紧出来接待，俩人在鸣声地产会议室曾见过面。

"您不是鸣声地产的法务吗？"贾老师看到佶星，顿时眼睛一亮，"怎么也在这里？"

佶星有些尴尬，却还是连连点头，说刚过来没多久。

"那向您打听一个人，这里是不是有一位叫李心安的律师？"贾老师从佶星的表情读懂自己肯定来对地方了，赶紧关切地问，"李律师他们一家没出什么事吧？"

佶星下意识地摇摇头，贾老师脸上立即露出笑容，口中不停念叨着："没事就好，突然就联系不上他们了，以为出了什么事，没事就好。"

佶星搓了搓手："贾老师，您找李律师还有什么事吗？"

"能不能请您帮忙联系下李律师。我们买的幸福家园出大事了，我们实在没有任何办法了，只希望李律师能出面帮助大家，可现在怎么也联系不上他。"

佶星心中不忍，更是正义感爆棚，立即将贾老师带到一间小会谈室，请她稍坐，自己这就去联系心安——心安的新号码知道的人没几个，但佶星必须有。

"李心安，你就作孽吧，人家贾老太太因为担心你都找到我们律所来了，你再这么躲着就太没劲了。"

"你把电话给贾老师吧！"心安沉默了一会儿，决定坦白一切，"贾老师，我的律师证挂在珐正所，但我正式工作是鸣声地产法务，我一直在对大家隐瞒我的真实身份，对不起。"

"李律师，心安，你是个好人啊，可你为什么要欺骗阿姨，欺骗大家

145

呢？"一向从容、优雅的贾老师激动得身体发抖，声音低沉而忧伤。

"贾老师，现在我知道我错了，我也不想为自己辩解什么。我只想告诉您，我本人也确实买了幸福家园的房子。而且我从头至尾都相信业主和鸣声地产会有一个双赢的结果。可事情远远超出了我的想象和能力范围，我现在做不了任何事，只能选择离开。对不起，贾老师，您可以谴责、咒骂我，我也没脸再见您了。"

"心安，这个时候你更不能扔下大家不管。你在咱们群里给大家提供的法律意见，都是有用的，都实实在在地帮到了大家。现在鸣声这家公司要破产，你得继续给大家说说该怎么办。"贾老师唯恐心安把电话挂掉，"心安，你在听吗？"

听到心安应答后，贾老师语速很快地说："心安，你肯定是有自己的难处，阿姨能理解。既然你也是幸福家园的业主，现在更应该像以前一样带着大家一块儿去和鸣声地产谈判维权，捍卫我们的利益。"

电话那头心安给自己的脸上狠狠地来了一巴掌，要是知道他已经从鸣声地产拿回了房款，不知贾老师和其他业主们会怎么想？是，从此撒手不管，彻底脱身，心中会有痛，良心会不安，可如果重新回到业主群，披露自己的身份，且不说自己能不能真的帮大家找到好的办法，一旦知道他是鸣声地产的卧底，恐怕唾沫就会淹死他。

"心安，你回到业主群，关于自己的身份，什么都不要说。现在最重要的是要让大家的思想统一，确定好下一步如何维权，其他的都不重要。"说到这里，贾老师拿着手机，看着佶星说，"心安，我代表幸福家园的业主们求求你们了，就帮帮大家吧。你放心，我们一定会付律师费的。"

佶星心头涌上一团热血，他示意贾老师把手机交给他。

"李心安，你甭废话了。以前你干了啥，我不管，可贾老师他们这事，你不能不管。别再让我瞧不起你。"邹佶星提高了嗓门儿，接着说，"从现在起，你不是冒牌律师，你就是真的李律师，这事我也管定了。"佶星又转过头来对贾老师说，"你们这案子，我代表李心安和我本人接了。至于律师费，我的意见是分文不取！李心安，咱这回就像当年一样做法律援助，你没意见吧？"

心安挂断了电话，滚烫的眼泪在沉默中夺眶而出，他"扑通"一声跪在地上，俯下身子，前额抵地，使劲儿地用双手揪自己的头发。

"对不起了，贾老师、朱先生、安妮，还有邹佶星，我李心安都对不住了。"心安在心中喊叫着，头使劲儿地磕向地面，他真的无法做到为了大家而舍弃他的小家，更不想嘴上答应，但实质上只是敷衍了事。

是的，继续逃避就是他现在唯一能做的事。

4

按照破产程序，很快破产管理人便接管了鸣声地产。所有鸣声地产正在进行中的诉讼案件都被裁定中止，向破产法院移交。心安作为公司法务，除了配合清算人员提供材料外，基本没什么其他的事。

一旦闲下来，心安就发现妻子白雪现在越来越让人看不明白了。

白雪现在回家的次数越来越少，和自己更是无话可谈。一天晚上，心安实在忍不住就说："可可总是吵着说想你，不行的话你就少接几家公司的账吧。"

"做账！"白雪趾高气扬，"我早就不做了，我现在是一家财富管理公司的高级客户经理。"

"财富管理？管理谁的财富？"

"你根本不懂，也不可能懂有钱人的世界。我二十四小时待机工作，做得这么辛苦，还不是想多攒些钱，早点儿给可可买到称心如意的学区房？"白雪朝心安翻白眼儿，"上次去医院劝你妈把存下的钱交给我去理财，她却不放心，还犯了病。你们一家人啊，都是穷惯了、穷怕了，没有一点儿投资的头脑。"

"妈的事，已经过去这么长时间，我不想再和你说。我也没指望你以后会对我妈怎么好，可银行的房贷你得马上还，现在公司把钱也给我们了，你办一个提前还清手续就行。"

"不行！绝对不行！我现在投的项目的回报特别高，是银行贷款利息的五倍，这个差价要是不赚那就是傻瓜！哪怕是银行起诉我们还款，连利息和违约金都算上，我也还能赚一半以上。"白雪眼中充满了狂热与警惕，就像一只饿极了的带着幼崽的母狼刚刚猎到一块肉，心安要是再敢多说一句，就要扑上来撕咬。

5

朱先生跳楼了。

一个深夜,待妻儿睡熟后,朱先生打开家里阳台的窗户,从二十楼一跃而下。他没有留下只言片语,对这个还活着的世界。

心安再"见到"朱先生,是一天上班走过鸣声办公楼前广场的时候。只见一个中年妇女披麻戴孝跪在地上,怀抱着一个大相框,里面是张黑白照片,朱先生在上面对来来往往的人微笑着。一张白色的一米见方的纸板上有一个巨大的猩红的"冤"字,冤字下面还有两行字:"鸣声地产不交房,逼死百姓丧天良。"

中年妇女低着头,肩膀在轻轻抖动。紧贴着中年妇女,旁边还跪着一个小女孩儿。小女孩儿侧过身来,抽泣着拽中年妇女的衣袖,小声地说:"妈妈,不哭,妈妈,不要哭。"

站在母女二人前面,心安的思维停止了。他的脑子里有一个声音在重复:"朱先生死了?朱先生怎么死了?"怔怔地站了十多分钟,一阵吵闹声让心安的魂儿回转过来。

几个鸣声地产的保安正在试图架起跪在地上的母女,引起了对方激烈的反抗。

"我先生就是因为鸣声地产不交房才走上绝路的。你们就是凶手!"

"大姐,我们也是打工的,和我们说不着。领导让干啥我们就干啥。"

"不要碰我妈妈!"小女孩儿大声地喊,可没人听她的。

地上的纸板很快被拿走了,有人去夺女人怀中的相框。

"哎哟!"一个保安突然发出号叫,一把把小女孩儿推倒在地,举着自己的左手使劲儿地甩,"小崽子,你属狗的,还咬人。"

"妈妈,我们回家吧。叔叔,你们放开我妈妈,妈妈,我怕……"小女孩儿撕心裂肺的哭喊,让心安眼前出现了可可那可爱的笑脸。

心安冲了上去,一脚踹在那个被咬了的保安屁股上,然后红着眼睛,不由分说地抡起拳头,挥向正在和女人纠缠的保安们。

几个保安被心安镇住了,骂着不敢上前。心安嘴角流着血,拳头也破了,走近母女二人,捡起地上的纸板,从女人手中接过朱先生的相框说:"大姐,先找个地方说话吧,这么做,会吓着孩子。"

女人两眼无神,任由心安搀扶着,走到广场边绿植中的长椅边坐下,小女孩儿乖巧地贴着妈妈站住。

女人口中念念有词地唠叨起来:"我就说一定不要买期房,可他就是不听。第一次延期的时候,就让他赶紧找公司去退钱,他说业主群里也有法律专家,说问题不大,应该能够交房。"

心安听了,脸上热辣辣的。

女人又念叨:"后来他天天在家里念叨房子的事,我就烦啊,就说了他。他倒好,索性一声都不吭了。"女人说话的时候谁都不看,她只说给自己听。

"这事怨我,我要是不嫌他烦,让他一直在家里说下去就好了。也不至于他什么都不说,就直接走上这条绝路。可是,任由换了谁,也都会说他的。"女人突然抓住心安的胳膊,使劲儿地摇晃,指甲尖儿深深凹入皮肤,大声嚷着,"你说是不是啊!"

送走了朱先生的妻女,心安去买了包烟,坐在路边长椅上一根接一根地吸起来。自从白雪怀上可可后,他就把烟戒了。可现在他难受得不行,只有深深地把烟吸入肺中,再狠狠地吐出来,才能稍稍平复自己的焦虑。一连抽了七八支烟后,心安觉得头晕、恶心,干呕了几下,面对着长椅蹲下,将头使劲儿地顶在椅子上,好让自己的难受减轻一些。

"哥,喝口水吧,以前我熬夜做编程的时候也不停地抽烟,甚至能把自己给抽晕了。"

心安抬起头,只见贾老师的儿子李东站在一旁,正笑着递给他一瓶矿泉水。

"李东,你这是……"李东的IT公司离得挺远的,怎么上班时间也突然跑到这边来了?

"哥,今天倩倩要和我去领证,她在民政局等我呢,"李东有些腼腆地笑着说,"你要是没啥事,我先走了。"

心安更疑惑了,想着他俩前阵子不正因为房子的事在闹分手吗,怎么今天就去领证了?

李东看到心安不说话,脸上挂满幸福的笑容,向他点了下头,转过身,飞快地走了。走了有二十多步远,李东突然回过头来对心安喊了一句:"哥,幸福家园已经交房了，你也赶紧去办手续吧。"

心安一听彻底蒙了，心想幸福家园什么时候交的房，他怎么不知道？鸣声不都申请破产了吗？可李东的高兴劲儿不像是装出来的。心安一边喊着让李东等一下，一边拔腿追上前去，结果脚下却传来一阵剧痛。

心安低头一看自己踢在了长椅的铁腿上，再抬起头看四周，哪里有李东的影子，就连李东刚刚递给他的那瓶水也不见了。

手机突然响了起来，是佶星。

"贾老师的儿子出事了。"

"谁？李东？"心安感到阵阵寒意，"出什么事了？"

"他走了。"

"哪儿去了？"心安脑子里想起了李东和他挥手作别去民政局的画面。

"人没了。"

"没什么？"

"他死了！"佶星在电话中大吼起来，"死了！这回你听懂了吧，李心安！"

死？是"死亡"这个词中的那个"死"字吗？心安举着手机，犹如一桶冰水从头浇下，刚才李东还和他讲要去和女友领证结婚了，怎么转眼间就阴阳两隔。"死"到底是个什么概念？心安父亲在他十三岁那年撒手而去，当时他感受过无论母亲和自己怎样撕心裂肺也叫不醒父亲的极度恐惧，感受过一个至亲的肉身在这个世界消失的痛苦。李东的死和父亲的死是同一个字，和朱先生的死也是同一个字。

心安陷入恍惚之中，刚才头顶着长椅的瞬间，他分明看到了李东，还和他说话来着，莫不是，他刚才是来向自己告别了？

"他……怎么……死，走的？"

"车祸，一小时前突然被车撞了，贾老师马上给我打了电话，让我帮她处理这起交通事故。我刚到医院，贾老师没哭一声就昏了过去，正在抢救。"

心安赶紧问了佶星他们在哪个医院，拔腿就跑，却"扑通"一声跪倒在地，他的腿早就软了。

6

病房里，贾老师挣扎着睁开双眼。虽然医生给她打了安定，但她心里有事，睡了片刻后，她倔强的神经又把自己唤醒。儿子发生了什么事，她心里清楚，她不想睡，因为她想从现在起的每一分钟、每一秒钟都能好好地去想儿子。

从儿子呱呱坠地到牙牙学语，从接送儿子上幼儿园、小学到送他去读大学，生活中的场景一帧一帧地从脑海中闪过，直到那张满是鲜血的脸占满了整个世界。贾老师从病床上忽地坐起来，大声地喊："快拿毛巾来，怎么小东的脸上有这么多的血！"

一直坐在病床边没出声的佶星和心安慌忙扑到床边，一左一右搀扶住贾老师，并按下床头的呼叫铃。

值班医生和护士赶到病房，见到贾老师正拉着心安的手放声痛哭，佶星想让医生给贾老师做检查，医生却轻轻地摆摆手，示意房间里的人除了心安都出去。

病房外，医生对佶星讲，贾老师突遇亲人离世，巨大的痛苦让她的身体产生应激自我保护，一开始选择封闭自己的意识，不承认已经发生的意外，但这会导致人的负面情绪始终不能对外释放，久则易生病，尤其是精神方面的疾病。现在，她能够哭出来，就意味着她开始正式面对儿子的离世，也就开启了面对—适应—平衡—重建的过程，这有利于她的精神健康。

病房内，心安跪在床边，用手拉着贾老师的手往自己的头上打，一边打一边哭着说："贾老师，我错了。我对不起李东，对不起您，我知道都是房子害的，我真不知道事情会变成这个样子。"

"李律师，你这些天去哪儿出差了，怎么总是找不到你？小东的事你还得给出出主意啊！"贾老师刚才看到了李东满脸是血，她嚷着让人拿湿毛巾来擦。擦着擦着，她的眼睛里又出现了一张面孔，很熟悉，正是她日日牵挂的心安。

心安泪流满面："贾老师，我对不起小东和您。您就当以前的那个李心安死了吧，他不配活着。"

贾老师愕然："死，谁死了？谁也不能提这个字，大家伙儿都要好好活着，现在的生活多好。"贾老师伸手去拉心安，想让他起来，突然又问，"小东呢？心安，你看见小东了吗？这孩子不知去哪儿疯跑了，刚才弄了一脸的血，你这当大哥的得好好管管他。"

心安跪在地上，用头使劲儿地撞病床的铁栏杆，泣不成声："贾老师，小东已经走了，您一定要保重。我是小东的大哥，以后就是您儿子。"

"你说小东走了？他去哪儿了？"

心安抬起头，泪眼婆娑："小东弟弟去了天堂，那里再也没有烦心的事。"

"也是，天堂好啊，不用为了房子的事天天发愁。"贾老师怔怔地看着心安，眼泪扑簌簌地往下掉。

"对，天堂里有的是房子，李东是去享福了。"心安说完，和贾老师一起抱头痛哭起来。

第十二章

鸣声破产

1

第二天上午,公安带着肇事司机来到医院。昨天车祸后司机就被公安控制住了,但经过现场勘验,司机没有任何责任,今天一早就解除了强制措施。交警做出的调查结论是:李东骑电瓶车在过马路的时候根本没看红灯,径直往前开,速度还非常快,当肇事货车喇叭响起的时候,他更是没有丝毫反应,最终导致了车祸的发生。

贾老师长叹了口气,告诉警方,自打李东知道鸣声地产申请破产后,他的婚事就彻底告吹了,从此整个人变得魂不守舍。贾老师和他讲话,他都不理,也不是不理,是好像压根儿就没听到。这车祸,应该是李东又想他的房子和婚事而失神了。

心安听到事故的过程,抑制不住地心悸。

公安和司机走后,贾老师把心安和佶星都叫到了身边。

"小东已经走了,善后的事情拜托给邹律师了。"

心安难掩悲戚:"贾老师,我会和佶星一道处理相关的事情。"

"心安,我现在也有两件事要拜托你。"贾老师怔怔地看着心安,"第一件呢,是赶紧把小东的眼角膜移植给可可。你马上办理相关手续,带着可可到医院做手术。"

心安万万没有想到贾老师在痛失独子的巨大悲恸中还想着给可可移植眼角膜。贾老师的无私与慷慨和他李心安一心只顾自己拿回房款的行为形成了鲜明对比,他没有一点儿因为可可马上就能获得可移植角膜而高兴,只觉得无地自容，忍不住跪下要向贾老师和李东忏悔。无论以前给自己找了多少合情合理的借口去单独拿回房款，现在他都觉得自己所做的那些心理建设在善良且大爱的贾老师面前一下子崩塌了。

"我想和你说的第二件事就是希望你能站出来，组织业主维权。我知道朱先生也出了意外，我们这些买了幸福家园房子的人，本来想着马上就拥有了幸福，可没想到老天给大家安排了这样一个结果。"贾老师顿了顿，深吸一口气，"我觉着，这才刚刚开始。我不想再看到有业主走上朱先生、小东的路，所以，心安，阿姨恳求你为大家做些什么，不要让惨剧再发生。"

佶星也在旁边插话："心安啊心安，贾老师说得对，在解决幸福家园房屋烂尾问题上，你是最合适的人。你做了多年的地产公司法务，是地产法律事务的专家；同时你也最了解鸣声的内部情况，能在最复杂的情况下做出最优的选择。"

心安低头不语。

贾老师接着说："我给小东攒了一笔用于举办婚礼的钱，现在这钱也用不上了，就当律师费吧，这就转给你。心安，你快把银行卡号给阿姨。"

心安猛地抬起头："贾老师，我不会要您的钱，也不会收其他业主一分钱。"说完这些他又陷入沉默。

看着心安不吭声，佶星急了："心安，你到底是怎么想的，能给个痛快话不？"

"邹律师，不要再催心安了，他可能真的很为难吧。"贾老师轻叹一声，然后对心安说，"无论你管不管我们房子的事，都要把银行卡号给我。我知道可可做手术要用钱，我已经失去了儿子，不能眼看着这个小孙女再受委屈。心安你快把可可接来医院做手术吧！"

2

从鸣声地产的办公室望出去，西北方向能够清晰地看到这座城市的地标建筑。

董事长雷声埋坐在老板椅中，吸着雪茄，看着这座建筑已经在这里戳了五六年，自己竟然从未像今天这样在这里细琢磨它的设计理念和建造工艺。以前整天风风火火，每天不是找人谈事就是到工地监工，哪里有此闲情逸致。

想到这里，雷声不禁哑然，鸣声进入破产程序，他才有了这"闲"工夫。早知如此，大哥和他当初就该趁着公司业绩好的时候急流勇退，否则哪里会落到现在这步田地。

心安又来了，雷声将目光从窗外收回，看到公司的这位法务总监胡子拉碴，一脸憔悴，但看向自己的眼神却带着一丝坚硬的东西，这是此前从未有过的。

雷声脸上毫无表情，继续吸着雪茄，平静如水地等着这位不速之客表达自己的思想感情。

"雷董，再次恳请您停止鸣声地产的破产程序。"心安走到雷声办公桌前，没有寒暄，直接就说，"现在已经有两个幸福家园的业主出事了，一个跳了楼，一个车祸致死，绝不能再这样下去了。"

雷声深吸了一口雪茄，他反问心安："作为一名法律工作者，有什么证据能证明有个别的人精神出现问题或者发生意外和鸣声的破产有关系？"

"鸣声本可以不破产，那五个亿的贷款要是能追回来，大家就都能看到交房的希望。雷董，您为什么不到公安机关报案追回五个亿的损失？"

雷声原本平静如水的脸变得冰冷起来："我和你没有什么好谈的。鸣声已经全额给了你购房款，也签了保密协议。现在，公司希望你能够严格履行承诺。"

"雷董，您真的就不能给那么多买房的老百姓留一条活路吗？"

"谢谢你这么高看我。可惜谁都不是救世主，我不是，你更不是。一切就都交给法院裁决，这样会对所有的人都有一个相对公平的交代。"雷声冷着脸说。

"可是，再这样下去，将是一个所有人都会输的结果。"

"人生如戏，愿赌服输。这里面唯独没有输的人就是你李心安！"说毕，雷声拉开抽屉，从里面拎出了一捆钱摔在桌上，"拿去，我买个心安和放手。"

"我过来不是要钱的，我的名字叫李心安，可我现在没法心安理得。"心安目光变得越发坚毅起来，"既然你还不愿意收手，那我李心安也不会放手，这件事，我管定了！"

心安走出雷声办公室，等待他的是一张解除劳动合同通知书。任梅面无表情地说他已经被公司开除了，只有半小时收拾个人物品的时间。

心安看了眼自己工位，拿起笔记本电脑，其他都无所谓了。走过公司前台，正在那里寄快递的樊丽丽看了心安一眼，满脸鄙夷，转过头不屑地对前台女孩儿说："这个人好像一块抹布啊！"

告别了工作数年的鸣声地产，心安走到楼下广场上，一阵大风卷起地上的灰尘打在脸上，心安眯起眼睛，任由狂风吹打。这算对过去的一个告别吧，就算睁大了眼睛，他现在也看不清前方的路，但他必须迎着风走下去，再无撤退可言。

走了一会儿，风停了，心安拿出手机打给邹佶星："老子被炒鱿鱼了，老子要做律师。"

"好！我早就猜到你一定会答应为业主们讨回公道的，所以你被开除也是意料之中的事。"佶星在电话那端拔高嗓音，"你现在就赶紧来珏正所，反正你律师证一直挂在我们这儿，现成的，拿来就能用，还省了一年实习期，哈哈，兄弟等你并肩作战很久了。"

"好，我当律师的第一个案子就是要代理幸福家园业主反对鸣声破产。"

3

心安很快赶到珏正律师事务所，随着佶星来到汪珏的办公室——那里压根儿不像是一个大律所主任的办公场所，更像是一位大学教授的书斋。办公室不大，也就三十平方米左右，这和大律师们动辄上百平方米的豪华办公室不可同日而语。除了书架和书，房间内几乎没有其他装饰物，只是办公桌后面的墙上挂了一幅遒劲有力的条幅，上书"珏正"两个大字。

汪珏有个本事，就是总能让出现在他面前的人感受到如沐春风。只见汪珏笑呵呵地从堆满卷宗的办公桌后面站起来，绕过桌子和心安有力地握手，连声说："欢迎，欢迎，心安总，我们又见面了！"一边说着，一边对佶星说："你这位同学在企业做过法务总监，可是要比你优秀啊！"

简单寒暄之后，汪珏笑容可掬地欢迎心安正式加入珏正，一番热情的表态让人心里暖乎乎的。三个人在沙发上刚坐下，心安有些不放心地问："汪主任，感谢您给我进入珏正工作的机会，只是，我还是觉得有必要把我为什么会被鸣声解除劳动合同和您报告一下。"

汪珏的右手用力一摆："不必了，心安，你的事情佶星刚才已经和我说过了。我用人不疑,你属于为民请命,我很欣赏,以后就在我这里安心工作。至于我们和鸣声之间的合作就不用你担心了,我们珐正这么多年靠的是专业能力,不是关系。"

心安清了清嗓子说:"主任,我想以珐正所执业律师的身份代理鸣声地产破产案中的买房人,这很可能会是一个集团诉讼,应该能给律所带来一笔可观的收入。"心安没有从公平正义的角度去说,他觉得现在已经加入了律所,就该在商言商。

汪珐依然笑容满面,却字正腔圆地对心安说:"不可以!"

"心安原本是鸣声地产员工,还买过鸣声地产的房子,我们珐正律所又一直都是鸣声地产的法律顾问,"看着心安略显尴尬,汪珐给心安、佶星的茶杯里倒了茶,"所以如果心安在别的律所做这些事是没有任何问题的,而且应该说更具备代理案件的优势。但作为珐正的律师一点儿都不能碰鸣声地产破产的案子,因为存在利益关系,否则整个律所的声誉都会受到影响。"

佶星赶紧说:"心安就是刚来,急着想给咱律所搞创收,这才忘了律所的戒律,所有新接的案件不能与以往的案件有利益冲突,能够理解。"

心安挠了挠头:"是我想得太简单了。"

"创收的事不急,坦率地讲,我就是欣赏心安身上这股侠肝义胆的劲儿,很像年轻时候的我嘛!"说到这里,汪珐顿了顿,变得语重心长起来,"作为一个从业三十多年的老律师,我的原则就是律师一定要像珍爱自己的眼睛一样去珍惜声誉,始终要怀有追求公平正义之理念,不忘初心。"

心安将汪珐面前的茶杯倒上茶,端起说:"感谢汪主任的收留和教导,我一定尽快转变角色,融入珐正,努力做主任这样有情怀的律师。现在先敬汪主任一杯茶,日后再行感谢!"

汪珐哈哈大笑,接过茶一饮而尽。

"主任,您既是我们的领导,也是我们的老师。我可能还是法律功底太浅,对于鸣声地产有一件事始终没有看明白,想向主任请教一下。"

汪珐笑而不语,等着心安往下说。

"那我就造次了,主任您和鸣声的两位雷董都是多年的朋友,也对鸣声很了解,为什么鸣声不肯对被总包商骗走的五亿元贷款提起刑事控告?"

"本想等你来珐正工作一段时间再说这事,既然现在你提起了,那我就谈谈我的看法。"汪珐收起笑容,略做思考后认真说了起来,"抛开公司内部经营的复杂性问题，你为什么会认为这是一个刑事案件呢？如果是犯罪，那具体犯了什么罪？犯罪构成的四要件是否都满足了？"

心安知道汪珏所指的犯罪构成四要件是指犯罪客体、客观方面、主体、主观方面。以鸣声五个亿贷款被骗这件事来说，如果构成诈骗罪，那就必须具备构成犯罪的四个要件。首先鸣声地产的五个亿的资金所有权就是犯罪客体，也就是犯罪行为所侵害的对象。在客观方面，总包商谎称要将款项即时转到鸣声的账户，而实际利用时间差将款项转移走，使资金脱离鸣声控制。主体应该是总包商的实际控制人，因为单位不能构成诈骗罪犯罪主体，只能是个人。当然也可能有鸣声地产的员工作为内应，这也构成共同犯罪。至于主观方面，毫无疑问应该都是直接故意，并且一开始就是以非法占有五个亿的资金为目的。

心安把这些观点说给汪珏后，汪珏轻轻点头："分析的大方向没有问题，但细节值得探讨。总包商与鸣声之间签有工程总承包合同，鸣声将根据工程节点向总包商支付工程款，这是不是一个基本事实？"

心安连连称是。

"现在的问题是总包商承诺鸣声将五个亿的工程款从银行贷款监管账户一次打到其账户，然后再从总包商账户转到鸣声的其他账户上，但总包商没有遵守承诺，而是将资金一次性转到了其他公司账户上去。心安，你是否见过总包商的书面承诺？"

心安摇头："我没有见到过，就算是有，这种秘密的交易文件也只能由鸣声的核心人员掌握。"

汪珏点头："再往深里面说，总包商是不是和鸣声就工程签订过两份合同，一份是根据实际工程量签的，一份是夸大了工程量用于银行贷款的，现在双方到底是在执行哪份合同？"

佶星抢答："实际执行的肯定是第一份合同。"

汪珏追问："那贷款又是根据哪份合同来的呢？你们想必都知道是根据第二份合同来的，否则贷款金额根本就不会有那么高。"

心安面露笑容，说他听明白了，并由衷地赞叹汪主任的高屋建瓴，几句话就解开了他心头疑惑。

两人告退后，心安拉着佶星来到无人之处，铁青着脸说："要是汪珏没有用另外一家他控制的律所代理鸣声破产案的事，我几乎都要相信他对我是真的好。现在看来汪珐在这个事件中绝对有很大问题，真相更是要比我以为的复杂太多。"

"那你打算怎么办？"

"他现在作为我的老板当然可以不让我明着去代理鸣声业主维权案，但他也无法剥夺我作为一个当事人的权利，"心安目光坚毅，"让子弹先飞一会儿。"

4

心安加入珐正后，汪珐外出应酬时常常带着他。律师这个职业远没有听上去那么光鲜。影视剧中，大律师们都在法庭之上慷慨陈词，刑事能辩生死，民事能定输赢，但事实上律师更像是一个商人，大部分的时间都是在为能够获得案源奔波。国外的律师业最为发达，甚至还有一个关于律师的故事，说出现交通事故，首先到达现场的不是救护车和警察，而是律师。医生还没有开始抢救，律师已经让伤者签下委托书准备起诉肇事者。国内律师的生存环境也差不多，大律师收割了大多数的案源。

一天晚上，汪珐带着心安宴请客户。酒足饭饱后，汪珐安排众人来到会所。

会所幽暗的走廊里流连着淡淡的沉香味道，沁人心脾。美女将众人引到一间会客室，请大家落座。

心安心跳加速，脸上滚烫烫的像着了一团火。

女孩儿低着头走到心安身边，说："先生，来泡个澡，很舒服的。"

心安看到女孩儿白玉般的脖颈上文着一只紫色蝴蝶，不禁失声叫了起来："安妮？！"

女孩儿身体像是被电击了一般，甩开手，抬头看向心安。

"姐夫？你怎么也来了？"眼前的女孩儿果然是安妮。

心安连忙解释："安妮，你别误会，我只是跟着别人过来的。"

"我有什么好误会不误会的？"安妮突然笑了起来，"来了也好，你们做房地产的人把我们的钱都刮走了。"

"安妮，我知道你身上一定发生了什么特别不好的事情，肯定也和幸福家园有关？"

听到"幸福家园"几个字，安妮不动了，沉默了一会儿，"哇"的一声大哭了出来。

心安赶紧从床边的小桌上抽出纸巾递给安妮:"我现在正在组织业主联盟与鸣声地产交涉,或许会解决你的问题。"

安妮逐渐平静下来,慢慢地抽泣着:"姐夫,我现在什么都没有了,房子、爱情、生活、前途,一切都没了。"

安妮将自己近来发生的变动悉数告诉心安:一天晚上,安妮和她的男友被人堵在了租住的房子里。男友原来是有妇之夫,他的生意完全是依靠他老婆娘家的力量才做起来的,他一见几个小舅子立马就尿了,跪在地上狠抽自己耳光,说都是安妮勾引的他。安妮被几个人按在地上撕烂了衣服,人缝中她听到和看到那个曾对她百般海誓山盟的男人在指控她的无耻。男人被打上门的人群带走了,房间里的东西都被砸了个稀烂,安妮所有的衣服都被剪烂。刚刚平静了两天,安妮收到了一封邮件,那个男人和他老婆作为共同原告到法院起诉要求安妮返还男人为安妮购买幸福家园的购房款。

心安叹息了一声:"你为什么不联系我?不管怎样,我都会尽可能地从法律上维护你应该有的权利。"

"我打过姐夫的电话,一直拨,一直说是空号。我也联系过白姐,可她已经把我从微信好友中删除了,也根本不接我的电话。"安妮苦笑,"其实找不找姐夫你也一样,我自己上网查了,像我这种情况,那男人的老婆确实可以起诉我,要求返还她男人给我交的购房款。"

心安不置可否。

"既然打不起,那我总能躲得起。现在真庆幸没怀上那男人的孩子。当初我还想靠有个孩子来拴住那个男人,想来也是够荒唐。后来我就到了现在这个地方工作。"

心安唏嘘不已:"安妮,你可以去做别的工作,何必一定在这里?"

"我没学历,也不会其他的。"见心安还想劝,安妮说,"姐夫,这事你就不要管了,现在我最想要的就是钱。我现在算是明白了,对于女人而言,谁都靠不住,有钱才有安全感。所以我要重新赚钱,自己买房子。"

心安沉默了,他的心里只有愧疚,脑子里满是大学时看过的《悲惨世界》里面的那个卖掉自己牙齿给女儿买面包的芳汀。安妮也不再说话。过了一会儿,她突然好像想起什么:"对了,姐夫,你最近是不是得罪了什么人?"

心安的思绪回到现实世界:"没有啊!"

"那就奇怪了，会所嘱咐我留意你。"

心安不禁打了个寒战："到底什么意思？"

安妮摇摇头说："姐夫，你还是小心点儿，反正防人之心不可无。"

心安连声道谢，把自己新的电话号码和微信，以及佶星的联系方式都留给了安妮。约莫半小时后心安起身离开，再三叮嘱安妮一定要保护好自己，有任何问题可以随时联系他们。

第二天到了律所，心安路过汪珏办公室，听到里面有人叫他。往里一看，汪珏坐在办公桌后正笑吟吟地看着自己。心安一副很意外的样子走了进去，说："主任，昨晚我家里有事，没等大家就先回了。"

汪珏一摆手："那只是给客户安排的，以后律所里面不说这些。"接下来汪珏给心安布置了两个新案子让他负责，两个人说了些业务上的事，汪珏就让心安走了。

接下去的日子心安一边每天按时到律所上班，一边高度关注鸣声破产进程。虽然他不能以珏正律师事务所执业律师的身份去代理业主，但不妨碍他从私人角度提供支持。为此心安注册了一个名为保家卫房的社群，对所有幸福家园业主开放，现在他要团结一切可以团结的人，同损害业主利益的各种势力斗争。

白雪现在更少回家了，心安知道这意味着什么，他想等幸福家园业主维权的事情有了眉目，再找白雪好好谈谈。虽然自己现在在财物上可以说是一无所有，但他在精神上却是少有的轻松。再不必在业主群中说违心的话，也可以和朴实而又善良的贾老师等业主坦诚相交，内心的稳定与富足让心安充满了力量。

5

佶星到外地出差了几天，回来当晚赶紧约心安一块儿在老地方撸串儿。

傍晚六点，佶星风尘仆仆地赶到烧烤店，按老规矩点好了酒菜，然后给心安发了条微信："酒好，菜齐，速来。"

羊肉串已经让店里的伙计热了三遍，心安姗姗来迟。佶星调侃说："你吃饭都不积极，这以后还怎么干律师？"

"借你吉言，以后我还真干不成律师了。"心安仰着脖子一口气喝下一扎啤酒，放下杯子看着一脸狐疑的佶星，"我的律师执业证要被吊销了，下午一直在忙活这事。"

佶星瞪圆了眼睛："我离开晴阳才这么两天，世界就要变天了吗？"

心安将下午的事细细道来："汪珏让我去市里的律师管理处送一份材料，材料送到后，我人却被留下了。律管处的一个科长带人和我做了一次问询谈话，和审犯人一样。核心内容就是让我交代是否在珏正律师事务所进行律师执业期间在外兼职。"

"这岂非扯淡，你李心安从鸣声来律所还没超过两个星期，到哪儿去兼职？"

"律管处的人说得没毛病，你知我在鸣声地产当法务时，律师证一直挂在珏正所。"

"对啊，你的证还是我办的呢。"佶星盯着心安看，觉得他不像是在开玩笑，就说，"这也太扯了，谁不知道那就是个形式上的事，你李心安又从来没在外面代理过别人的案子。"

"可现在这些都变成了我当律师期间在外兼职的证据。从我的角度说是在企业工作，顺便挂了个证。可从律管处的角度来说，就是严重违反了律师执业管理办法和律师法，在做执业律师期间在外兼职。我在问询笔录上签字的时候问科长会怎么处罚。科长说执业证肯定会受到影响，是吊销还是中止，得上头定。"

佶星一听，说："这算什么事？关键你挂证完全无害于这个社会。就算是给鸣声代理过些小案子，那也是为你打工的公司，不是为你个人的利益。除此之外，你在珏正就没有代理过任何其他案子。我觉得应该问题不大，你又没有产生什么恶劣后果。"

两个人接着喝酒撸串，心安又把前几天在会所发生的事和佶星讲了。佶星说："老汪最喜欢去这种会所，那里不会收集客户隐私吧？"

心安说："可我偏偏就遇到了。"

佶星略做思索后说："那就有三种可能：一、那女人说谎，不愿意接待你，给你编了个故事，不过这个可能性很小；二、会所老板想设计你，不过你又没有钱，估计只是想把你先圈住，以后等你发达了，慢慢盘剥你；三、那就是老汪想拿住你的把柄或者想害了你。"

"什么三种可能，就只有最后一种。"

"也是，要这么着，那还真不能不防！"佶星点点头，"现在你也别想那么多了，先喝酒，来，走一个！"

酒是催化剂，喝到一定量，人们便会抢着说出心里话。

"去他的老汪和挂证的处罚，我根本不在乎，"心安来劲儿了，"逼急了我干脆自己单干。嗯，不，咱俩一块儿干。"

"我等的就是这一天。"佶星激动得直拍桌子，"当年我们就说过毕业后要一起开一家最牛的律师事务所，哥儿俩要去电视上讲案子。"

"可这些吹过的牛，一个也没落地生根。"心安也把扎啤杯重重地蹾在桌上，干脆唱了起来，"生活就像一把无情刻刀，改变了我们模样。未曾绽放就要枯萎吗？我有过梦想。"

"青春如同奔流的江河，一去不回，来不及道别。只剩下麻木的我，没有了当年的热血。"邹佶星也加入进来。歌曲结束的时候，二人泪流满面。

"星仔，你还是当年的你吗？"

"哥们儿我如假包换。"

"说句拔高的话，还能坚持正义吗？"

"哥们儿我一颗红心，咱不坚持正义，谁坚持？"

"行，要的就是你这样的态度！"

"你到底想咋的，给句痛快话。"

"一块儿开一个律所。我的律师执业证是被吊销了，可你还有。咱们就专门代理贾老师他们这样的普通老百姓，讨一个公道回来，怎么样？干不？"

"干干干，想我学富五车，等的就是这样一个可以为天下苍生匡扶正义的机会。"

6

一周后，心安收到了司法局用邮件寄来的行政处罚决定书，他因为在担任执业律师期间在外兼职而被吊销律师执业证书。佶星认为这种情况，警告罚款即可，吊销证书过重，一定有人从中作梗。

心安受到处罚后，汪珐找他谈了一次话。不同于心安刚来律所时坐在茶海前，这次汪珐端坐在办公桌后的老板椅上，面对着坐在桌前的心安，二人就座的位置表明这是一次上级与下级之间的工作谈话。

163

"李律师，很遗憾啊，这次司法局的处罚有些过重了，你可以考虑申请行政复议，到时候我也会找有关领导反映一下具体的情况。"

"太感谢主任了。"

"但是呢，咱们一码归一码。不管司法局的处罚能不能撤销，你自身还是有问题的。而且这件事已经给珐正所造成了不良的影响。为了平息客户和所内其他合伙人的意见，只能暂时委屈你一下，在家停职一段时间，等司法局复议结果出来再视情况安排工作。"

心安一脸愁容："汪主任，给所里带来不良影响，我万分抱歉。不管怎样，我还是恳请您能够替我说说话，能够让我继续在珐正所做下去。否则我这就算是又失业了，回家都没法和老婆交代。"

"哎，这只是让你暂时休息一下，谁说让你失业的？等风头过去，你马上就回来。"汪珐对心安的诚惶诚恐比较满意，"不过你要是被吊销了执业证，回来就得从实习律师做起，薪资也要调整。"

"万分感谢主任，像我这种情况能有口饭吃就很不错了。"

心安告辞离开时，汪珐随意说了一句："以后不要再兼职，更不要在外面乱管闲事，能保住自己平平安安就不错了，切记！"

心安不住地点头，倒退着走出汪珐的办公室。

"这老狐狸，肯定不是个好人。"当晚，心安和佶星再次聚在一起探讨各自碰到的情况。说到汪珐的表演时，佶星张口就骂。

"现在我更加确定从鸣声五个亿的贷款不翼而飞开始，一直到鸣声进入破产程序，后面肯定都有汪珐的参与，甚至是主导。"

佶星愤愤地说："这老狐狸心狠手辣，简直是在玷污法律。"

心安突然想起什么，忙问："对了，汪珐有没有做对你不利的事？"

"还没看出他有什么反常的，毕竟我已经在珐正干了七八年，和其他高级合伙人的关系都很好，这老家伙还不敢轻易对我怎么样。"

"你还是要小心，要不你明天找下汪珐，就当着他的面骂我一顿，说没想到我这个同学给律所惹了这么大的麻烦。并劝汪珐直接开除我了事，省得以后再有事连累了你。"

"甭费那个劲儿，那老狐狸肯定不会上当。"

"那是一定，这么做不过是让他一时之间在表面上不好对你下手。在咱们正式开自己的律所之前,还需要一段缓冲的时间完成准备工作。"心安笃定地喝下一杯酒,无比认真地说,"正好这段时间我要做一件特别特别重要的事,鸣声地产能否逃过此劫,业主们能否枯木逢春,就看这一步了。"

第十三章

欣然回国

1

11月的国外已经是初冬时节，连续多天都在下雨，偶尔有一天放晴，也就一个多小时能见到阳光。在这座城市学习生活的雷欣然的心情也一直处在阴郁之中。父亲意外离世后，雷欣然陷入悲痛，无法自拔，她的导师和师母对她很是关心。欣然居住的公寓不远处有一间社区教堂，她也常常一个人，坐在长椅上。她的心渐渐地安静下来，开始集中精力做课题，不到一个半月便出色地完成了自己的报告。

导师建议她利用这段时间出去好好散散心，欣然决定参加一个南极探险的旅行团，因为爸爸曾经说过，他很佩服那些徒步到达南极的人，那代表着人类最大的勇气和耐力。如果他有时间，一定也要去征服一次南极。欣然决定现在替父亲去完成他的遗愿。可就在她做好所有准备，行将出发之际，手机上突然收到一条微信好友申请，附言是："鸣声地产，十万火急。李心安。"

欣然的思绪一下子被拉回到万里之外的晴阳市，那个她出生、成长，最后却没有给她父亲留一条生路的地方。欣然已经决定永远不再回那个伤心的地方。现在鸣声地产有小叔在掌控，有事，小叔自然会对她讲，李心安怎么会突然发这样一条没头没尾的信息？

在欣然的记忆中，鸣声法务李心安聪明，有些狡黠，却还保有同情心，而且他不是一个爱管闲事的人，怎么会越过公司的各级管理者，直接找到她？他到底想说什么呢？还有，他怎么突然换账号了？

欣然迟疑了一会儿，还是通过了心安的好友申请，很快一条简洁明了的信息发了过来:"雷董尸骨未寒,鸣声惨遭破产,请您务必以股东身份介入,详细情况可直接通话沟通。"

"雷董尸骨未寒,鸣声惨遭破产",这些触目惊心的字眼儿顿时让欣然心生厌恶,尤其"尸骨未寒"四个字,更是让欣然愤怒不已。欣然所在的商学院开设了商法课,她也曾经到当地的法庭旁听。甚至讲授法律的老师在课堂上这样来评价法官:"在我们看来,法官是有修养的人,甚至有着父亲般的慈严。"现在想想,李心安直接拿她刚刚逝去的父亲讲情,连基本的人文关怀都不顾及,可真是个荒谬的笑话。

当然"十万火急""惨遭破产"这些文字也猛然触动了欣然,被对方猝不及防地提到父亲带来的怨念给冲淡了。欣然又想了想,拿起手机,回复了一条:"鸣声的事,请和鸣声的人谈。"

很快又是一条新微信:"鸣声现任董事长雷声涉嫌诈骗公司资金五亿元,鸣声已向法院提出破产申请。"

欣然看到后,不禁觉得好气又好笑,鸣声属雷家所有,现在是小叔的,也是自己的,小叔诈骗自己的公司做什么?诈骗五个亿?危言耸听,这是在指控小叔犯罪吗?至于鸣声提出破产申请,这又有什么可大惊小怪的?允许经营不善的公司破产是现代商法为公平清理债权债务,保护债权人和债务人的合法权益所做的制度设计。欣然心想亏得你李心安还学了这么多年的法律,连这些基本的理论问题都拎不清。当然,欣然瞬间就想明白了,李心安在鸣声买了房,现在鸣声如果破产,他个人的利益必然受损。利欲熏心,人在情急之下做出昏头的事倒也不奇怪了。

欣然于是又回复了一条:"有人违法犯罪请找警察,鸣声破产请去法院。"

微信界面显示对方一直在输入,但始终不见新的信息发来,欣然以为远在大洋彼岸的李心安知难而退了,结果没过多久,一连串"啾啾啾"声此起彼伏地响起,大段语音将她手机瞬间刷屏。

"雷欣然小姐,恳请您抽出几分钟,听我在这里代表鸣声的几千名业主和员工和您说几句话。此刻,我们无比想念尊敬的雷鸣董事长。两个月前,我们永久地失去了这位一直关心和爱护着我们的长者。他的离去,也带走了我们所有人的希望和幸福。

"您的悲伤肯定比我们所有人加在一起还要重得多,这时候把您拉回到痛苦的回忆中,我对此深深抱歉。可是咬着牙,我也不得不说出'但是'两个字。但是确实鸣声的业主们因为鸣声主动申请破产，有的人刚刚失去了丈夫和父亲，有的失去了儿子，种种惨剧都是因为鸣声进入破产程序，大家用一辈子积蓄买的房子将要烂尾所致，而且后面还不知道有多少个家庭要遭受您如今所经历的痛苦。

"如果说这真的是市场的行为所引起，是鸣声正常经营不善所导致，那公司走到破产这一步，大家也就认了。因为正如您刚才所说，这个结果是公平的，大家伙儿共担损失。但是，鸣声为什么会破产？是因为有人在公司挪走了五个亿的资金，不，准确说是盗窃或者说是抢劫，整整五个亿，这得是多少普通老百姓的血汗钱！这笔钱事关鸣声生死，可您的小叔，鸣声地产现任董事长和法定代表人雷声，对此不闻不问，不采取任何措施去追索这笔钱，导致鸣声彻底滑向万劫不复的深渊。

"您刚才说得很好，有人违法犯罪请找警察。是的，当年我在法学院上学的时候，老师也说过同样的话。鸣声资金被窃，我确实去了公安局报案，但是因为如果这是一起刑事案件，被害人就是鸣声地产。但您的小叔作为公司法人，向办案警察表示鸣声没有任何资金被人非法窃取，这直接导致公安局对我的报案做出不予立案的决定。

"您的小叔知道报案人是我后，直接让保安将我清理出鸣声，解除了和我的劳动合同。虽然我因为去公安机关报案而失业了，但您的小叔这么做，反倒坚定了我的信心。那就是鸣声的资金一定有问题，鸣声的破产不是因为什么天灾，而是人祸。

"鸣声地产的问题只能自己出面解决，但公司现在被您的小叔控制，它被人掐住了咽喉，无法对外界发出自己的声音。几千位鸣声的业主和员工就盼着有人能够把套在鸣声身上的枷锁砸掉，能够给大家一个生的机会。我们大伙儿在一块儿说起这件事的时候都在想，要是雷鸣前董事长还在，他决不允许鸣声就这样被人掏空，就这样倒下。

"我，李心安，这个夏天曾和您做过短暂的同事，虽然不是特别了解，但您帮助那位买了噪声房的大姐让我感受到了您发自内心的善良。如果有可能，我代表鸣声的几千位业主和他们的家人，还有公司的员工，恳请您能回到鸣声，能够接下前董事长的舵，继续践行他所提出的一舟同楫，共享未来的理念，拯救鸣声这艘巨轮。

"具体的法律问题以及如何操作，如果您决定回来拯救鸣声，我会给您具体的意见。如果您真的不再想参与鸣声的任何事情，那也是您的权利，我们会尊重您的选择。祝好！"

欣然认真听完所有语音，没再回复，继续准备她的南极之旅。

2

心安很清楚自己直接联系欣然以及说这些话的确存在诸多不妥，但兵行险着，这已经是他绞尽脑汁后能够想到的最好、最重要当然也是最有力的方法。心安给欣然发微信的时候，使劲儿控制着自己的情绪，尽量说得客观些，避免掺杂太多主观情绪，从而影响雷欣然的判断。虽说夏天时见到的欣然非常善良、阳光和富有同情心，但遭遇父亲突然离世，性情和处事行为是否发生重大改变具有不确定性。此时断不能给欣然过大压力，而且对于这样一位很小就出国独立生活的知识女性，有什么事情是不懂的。其他再多的话都是对她智商的侮辱，现在该说的都已经说了，只需等待这位雷家将来唯一的继承人如何决定了。

晚上九点半到家，贾老师已经把可可哄睡了。母亲还躺在医院病房里，白雪整天不见踪影，现在家里的事多亏了有贾老师在。心安很抱歉地对贾老师说："我又回来得这么晚，让您都不能早点儿休息。"

"岁数大了，睡觉轻，晚点儿睡没什么，白天打个盹儿就行。对了，你吃过饭了吗？"

"吃过了。贾老师，我现在想动员更多的业主加入我们的维权阵营中来。"

"我看行，这事儿我也能出一份力。可可白天去了幼儿园，我就出去动员业主。"

心安让贾老师记住他的微信公众号保家卫房，让尽可能多的人关注。

接下去的几天心安全力运营他的保家卫房，贾老师也发动了很多业主，把心安的公众号在各个小区的业主群中公布，开宗明义，该公众号系为地产公司业主维权使用，专门为遇到问题的业主们提供法律援助。业主们更是纷纷在自己的朋友圈中进行转发。公众号上以往的文章大都是关于业主们在购买房产的过程中遭遇过的各种"坑"和"雷"，业主们看了都感同身受。已经中招的在里面寻找解决的办法，还没掉过坑的暗呼庆幸，一时间公众号文章后面的留言板上出现了上千条信息。有的寻求帮助，有的感谢心安提供的案例，称这是购房避雷指南。一时间各大小区的业主纷纷加入，向心安提出买房、交房过程中出现的各类问题。

一位微信名字叫"奔驰人生"的业主和心安说了他的糟心事。他今年分期付款买了辆奔驰车，他爱这车爱得要死，恨不能天天晚上睡在车里。前几天他开着车回了趟老家，这车给他赚足了面子。在老家盘桓几日后回到晴阳市，开车下地库，他习惯性地在拐弯的时候不减速，潇洒地想听轮胎摩擦地面的声音，结果却"咣当"一下撞在了一辆停着的车上。"奔驰人生"吓了一大跳，定了定神，下车一看，原本路边没有停车位的地方顺着停了几辆车。"奔驰人生"气得原地蹦高，抄起电话就把物业人员喊到现场。听了"奔驰人生"激动地抱怨有人乱停车，物业管理混乱后，物业来人说大哥您仔细看看，这些车就是停在车位上，没人乱停车。

"奔驰人生"难以置信，心想这才离开家没几天，怎么就凭空冒出这么多车位？以前这里是宽阔的通道，所以每次他从地库的入口冲下来，到下面急拐弯能整出点儿漂移的感觉。"奔驰人生"问物业人员这些车位都是谁画的。物业人员说这空间闲着也是闲着，物业公司就给改造成车位了。

"奔驰人生"当然不能接受，首先就是物业是否有权这么随便画几条白道道就凭空造出些车位来？另外，这整栋楼都是业主们花钱买的，公摊的面积落到每一户都不少，这些车位到底归谁所有？"奔驰人生"先是自己上网查了查，结果答案五花八门，越看越迷糊。因此赶紧带着这些问题找到心安的保家卫房公众号，寻求一个专业的答复。

心安心里很清楚，车位看着小，但后面的问题可是足够大。略思索后，他决定把车位这个问题尽量说得明白一些，因为除了"奔驰人生"，估计还有很多业主也在车位上"犯糊涂"。

心安回复说按照车位是否在建设规划内，可分为规划范围内的车位和超规划范围设置的车位；按照车位是否可以办理所有权转移登记，可以分为无产权车位、有产权车位。其中，无产权车位又可以划分为人防车位、非人防车位。规划内车位、车库，是建设单位，也就是开发商在开始建造之初经规划部门批准，并建造完成的车位。开发商因建设这一事实行为而享有该类型车位、车库的所有权，并可以通过出售、出租、赠予等方式对所有权、使用权进行处分。

"奔驰人生"说他买的车位应该就是心安说的这种规划内的车位，因为开发商和他签了一份二十年的租赁合同。"奔驰人生"接着问那什么是超规划设置的车位。心安说这些是指建筑区划内在规划用于停放汽车的车位之外，占用业主共有道路或者其他场地增设的车位。"奔驰人生"一下子变得很激动，问他们小区地库凭空冒出的那些车位是否就是超规划设置的。心安说根据"奔驰人生"刚才的描述，他"买"的车位应该是人防车位。"奔驰人生"在电脑屏幕上打出一连串的问号，说他在开发商手里买的车位怎么就成了人防车位，要是他没记错的话，心安一开始和他就讲过人防车位是无产权车位，他的车位怎么就又变成无产权的车位？

心安说相关部门鼓励并支持企事业单位、社会团体和个人投资进行人民防空工程建设；地下工程本着"谁投资、谁所有、谁受益、谁维护"的原则，允许建设单位对其投资开发建设的地下工程自营或者依法进行转让、租赁，但是这些单位只有使用权，没有所有权。所以开发商通过一次性出租二十年来进行变现。如果不是人防车位，"奔驰人生"的车位就应该有产权证，而不是靠租赁合同来确保他获得使用权。

"奔驰人生"又问那物业他们新划的车位算怎么回事。心安说这个要看他们所划的这些地方是否属于人防工程范围内。如果属于，则开发商可以取得这些车位的使用权，但是这些新划的车位不能对业主正常的出行造成不良影响。否则业主可以要求排除妨害，恢复原状。如果这些车位没有在人防工程范围内，那就属于占用业主共有道路或者其他场地增设的车位，应属于全体业主共有。业主委员会有权要求开发商交出车位的收益分配给全体业主。

"奔驰人生"说他大概明白了，他要先搞清楚那些白道道画的地方是不是在人防工程范围内，如果在范围内他就去起诉让他们拆掉；如果不在，他既可以让他们拆掉，也可以要求继续出租，但是租金要给他们业主。

心安给他点了一个大大的赞，说奔先生这领悟力，就该他开奔驰。

解答完"奔驰人生"的问题，心安看到还有几个人在排着队等。如同接热线电话一般。心安尽量给每一位提出问题的业主都做了详尽的解答。从问题性质分析，到适用法律法规，再到具体的解决方式方法，每一个解答都是标准的法律意见书。

正常来讲，这些业主找到任意一家律师事务所，这样的意见书是万元为单位起价的。心安完全免费，并且和大家讲好，如果有任何后续问题，欢迎随时到保家卫房上交流。被房子弄得焦头烂额的业主们在外面找律师做咨询的时候，通常听到的都是非常晦涩的"法言法语"，原本就对涉及的法律问题和后果一头雾水，再听律师们的一番专业解读后，那更是云山雾罩，往往身不由己就支付了高额律师费。律师们都很忙，但有些律师即使不忙也会表现得很忙，业主们缴纳了律师费后，剩下的就是漫长的等待。一辈子可能就打这么一次官司的业主，哪里知道哪位律师的"性价比"高，如同开盲盒一般，凭借"一面之缘"定下的律师往往让业主们感到不称心。心安则不同，他总是在用最朴素的话语来做解释说明，让每个人都能听得懂，而且在解决的思路上一般都会给出上、中、下三种方案，让业主们自己进行选择。心安总是在说解决问题的方法有很多种，打官司也只是其中的手段之一，但绝不是目的。每一个案件都可以以打促谈，谈谈打打，至于什么时候打、什么时候谈，这是在对案件性质以及走向有了比较清晰、准确的定位后才会有的一种成熟应对方式。心安在地产公司工作六年，经验丰富，现在为业主们提供无偿的法律支持，让大家十分感动。凡是在"保家卫房"上提出问题或者是围观问题的人都纷纷自动成为保家卫房的传播者，一时间，心安格外忙碌起来。

又熬了整整一个通宵，早晨贾老师过来接可可上幼儿园。三个人在餐桌前坐下后，贾老师对心安关切地说："你不能总这么熬夜，现在还算年轻，等上了岁数病都会找上来的。"

可可则指着心安的黑眼圈："爸爸像个大熊猫！"

三个人正有说有笑地吃着早餐的时候，房门打开了，白雪走了进来。

贾老师很客气地和白雪打了招呼，虽然她走进这个家庭已经有两个多月了，但她和白雪也只有几面之缘，两人并不熟悉。白雪的反应倒是特别热情，好像和贾老师很熟悉一样，拉着贾老师的手不停地寒暄。

几句话后，眼睛放光的白雪问："阿姨，您现在都在买什么理财产品？我和您讲，您今天碰到我可真是遇到了一个千载难逢的机会。我现在代理着一款半年收益翻倍的产品。"说到这款产品，白雪还习惯性地四下看了看，压低声音说，"因为这款产品太火爆了，所以只能小范围地介绍给身边最亲近的人，否则抢都抢不上。"一边说着，白雪一边要贾老师的手机，"我帮您下载一款专门操作这款产品的 App。"贾老师一脸窘态，她是一个谨慎的人，但又不愿驳了白雪的面子。

已经十多天没有见过妈妈的可可早已高兴地跑到了白雪的身边，不停地仰着头去拉妈妈的衣襟，在妈妈的身边摩挲。白雪正滔滔不绝地给贾老师讲产品，不停地拨开可可伸向她的小手。

可可委屈得"哇"的一声哭了出来，贾老师心疼地走过去，弯下腰把她搂在怀里。心安一下子冲到白雪面前，愤怒地质问白雪："你到底想干什么？"

"李心安，你不配问我这个问题，我现在要做的是你这种人一辈子想都不敢想的大事业。"白雪一挺脖子，语调中透露出无上的自豪。

可可又走了过来，哭着说："爸爸妈妈，你们不要吵架，可可害怕。"

白雪蹲下来，双手抚摸着可可，眼中发出炙热的光芒。从她的眼中看不到可可的影子，反倒是好像透过她身前的女儿，去看遥远世界中的什么物件。白雪对可可说："等妈妈成功了，就会让可可彻底脱离现在这个阶层，去做一个骄傲的小公主。"

可可似懂非懂，高兴地说："妈妈，我们要带着爸爸一块儿去你说的那个阶层。"

白雪生气地说："不要提起你的爸爸，他不配。"

白雪飞快地收拾了一箱子她自己的衣服和用品，然后在可可不舍的哭声中离开。走的时候，还一定要贾老师加上她的微信，说她一定负责帮助贾老师实现财富自由。

白雪旋风般地闪进闪出，给这个小家留下一地鸡毛。贾老师费了很长时间才止住可可的抽泣，带她去幼儿园上学。心安在家里收拾被白雪翻腾得乱七八糟的箱柜，从地上拾起被白雪碰掉的嵌着全家人照片的小相框，看着里面亲热的一家三口，知道这份美好已经不再，白雪走得太远，他无力也无心再找她回来。

上午八点半，朝东的窗子里射进满满的阳光，房间里的一切都被镀上了柔和的金黄。心安给自己冲了一杯咖啡，在小桌前坐下来，浓郁香醇的味道在身边萦绕。深深地吸一口气，心安努力去寻找片刻的宁静，准备继续为业主解惑答疑。刚啜了一口咖啡，苦涩与清爽还在舌尖流淌，一阵手机铃声飘然而至。

来电显示正是雷欣然。

接通后，欣然问他现在是否有空，她想立即和他见面，有要事相谈。

3

欣然回国已经一周了。

一星期前欣然正在国外的公寓里整理去南极的装备时突然收到了心安的信息，她虽然没有直接答复任何确定的信息，但她知道鸣声肯定是出事了，至于是否如同李心安所说的那样，有人蓄意以非法手段窃取公司利益，自然还无法确定。特别是公司由小叔全权打理，难道小叔还会坑害自己和鸣声？最让人不能相信的是李心安竟然指控正是小叔窃取了公司的五个亿资金，这简直太荒唐了。

雷欣然的成熟就在于她很小的时候就出了国，一直自己生活，所以也就养成了凡事都能独立思考判断的习惯和能力。"没有调查，就没有发言权"这句名言更是指导了雷欣然在国外的学习，并让她在参与导师的课题实践活动中大受裨益。试想当今顶尖的国际投行在做投资并购业务时，哪一家不是在财务、法务上做详细的尽职调查？

同样，鸣声这件事，她雷欣然也要先调查，再发言。

雷欣然登上国内网站检索关于鸣声地产的信息。输入"晴阳市鸣声地产有限公司"，最先跳出来的网页还是关于公司前董事长雷鸣意外从山上坠亡的信息，欣然感到一阵心悸。在国外的这些日子里她从未去浏览过国内的网页，也从不去搜集关于鸣声的信息，她就是害怕见到关于父亲离世的信息。小叔倒是每星期都会给她打电话，中间也会发些微信，但从未向她提及鸣声破产的事，而且每次通话中小叔都显得意气风发，一切都胸有成竹，尽在掌控。

欣然强忍着悲伤带来的酸楚，关闭了有关于父亲的帖子，继续浏览。网上果然有关于鸣声被法院宣告破产的消息，也确实看到有业主跳楼自杀，但官方给出的说法是该业主长期患有抑郁症。欣然又在搜索栏中输入了"鸣声地产公司资金被骗"的字样，按了回车键后却没有看到任何相关新闻。这让欣然百思不解，李心安信誓旦旦地说鸣声五个亿的资金被骗走，怎么网上却没有关于这方面的任何信息？

欣然想了想，决定还是亲口向小叔求实。雷声的电话很快打通了，俩人先是照常闲聊了几句家常，欣然没有听出小叔与以往有任何不同，接着欣然貌似随口问了雷声一句："小叔啊，我在网上无意中看到有人说我们鸣声地产已经向法院申请破产了，肯定是假新闻吧？"

电话另一端的雷声稍微顿了一下："然然，是真的！"

欣然很惊讶，"小叔，好好的，鸣声怎么就突然破产了呢？"

"不，鸣声很不好，很早以前就已经很不好了。我知道你想问什么，前一段鸣声的事情多，一直没有时间和你好好说这件事。今天既然说到这里了，正好也让你了解一些事情，毕竟咱们雷家的未来还都寄托在你身上。"雷声语气变得沉重起来，"然然，你爸爸出事我也有责任。"

欣然的心为之一紧，但她没有说话。

"两年前鸣声发展大提速，目标直指年销售额二百亿元。为实现这一目标，公司加大财务杠杆，激进拿地，一路高歌猛进，负债率高达120%。"

欣然倒吸一口冷气，插了句话："正常的企业资产负债率一般都是50%左右，房地产企业稍微高一些，70%~80%已经是很激进的做法。120%意味着公司的资产已经不够偿还所有债务，只不过是靠现金流的快速流动去补到期的债务缺口，一旦销售回款受阻，公司的资金链马上就会承压，时间一长就会面临崩盘风险。"

"然然，你说得很对。这件事我和你爸爸说过，但他认为未来十年还会持续有房不愁卖的局面。你爸爸主张趁现在多数地产企业持观望态度的时候，鸣声要多拿地，为做更多的面包准备好面粉。当然，你爸爸并不是为了给自己赚钱，他最终的目的还是要实现他为更多的老百姓建他们住得起的好房子的理想。他作为大哥常常对我说，如果仅仅是为了钱，那我们兄弟二人早就可以洗手不干了，做个逍遥富家翁。"雷声叹了一口气，"可你妈妈当年的离世才是他心中永远的痛，他把对你妈妈的思念转化为给更多人建住得起的好房子的动力，这已经是他活着的执念。在买地盖房子这件事上，他有多么爱你的妈妈，就做得有多么激进。"

欣然胸口发闷，早早离开的母亲何尝不是她心中永远的痛，父亲这么做无可厚非。

雷声接着说："我的错误就在于没能阻止你爸爸将自己个人的财产源源不断地投入鸣声。公司的规模急速变大，资金供应变得岌岌可危，你爸爸一次次拿出自己的积蓄来给鸣声过桥续命。现金资产消耗殆尽后，又开始抵押自己的资产，最后去借巨额的高利贷。咬牙坚持两年后，除了正常的开发贷，其他可以流向房地产企业的资金越来越少。老百姓也选择更加理性地消费，更多的人还在等待房价回落。一时间,鸣声首尾难顾,终于走进死局。"

"小叔啊,为什么这两年您和爸爸一直瞒着我？我什么都不知道。"

雷声苦笑:"做父母的总想给儿女最好的,又怎么会把公司遇到困难的事告诉正在求学的你呢？"

"那现在还有我不知道的什么事情吗？小叔,我已经不是当年的那个小孩子了,我研究国内房地产公司经营状况的报告获得了导师的充分肯定,现在我希望能帮着小叔为鸣声地产做些事情。"

"好孩子,你也别太担心,虽说鸣声进入了破产程序,我们将失去它。但是这些年来,我赚到的钱都还在。我虽然没能阻止大哥将个人资产都投入公司,但我自己保持了最后的清醒,留住了名下的资产。然然,你放心,这些钱足够我们叔侄二人一直维持现在的生活水准,甚至你想要更好的生活也没问题。"

"小叔,我说的不是这个。"

"然然,鸣声破产清算程序现在进展得很顺利,没有任何问题。再过段时间,等鸣声的事情处理完毕,我就跟你出国,再买一处房产,守着你过下辈子。"

电话很快挂断了,欣然始终没能问出五个亿资金的事情,那个太敏感了,如果是谣言,将会非常伤人,父亲不在,小叔就是她唯一的亲人,她不愿意做任何一点儿让小叔伤心的事情。可现在鸣声破产是事实,有业主跳楼是事实。欣然继续大量浏览相关网页,看到有人说父亲的离开是畏罪自杀,有的人说父亲是鸣声破产的罪魁祸首,各种人身攻击和诬蔑充斥网络,她忍不住上去发文为父亲辩解,却遭到更多人的辱骂。甚至有人要在网上曝光欣然的信息,说这个为大骗子雷鸣辩解的人就该被拖出来,公开被大家批判。怯弱和逃避从不是雷家人的传统,欣然被彻底激怒了,她要立刻回国,解开父亲突然离世之谜,更要还父亲一个清白。

4

子夜,飞机在晴阳市的机场盘旋下降。望着舷窗外的满地灯火,欣然心中戚戚然。属于父亲和她的家的那盏灯已经熄灭,不承想,短短两个月,在这座她从小长大的城市里,她竟然已经成了"无家可归"的人。

为免睹物思人更难过，欣然没有回家，而是住在了外面的酒店。

入住后，欣然立即给小叔发了消息。半小时不到雷声便闻讯赶来，在大堂见到了一身职业装束的侄女。没了往日的飞扑入怀，欣然凝望着小叔，不过才两个月，雷声鬓角竟然已经全部灰白，可见这段时间对谁都是煎熬，只不过顾不上太多感伤，欣然决定直奔主题，俩人之间很快展开了一场成年人之间的对话。

"小叔，我们鸣声是不是有五个亿的资金出了问题？"

雷声身躯轻轻抖动了一下，他端起眼前的茶杯，轻轻啜了一口，缓缓地放下，目光柔和地看着欣然："确有此事，鸣声破产前有五个亿的资金从公司转出。"

欣然颤抖着问："小叔，难道真是您……转走了这笔钱？"

雷声泰然自若："确实是我安排人转走了这笔钱。"

没有想到雷声会这么痛快地承认，欣然一时间竟不知该说些什么。沉默片刻，欣然望着一直面带微笑的小叔："小叔，据我所知，鸣声陷入破产局面就是因为现金流没能跟上，这五个亿的资金无疑能决定鸣声生死，我不明白，小叔您这么做，难道是要自己亲手结束掉鸣声？"

雷声微微一笑，依然像以前一样，怜爱地看着自己的侄女："小姑娘家家的，不要动不动就说生啊死啊的。然然，有小叔在，你不要想太多，更不要担心什么，过段时间那五个亿中的大部分都会转到你的名下。"

"小叔，我不是这个意思，"欣然的脸涨红了，她朝着雷声连连摆手，"我回来不是向您讨要这五个亿的资金，我是想让鸣声的破产程序停下来，和您一道将鸣声救回来。"

"然然，你到底还是个孩子啊！虽然你马上就要去国际知名投行工作了，但说话还是太孩子气。鸣声破产这么大的事，不是谁想停就能停下来的。"雷声目光凛然，"再说了，为什么要停下来？让已经是一团乱麻的鸣声在这个时间做一个了断岂不是一个最明智的选择？"

"可是小叔，这两天我收集到了很多信息。很多人和家庭因为鸣声的破产而陷入困境，甚至有业主跳楼自杀了。"

雷声发声打断欣然："那个坠亡的业主早就患有严重的抑郁症。"

"小叔，我已经仔细地想过了，我觉得鸣声现在不能破产，主要理由有三个。"欣然半是恳求半是认真地说，"您给我点儿时间，让我先把想说的话都说完嘛。我是非常严肃认真地和您探讨问题的,哦,不,向您汇报。"

"嚯,孩子,你这一上来还有模有样地给我来个三点主张,说说看吧,这几年都在国外学到了什么。"雷声双手一摊,脸上露出无可奈何的神情。

"第一,刚才已经提到,鸣声的身上承载了太多的社会利益,它不仅仅是股东的赚钱工具,它更是买房人、供应商、员工、银行等不同社会主体利益的连接点。它不是股东的私有物,而是众多主体发生交易的一系列契约的载体。一家公司破产,千百个与之相关的利益主体都将受损。就算刚才说到的跳楼的业主早就患有抑郁症,但他为什么会选择在鸣声宣告破产之后跳楼呢?真的就和鸣声无法交房没有一点儿关系吗?所以,为了大多数人的利益,鸣声不能破产。"欣然喝了口咖啡,缓了缓,"第二,为了爸爸,鸣声也不能破产。我看到网上有太多对爸爸的负面评价,很多词语不堪入目。爸爸军人出身,为人耿直,一身正气,创办鸣声也是为了给更多的人谋福祉。现在却因为鸣声的破产而被冠以'畏罪自杀'的帽子。作为他唯一的女儿,我绝对不能接受这些。第三,鸣声还不到破产的境地。正如您之前说的那样,鸣声只是因为近期关键的融资没有到位,公司现金流出现问题。如果说这五个亿的资金可以用于生产经营,那么一切就都还有希望。"说完这些,欣然情绪激昂地看着自己的小叔,她多么希望小叔能够认可自己的观点啊!

"我们雷家的大小姐进步很大啊,我很欣慰。"雷声轻轻地为她鼓了鼓掌,接着话锋一转,"但鸣声的问题很复杂,不是一句两句话能说清楚的,更不是你想当然的那样。听小叔的话,你今天刚回国,舟车劳顿,先好好休息下,找个时间我会给你一个满意的解释。"说完,任凭欣然怎么说自己不累,雷声也不再和欣然谈鸣声的话题,而是一味催促欣然把酒店退掉,和他回家去住。僵持许久,叔侄二人各退一步,欣然现在不再提鸣声的事,雷声也不继续坚持让欣然和他走。

不去小叔那里,是欣然本能的一种选择。小叔对她就如父亲一般,而且比父亲更多了一层亲密的朋友之间的感情。她现在刻意地想和小叔保持一定的距离,否则,很多话她根本就说不出口,更别说要做出什么违背小叔意愿的事情了。

酒店房间的落地窗正对马路,望着酒店门前不断涌出的喷泉,欣然觉得这次回来不会轻松,鸣声如同这脚下的泉水,会有太多的问题不断喷涌而出。

第二天,欣然迫不及待地约小叔再见面,雷声却推说他手头有一件比较紧急的事正在处理，稍晚再说。可一连又等了两天，欣然还是没有见到小叔。

这段时间欣然哪儿都没去，就把自己关在酒店房间琢磨事儿，她也不打算立即就联系心安和其他人，因为还没到那一步。第三天，欣然给雷声发信息说无论如何都要见到他，如果小叔不来，那她就去鸣声，把上次没有说完的事彻底讲清楚。

雷声似乎考虑了很久，最终答应晚上一起吃饭。

第十四章

叔侄反目

1

傍晚，酒店大堂东侧的粤式餐厅，欣然与雷声靠着窗边相对而坐。雷声拿着菜单不停地翻看，说要给欣然多点些她爱吃的，这次回来自己的宝贝侄女可是瘦了很多。

欣然强忍着，不停地喝眼前水晶杯中的苏打水。两杯水喝完，她打破了沉默："小叔，您对鸣声停止破产的事情考虑得如何？"

雷声没有应答，一摆手，侍者走了过来。雷声将菜单上的精致菜肴点了个遍，惹得侍者低声问今晚雷声他们是几个人就餐。当听到只有对面的女孩儿和眼前点菜的这位先生后，侍者连声说菜点得太多了。雷声没有理会，又点了一瓶店内窖藏的红酒才让侍者离开。

"好了，现在开始说我们大小姐的正事儿。"

"小叔，请问您到底是怎么考虑的？我现在就想知道答案。"

"然然，你这么着急，那我也正式对你前两天说的鸣声不能破产的三点理由发表一下看法，你听听是否有道理，然后再说鸣声现在怎么办。"

欣然连连点头。

"首先第一点，说鸣声是承载了太多人的利益的载体，这非常正确。我一直就认为是鸣声养了很多的人。从鸣声成立到现在这二十余年，先不要说给相关部门上缴了多少税费，这些年有多少员工、供应商、银行，就是那天你说的所有的社会主体，在依靠鸣声活着。鸣声是谁的？难道不是你的爸爸，我的大哥和我创办了这家公司吗？没有我们，哪儿来的鸣声？这些社会主体吃什么、喝什么？还不是散在社会各处去讨生活。这些年，鸣声对员工的待遇好、薪酬高，对合作伙伴重合同、守信誉，对业主讲质量、低价格，哪个你口中的社会主体不是蜂拥而至，赶都赶不走。鸣声好的时候，去问问他们，鸣声是谁的？他们谁不说是雷老板的，又有谁会大言不惭地说是他们大家的呢。现在鸣声遇到了困难，一个个还是蜂拥而至，恨不能抢着把鸣声撕碎，在它身上叼下块肉。这个时候，谁又把鸣声当成他们自己的呢？所以说，现在根本不用考虑他们的利益，因为他们把自己考虑得已经足够了。根本没有人去替我们考虑。所以，然然，你所说的第一点理由不成立，在鸣声是否破产的问题上，我有权代表股东，过去是你爸爸，现在是你，做出有利于我们雷家的选择。"

雷声情绪激动起来，他端起红酒杯，一饮而尽，然后继续说："我接着讲第二点。关于你爸爸的社会声誉。他生前一直践行为更多的老百姓建他们住得起的好房子。这句话听着很普通，甚至很俗气，一点儿也不高级，却是字字珠玑。首先说'更多的'，这表明鸣声要做的是一个更大范围的、普世的事情。怎么才能让更多的人受益？多造房子才是硬道理。你爸爸讲过，在这个问题上不要讲精工细作，在保证质量的基础上，要上速度。这么多的年轻人在等着房子结婚，这么多的几代同堂需要改善，不快点儿造出房子，说别的有什么用？也正是这个快，给鸣声埋下了隐患。再说说'老百姓'这个词。我特意上网查过，在古代，这个词是贵族们的总称，'百姓，百官族姓也'。但是到了战国以后，就成为平民的通称，'乡里同井，出入相友，守望相助，疾病相扶持，则百姓亲睦'。"

说到这里，雷声笑了笑："然然，小叔不是在你面前卖弄，就此问题，你爸爸和我是做过认真探讨的。我曾经认为土地是稀缺资源，鸣声好不容易拿到一块地，那就应该想尽办法去建豪宅。把富人作为鸣声的核心客户，想他们所想，建他们想要。只有他们才能付得起高额的溢价，鸣声才能赚到更多钱！"说到这里，雷声轻轻地摇了摇头，像是在否定自己，"而你爸爸却说鸣声只有把自己扎根于普罗大众之中，鸣声才能真正得到社会的支持，才能获得长久的生命力。"

雷声说："事实证明你爸爸是对的，鸣声能坚持这么久，根本的原因就是始终将自己定位于为老百姓造刚需、刚改的房子。无论经济环境如何都始终拥有稳定的市场。而反观一些专建豪宅的房地产企业，没有几个能挺过一场市场动荡的。至于说后面的'住得起'和'好房子',是什么意思就不用我解释了。"

雷声说:"话说得有些远。然然,你现在打开手机上网,直接搜你爸爸的名字。"

欣然拿起手机操作,惊讶地发现,前两天看到的辱骂雷鸣的帖子都不见了,只有雷鸣热心公益事业,以及客观描述登山出现意外的内容。欣然惊讶地看着小叔,雷声笑而不语。过了片刻,雷声说:"然然,现在是不是已经实现了你提到的第二点,捍卫你爸爸的声誉。"

看着对网上的信息表现出不可思议神情的欣然,雷声接着说:"第三点,鸣声现在到底是否已经真正到了非破产不可的境地。关于这个问题,我不想举出一堆财务上的数字来证明。从情感上来说,鸣声就如同你爸爸和我的孩子一般,除了你,在这个世界上没有什么人和事比鸣声更重要。做父母的,但凡有一点儿办法,谁会眼睁睁地看着一个从小养大到二十岁的孩子患上绝症,一步步走向死亡?"雷声说这些的时候是动了真感情的,他神情黯然,眼睑低垂,双手不停地摩挲着水晶杯。

欣然插了句话:"可是,小叔,既然不愿意看着鸣声消失,为什么您又要挪走五个亿的资金呢?这不是要亲手毁掉鸣声吗?"

雷声眼睛一瞪,用欣然从未听过的语气斥责她不懂事。雷声说这五个亿相对于那些整天追着他要钱的总包商、供货商来说,就是杯水车薪。市场不好,销售回款跟不上,鸣声就是一个无底洞。这五个亿就如同把一辆汽车开到长江大堤上去堵洪水冲开的决口,瞬间就会被吞噬。

欣然说:"可是就这样把钱拿走,对其他的业主和鸣声的利害关系人不公平。"

雷声端起酒杯一饮而尽:"然然,别在这里讲'公平'这个词。我作为你爸爸的亲弟弟,我只是替大哥,不,是替你拿回了属于自己的钱。"雷声突然大声问欣然,"你爸辛苦大半生,都给你留下了什么?"

欣然愕然。沉默了一会儿,欣然摇摇头:"爸爸并没有给我留下什么现金或其他财产。"

雷声也摇了摇头:"事情本来不是这样的。除了持有公司三分之二以上的股票外,你爸爸的个人现金及房产价值也有将近十亿。但是这几年,鸣声的现金流屡屡告急,每一次都是你爸爸用自己的钱往里面补。一开始是直接几个亿的现金往里砸，后来现金告罄，就开始用房产抵押贷款，等到无房可抵的时候，他就凭着自己多年积累的声誉去外面借高利贷。到最后，他除了只剩下些不值钱的股票外，几乎没有任何资产。这些年，你爸爸以个人资产支持鸣声，所耗费的钱和物，岂止十个亿。我这次仅仅从公司拿回了五个亿，就说对其他人不公平。荒唐！我们雷家还有五个亿没拿回来呢。那五个亿不是鸣声的钱，而是你爸爸的，当然就也是你的！"

说完，雷声直视欣然，他觉得这一番话说出来，自己这个还有些天真的小侄女应该无话可说了。只见欣然的脸上没有什么变化，她端起自己的酒杯，递过来与雷声轻轻地碰杯，然后喝干。

欣然放下酒杯，轻声说："小叔，感谢您做了这么多，也知道您这么做都是为了我，可是，听了下面我要说的话，您可别生气。"

雷声笑而不语。

"小叔，我觉得您错了。"

雷声愕然。

"小叔，还是先说第一点。现代的公司绝不是股东的私有物。公司被称之为法人，在法律上具有自己独立的人格，相对于股东而言，当登记注册成立的那一天，公司就是一个完整意义上的'人'。这个'人'有自己独立的意志，通过股东会、董事会来做出各种决议来行使自己的权利。小叔您做的事情一定没有经过公司股东会和董事会的决议，这不属于公司的行为，而是股东的个人行为。正是因为公司的身上承载了太多股东以外主体的利害关系，为了防止股东操纵公司伤害其他主体的利益，世界各国的公司法都规定了关联交易回避、利害冲突回避等各种股东回避规则，规定股东不得参与公司同自己或者自己的利害关系人所发生交易的决策。另外，公司法还规定了各种对大股东的权力限制，以防止大股东侵害小股东的利益，比如在公司有盈利的情况下，如果公司连续五年不分红，小股东就有权利提出解散公司。从法律的规定来看，说公司只属于股东自己，这违背了现代企业制度的基本原理。"

雷声轻轻地摇了摇头，但没有说什么。

欣然接着说："关于第二点，爸爸这一辈子从未说过谎话。他所做的一切，每一步都是扎扎实实地走过来的，没有任何水分。网上的民意，不是说我们雷家人把眼睛闭上，把耳朵塞上就能凭空消失的。"

幽暗灯光下，雷声面色越发难看，他欲言又止。

欣然继续说："关于第三点，如果说那五个亿真是爸爸的，或者将来会是我的，那您根本就不用费这个劲儿，因为我不需要。爸爸虽然没有给我留下什么钱和物，但是他和您从小就培养我养成独立、要强的性格，让我受到最好的教育，掌握生存的技能，这些是任凭多少金钱都换不来的财富。我现在已经毕业了，也找到了很好的工作，我能把控自己的未来，这五个亿对我而言只是一个数字，我的生活不会因此有任何一点儿的改变。相反，如果我受领了这笔钱，我的精神世界从此将不会安宁，那些业主、员工都将成为我的梦魇，而我也丝毫体会不到通过自己努力创造财富过程中的幸福。"

欣然还要继续说下去的时候，却被雷声打断。

"然然，就算按照你所说的前两点，公司法限定了股东很多的权力，对于你爸爸的声誉捍卫得还不够，可单论第三点，我怎么都不认同你的说法。你是雷家的独苗，你爸爸现在已经去了，等有一天我也撒手而去，这世界上能够给你安全感的就只有钱，而且还必须是大笔的钱，这辈子和下辈子花都花不完的钱。现在你年轻，什么都可以不谈钱，可人生哪里处处能离得开钱？就说你现在住的酒店，我们现在吃的菜、喝的酒，哪一样没有钱能行？"

欣然苦笑着望着小叔："小叔，这真的不是钱的事。我今年二十六岁，有手有脚，有头有脑，我不需要爸爸和您的钱。小叔，您放心，我现在学到的东西会让自己活得很好。"

"到此为止吧！然然，你今天说了太多天真的话。接下去不要再谈鸣声的事，好好吃饭。你要是愿意玩几天，明天就让司机载着你四处走走，如果不想玩，就直接出国，过两个月我们在国外团聚。"

"小叔，我求求您了，不要把你们老一辈设计好的生活一股脑儿地塞过来，我这次回国是来做事情的，是要和您一道把鸣声救回来，一道实现爸爸的光荣与梦想！"

雷声不禁冷笑："光荣与梦想，救活鸣声？！对于这些，然然，你根本不知道有多难，要付出多么大的代价。就为了那份理想，你爸爸已经把自己搭进去了。现在，难道还要让我眼睁睁地看着你被这个无底的黑洞吞噬？我这做小叔的也求求你，姑娘，懂点儿事吧，不要让我这知天命的人白发人送黑发人。"

欣然不语，半晌，她说："小叔您可以先走，把鸣声的股权和控制权全部交给我。既然您把这件事情看得如此难，既然您说以后的财产都会是我的，那索性现在就都交给我，让我这个初生的牛犊来闯一闯。"

雷声脸色一变，说："然然，你现在怎么这么不懂事了？根本体会不到我们老一辈的良苦用心。你爸爸和我吃过多少的苦才得到今天的家业，又怎能让你再去遭罪。没错，财产将来都会是你的，但那是保你日后衣食无忧的，而不是让你今天拿去当什么救世主的！"

"小叔，您不试怎么知道呢？我做过研究，我有办法救活鸣声，难道您就不想看到鸣声基业长青？"

雷声"哼"了一声："然然，不要再闹小孩子脾气做白日梦了。但凡有办法，我也不会坐视鸣声走到今天这一步。你今晚所说的一切都让我得出一个更加清晰的结论，那就是你现在还不是一个成熟的接班者，雷家的财产现在还不能交给你。"

欣然有口难辩，她费尽心思，得来的却是小叔的全盘否定。欣然使劲儿地在桌布下面攥起拳头，过了一会儿，她松开手，朝着小叔莞尔一笑，说："好了，今晚不再说鸣声的事，先好好吃饭。"

雷声又"哼"了一声："以后也不许再提鸣声的事。"

欣然举起酒杯要和小叔碰杯，还撒娇说小叔不要生气，以后她肯定还会再说鸣声的事，小叔也不能生气。雷声无奈地摇摇头，从小到大，他对欣然的笑就没有任何抵抗力，这哪里是侄女，就是自己的女儿啊。看到她，整个人的心都会化掉，都说女儿是父亲上辈子的小情人，雷声觉得这种奇妙的感觉足以满足一个男人对这个世界所有的情感需求。但越是爱她，在鸣声资金处理的问题上，越是不能让欣然由着性子来。哪怕现在让这孩子难过，也总比将来钱没了，受苦受累一辈子要好。

2

欣然当然不是一个轻言放弃的人，和小叔分别后，她长时间盯着楼下广场上的喷泉思考下一步该怎么办。小叔现在是她在这世上唯一的亲人，她当然不想真和小叔撕破脸，可是她又如何能改变小叔的想法呢？

思来想去，欣然突然眼前一亮——自己不是信奉"没有调查，就没有发言权"吗？那么既然回来了，为什么不实地去鸣声看看情况呢？

说动就动，第二天上午九点，欣然便站在了鸣声地产所在办公楼下面的广场上。

欣然今天特意穿戴上了她平时并不怎么感兴趣的大牌服饰和包包，因为她想以此让鸣声地产的人们觉得她有足够的成熟和能力来介入公司的管理。

欣然无疑就是这些大牌最合适的驾驭者。只是她平时大多的时间不是泡在图书馆里，就是到公司调研以及和课题组开会讨论，她没有时间去打理自己的这些"资本"。今天到鸣声，她准备火力全开。

出了电梯，欣然站在鸣声地产紧闭的玻璃门前，不见以往的门庭若市，心中有些凄然。稍微停了一下，让有些激动的情绪平复后，欣然走上前按响了门铃。好久，不见里面有人出来，欣然拿出手机准备给苗蓝打电话，身后突然有人问她找谁。

欣然回身看到是一位和自己年龄差不多大的女孩儿，衣着随意，看不出像是来上班的样子。欣然还是认出来她就是鸣声地产的前台负责接待的人，几个月前实习的时候见过。

欣然笑着问女孩儿："现在上班都这么晚了吗？以前可是不到八点半就能看到你啊！"

"我们很熟吗？"女孩儿一翻白眼儿，"八点半就上班那是哪一年的老皇历了，现在来就算对得起公司了。"

女孩儿绕过欣然，用员工卡刷开了门禁，欣然跟着一块儿往里走，却被女孩儿拦住："你还没说你是谁，还是要找谁？"

欣然笑笑说："你真的不认识了吗？三个月前，我在这里实习过，我叫欣然。"

女孩儿把欣然拉到前台的射灯下，仔细地看，突然眼睛一亮，"呀"地叫出声来。女孩儿认得欣然的脸，但除了这张脸，其他的和几个月前的那个小实习生完全对不上。

"欣然，真是你呀。你这是嫁给了有钱人吗？怎么一下子变得这么发达，快说，有什么诀窍？"继而，女孩儿又哀怨地说，"我已经两个月没领到工资了。"

欣然费了一些工夫安抚情绪比刚才的自己还激动的前台女孩儿，拉着她在门口的接待沙发上坐下，问她："鸣声现在怎么样？为什么都这个时候了也没见到几个人来上班？"

"欣然，你不知道鸣声现在已经被法院宣告破产了吗？"

"知道，但被宣告破产不代表这公司一下子就要停下来，毕竟还有那么多的项目在建和在售，只有公司保持运营才能将损失降到最低，才能有更多的钱来偿还公司债务，毕竟鸣声是一个负责任的企业。"

女孩儿像看外星人一样地看着欣然："不管你是我姐姐还是妹妹，怎么说出的话这么可爱？就像我们原来的前董事长一样。"

欣然脸色为之一变，瞬间恢复正常，说："我听说新董事长是前董事长的亲弟弟，难道他们行事有什么不同？"

女孩儿叹了口气："新董事长人帅、多金，条件优越，可他就是没有将心思用到公司的经营上。三个月前，前董事长突然将公司的权力全部移交给他，然后紧接着前董事长就出事了。新董事长上任还没到两个月，公司就宣告破产，仿佛他的使命就是来终结鸣声的。"

欣然叹气："唉，我在这里实习的时候，公司还红红火火的，怎么就突然会变成这个样子。"

"还不都是钱惹的祸，"说到这里，女孩儿看看左右，压低声音，"听说已经去世的前董事长自己得了不治之症，他早就知道公司不行了，就提前从公司挪走了一大笔钱给他在国外的女儿，然后选择让秘密永远烂在自己的肚子里。他让弟弟接班，无非是为了掩盖他在公司财务账上所做的手脚，等到公司顺利破产清算后，那笔钱就永远归他的女儿，这样可保他女儿几辈子都花不完。"看着脸色变得不好起来的欣然，女孩儿变得咬牙切齿起来，"你是不是也觉得特别可恨？事情要真是这样，还真是知人知面不知心，平时那么刚正不阿的前董事长却是让鸣声破产、让咱们失业的大魔头！"

欣然脸色铁青，女孩儿问她是不是冷，欣然木然地不置可否，女孩儿起身去给欣然倒热水。欣然在网上看到过关于父亲的负面评价，还以为都是"键盘侠"在作祟，却没想到连鸣声自己的人都已经是如此看待他们曾经的掌舵人了。

当女孩儿端着水杯快回到前台处的时候，看见一个从背影看很像一只企鹅的人正在朝着欣然指指点点。

"企鹅"不是别人，正是半个月前刚刚被公司辞退了的前销售部代理总监樊丽丽。

前台女孩儿赶紧走上前，问："丽丽总，你有什么事吗？"公司现在有了新规定，已经离职的员工严禁进入办公区，因为有几个离职员工闹事，雷董严令前台要把好关。

"你知道这位一身奢侈品的人是谁吗？你被人卖了还在这里替人数钱。"脸上浓妆艳抹的樊丽丽气哼哼地问前台女孩儿，然后指着欣然大声说，"雷欣然，鸣声这家破公司前董事长的女儿，现董事长的侄女，雷氏家族的唯一继承人！"

前台女孩儿惊得张大了嘴，不再吭声。

"傻了吧，鸣声的钱被她爸爸和小叔卷走了，你看看她身上穿的这些衣服，哪一件不抵你半年的工资？我告诉你，我一看她就气不打一处来。我被莫名其妙地开除，说好的工资和奖金全都没给，我今天回来就是要讨个公道！前两次来，公司财务都说没钱，像打发要饭的一样对付我。现在看，谁都知道公司的钱去哪儿了。今天我还不找财务了，就要拿雷家这位大小姐的大衣和包来抵偿。"

说着，樊丽丽又冲上前拉扯欣然，试图把她的衣服剥下来。前台女孩儿一动不动，她也有和樊丽丽一块儿干的冲动，目测欣然的那条闪亮的项链就抵她一整年的收入。

"住手！"一声尖锐的断喝从门口传过来，把站在前台边的三个人都吓了一跳。

欣然看到一个身材不高的人站在门口，这个人的整个身体被裹在一件白色的长款羽绒服中，脸上戴着黑色明星款的口罩，一顶鸭舌帽压着一副黑色太阳镜，让人几乎看不到脸。从刚才的声音和现在的装束来看，还一时间不好分辨出来人的性别。

樊丽丽先叫了出来："吴大太监，在这儿装什么大领导呢？这些天到处都堵不着你，今天把欠着的工资和奖金都先给结了。"

来人走到三人面前，摘下墨镜和口罩，露出一张消瘦的脸，鼻子和嘴都不成比例地向前夸张地拱。欣然默不作声，她在鸣声实习的时间太短，不认得这个人。

来人脸色阴沉地问樊丽丽："你自己不知道因为什么被公司开除的吗？樊大销售，你私下收受渠道公司和广告公司的钱还少吗？还好意思整天满世界地吵着要工资和奖金，要不是董事长仁义，早就把你送进去了！"

樊丽丽的脸一红，但瞬间又恢复自然，她拔高了嗓门儿说："吴大太监，你们这帮公司的高管就别在这儿满嘴的仁义道德了。我为啥要从外面收点儿钱，还不是看公司的领导们整天不务正业，一心想掏空鸣声。我那只能算是自力更生，自己给自己找点儿活路。还董事长仁义，他敢不敢站出来和大家说说公司的钱都哪儿去了？你们这帮家伙干的事，那叫大盗窃国！"

来人一张瘦脸变得惨白，对着旁边的前台女孩儿怒吼："怎么还不叫保安？"女孩儿慌得跑进办公区里面，不一会儿，两个保安跟着跑了出来。

鸣声最近处于破产状态，来上门闹事的人比较多，虽然很多员工被告知在家停薪留职，但在安保上反而加强了力量。晚上有保安住在办公区值班，只是没有想到今天上门闹事的人来得这么早。

随着樊丽丽的大骂声被电梯门掩住，鸣声地产的门前算是暂时清静了下来。刚才脸气得煞白的来人摘下帽子，头顶露出热气腾腾的一片肉色，他咧开嘴，笑着对欣然说："欢迎大小姐莅临公司指导。"

来人不等欣然开口，接着往下说："大小姐，我是公司的财务总监吴非，已经在鸣声十年，是前董事长一手培养和提拔了我。"说到这里，这位吴非总监还用手背擦了擦眼角。提到了父亲，欣然的心情也跟着不好起来。没想到，这位财务总监瞬间又露出了灿烂的笑容，说："雷声董事长前两天嘱咐过我，说大小姐这两天可能会到公司来，安排我在这里专门候着。"吴非一边说话，一边将欣然往公司里面请，让她先到自己的办公室。

"董事长什么时候来公司？"

"大小姐，这个我无法确定，因为公司现在的事情比较复杂，需要董事长操心的事情太多。"

望着欣然和吴非的背影，前台的女孩儿叹了口气，拿起一面小镜子仔细地照着自己，口中唱起"命运，你对我太不公平"。

3

财务总监办公室里面温度很高，欣然脱下大衣，吴非立即殷勤地帮她挂在墙角衣架上。吴非回头看到欣然里面上身穿的是修身的高领薄羊绒衫，迷人的曲线让他一下子呆住了，眼睛再也没能从欣然身上离开。

待吴非坐定后，欣然开门见山地说："既然吴总是董事长指定的，那我作为公司最大股东的唯一继承人，现在提议公司召开股东会讨论鸣声地产破产相关事宜，请吴总帮助协调办理。"

吴非收回心神，一边用紫砂壶给欣然倒茶，一边表示："大小姐，我本人是非常理解您的心情。于情，大小姐回来接管公司是应当的；但于理，我记得三个月前，前董事长在告别讲话中提到将公司的全部股份转给现任董事长雷声总。我不知道这里面具体是什么情况，但大小姐如果想要以股东的身份召开股东会，那必须有证明您是鸣声的股东身份的材料才可以。毕竟现在鸣声处于破产宣告状态，各方面的利益群体都高度关注，办事还是要依法合规才经得住考验。"

欣然说："这完全没有问题。"她从随身的挎包中取出一份文件，递给吴非。

吴非伸出双手接过文件，认真阅读。只见欣然出示的是那一份股权代持协议，内容明确说明雷鸣的股份只是形式上转让给雷声，但实质上雷声只是替雷欣然代为持有，一旦雷欣然提出恢复由自己直接持有鸣声股权，则雷声必须无条件地将股权交给欣然，并且要在雷欣然提出要求后三日内完成公司股权名册登记变更，并同时向工商部门提出股东变更登记。

欣然问："吴总，公司现在谁在负责股东名册的管理？"

吴非干笑了两声，说："现在公司人员精简，基本事务都集中在人力资源部和财务部。股东身份的事宜，一直都归人力资源部管理。大小姐，您先喝点儿茶，我亲自去找一下人力总监。"

吴非走到门外去打电话，欣然端起小茶盅，轻轻地啜了一口，紫檀茶海上除了现在正在用的这把红泥汉方紫砂壶，还并排摆着两把壶。一把是段泥井栏壶，另一把是紫泥西施壶。欣然端起一把壶，按着壶盖将壶身翻转过来，看壶底的钤章。这一看不要紧，壶底正中间四四方方的几个小篆字让她更为吃惊。这是一位民国时期制壶大师的名号，这把壶现在价值不菲。欣然又端起其他两把壶，发现也都是当代国内工艺美术大师的作品，同样价值不菲。

这三把茶壶彻底更新了欣然对吴非的看法，看来这位鸣声地产的财务总监财力不凡，办公室随随便便喝茶就能用上如此极品的紫砂名器。他是否参与了小叔的事情，参与得有多深，这里面的想象空间很大。

吴非回到办公室的时候正看到欣然放下一把紫砂壶，就随口问："大小姐是否也对茶道感兴趣？"

欣然笑笑："略知一二而已。"

"人力总监已经在来公司的路上了，"吴非叹气，"公司现在这个样子，人心散了，队伍不好带，连人力资源这个抓考勤部门的头儿都不按时上班了。"

吴非不停地给欣然倒茶，也不断地偷瞄、打量她。每当欣然问起公司的事情时，得到的回答都很迅速，吴非表现得很健谈，乐于同欣然交流，但说了半天，欣然没有得到任何关于鸣声地产的实际内容。

千呼万唤，人力总监任梅总算出现在吴非的办公室。简单介绍和寒暄后，欣然说明来意，并将股权代持协议拿给任梅看。

任梅满脸堆笑，连说："没问题的，大小姐。既然雷声董事长从前董事长那里受让的股权是替您代持的，那现在要完成股东变更登记，只需要雷声董事长签署一份股权确认函即可。"

欣然问："如果雷声董事长不签股权确认函怎么办？"

任梅尴尬地笑笑："那不能吧？现在公司都被法院宣告破产了，实话实说，股东基本上拿不回来什么钱，您在这个时候主张股东权利，雷声董事长没有什么理由拒绝把股权交还给您吧？"

然而事情的进展很快验证了任梅的尴尬，雷声在欣然打通的电话中明确表示现在公司正值多事之秋，暂不做股东变更等事宜，一切都等法院最终裁定鸣声破产程序结束再谈。电话中，雷声还说欣然不要胡闹，公司的事情很复杂，如果在现在这个时候把股权交给她，那无疑是他雷声对公司广大员工、债权人和客户的不负责任。

无论欣然怎么争辩，甚至搬出了相关法律来说明她才是公司股权的真正享有者，但都无济于事。任梅说她虽然不是学法律的，但原来公司的法律总监的汇报人就是她。她记得那位总监说过，合同、协议这些文件规定的权利只是一种请求权，也可以说是债权，权利人只能要求对方依据合同履行。如果对方不按照合同、协议履行，那就是违约。权利人既可以要求违约人继续履行合同、协议，也同时可以向他们主张违约责任。但这一切的权利性质都是一种请求权，只能向对方提要求，如果对方不配合，那就得到法院起诉，在取得法院判决支持的情况下再申请法院予以强制执行。

现在，任梅的神情不言而喻："雷董他不愿意按照股权代持协议履行，那我就没办法对鸣声的股东名册进行修改，也不能向工商部门提交股东变更材料。我建议您还是去做做雷董事长的工作，毕竟是自己家内部的事情，如果真就这件事对簿公堂，会让雷董和您都很难堪，这也不是我们这些鸣声的老人儿所愿意看到的。"

吴非也跟着打圆场："不管有什么事，都是雷家内部的事情，怎么都好说，真要是打起官司，无论输赢，最终还不都是雷家人来承受结果。"

吴非和任梅全程笑脸相赔，对于欣然提出的核心诉求也表示完全理解，也全部赞同，但结果却是无能为力。

欣然失望地要起身离开，这时，吴非的办公室门口又响起了敲门声。

门没有关，来人只是站在门口礼貌而又矜持地让房间里的人注意外面有人来。见到来人，吴非的眼睛一亮，脸上笑容更加绽放，他旁边的任梅却立即把笑容隐去了。

"苗总监，您好，好久不见！"欣然赶紧从沙发上站起来，迎到门口，问候依旧典雅大方的苗蓝。

"欣然，你什么时候回国的？"苗蓝上前关切询问，很自然地牵起欣然的手嘘寒问暖，并轻轻地用手指按了按欣然的手背，眼神也开始有所示意。

"刚回来没两天。"欣然立即会意，"我还有事要办，先走了，改天再到公司来看望大家。"

吴非眼巴巴地说："都快到中午了，吃了饭再走也不迟，大小姐需要了解公司什么情况，我也好在午餐的时候详细地解答。"

在吴非的一脸遗憾中，欣然告辞出门，苗蓝借着送她一块儿到了公司楼下。

鸣声地产楼下的小广场上人不多，和煦的阳光铺洒在每一个角落，一片祥和，但这份懒洋洋的岁月静好却和两位美丽女士的心情恰恰相反。

"苗阿姨，感觉现在有一张无形的网，把我挡在了鸣声的外面。"欣然一脸沮丧地给苗蓝讲述了她上午在鸣声地产的经历，欣然知道苗蓝曾是爸爸的助理，也是心腹，记得实习第一天，苗蓝带她去见雷鸣时，爸爸非常认真地当面告诉欣然无论何时苗蓝都是自己最值得信任的人，欣然把这话一直记在了心里。

"然然，自从你爸爸离开以后，鸣声已经不是从前的样子。你今天在公司见到的人都是经过你小叔精心筛选后留下的，这些人的特点就是对他唯命是从，根本不会顾及其他。现在的鸣声就像一辆载满乘客的大巴车，正在一条不归路上狂奔，前面马上就要冲向一条横在山谷之上的断桥。可怕的是这辆车的司机并没有在驾驶座位上，他正坐在山顶拿着遥控器操纵汽车，而车上维持秩序、不让乘客乱动的那几个人都是司机的亲信。司机为他们准备了高额的保险和报酬，足以让这些人跌下山谷后获得重生。"

欣然喃喃地说："我小叔就是那位司机，那些无辜的乘客就是鸣声的客户、员工和供应商。现在要想让车停下来，就得把车的方向盘控制起来。可我现在连车都上不去。"

"然然，就这样仅凭一份股权代持协议的复印件就想拿到公司的控制权，这是不可能的。"

"这份协议是经过律师见证的，它的效力没有任何问题，难道契约不该遵守吗？"

苗蓝笑笑说："我当年上大学的时候，曾经读过《社会契约论》。说原始社会中，人们自由自在地生活在大自然中，没有任何约束，但他们时刻会遭受野兽和他人的侵害，日子很难过。慢慢地，人们自发地聚在一起共同抵御外界的侵害，但前提是要遵守一定的规则，不能再像以前随心所欲，只顾自己。现在雷声他们只想实现自己的利益，而并不在乎是否侵犯了别人拥有的不受他人侵害的权利，他们现在就是变回了野蛮的原始人，面对他们还如何来讲契约必须遵守呢？"

欣然说："如果不能协商解决，我就诉诸法律。"

苗蓝沉吟片刻，说："我支持你这么去做。如果准备起诉，一定要选好律师。国内现在的法律服务市场良莠不齐。"

欣然点头。

苗蓝突然想起了什么，说："公司以前的法务总监李心安被开除了，就因为他替业主向公司主张权利。他这个人法律专业没问题，更为重要的是他是唯一你小叔想要收买而没能收买的人。关于鸣声的法律问题，你可以听听他的意见。"

欣然仍然不置可否。

4

回酒店的路上，欣然突然接到珐正律师事务所主任汪珐的电话，脑海中立即出现了那位在父亲的葬礼上递给她镀金名片的律师的形象，他那张一直充满笑意的脸即使是在葬礼上也没什么变化，在肃穆悲伤的氛围中让人心里觉得怪怪的。欣然当然知道珐正律所是鸣声地产的法律事务合作方，汪珐也是市里法律圈响当当的人物，父亲葬礼后，这位汪董事长还把一份父亲与小叔的股权代持协议原件亲手交给了她,并说他见证了股权交接的全过程,如果将来欣然有任何问题都可以随时联系他。

欣然接通了电话,还未开口,汪珐的笑声先到。汪珐与欣然说话的口气仿佛二人非常熟悉,尽管欣然和他只是短短见过两面。律所的大合伙人现在的主要工作都是开拓市场,维持关系,他们待人接物的水平比一般的商人还要高明太多。

"雷小姐,刚刚听说您回国了,而且已经去过鸣声。怎么样?在国内的事情还顺利吗?"汪珐非常热情,口吻让人不能拒绝,"雷小姐,您一定不要和我客气,我和令尊相交多年,老大哥的身后事也就是我的事。"说到最后,汪珐的声音有些黯然。

欣然并没有急着说话,等到汪珐说完,她沉默了几秒钟。

"汪律师,非常感谢您的关心,我原本还要到您那里去请教,没想到您已经知道我去过鸣声了。"欣然的话中有话,因为她记得,上次在国内,自己只是收取了汪珐的名片并存在手机上,但是并没有把自己的手机号告诉他。

汪珐在电话的另一端发出爽朗的笑声,他说:"雷家大小姐果然冰雪聪明,有乃父之风,我就当着真人不说假话了。这段时间,我一直关注鸣声最近发生的变化,说实话,我是不赞成雷声董事长的做法的。据我所知,鸣声内部反对的声音一直都有,但人们是敢怒而不敢言。我现在能够给您打电话,是因为刚才鸣声的财务总监找了我,说您到公司主张股权遇挫。这位财务总监在鸣声工作多年,深感令尊对他的知遇之恩。他委婉地向我表达,没有办法在公司和您谈太具体的事宜,因为雷声董事长在公司里布满了眼线,大家都唯恐因言获罪。"

"您说的是吴非总监吗?"

"是的,他希望我能为您做些什么。欣然小姐,如果您想通过法律手段拿回股权,那我这可是要当仁不让了,这也算上天给了一个机会让我来还令尊当年扶持我业务的人情。"汪珐话锋一转,"雷小姐,具体的内容在电话中不方便谈,您把具体的位置发我,这边马上派车过来接您见面谈。"

半小时后,欣然出现在汪珐办公室,二人闭门谈了一下午。待到欣然谢绝汪珐共聚晚餐的邀请,从珐正所出来,已是夜幕降临。欣然站在金融中心三十三层向外望去,天边挂着几点寒星,脚下则是万家灯火,情不自禁地问自己,现在的她能做好一盏灯,点亮已经黯淡的鸣声吗?

第十五章

心欣结盟

1

欣然折腾了整整一天，回到酒店后明明已经累到极限，躺在床上却怎么也睡不着。鸣声地产现在的情况远比她以为的要复杂，面对不同人的说辞，她觉得自己早已有心无力，肩膀上根本无法承受如此大的压力，可她不能放弃，再难再怕再无助也不能，因为她是雷欣然，雷鸣唯一的女儿，爸爸的意外离开必须有一个交代，可是事态如何才能够出现转机呢？又到底还有没有转机？就这样胡思乱想着，一直到凌晨四点的时候她才迷迷糊糊睡着。

蒙眬中，欣然发现五岁的自己站在一条狭窄而又崎岖的山路上，路的两边都是山，山上长满了山枣树。欣然正在奇怪为什么自己突然来到这样一个地方的时候，她听到遥远的地方传来妈妈呼唤她的声音。欣然急着要去找妈妈，沿着落满了带着尖锐棱角的碎石的小路向山上走去。在离妈妈的声音越来越近的时候，眼前出现了一条山涧。山涧深不见底，中间横着一座独木桥。欣然太想见到妈妈了，她不顾一切地踏上了独木桥。刚刚走了没几步，突然从旁边的山上传来窸窸窣窣的声音，还没等欣然抬眼去看，一道黑影从山枣树丛中跳出来，直落在独木桥的另一端，却是一头成年的金钱豹。欣然害怕极了，她惊叫起来，豹子低声咆哮，不时地用前爪刨地，一双琥珀色的眼睛射出两股幽幽的寒光。

妈妈呼唤得越来越急切，声音中透着紧张，莫非妈妈也遇到了危险？欣然急着冲过独木桥去救妈妈，可那头豹子却不怀好意地横在她的面前。正当欣然束手无策的时候，她身后山上的树林中又传来响声。欣然身上的汗毛立刻都竖了起来，后背阵阵发冷，莫非又来了一头豹子？

还未待欣然回头去看，前面的豹子一躬身，向前纵起，朝着欣然扑了过来。欣然无处躲避，本能地闭上了双眼。说时迟，那时快，欣然只觉得一股疾风从身后飘过，耳边传来"啪"的一声，紧接着一声悲鸣拖着长音在山涧下回荡。

一只充满力量却又有温度的手落在欣然的肩头，一个声音对她说，小姑娘，没事了，快去找你的妈妈吧。欣然睁开眼睛，看到一个瘦高的少年站在她的面前。这位少年的另一只手中握着一把锤子，微笑地看着她。欣然问他叫什么名字，将来怎么去找他，她一定要让爸爸妈妈带着自己好好去登门致谢。少年说这点儿小事，还有什么好谢的，他这么做只求一个心安。说完，少年倏忽不见。欣然急得叫了出来，说你还没说出名字。

欣然醒了，怅然若失，本来马上就可以在梦中见到多年未见的妈妈，她多想和妈妈好好说说话，却被可恶的金钱豹所阻碍。还有那个帅气的少年，也没留下名字，还颇有些"事了拂衣去，深藏功与名"的游侠之风。想到这里，欣然又感到有些好笑，怎么会做这样一个梦。

吃早餐的时候，欣然又回顾了自己凌晨做的梦。她在大学里选修过心理学，知道人类的梦境不是凭空而来，往往反映着一个人潜意识中的信息。人们在惯常的思考中，主要采用的是意识层面的内容，而潜意识中的信息会被意识屏蔽掉。然而，人的潜意识和身体所感知与捕捉到的信息极为重要，并且可能常常是相反的信息。潜意识层面的内容会非常有用，但在惯常的思维中，人们得不到这些信息，往往要通过梦去获取潜意识中的内容。

欣然试着解释自己的梦，她想知道潜意识里的自己想到了什么。首先说出现在梦境里的自己才五岁，这应该象征着面对当前的难题自己还很弱小或者能力不够。那条崎岖的山路说明目前要做的事情非常艰难，犹如在走一条横在万丈深渊之上的独木桥。当然独木桥本身就意味着当前只有一条路可走，别无选择。独木桥头拦路的金钱豹，顾名思义，事情与金钱有关。至于出现豹子这种猛兽，说明对手强大且狡猾。在欣然的观念中，豹子这种动物不同于分别是草原和山林中的绝对霸主的狮子和老虎，它虽然强大但还不具备一统天下的王者之气，只是比狮子和老虎多了几分奸诈。那么这头金钱豹是谁呢？小叔？欣然觉得不太像，也许小叔的后面还有其他人也未可知。那个身手敏捷的少年是谁？他应该在实际年龄上比自己大一些，他代表着一种力量并能够帮助自己取得最终的胜利。可是他没有留下自己的名字，这让欣然从梦境走出后到现实世界中如何去找到他？但欣然坚定了一点，在解决鸣声这件事情上，她需要寻找一个同盟军。山上的那些山枣树应该意味着更多的艰难险阻，毕竟山枣树扎起人来可是又痛又痒。但这些山枣树结出的果实又酸酸甜甜很好吃，这预示着艰难险阻之后应该是甜美的收获。

欣然反复思忖着这个梦境，又想起苗蓝昨天对自己说的那番话，迟疑了会儿，拿着手机调出一个号码，打了过去。

2

一小时后，咖啡馆。心安在桌椅间找了半天，直到有人对他挥了手，他才认出暑期与他有过短暂交集的鸣声大小姐——只见欣然的披肩长发已经改为齐耳短发，整个人更是清瘦了很多。

"雷小姐，太好了，终于等到你回来了。"心安坐定后，开门见山地说，"现在事情非常紧急，鸣声有人涉嫌诈骗公司五个亿的资金，导致公司破产，希望您能够有所作为。"

欣然啜了一口咖啡后问："李总，您是不是想让我去控告鸣声公司董事长，我的亲小叔犯罪？然后让警察把他抓走？"

心安定了定神说："我的初衷肯定不是那样的，只是想请雷小姐能把鸣声地产的破产程序停下来，只要依法行事就可以。"

"李心安先生，你觉得我真的应该相信你吗？"欣然轻轻皱了下眉，"你先在业主群当卧底，然后抛下业主单独和鸣声私了，拿回房款。拿回房款后你背信弃义，违反保密协议到公安局举报，最后在公司任法律顾问期间又在外当律师干私活被行政处罚，这哪一件够得上依法行事？"

心安的脸红了，说："你调查过我？"

"每个项目开始前做尽职调查是投行人的标准动作，坦率地讲，我和你之间没有信任。"

心安点头："您说得对，信任确实是合作的基础，但您说的那些都属于正常状态，而现在是非常时期。坦率地说，我没指望您能突破人性的本能，大义灭亲。我也没指望能和您结成伙伴或同盟，但敌人的敌人就是朋友。"

欣然脱口而出:"谁是你的敌人?"

心安坚定地说:"谁让鸣声地产交不了房,谁就是我和所有业主的敌人!雷声让公司破产,那他就是大家的公敌,他应该也是雷小姐您的敌人!"

欣然气得发笑:"我和小叔之间最多只是经营理念不同,还远算不上什么敌人!"

心安也不争辩:"不管您有什么理念,都得先把鸣声的破产程序停下来,才能实现理念中的目标。否则皮之不存,毛将焉附。"

欣然盯着心安说:"好,愿闻高见,此时该如何才能阻止鸣声破产?"

"我的答案很简单,您作为公司最大股东的继承人必须拿回股权,控制公司股东会。"

"三个月前,我爸爸将股权全部转让给了小叔,现在我该如何拿回股权?"

心安脱口而出:"不是还有股权代持协议?"

欣然冷笑一声,说:"现在的鸣声可真是复杂,当初公司没有人知道我爸爸和小叔签了股权代持协议,现在竟然连公司的前员工都知道此事。"

心安觉得自己脸上热辣辣的,喝了一口咖啡说:"现在追究消息的来源没有任何意义,核心还是要雷小姐尽早拿回股权,然后才能谈及其他。"

"拿回股权作为首选方案,也不是什么技术诀窍,"欣然拿起手机看了一下,"我已经委托律师起诉,要求确认在鸣声地产的股东身份。李总,如果您想和我聊的也就是这些,今天我们就谈到这里吧。"

心安脸色一变:"雷小姐,您委托了哪家律师事务所?"

"这就没必要和您讲了吧。"

"怎么能说没有关系?代理律师是否合适直接关系到案件的输赢,案件的输赢又会影响鸣声地产的破产进程。"心安有些急了,大声说,"鸣声地产破产之时,就是千百个鸣声准业主家庭的梦碎之日!"

"代理我出庭的是珐正律师事务所的首席合伙人,"欣然揶揄着反问,"李总,您觉得够合适吗?"

"汪珐,这……实在是太不合适了。"心安的表情很惊讶。

欣然没有说话,她倒是很想听听到底是什么原因让眼前这个家伙如此狂妄,竟然连汪珐这样的行业大牛都不放在眼里。

"汪珐确实是位经验丰富的大律师,在业界非常有名气。我说他不合适不是质疑他的专业水平。"心安赶紧认真解释,"无论专业能力还是司法资源,他都排在律师第一阵营序列，在业界保持着几乎不败的恐怖战力。但恰恰如此，才绝对不能让他参与您收回股权的诉讼。"

欣然依旧板着她那俊俏的脸，看心安到底葫芦里面在卖什么药。

"汪珏在鸣声里面介入了很多的事，包括刚才讲过的五个亿资金被骗走的事。那笔融资就是汪珏说服我作为公司法务在审批单上签的字。最终所有的流程在表面上看都没有问题，但结果就是钱没有回到鸣声的账上。实在看不清楚汪珏这个人在鸣声资金损失和破产问题上究竟扮演了什么样的角色。"

"李总，您是否已经充分表达了您的想法？"看到心安不再说话，欣然说，"就鸣声资金被骗的问题，我求证过公司财务，那是一笔正常的开发贷，资金本就该付到总包公司账上。即使是为了阻止鸣声地产破产，也不该把这件事说成刑事案件。至于汪珏，在没有证据的情况下，不能随意诬蔑一位受人尊重的律师，我还有事，先走了。"欣然说完，起身欲走。

心安不由自主地站起来挡住欣然的去路，真挚恳请："雷小姐，那么就请你把汪珏的诉讼方案告诉我。就算是我真误会了汪珏律师，但从事了法律工作这么多年，我还是能够对诉讼方案发表意见。您多得到一个人的意见做参考也没什么坏处。"

"汪主任将代理我以鸣声和我小叔为共同被告，向法院提起确认我是我小叔所代持股权的真正所有人，要求鸣声完成我的股权登记程序。"

心安略一皱眉："这个诉讼请求法院大概率能够支持，但时间来不及，鸣声地产的破产可是迫在眉睫。"

欣然摇摇头："时间来不及的这些话汪主任都已经说过。"

心安疑惑地问："既然已经知道诉讼来不及，为什么还要这么做？"

欣然有些不耐烦，说："李总，您所能想到的，汪主任都已经提到过，他也都已经给出了解决的办法。"

当心安再追问汪珏所谓的办法是什么的时候，欣然轻轻摇了摇头，飘然离去。

心安在原地怔了一会儿，陷入深深的无助，汪珏已经先用他控制的另外一家律所代理了鸣声地产的破产案，现在又用珏正所代理雷欣然争夺鸣声地产控制权的案件，这实质上是玩了一出典型的双方代理、左右互搏的游戏。鸣声地产的破产程序一旦走完则无法逆转，那么雷欣然最终拿回了公司控制

199

权也毫无意义,现在主动权都在汪珐那里了。当下之策他李心安必须尽快与雷欣然结成同盟,助她在鸣声破产盖棺论定之前拿回本属于她自己的控制权。

念及此,心安立即给佶星打电话:"邹大律,你抓紧去所里打探下谁在负责雷欣然争夺鸣声控制权的案子。"

心安知道,汪珐不会自己亲自出庭,一定会像以往一样,把雷欣然委托给他的案子交给手下的律师去具体办理。

"李大律,你现在自由了,就不管我的死活。我现在是一分钟都不想再待在珐正所,到底什么时候才能有属于我们两个人的律所。"

"邹大律,少安毋躁,现在老兄待在珐正属于'守正',组织需要你演一出戏。"

佶星在电话里"喊"了一声,说:"汪珐又不是不知道我们俩是亲同学,我在珐正基本是在打明牌,那汪珐肯定会处处防着我。"

"你不要谦虚,我在律所的那一小段时间,已经发现你一如既往地保持了在学校毫不要脸,专搞'男女关系'的本事,相信你肯定有办法让汪珐破防。"

佶星"呸"了一口,说:"我啥时候搞男女关系了?"

心安说:"搞关系就会有男,也会有女,简称就是搞男女关系。这是好话,是在夸你社交能力强!"

佶星笑着说:"拜托您,先把'社交'的'社'这个音发得标准些。"

当天晚上,佶星便回话说:"老汪刚把案子交到一个低年级律师手里。那小兄弟手有些生,担心在汪珐面前露怯,就偷着来问我,我就正好半推半就帮他支支招。"

心安问:"你参谋出什么东西了吗?"

佶星说:"这个鸣声地产股权确认案确实比较怪。我给那位小律师的意见是马上抓紧去法院立案,但走律所内部审批手续的时候,汪珐却把审批打了回来,还训了一顿。汪珐说小律师工作不踏实,不等把证据收集得更全面一些就贸然去立案。"

心安说:"有些证据就是得先立案,等进入实体审理的时候请法院查明,或者到实体审理阶段再出示就可以,完全没有必要在起诉阶段就列得特别清楚。"

归根结底,心安和佶星得出一致结论,汪珐现在是先取得雷欣然的委托,然后交给一个什么都不懂的律师处理，这样更便于把案子拖住，最后即使案件胜诉，但对于鸣声破产案而言，已经是回天乏术。

挂电话前，心安嘱咐佶星："哥们儿，盯紧了，这应该是你在珐正最后的时光中所做的最有意义的事。"

"你完全不用说此等废话，我办事能让全国当事人都放心。"

"既然你这么有实力，那就再给你的考核加一条任务——帮我拿到汪珐利用他另外一家律所代理鸣声地产破产案的证据。"

"喂，能不能换一个？你这想法有点儿强人所难。"

"你不是人。"

"滚！"

3

雷欣然与李心安见面后的整整一个星期都处于焦虑之中。汪珐那边给她指定的对接律师一直没有到法院立案。每一次问起什么时候能到法院立案的时候，那位年轻的律师都说汪主任要求得严，必须把证据做扎实才能去法院立案。催了三次以后，起诉状还没有递交到法院，这位律师却不耐烦了，说雷欣然不理解和尊重他的工作。雷欣然碍于汪珐的面子，没有发作。好不容易熬过一星期，雷欣然还是没看到起诉书的草稿，就在她决定要亲自找汪珐讨个说法之际，李心安的电话又打了过来，而且一句话就说到了她的心底。

"雷小姐，您委托汪律师的案子是不是还没有在法院立案？汪律师指派的办案人员是不是一直推说证据准备不足？"

"李先生，我现在没时间听您编故事。"

"根本不需要我编什么，现实比我说的更精彩，当然，也更残酷，我发张照片请你好好看看。"

话音刚落，欣然微信收到来自心安的一张照片，打开后显示出一张写满字的律师实习鉴定报告。实习律师的名字是刘涛，内容写的是刘涛作为实习律师一年中的工作表现，落款的指导教师为珐正律师事务所律师汪珐。

紧接着心安发来第二张照片，上面是一份破产申请书。破产申请人是鸣声地产，代理律师名字是星海律师事务所律师刘涛。

"雷小姐，能看出什么吗？"见欣然没吭声，心安赶紧解释，"这个星海

201

所是汪珏在外面成立的另一家律所，这位刘涛本来是珏正所的助理律师，几年前被汪珏派到星海所担任合伙人，扮演'白手套'的角色。按照您的投行做法，我对汪珏做了调查，坦率地讲，我就是想向您证明汪珏两面派的做法。"

"你为什么要这么做？"

"因为我想和你结盟，去共同实现我们的目标，那就是，阻止鸣声破产。"心安坚定地说着，"现在您既可以谨慎使用汪珏，也同时可以拥有我这个盟友，从投资的角度岂非更符合投行人利益最大化的行事规则？"

欣然把图片下载到手机上，沉吟片刻说："好，我接受这个安排，但你我同盟是否做得长久，还要看你的表现。"

"雷小姐，现在请您具体讲讲汪律师提出的法律方案具体是怎样的。"半小时后，两人在一家咖啡馆见面，心安迫不及待地问出自己心中最大的疑惑。

"汪律师确实指出想通过诉讼最终确定我的股东身份的时间成本太高，完全来不及阻止破产程序。但他说我可以同时提出股东会决议无效之诉，要求确认提起公司破产的股东会决议无效。通过股东会决议无效程序来申请破产法庭中止鸣声地产的破产程序，这样在股东会决议无效之诉做出生效判决前，鸣声地产的破产程序将处于中止状态。而股东会决议无效之诉，又要以确认股东身份之诉为前提，又可以通过申请股东会决议无效案中止审理，这样一环套一环，在确认股东身份之诉做出生效判决前，股东会决议无效案和鸣声地产破产案都将处于中止审理状态，从而达到中止破产程序的目的。而等确认股东身份之诉胜诉后，我自然就拿回公司的控制权，到那时，作为控股股东也就可以召开新的股东会决议，撤回破产申请。"

欣然看心安在低头沉思，她想了想说："不管汪律师真正的立场是什么，但当他说出这个方案的时候，我是真的被他的专业打动了，有绝处逢生的感觉。坦率地讲，我上次见到您时，觉得您的专业肯定比不上汪律师，可是您还质疑他，这就让我失去了与您交流的意愿。"

心安抬起头，笑了笑说："能理解，别说是您，就算是专业的律师都会为汪律师这个方案喝彩叫好。"

欣然沉默，她看出心安还有后话要说。

果然，心安说："正所谓乱花渐欲迷人眼，这个方案充分利用了能用的所有的法律程序，让人眼花缭乱。但是这里面有一个致命的点，也可以说是阿喀琉斯之踵，会被人一击必杀。"

欣然歪头看着心安，一如几个月前听他游说噪声大姐时那样。

心安说："用确认股东会决议无效来实现撤回破产程序的前提是这破产申请是鸣声地产自己提出来的。因为股东会决议无效，所以相当于鸣声地产提出的破产申请是无效的，破产程序可以被撤销。但如果破产申请不是鸣声地产自己提出来的，而是其他的债权人提出来的，那鸣声地产的股东会决议是否有效就没有任何意义，想利用确认股东身份之诉来中止破产程序的目的根本无从谈起。"

"可是其他债权人谁会提出破产申请呢？鸣声真的破产，那些债权人的钱只能按比例清偿，能拿回来的寥寥无几，这对债权人并没有什么好处啊。"

心安说："这个简单。只要您小叔说服鸣声地产有欠付工程款或者材料款的几百家公司中的任何一家向法院提起破产申请都可以让鸣声地产进入破产程序。"

欣然面露不解。

心安耐心地说："对于您小叔而言，最简单的方法就是找个自己控制的公司，花上点儿钱买一个债权就能实现他的目的。"

雷欣然倒吸一口冷气："那该怎么办？"

"所以，我们要联合起来。一方面，要拿回您在鸣声地产的控制权，这是根本。另一方面，您要从投行的角度为鸣声地产设计一个资金盘活方案，将来即使有债权人提出破产程序，也可以通过说服大多数的业主接受债务重组计划，来阻止鸣声地产破产，并通过债务重组程序将鸣声地产救活。"

"对了，有件事我一直没说，"雷欣然眼中突然透着亮光，"刚才你提到资金盘活方案，这一点和我不谋而合，我其实早已开始研究国外的房地产基金如何注入资金，从而让鸣声地产起死回生。"

心安顿时兴奋起来："太好了，雷小姐，国外地产基金进入鸣声的可能性有多大？"

欣然拨了一下落到眼前的几缕秀发："李总，您以后就叫我欣然吧。"

心安笑笑说："你也请直呼我的名字吧。"

欣然回以一笑："我在回国前刚刚结束的课题就是关于如何化解国内地产公司所遭遇的资金短缺困局的。当时，也将鸣声地产作为样本进行了数据采集。如果从我到鸣声实习之日算起到现在，鸣声还没有发生太大的变化，那只需鸣声地产自行再提供五个亿的资金认购专项基金次级份额，即可撬动三十个亿以上量级的资金。"接下去欣然简单向心安讲解了国外基金的运作方式。

"太好了，太好了，看来鸣声真的有救了，"心安忍不住梳理总结起来，"当务之急是先把破产程序停下来，核心之一就是国外基金的引入，而基金进入又需要我们有五个亿的启动资金，鸣声被转走的工程贷款正好也是五个亿，也就是说如果这笔钱能够回到鸣声，这盘死棋就活了，可问题是，这钱到底怎么才能追回呢？"

心安看着欣然，愁绪满面地说："一来公司在你小叔的控制下，他不同意起诉；二来即使起诉，总包商的钱估计早就转走了，诉讼时间会拖得很长，即使最后胜诉估计钱也拿不回来。"

欣然急了："那岂不是无路可走，难道就眼睁睁地看着这笔钱消失？"

"等公司破产后，总包那五个亿也就成了坏账而不了了之。而总包能把钱从账上从容弄走，没有内部人配合基本不可能。当初交易方案审核时，我就提出总包商是否可靠的问题，但被你小叔一笔带过不提。现在看，你小叔和总包商应该是串通在一起的。对，现在最关键的就是要拿到你小叔和总包商串通的证据，以证明他有故意损害鸣声地产利益的行为，从而再次向公安机关报案，启动刑事程序，通过刑事追赃，查明并冻结被总包商转走的五个亿。另外，估计在关于你的那份股权代持协议中，一定会有你小叔存在故意损害鸣声和你利益的条款安排。如果能证明他构成诈骗，则自然可帮你拿回股权，实现对鸣声的控制。"

想找到关键证据谈何容易，心安和欣然脸上的亮光又都黯淡下来。

过了许久，欣然说："我知道一个人，可以尝试突破。"

"你说的人是不是公司的财务总监吴非？"

欣然很诧异："心安哥，你怎么会知道我心里想的事情？"

心安轻轻颔首："解铃还须系铃人，只有参与过这件事的人才可能知道核心的证据。现在你小叔自己肯定不会承认的，只能从他身边的人入手。公司这么大金额资金的来往，不可能不经过财务总监。吴非这么精明的一个人，怎么可能不知道其中的猫腻？所以五个亿的事，吴非必然会参与其中。但吴非应该算是你小叔的人，他们捆绑在一起，想让他出来做证，也是难比登天。"

欣然突然想起了什么，连忙说："那天汪律师突然找我，就是因为吴非给他通风报信，他才知道我是去公司要股权了，按理说吴非不应该对他说这么多。还有从汪律师的话中，我可以感受到吴非对我小叔的做法有些不满，似乎表面上他顺从小叔，但暗地里希望汪律师能帮我把股权要回来。"

心安颔首："要真是这样，那可要好好琢磨下吴非、汪律师这两个人葫芦里到底卖的是什么药。这样欣然，你千万不要贸然行事，既然我们是同盟了，有任何行动，还是要我们两个人一块儿想清楚才行。从现在起，每一步都很重要，站在我们面前的不光是你小叔，还有汪珏和吴非，甚至还有其他人，任何一位都是在这社会残酷竞争中冲杀出来的佼佼者，都是位于他们这个阶层食物链顶端的狩猎者，稍有不慎，我们会满盘皆输。"

4

接下去的日子，心安一边和欣然密集探讨拯救鸣声的大计，一边加速和佶星开始秘密筹建属于他们自己的律师事务所。创办律所分为两种方式，一是合伙制的律师事务所，前提是至少有三名律师来担任合伙人。另外的方式是成立个人律师事务所。现在心安的律师执业证已经被吊销，如果创办合伙制的律所还需要找到两位执业三年以上的律师。心安和佶星分别联系了几位做律师的大学同学，但对方都纷纷表示自己在各自的律所里面已经是合伙人，暂时不想出来折腾。

忙活了几天毫无收获的两个人又坐在了烧烤摊前。佶星有些不好意思，嘟囔着说："我之所以没干上合伙人，还不是因为过于投身正义事业，没把做什么合伙人当回事。"

心安提议："星仔，干脆就以你自己的名义成立个人律师事务所。我研究过个人律师事务所的条件就是需要有一名连续执业五年以上的律师，我觉得你没有问题。"

佶星连连摆手："明明是咱们两个人合伙开律所，怎么能用我一个人的名字，不合适，不合适。"

心安盯着佶星说："你今天不正常，你这个极度爱慕虚荣的家伙，今天怎么会主动放弃以你自己名字冠名律师事务所？"

佶星在心安的逼问下，不好意思地摸摸头说："一开始到律所实习的时候，因为不太遵守司法局对实习律师的要求，我的执业证拖了两年才拿到，现在连续执业还未满五年。"

心安差点儿一口鲜血喷到佶星的脸上，说："你小子总是能在关键时刻给我制造意外。"

"嘿嘿，我这不是帮你做减法嘛，现在反而简单了——什么都不要想，就全力以赴去收购一家小律所！"

"懒得和你说，此处记你大过一次！"

两个人干了一杯啤酒。佶星放下杯子，眨了眨大眼睛问："对了，你最近和那位雷家大小姐联系了吗？"

"当然，我们已经建立了同盟关系。"

"行啊，不声不响地你就把大事给办了。不过你可得盯紧点儿，这种大小姐，打她主意的人太多了。"

"让子弹飞一会儿吧。欣然特别有主见，我们需要和她建立更加坚实的信任基础，她本人也需要时间去感受和思考，毕竟对手是她的亲小叔。"

"唉，也是，短短几个月，经历丧父、破产，而且还是被自己唯一的亲人暗算，换了一般人早就被击倒了。嗯，这大小姐是个战士！"佶星由衷地说。

"现在站在我们对面的是雷声、吴非这样的商场上的老手，还有一个资深法律专家。对了，你能找家调查公司盯下吴非吗？现在最现实的就是在他身上下功夫，找到突破口。"

佶星撸着串儿，满口应允："当律师我还欠点儿，私下调查人这个我拿手，包在我身上。"

一周后的深夜，心安正在认真解答网友们在保家卫房上提出的问题，佶星的电话突然打了过来，带来了吴非的两个消息。

第一个是吴非本周每天晚上都带着一个美女吃饭、泡吧、看电影，两人形同情侣。

第二个是吴非从昨天开始便失联了，任谁也找不到他。

"星仔，你知道和吴非约会的美女是谁吗？"说完佶星"嘿嘿"乐了一下，"我把私家侦探拍的照片发给你，你自个儿看看。"

挂断电话，心安打开微信，不禁"啊"了一声。

和吴非一块儿吃饭泡吧的人不是别人，正是雷欣然。

5

欣然确实和吴非"约会"已经整整一周了,而且是她主动的——尽管心安叮嘱过她不要贸然行动,但欣然实在按捺不住了,她冰雪聪明,自然看得出吴非对她有非分之想,为了能够得到关于鸣声资金的关键证据,中止鸣声破产,给父亲正名,她决定以最大限度的容忍,对吴非展示最高程度的热情,逢场作戏地陪他"约会"了好几天。然而就在她正以为可以从吴非那里套出一些鸣声资金走向的内幕之际,突然发现怎么也联系不上他了,发微信不回,拨打手机则显示是空号,这个人就活生生地在她面前消失了。

就在欣然百思不得其解之际,突然接到雷声电话,要求立即见面。自从上次叔侄二人在酒店不欢而散后,雷声就再没答应过欣然的见面要求,但现在他不得不见,而且是主动要见。

"然然,我把吴非打发走了,你不要再找他了。"见到侄女,雷声开门见山,充满关切。

"小叔,为什么?"

"我绝不能容忍我们雷家的唯一继承人被吴非这种人诱骗。"

"小叔,我已经是成年人,有自己的判断。"

"吴非侵占公司财物,数额巨大,没把他送进监狱就算不错了,想不到他竟然还打上了你的主意,他也不看看自己是谁。"雷声气不打一处来,"然然,你从小就被我们保护得太好了,又怎知这世上的人心险恶?算了,你还是不要再管鸣声的事,立刻去国外,就当是,小叔请求你了。"

欣然表情决然:"小叔,您说得没错,我现在是咱们雷家未来唯一的继承人,那我继承的就不该仅仅是金钱,更应该传承雷家的荣誉。如果任由爸爸的名字在世间被人们唾弃,我又怎么能容忍自己在梦中见到为此而难过的父母。小叔,鸣声不会破产,除非这个世界上已没有了我!"

叔侄二人再次不欢而散。

吴非确实是雷声给弄走的。当这家伙刚一接近欣然,对她大献殷勤的时候,雷声就警告了吴非,让他不要对自己的侄女有非分之想。吴非是个什么样的货色,雷声心里清楚。欣然是他和大哥的掌上明珠,虽然这孩子现在在

207

鸣声的事务上和自己唱反调，但这更说明她的本性良善，看不得父亲名誉受辱。他雷声虽然已经把自己的良心豁出去了，但他对自己侄女的爱可是一丝一毫都没有减弱。相反，他拼了自己的命想给欣然留下一笔巨额的财富，就是想让这孩子一生都要过得无忧无虑，幸福快乐，他怎么能容忍吴非这样的苍蝇在欣然身边嗡嗡乱飞。

当天，雷声就派自己的司机大刘去找吴非。大刘跟着雷声干了十几年的拆迁，早年间蹲过大狱，具体因为什么，谁也不清楚。鸣声地产的老人儿们知道是雷声给了他一条出路，安排好了他的家人，所以大刘对雷声绝对忠诚。

公司地库，大刘把吴非堵在了车里。

"这里有一百万，老板让你去做码头公司的副总。"大刘铁青着脸递给吴非一张银行卡。

"大刘，开什么玩笑？"

"没有老板的允许，你不能回来，更不可以和大小姐联系！"

"这是什么意思？"

"离大小姐远点儿。哪儿凉快，哪儿待着去。"

吴非"嘿嘿"笑出声来："刘哥，这话从何说起？你也知道，我这么多年一直单着，不就是为了等到像大小姐这样的女人。我的钱已经够了，多这一百万少这一百万无所谓。我倒是愿意花上一百万追到大小姐。"

"你的话太多了。"大刘冷冷地说。

吴非以为雷声是担心自己对欣然泄密，所以才让大刘过来。他拍了拍胸前的排骨，自信地说："大刘，你转告雷董，我绝不会对大小姐说任何公司里面的事，我的嘴紧得很。"

"老板不担心你泄密。因为只要你乱说一个字，你的嘴就会永远闭上。"大刘点了一根烟，深吸一口说，"老板现在给你钱，又让你当副总，条件只有一个，就是不允许你骚扰大小姐。无论大小姐现在对小雷总是什么态度，他们始终都是叔侄。在他们的血亲关系面前，你吴非什么都不算！一天之内，你要不拿钱自己消失，要不我来帮你消失。"说着，大刘把两只手举起来，向着吴非张开。

吴非借着车窗外的灯光细看伸到他眼前的两只手，脸色骤变，木然地拿起了放在驾驶台上的银行卡。

大刘离开后，吴非在车中呆坐很久，他想象不出大刘到底经历过什么，为何他的十个手指都没有指纹。

6

心安得知欣然私自行动后赶紧约她见面，俩人依然约在咖啡馆。

"'塞翁失马，焉知非福'，你也不要太往心里去。"心安看着沮丧的欣然，不忍责怪，反而开导起来，"吴非的离开，也算是去除了你小叔阵营的得力干将。我这几天一直在想，后续与其在外围兜兜转转地找证据，不如就直奔主题。"

欣然以探求的目光看着心安："什么主题？"

心安说："鸣声资金出现问题、公司走向破产的始作俑者都是你小叔。以前我们都太关注问题的表象和引发的恶劣后果，其实最核心的问题应该首先探究一下你小叔为什么这么做。你父亲他们两位辛苦奋斗二十年，怎么就突然间要放弃这一切，甚至不惜亲手结束掉鸣声。除了你小叔本人外，这个问题恐怕只有你最清楚。"

欣然黯然地回答："我曾经问过小叔这个问题，虽然他没有正面回答，但能推测出小叔认为鸣声无法挺过这次劫难。"鸣声就像个无底洞一样，填进了她父亲所有的个人资产，甚至生命。"小叔某种程度上对鸣声抱有深深的恨意，如果没有鸣声，我爸爸应该还在挥斥方遒。小叔绝不会再冒风险为鸣声赔上自己的身家性命。"

心安点了点头。

欣然说："其实我也很理解我小叔。爸爸出事后，小叔接管了公司，一开始他也努力在市场上寻找'白衣骑士'来救鸣声。但是，商场如战场，哪里有免费的午餐，所有有购买鸣声资产意向的公司无不对鸣声下死手。说他们是趁火打劫都是客气，那么低廉的价格还不如让鸣声直接进入破产程序，在法院的主持下进行拍卖，还能尽量获取一个市场公允价格。"

"你有没有想过，如果现在有投资方愿意以市场价格来购买鸣声部分股权，并以股东借款方式对公司进行输血，帮助鸣声熬过寒冬，重获新生，你小叔还会坚持要鸣声破产，让你们雷家背上永世骂名吗？"

欣然思忖了一下说："心安哥，我明白你的意思，我早就该这样想了。"

"从一开始我们就都把你小叔当作了对立面，但矛盾的对立面互相贯通，会在一定条件下相互转化。如果有一份成熟的重整方案摆在你小叔的面前，相信他一定不会不为所动。团结一切可以团结的人，我们前方的道路是曲折的，但前途一定是光明的！"心安认真地说着，"所以虽然现在吴非这条线断了，让我们只有一条路可走，但这也让我们变得更专注。欣然，从现在起，你全力制订引进外部资金方案，我来发动广大的业主，咱们共同推动鸣声债务重组方案。"

欣然的心情彻底好转，笑着说："心安哥，没想到你做思想工作还一套一套的。"

心安不好意思地摸了摸头："当年我也准备考研来着，政治那一门确实背得好。"

欣然好奇地问心安："心安哥，你为什么最后没有读研究生？"

心安只说了一句："一言难尽。"

欣然暗自唏嘘，停了一下说："我最不愿意做的事就是和小叔作对，我特别想回到从前，那时候家里充满了欢乐，尤其是小叔，总是变着法地哄我开心。这段日子，每当夜深人静的时候，我的心就会痛。小叔是我在这个世界上唯一的亲人，我却不得不整天想着如何去对付他。现在好了，心安哥，按照你的方案，我和小叔终有一天会殊途同归，重归于好。我相信，小叔的本性是善良的，他一定会听我的。"

第十六章

机缘巧合

1

心安和佶星自从上次拿定如何创建律所的主意后，二人便马不停蹄地外出去跑律所收购的事，结果见过的律所有的规模太大，他们根本吃不下，有的反过来还劝他们加入，更多的则是对于心安他们提出的收购意向不屑一顾。

"真没想到开一家律所这么难，比赚钱难多了！"为了缓解压力，心安和佶星开玩笑说，"这么想想的话，汪珐能把珐正所做到本地上百人，外地过千人的规模，还真的是很了不起。"

佶星则揶揄说："可不是，除了珐正所，他还实际控制着星海所，不仅打得好一套'降龙十八掌'，他还会玩周伯通的左右互搏。"

两人说完一起摇摇头，看来开律所的事只能先暂告一段落。

晚上，心安登上了自己的保家卫房公众号，这阵子忙着跑律所，有两天没登录，一上来发现有几十个问题在等着他回答。半夜一点钟，心安回答完了所有的问题，围观的业主们也都向心安道谢后纷纷下线休息。心安到卧室给可可盖上被她踢开的被子。可能是感觉到有人走近，可可在梦中喊了一声"妈妈"。心安心里一沉，已经有半个月没有见到白雪了，甚至连一条微信都没有，也许他们的婚姻真的已经走到了尽头。

从卧室出来，心安准备关掉笔记本，却发现自己的QQ头像在不停地闪动。心安点开，发现一个叫作理自成的人申请加自己好友。这个名字引起了心安的好奇，理——道理，自成——自发生成、自成一派，谁会取这样的名字呢？心安点下鼠标通过时在脑中不停琢磨。

理自成打字飞快，上来就称："心安律师，晚上好。"

心安也快速敲出一句："您好！我现在不是律师，您称呼我'心安'即可。"

理自成却并未改口："心安律师，我要向您咨询一个法律问题，律师费是按小时费率，还是论件收取？"

心安无奈地摇了摇头，重申："我不是律师，免费。"

说完又补充："不收费我也会尽力给大家分析清楚，尽可能给出可操作的方案。"

理自成说："我在南五环一处高架桥边上的楼盘买了一套房子。买的时候觉得房子价格便宜，但等到住进去后才发现五环路上的大货车川流不息，昼夜不停，即使门窗紧闭，仍然噪声巨大。现在噪声污染已经让一家人夜不能寐，苦不堪言。心安律师，您说我们该怎么办？"

心安的眼前一下子浮现出夏天在鸣声办公楼前广场上的一幕。那位也是买了南五环房子的胖大姐不知道现在还好吗？当时心安和她说后续公司会给她补偿，那位大姐就隔三岔五问他什么时候能把钱给她。后来心安换了手机，就没再收到过胖大姐的消息，也不知鸣声申请破产前是否给她付了款。还有那时候的欣然，活脱脱一个大学生的模样，清纯、热情、善良，现在却惨遭家庭变故，整个人总是处在阴郁之中。

QQ上理自成的头像在不停地闪动，他在催心安回复。

心安问："到目前为止，您都采取过什么措施？"

理自成回复的信息让心安哭笑不得："几个月前，我们业主们组成了'维权群'，到那地产公司去堵门，要求公司采取补救措施把房子的噪声降下来。却没想到公司有个人出来说是先有的五环路，后有的住宅小区，地是土地局出让给他们的，公司盖的房子也都经过了相关部门验收，有关部门都认为在这块地上盖房子没有问题，那噪声就不该是个问题。还说噪声又不是他们房地产公司造成的，冤有头、债有主，噪声从哪里来，业主们就该到哪里去。那个家伙还出主意说要么去找那些大货车的司机，要么就去找收了上路费的公路管理局，总之，他们房地产公司是无辜的。"

心安五味杂陈，这个回答和自己三个月前对付那个胖大姐的说法别无二致。只是那个时候自己是在为鸣声辩解，而今天，理自成无疑是在让心安以己之矛攻己之盾，讲出站在业主的角度上又该如何。心安没有去问理自成具体买的是哪一个楼盘，如果真的碰巧，就是鸣声建的春满园的业主，这又让他情何以堪，从内心深处，心安不愿意再看到自己当年对付业主时的模样。

心安说："业主的诉求如果想要得到支持，最为核心的还是要有房屋噪声超标的证据作为支撑。很多业主无论是到有关部门反映情况，还是到公司主张权益时，总是说他们觉得噪声超标，觉得痛不欲生，但这都属于主观的感受，无法支撑他们关于噪声超标的主张。"

理自成问："您的意思是说我们得去做房屋噪声鉴定吗？"

心安表示肯定。

理自成又问："我自己单方出钱做的噪声鉴定，法院能采信吗？"

心安说："您问到根本问题了。对于单方委托鉴定的结论，如果对方也认可，则法院在核实鉴定机构的资质及鉴定程序合法的情况下会采信该结论。但如果对方不认可，法院如认为鉴定结论对审判不可或缺，则会另行委托鉴定机构去检测。"

理自成说："那地产商肯定不会傻到认可我的鉴定结果，那鉴定的钱岂不是要白花？"

心安没有正面回答理自成的问题，他说："在大家的朴素认知中，有事找政府，从而使得困难能够得以解决。但民商事各类纠纷只有人民法院才能行使审判权。在现代法治社会中，相关部门在行使权力履行职责过程中应坚持法治原则，严格依法行政，相关部门的各项权力都在法治轨道上运行。"

一口气敲了这么多的字，发出去后，心安等着对方回复。等了一会儿，不见理自成的信息，心安继续敲起来。

"换句话说，在解决纠纷的思路上，科学理性的做法应该是到法院寻求司法裁判。但人们一贯有厌讼心理，怕花钱、嫌麻烦，直到万不得已才会去打官司。其实，事情要想有一个确定的说法，最终还是要到法院。如果想真正解决问题，在地产公司没给说法的情况下，一步到位直接去法院起诉比较好。"

理自成又沉默了一会儿，在QQ上敲出两句话，说："我已经自己做了鉴定，得出了噪声超标的结果。现在法院不采信怎么办？"

心安说："法院不采信，只是在程序上因为对方不认可，但并不代表法官主观上不为所动。审理案件的是一个个活生生、有血有肉的人，民事案件胜诉的原则是法官对当事人所主张的诉求形成高度盖然性的确信。虽然是单方委托做出的鉴定，但如果噪声超标严重，还是会促使法官去主动查清事实。因为是否鉴定也最终还是要由法官决定。如果一个显示噪声严重超标的结果摆在面前，仅仅是程序上的原因无法采信，法官就很难做到熟视无睹，不去另行鉴定来予以验证。"

理自成又问："即使法院委托了鉴定机构得出的结果也是噪声超标的，但开发商主张工程已经通过竣工备案验收，并且先有高架桥后有楼房，业主们应该明知旁边有高架桥一定会产生噪声。业主们预先知道而又签署房屋买卖合同应理解为认可该噪声存在。这种情况下，作为业主该怎么抗辩？"

心安说："《建筑法》规定，交付竣工验收的建筑工程，必须符合规定的建筑工程质量标准，建筑工程竣工经验收合格后，方可交付使用。未经验收或者验收不合格的，不得交付使用。从字面上看您所购买的房屋已经通过了竣工验收备案，应该不存在质量问题。但是建设工程竣工验收是建设单位组织设计、施工、工程监理等有关单位对工程质量进行检验，必须在竣工验收备案表上签字的单位有建设单位、勘察单位、设计单位、施工单位、监理单位和工程质量监督机构，其中并不包括环保部门。正常来讲，项目竣工验收备案前需要经过消防和环保验收，但实践中，如果项目是分为若干期开发的，环保验收也经常会被推延到最后一期工程完成时才进行。也就是说项目通过竣工验收备案并不绝对意味着通过了环保验收。"

理自成飞快地回应："我们买的房子确实是第一期，后面还有两期。另外，如果开发商坚称业主对有噪声这种情况是明知的，又当如何抗辩？"

心安说："这个问题还要区分两种情况。一方面开发商有义务将红线内外不利因素以图示或文字的形式明确标注并在销售现场进行显著公示。若确实开发商明知存在上述列举的常见不利因素，却没有进行提示，则开发商要向买房人承担违约责任。另一方面，如果开发商已经告知了业主，这也不意味着买房人要自己慎重，开发商就完全没有责任。这儿有一个合理预期的概念，买房人在知道有噪声的情况下，噪声的分贝也不能超过买房人的合理预期。《声环境质量标准》规定，居住区白天噪声应在五十分贝以下，夜间应低于四十五分贝。如果超出这个标准20%，这是正常人在买房时无法预计到的。此时买房人对此事项有重大误解，如果因为噪声无法居住，就可以主张解除房屋买卖合同。最为重要的是，卖房人，也就是开发商应该对自己的产品——商品房承担产品质量责任，噪声问题无疑是质量问题之一。"

此时，已是凌晨三点，房间内静悄悄的，只有小客厅一角的冰箱在发出低低的声响。过了很久，理自成发过来一个抱拳的表情。

心安回了一句："理律师，我班门弄斧了，请您多提宝贵意见。"

理自成发了一个尴尬的表情，问："您怎么看出来我是律师的？"

心安说："首先您提的问题一环套一环，逻辑性很强。其次问题咄咄逼人，很有对抗性。最后，也是最让我确信您是律师的，是因为您讲话很专业，而且对我的解释马上就能理解。而没有法律知识的人通常会在一个点上用很'白'的话反复问同一问题。"

理自成有些不好意思地说："我当执业律师有四年了，平时为了让当事人觉得我的水平高，做咨询的时候会刻意地使用法律专业词汇。比如说普通人会说这证据法院认不认，我会用'采信'这个词，其他的诸如'抗辩'等词也是经常使用。"

心安笑笑，回应说："我刚开始工作的时候也是如此，后来发现当事人都很有智慧，他们不太在意律师用的是什么样的词，他们更注重'疗效'，对医生开药方的'笔迹'比较苦恼。"

两个人你一言我一语地越聊越投机。很快心安知道理自成来自南方，家庭条件不好，高中毕业后就出来打工。后来通过自学考试取得法律本科文凭，凭借这个自考的本科毕业证他通过了国家司法考试，到城市闯荡做律师。

心安由衷地对理自成表示了钦佩。国家司法考试是任职法官、检察官、公证员和从事律师职业的必过门槛，全国每年的通过率不到10%，而且参加考试的人大都不是平庸之辈。"天若有情天亦老，人学法律头发少"，内容涵盖国家上百部法律法规的国家司法考试是一场考验勇气、毅力甚至体力的考试。理自成完全是自学就过了这座千军万马在争夺的独木桥，可谓一个"狠人"。

理自成有些不好意思地说："就因为完全是自学，所以很多法律上的知识点我研究得并不透彻。比如说当初学《公司法》，看到股东以其出资额为限对公司的债务承担有限责任。我就不理解，如果股东的出资额是五十万元，如果这五十万元已经出资到位，未来公司有债务不能清偿时，这位股东是不是还要再拿出五十万元来承担责任。这个问题，还是最后我到省里去参加司法考试辅导班后问了老师才搞清楚。也同样因为是自学考试出身，我到这里以后，根本进不了大律所，只能去郊区法院边上开的小律所，免费给律师当助理。过了实习期，拿到执业证书后，我索性和几位经历相似的律师合伙自己开了一家律所。我和合伙人们都憋着一股劲儿，既然融不进大律所，索性我们就自己干出一番新天地！"

聊这些激情燃烧的岁月时，理自成打字的速度飞快，心安隔着屏幕都能感觉到一个和自己一样的奋斗者的热血激荡。

激昂的文字过后，犹如一部交响曲到了高潮开始回落。

理自成说："理想很丰满，现实很骨感，我和两位合伙人在这里一无法律院校老师、同学的资源，二无各大公司企业法务的关系，律所开业不到一年，惨淡经营，入不敷出。我们几个人商量着如果还是没有转机，到年底就解散律所。"

心安看到屏幕上闪出的字符，内心一阵狂喜，这可真是"踏破铁鞋无觅处，得来全不费工夫"，理自成，终于等到你！

2

第二天一大早，佶星收到心安的信息后，立即驱车前往心安租住的房子的楼下。几乎一夜未睡的心安冲了两袋咖啡，可可已经能够自己穿衣服，可心安还是围着可可忙前忙后，他这个老父亲觉得女儿真是上天给他最大的恩赐，满足了他对这个世界所有的情感需求。

送女儿去幼儿园后，二人直接奔赴兴阳区一处人民法院派出法庭，然后按照理自成给出的图解，在距离派出法庭一公里处找到了一排临街的平房。其中一座外面破旧的房子的玻璃门上用红色的不干胶贴出了"律师"两个大字。从挂在门边的一块小牌子上，佶星认出了"自诚律师事务所"。心安说理自成他们时刻带着自考这个标签，无论是他网名"自成"还是律所名称"自诚"都映射着他和与他有着相似经历的合伙人们不向原生命运低头的倔强。

佶星说："才八点半，这么偏僻的地方应该还没有来人，不如先找个地儿把肚子问题解决了。"

心安没说话，走到玻璃门前轻推了下，门开了。

心安吓了一跳，黑洞洞的房间前挡着一个身材魁梧的男人，清晨的阳光打过来，来人的领带西装被镀上了一层金光。

"快进，快进来，有啥事屋里唠，屋里唠。"心安面前站着的这个高大的男人操着一口外地口音，伸出手热情地握住心安的手，使劲儿晃了晃，随手在门边的墙上摸了一下,然后拉着心安往房间里走。房间天花板中间的一盏吸顶灯亮了,墙壁一下子变得雪白。这是一个五十平方米左右的开间,中央两两相对摆着四张老式办公桌,靠里面的墙边摆着一张长条沙发,上面散乱放着一条毛毯。

一股子刚起床时被窝的味道直蹿鼻子,跟在后面的佶星忍不住怪叫了一声,高大男人又忙不迭地到门口去拉佶星到桌前坐下。

都坐定了,心安看这高大男人却是一表人才,长得很像影星,年纪和自己相仿。

"二位,咋啦,遇到啥闹心事了。"见心安和佶星面面相觑,高大男人又说,"没事儿,唠唠不要钱,俺们这旮旯不像市里那些大所,俺们咨询不要钱。"说着,男人从桌上拿起两张名片递过来。心安接过来一看,上面写着合伙人王龙阳。

心安说:"王律师,我们是来找理自成律师的。"

男人愣了一下,然后大笑,说:"理自成是俺们这里另外一个合伙人的网名,那家伙没事就在网上泡着。理自成的真名叫冯马牛。"

佶星"扑哧"一声笑出声来,说:"怎么起这么怪的名字,爹妈怎么想的。"

王龙阳瞪了一眼佶星:"冯马牛家是农村的,她爹妈一辈子的梦想就是希望孩子长大后家里牛马成群,衣食无忧。"

心安也瞪了一眼佶星,回头说:"这位冯马牛律师什么时候能来?"

王龙阳有点儿急:"俺们都是这旮旯的合伙人,找谁说事都一样。"

佶星笑了笑说:"真的找谁都行?"

王龙阳使劲儿地点头。

"你们所卖吗?"佶星依然脸上带着笑。

"你说啥?"这个叫王龙阳的男人脸上的表情僵住了。

佶星说:"我们不是来咨询的,是来买律所的。"

心安瞪了佶星一眼,说:"昨晚我和理自成,也就是冯马牛,在网上交流了很久,大概知道你们律所的情况,今天过来是谈合作的。"

王龙阳面露窘态,说:"原来如此,本以为一大早开门大吉,却不承想马牛这家伙要把所给卖了。"说到这里,王龙阳又面露喜色,问:"你们能出个什么价?"

心安说:"不存在谁买谁的问题,我们是来加入的,想大家一块儿把这个自诚所做大。"

王龙阳的脸又黯淡下来，问："你们现在哪个所，知不知道经营一家律所有多难？"

当佶星说出珐正所的时候，王龙阳的嘴张成了"O"形："你们是不是疯了，放着市中心CBD的大律所不干，跑到我们这鬼地方来加盟。"

佶星用手捋了捋头发，问："龙阳兄弟，你知不知道人生的最高境界是什么？"

王龙阳一时语塞，自学考试里面没这人生最高境界什么事。佶星正在得意时，门口传来一个犀利而又高亢的女声："你们到底要干什么？"

一位身着黑色短皮夹克，深蓝色牛仔裤，脚蹬短皮靴的小巧女人走了进来，吸顶灯下映出她精致漂亮的五官。王龙阳似乎有些怕这个看起来比他年纪要小很多的女人，站起来有些结巴地说："冯主任，他们是来找你谈合作的。"然后对着心安他们说："这是我们律所的主任冯马牛女士。"

心安也站了起来，做了自我介绍。女人一听心安的名字，脸上露出了灿烂的笑容，说："昨晚您说要到我们所来参观学习，我还以为是在开玩笑，没想到这么快就来了。"

佶星的眼睛发直，凑到心安耳边小声问："你什么时候搭上的这么有个性的姑娘？还整夜地网聊！"

佶星的胸口被心安戳了一下。对于谈合作的事他没有耐心，索性顺势借口心窝疼，到一边待着去了。心安和冯马牛、王龙阳正式说明他的来意。听了心安讲了他大学毕业后到鸣声谋生，最后再到律所的经历，冯马牛不胜唏嘘："原以为在正规大学毕业后的人生会一帆风顺，没有想到和我们自考出身的人一样，各有各的辛酸。"

听到心安讲他成立律所是要为更多的普通人提供法律服务，为了实现被人们常常听说又看不见摸不着的公平正义而努力奋斗的时候，冯马牛的眼中闪烁着光芒，她说："我刚通过国家司法考试的时候，我们老家的村主任请我爹妈吃了饭，那相当于太阳从西边升起。我想让更多的普通人能感受到被公平对待的美好感觉，我愿意加入您的阵营，做您的同道中人。"

佶星已经疗伤归来，他从冯马牛的办公桌上拿起一张名片，上面写着自诚律师事务所主任冯玛妞。见佶星盯着名片看，这位干练洒脱的姑娘脸红了一红，说："我爸妈是农村人，没有文化，原本给我起的名字确实是马牛。从老家出来后，觉得在外面工作用这个名字不方便，但又不想让爸妈美好的愿望没有了寄托，我就改了两个字叫玛妞。"

佶星摇头晃脑地说："这两个字改得妙，超凡脱俗，让人产生大洋大土新结合的感觉。"

玛妞的脸更红了，看了佶星一眼，没作声。

王龙阳说："我听玛妞的，想怎么干都行，可就怕没有案源。我每天都睡在律所里，一大早就开门，半夜才闭店，就为了多等几个客户。因为律所开在法庭边上，来咨询的人倒是挺多，可一到签约付钱，当事人就不见了。这半个月都没开张，想主持公平正义也得先填饱了肚子才行。"

佶星说："有的当事人确实不愿花钱，当律师哪有没被人'白聊'过的。以后你就跟着我混，保管吃饱穿暖，买房置地，早日成家。"

龙阳憨厚地笑了笑，说："那敢情好，我倒是没想过那么多，只要别闲着就行。"

心安问："快到中午了，怎么还不见所里的其他合伙人？"

玛妞说："所里一共只有三位合伙人，我们既是合伙人，也是律师，总之所里一共就三个人。那位没来的律师年纪已经超过六十岁，处于退休状态，只是凑够开律所需要三名合伙人的基本条件。事实上为了维持这个人头数，我每个月还要给那位老合伙人五千元。这段时间，那位已经不满足每个月五千元的费用，提出要涨到一万元。"

佶星说："还是头一次听说还有这么干的。这回好了，这笔钱不用付了，我邹佶星分文不取，还要给这律所搬个新家。"

玛妞和龙阳看了看佶星，又把目光移向心安。

心安说："这厮没胡说，他很有钱，家里有闲置的房子。这次组建律所，他把家里的一栋三层小楼给贡献出来了。一、二楼的房间可供律所使用，三楼做律师的宿舍和餐厅。"

龙阳像看外星人一样地看着心安和佶星，说："我总算知道了这有钱人的世界了。可我们得招多少律师，又得有多少客户才能养得起律所呢？"

心安说："以后律所将专攻房地产业务，从土地一级开发拆迁一直到商品房预售，所有的业务全都做。但有一条，我们只代理弱势群体。律所的收费将执行统一标准，质优价廉，透明合理，每一位律师都会有保底工资，让大家能够从容地开展法律服务，不为五斗米折腰，更不必不择手段。"

龙阳半信半疑。

219

玛妞说:"我赞成！我花了整整一天一夜看完了您公众号上所有的问题解答，也看了一部分求助者的发言，我相信您说的一定会实现！"

佶星说:"你们现在是不知道这位心安律师的公众号有多火，如果大家知道他加盟了律所，来咨询委托的人会把律所的门槛踏平。"

一切都谈妥了，律所乔迁之日定在半月以后，那位老律师也在电话中答应拿十万元后退出律所，并配合办理一切手续，保证随叫随到。

中午时分，玛妞执意要请心安和佶星留下吃饭，说:"虽然我们这里条件有限，但这里的灶台鱼还是很有特色。"

几个人坐到一家装修得还不错的饭店的包间里，依然还都是满脸的兴奋。玛妞的开场白刚说完，心安的手机响了起来，电话里传来雷欣然万分惊恐的声音:"心安哥，快来救救我！"

3

接到欣然的求救电话后，佶星开着车立即箭一般地从南五环外驰向西五环。路上心安简单问清了事情原委。原来欣然刚回家住了没两天就突然收到了法院寄来的起诉状和开庭通知——她被一家名为鑫源的金融担保公司给告了，要求其偿还她父亲雷鸣欠下的两亿贷款，另外还有五千万的利息。随着法院文件的送达，欣然家里别墅的门口和周围开始有陌生人出现。这些人有的留着光头，戴着大金链子，有的脸上、脖颈处露出青色的文身，他们不时地向院子里面打量。欣然给小区物业打了电话，物业管家回话说那些人是小区里另外一个业主的客人，他们在小区里面有自由活动的权利。

欣然和心安说她知道父亲生前为鸣声借了高利贷，可是小叔和她讲一切都已经处理妥当，他保证欣然不会受到任何损害。却没有想到，高利贷这伙人明着暗着已经逼到了家门口。

心安告诉欣然不要慌，先待在别墅里面不要出来，收拾好行李，一会儿到了就跟他们立即离开。半小时后，心安二人便来到欣然家的别墅门口，刺耳的急刹车声把聚着抽烟的几个社会人儿装束的家伙吓了一跳。

欣然家的电动大门向两边滑开，佶星一脚油门，车冲进了院子，大门随即关上。欣然已经穿好外套等在楼门口，一个行李箱放在脚边，看到心安从车上下来，小跑着迎了上来。

刚刚合上的别墅院门又打开了，轿车飞驰而出，前后不到五分钟。守在门口的大金链子、小刺青们似乎根本没反应过来，眼睁睁看着车子绝尘而去。

路上，心安说："慢点儿，后面早没人了。"

佶星看了看后视镜，不无遗憾地说："这帮没用的东西，就这点儿水平还出来混社会，我的本事还没使出来呢。"

欣然让佶星送她去酒店，看来这段时间她还是得住在那里。佶星一手扶方向盘，一手比了个OK的手势。心安赶紧从欣然手里接过起诉状，和他预想的一样。今年6月，雷鸣向这次起诉的鑫源金融担保公司借了两亿元，时间是三个月，利息五千万元。鑫源公司直接以欣然为被告，要求其在继承雷鸣的遗产范围内偿还两亿元本金及五千万元利息。起诉状没有问题，心安让佶星找渠道查一下这家金融担保公司的幕后老板，怎么就突然跳了出来？

很快到达酒店，前台微笑着为欣然办理入住手续，不过一会儿，前台小哥脸上的微笑已经变僵，欣然的几张信用卡都无法做预授权。

心安说："肯定是鑫源公司申请了诉讼财产保全，估计你现在名下所有银行账户都被法院司法冻结了。"

欣然说："那我现在岂不是寸步难行！"

"不能够！"佶星伸出自己手机，让前台小哥从他的微信上刷预授权，接着又从自己的手包里拿出一沓钱和一张信用卡，不由分说地交到欣然的手中，笑着说，"等你的钱解冻后要加倍还我啊！"

4

入住后，欣然赶紧放下行李，拿出手机，调出小叔的电话号码，用免提模式拨出。

雷声爽朗的笑声传了出来，从鸣声离开还没超过一个月，心安却有恍如隔世的感觉。

欣然说："小叔，我今天收到了法院的传票。您不是说爸爸以前的事情都已经了结了吗，怎么今天会突然有人到法院把我给告了。"

雷声先"啊"了一声，然后说："怎么会有这种事发生！"紧接着又叹气说，"现在鸣声的情况确实比较复杂，你就该听我的话，早点儿走。有些事，你不在国内，别人也就找不上你。可这一回来，不就等于送上门了。"停了一下，雷声又问，"对了，到底是谁起诉的，要多少钱？"

"鑫源金融担保公司，两亿五千万。"

雷声叹了口气："然然，这事情比较棘手，你还是先走吧，剩下的事情我在国内慢慢处理。"

"小叔，他们不仅起诉了我，还派人到家里去威胁我。"

"什么？"这回雷声是真震惊了，连忙关切地追问起来，"然然，你没事吧？他们没难为你吧？你现在哪里？我马上过来接你！"

"小叔，我没事，现在在一个朋友家里，很安全，过两天我会去找您的。"

挂断电话后，心安三个人相对无言。

沉默片刻后，佶星说："欣然，要不你就搬到你小叔家去住，这要比你在酒店更安全。当然，这不是因为钱的事。"

心安和欣然对视了一下，在欣然探求的眼神下，心安说："你小叔听到你说成为被告的第一反应是抱怨你在这个时间点回国，还催着你赶紧出国。而正常人会几乎条件反射般地问原告是谁，标的是多少，诉讼请求是什么。"

欣然点点头。

心安说："这说明你小叔对有人起诉你这件事是明知的。但当你说到有人威胁你时，你小叔的紧张和担心却又不是矫揉造作，说明这些人的出现又出乎了他的意料。"

欣然说："心安哥，我明白你的意思。"

心安说："欣然，你还是先在这里住下来，抓紧制订鸣声引入外部资金的方案。再过几天，我们的新律所就要正式营业了，到时候就接你住到律所那边去。还有两位新的朋友介绍给你，未来我们迎战鸣声破产挑战的力量会更加强大。"

欣然说："我的方案还差一些就能做出第一稿，完善后我就立即去国外找导师提融资项目申请。"

佶星则拍手叫好，说："我们律所专门有一层楼做律师宿舍，原本只想给年轻律师做临时过渡使用，现在索性大家都搬过去住，就像小时候一样，大家做街坊，我回去就去置办家具！"

心安也觉得这个主意好，鸣声的事迫在眉睫，未来律所也一定会遇到更多的挑战，按照佶星说的做，至少以后大家商量事情就太方便了。

5

安顿好欣然后，心安和佶星去酒店的地下车库取车。外面不好找车位，本来空间很大的车库也被停得满满的。车停在距离地下二层门厅比较远的地方，佶星一边和心安开着玩笑，一边扯开步子往远处的车位走去。佶星转过身面对心安，问："哥们儿，咱下一步该干什么？"突然，有说有笑的他停下了脚步，脸上的表情僵住了，吊滞地看着心安。

心安说："你别整天没个正行，马上就是律所的大合伙人了，要提前做好形象设计，否则客户都得被你给吓走了。"

佶星还是不说话，轻轻地抬手指心安身后，眼睛看的也不是心安。

顺着佶星的目光，心安回头看到几个头皮刮得泛青的黑衣人已经站在离自己不到两米远的地方。心安看出这几个就是今天中午围在欣然家外面的那些人。

几个人没有停下的意思，继续向心安靠近，他们死死地盯着心安，眼神中都透着一股凶光。

心安并没有害怕，反倒脑海中闪过了那句"你瞅啥，瞅你咋的！"的话，他"扑哧"一声笑出声来，朝着马上就要撞到他的几个人说："嗨！哥儿几个！"

几个社会哥交换了下眼神，其中一个头皮上有一道五厘米长刀疤的家伙把手一摆，朝心安扬了扬下巴。

心安也没有看其他人，他的眼神自刀疤男向他扬下巴那一刻就和他交上了火。

佶星已经从远处走了过来，说："哥儿几个，我是律师，今天几位要是想动手，我免费送后续的全套法律服务。"

刀疤男咽了口唾沫，他确实不是被吓大的，要不脑袋上怎么会有那么大的疤。可现在他也是有儿有女的人，出来混社会，还不是为弄个养家糊口的钱。现在主要靠那条疤吓唬人，可今天这算是遇到硬茬了，眼前这位没一点儿害怕的意思。再看另一位，应该是个律师。

相持之中，围着心安的几个人中的一个的手机响了，他按下接听键，把手机刚刚放到耳边就放下了，然后就走到刀疤男身边，用一只手挡着嘴在他耳边轻声说了一句话。刀疤男如释重负一般，用手指了指心安和佶星，厉声说："你们俩离那个女孩儿远点儿，少管闲事，否则下次就对你们不客气。"说完，刀疤男挥了挥肉乎乎的手掌，带着几个人迈着决绝的步伐走了。

　　佶星等这帮人没了踪影，摸了下额头的汗，说："心安，你摸摸，我的内心都湿透了。"

　　心安笑笑，继续往车的方向走。

　　佶星又说："邪不压正！"

　　坐到车上，心安对佶星说："现在万事俱备。"

　　佶星立即点点头："只差离职！"

第十七章

理想之城

1

第二天上午,汪珏在办公室里见心安和佶星联袂而来,马上露出他招牌式的笑容,招呼两个人到茶海边坐下。

简单地寒暄后,心安真诚地说:"感谢汪主任接纳我加入珏正,近期因为挂证给所里带来了麻烦,个人深感惭愧。想了很久,决定还是先离开。"说完,心安双手递上辞职信。

汪珏脸上笑容没有变化,他接过辞职信,放到了一边,说:"不急,先喝茶。"

佶星说:"主任,感谢的话我就不说了,我也想先出去试试,过来和您告个别。"说完,佶星也把辞职信放在了茶桌上。

汪珏的表情依旧没有变化,也是接过信放在一旁,继续行茶道。

喝下一口茶,汪珏慢慢地说:"心安,你被行政处罚的事,我已经向司法局说明具体情况,期盼会有一个好的结果。你知道今天提出辞职意味着你会错过什么吗?"

心安说:"我只知道我有错误,还没想过会错过什么。"

汪珏说:"这段时间,我一直在观察你。我很欣赏你身上的正义感和做事的执着劲儿。假以时日,再加上我的力量,你一定会成为律师界的翘楚。"

心安的脸上露出受宠若惊的表情,有些手足无措。

汪珏呷了口茶,继续说:"你很像我年轻的时候,有强烈的正义感,有韧性。"

心安连连摆手，说："汪主任您太抬举我了，我何德何能能与您相提并论。"

汪珐示意心安暂时不要说话，他要完整地表达他的想法。汪珐的眼神变得缥缈起来，他没有看坐在对面的心安和佶星，而是仿佛在看很遥远的地方，好像在看二十年以后的岁月。

汪珐说："我没有第一时间去找司法局说明情况，其实是想让你遭受一些挫折。人在年轻的时候遇到些挫折，不是坏事，是好事。只要这个挫折不把人在心理上消灭，年轻人就能够重新站起来，那这些磨难都将成为这个人未来人生道路上的宝贵财富。让你遭受磨难可以说是我刻意为之，目的是为珐正所选一位未来的领导人，为自己选一位接班人。"

听到这里，心安和佶星相互交换了下眼神，汪珐这话说得着实超出了他们两个人的想象。佶星心里说，哎呀，人的脑洞真的可以开得这么大吗？心安的表情犹如被闪电劈中，说不出话来。

佶星忍不住说："所里有那么多的人才，主任怎么就看好了心安？要降这样的大任给他？"

汪珐轻哼一声："珐正所从来就不缺什么能人。所里这些合伙人，有的法律专业精深，有的人脉极广，有的深谙经营之道，有的智商极高，可不忘初衷的人又有多少？"

说到这里，汪珐有些激动："我在二十几年前刚进入政法学院的第一天，校长讲的公平正义四个字让人热血沸腾。可是多年以后，到了现在，这珐正所偌大一整层的办公区中，还有谁能坦荡荡地说一句他当律师是为了公平正义！"

"但是，"汪珐话锋一转，"我知道心安敢说这句话。我知道心安在鸣声的遭遇，他最后能够为了买房人这个弱势群体挺身而出，与公司老板对抗，不惜失去自己的工作，这不是不忘初衷又是什么！所以，心安到珐正所的第一天，我就开始暗中观察和培养他。等到司法局找上门，我没有及时说明情况，目的就是要让心安这块好钢好好地淬一下火。"

面对着目瞪口呆的佶星和陷入沉思的心安，汪珐说："我知道大家背后怎么议论我，无所谓。天下熙熙，皆为利来；天下攘攘，皆为利往。我想培养心安做接班人，就是相信具有大爱之心的他一定不会负我。再者说，现在珐正所里的这些年轻的律师都在怎么做案子，我心里清楚得很，有些人出事是早晚的事。我选的接班人一定得能够经受住考验，能够实现珐正所的长治久安，能够把我开创的这份基业平稳地传承下去。"

"所以，心安，"汪珐把看向未来的目光落到心安身上，"你是否愿意留下，把珐正所发扬光大！"

一小时后，当心安和佶星拿着离职证明走在珐正所楼下的广场上时，佶星使劲儿拍了一下自己的脑袋说："我终于知道汪珐为什么能把珐正所办得这么大、这么成功！"

心安笑而不语。

佶星说："刚才老汪珐说要把你培养成接班人那段，我差一点儿就信了。我当时还畅想了下要是你当了珐正所主任，那咱们岂不是一下子就少奋斗三十年！"

心安说："汪珐说的话也让我很感动。但人生如戏。你还记得上大学时，戏剧社的同学们排练过的莎翁的《皆大欢喜》吗？"

佶星挠了挠头："早忘了，我为啥参加的话剧社，你还不知道？"

心安笑笑："这部剧的主人公杰奎斯公爵有这样一句独白——'世界是一个大舞台，所有的男男女女都不过是些演员，他们都有下场的时候，也有上场的时候，一个人在一生中要扮演好多的角色。'"

佶星走着走着站住了，说："刚才听汪珐说的话，怎么觉着他有点儿想'从良'的感觉。莫非这位'黑山老妖'是夜路走得久了，怕会遇到鬼？这只老狐狸估计在潜意识里面有些害怕，想踏踏实实地过日子了。"

心安也停下脚步，正色对佶星说："你刚才说的这些都对。你听说过关于屠龙少年的古老寓言吗？"

佶星摇了摇头。

心安说："曾经有条恶龙要求村庄每年都要给它献祭一个处女，这个村庄也每年都会有一个勇敢的少年去与恶龙搏斗，但是从没有人回来过。有一年，恶龙又让村庄献祭处女，一个少年带着宝剑出发了。这时，村子里有人偷偷地跟在他的后面，想看看到底发生了什么。少年来到恶龙的巢穴，找到恶龙，并用宝剑杀死了恶龙。然后少年坐在恶龙的尸体上，看着龙穴里一地的金银珠宝，最终他的头上长出了犄角，身上长出了鳞片。"

佶星若有所思，心安使劲儿拍了拍佶星的肩膀，说："现在就要出发去'屠龙'，我们一定要相互提醒，不要有一天也变成我们曾经憎恶的模样。"

2

自诚律师事务所搬到南三环后，业务大火，原因是心安的保家卫房公众号太火了。现在自诚所就是其实体店，每天来咨询、寻求帮助的人络绎不绝。律所原本的业务很杂，玛妞和龙阳以前都是有案子就不错了，没资格挑案子，也就没有专注过地产业务，更谈不上精深。人们来到自诚所后，还是都想让心安解答他们的问题。对于其他的人，包括佶星，虽然也是免费咨询，却总是无法让当事人满意。自诚所就如同一座中医诊所，"老中医"李心安每天坐诊，接诊后分到坐在后面各个房间里面的人去处置。除了老中医，人们还惊喜地发现，这里还提供免费的心理咨询，咨询师是位年轻貌美的女士。

欣然已经从酒店搬到了自诚所楼上居住，前面已经入住的玛妞和龙阳都特别高兴。没过两天，心安带着可可也搬了过来，佶星看大家住得热闹，索性也凑过来。贾老师舍不得可可，问心安他们还有没有地方可以让她住，她既可以照顾可可，又能给大家做饭。贾老师的加入让这些在外漂泊的年轻人有了家的感觉，佶星把南三环这座小楼取名为理想之城，并说只要地球不爆炸，大家一定要在这里住到地老天荒。

欣然现在除了在房间里制订鸣声地产的引资重整计划，有时候也下楼到律所里帮忙。她在国外上学的时候选修过心理学，现在也派上了用场。

一天黄昏，外面下着雨，律所里来咨询的客户不多。将近六点钟的时候，大家准备结束工作，外出简单聚餐，一对年轻夫妇走了进来。

全程都是男人在说话，女人神情木然，目光呆滞。

他们从外地来做灯具生意，打拼十年，在南四环外灯具城边一个新开发的小区买了房。搬了新家，两个孩子和爷爷奶奶一道从老家来了晴阳市。孩子大的八岁，女孩儿，小的三岁，是弟弟。一家人其乐融融，尽享奋斗后的成果，但没有想到，飞来横祸。

三岁的弟弟从飘窗爬了出去，坠亡。

奶奶当即就昏厥过去，送进医院。年轻夫妇的伤痛憋在心里，他们总觉得孩子走得冤，那么乖的弟弟，在自家玩耍，怎么就能摔下去呢？

公安的勘验结论出来后，夫妇二人无比愤怒。

他们家住八楼，一间卧室带有飘窗。飘窗处的侧面有一处长六十厘米、高四十厘米的小窗户，能够推拉开合。这扇小窗推开后，空间刚好够一个人爬出去。出事那天，孩子的奶奶为了给新房通风，打开了这扇小窗。没有想到，弟弟会到飘窗那里玩，还就从那个小窗户掉了下去。

公安只给出了事故发生的经过，结论为意外身亡。但一位老公安对夫妇二人说，他们这房子有问题，这么高的楼房的飘窗上怎么能没有护栏。

一句话点醒梦中人，丈夫去找开发商讨说法。开发商说飘窗肯定有护栏，这是规划要求的，但没有装。没有装的原因是，为了美观，装了之后，很多业主也会拆掉，所以开发商的做法是交房后由业主选装。刚刚交房后，客户关系人员给这对夫妇中的妻子打过电话，但没人接。因为刚交房，维保修的事情太多，所以询问是否安装护栏的事就先放了放，没想到这中间出了问题。

开发商说他们的做法是行业惯例，而且隐约抱怨是孩子家长没有尽到监护责任，导致惨剧发生。夫妇二人想知道，开发商这种让业主选装护栏的做法有没有问题，对于他们儿子的死要承担什么样的责任。

这个问题对于心安来讲再简单不过。心安对夫妇讲，开发商应对其孩子的坠亡承担全部责任。根据国家有关规定，外窗窗台距楼面、地面净高低于0.9米时，应有防护设施。六层及六层以下住宅的阳台栏杆净高不应低于1.05米，七层及七层以上住宅的阳台栏杆净高不应低于1.10米。防护栏杆的垂直杆件净距不应大于0.11米。开发商在交付房屋的时候必须保证已经安装符合规定的护栏，否则楼房就不该通过竣工验收备案。换句话说，开发商应该是装好了护栏，然后业主自己决定拆还是不拆，而不是不装护栏，让业主选择装还是不装。

心安说，看似开发商是在方便业主，其实这里面隐藏了另外一个问题。如果大部分业主选择不装护栏，则开发商可以降低成本。假设一户的护栏加人工成本为两千元，一千户就是二百万元。至于开发商说的家长监护责任，纯属于推卸责任。孩子在自己家玩耍，如果这个房间符合安全规定，家长有什么不放心的?

丈夫听得很明白。心安安排了龙阳跟进这家人后续和开发商的交涉。如果开发商不能给出满意的赔偿方案，立即起诉，同时向监管部门投诉。

欣然看着心安熟稔处理问题的样子，觉得他好像既是又不是她当初认识的那个人。

心安做出的法律答复很简单也很直接，但情感上他却不知如何是好。看

229

着那位憔悴的女人,心安刚说了句"还是要想开点儿",就被一直在旁听的欣然制止住。欣然靠近女人坐下,轻轻地牵起她的手,并把一杯温水递到了她的嘴边。女人木然地喝了口水,泪珠如线而下。欣然拿出纸巾,轻轻地为她擦拭。

"姐姐,您现在一定很想孩子,心也特别痛吧。"欣然一边轻柔地说,一边轻轻地抚摸女人的背,"他特别可爱吧,姐姐。"

"嗯,亮亮最懂事了,他才三岁,就知道说妈妈工作辛苦了。我一回家他就知道给我拿来拖鞋。"女人的眼中有了些光,抓着欣然的手说。

欣然示意房间里面的人都离开,她继续和女人交流起来。

十分钟后,房间里传出女人号啕大哭的声音,哭了十几分钟后,声音越来越小,最终平息下来。一个小时后,欣然扶着眼睛肿起来的女人走了出来。欣然把女人的手交到她的丈夫的手中,然后对女人说:"姐姐,您现在很悲伤,因为您爱亮亮,失去他,您难以承受。现在,您已经知道他离开了,您也知道自己现在必须放他走了。"

女人点点头,说:"我知道孩子已经离去了,但我就是不愿意相信。"

"姐姐,你还有团团,团团也需要你的保护。和你的老公一块儿照顾好团团。"

"嗯,老公,我们回去看团团吧。"女人催着老公回家。

男人一脸疑惑,自从孩子出事,他的妻子就一直不说话,也不哭,他真担心她的精神是不是出了问题。欣然塞给他一张写着自己电话号码的字条。

这对夫妇离开后,心安问:"欣然,你刚才怎么打断我?"

欣然解释说:"身处哀伤的人,会否认事实,会有无助、内疚、恐惧、愤怒等不同的情绪,这些情绪在合理的时间内出现,是正常的。针对不同情绪应做出不同的处理。如果只是一味地说'想开点儿'这类话,会让当事人产生更多的戒备,躲入更深的自我封闭当中。"

心安轻轻点头。

欣然接着说:"今天来的这位女士正处在急性期。这个时候就是要跟她在一起,陪伴她。这就是力量,就是温暖。她流眼泪,就给纸巾,她口渴,就给水喝。如果可以,就握着她的手,不需要说什么。另外,要少说话,'人死不能复活'这样的话,尽量不说。大道理,这位女士都知道,说了不解决问题更显苍白无力。如果有条件,尽量把当事人的注意力往其他地方引。还有一点，在适当的时候要处理遗物，需要对失去亲人的人进行哀伤辅导，举办一个告别仪式，然后把逝去的人的物品打包封存，避免睹物思人。"

心安竖起大拇指："你小小年纪怎么能懂得这么多？"

欣然的脸忽地一下红了，她朝着心安莞尔一笑："人是社会动物，是各种人际关系的总和，不研究怎么和人打交道怎么行？和人打交道，不懂心理学怎么行？再说了，我怎么就小小年纪了？"

一旁的佶星吐了吐舌头，问："小然然，你是不是会催眠？"

欣然笑而不语。

稍晚，今天来的夫妇中的男人给欣然打来了电话，说他妻子到家就睡着了，而在此之前她已经好多天没有睡好觉了。欣然将心理学上应该注意的事项告诉了男人，男人不停地感谢，说今天没有想到既确定了解决他们家里问题的法律方案，还把情感的事情也一并解决了。男人说心安和欣然他们这家律所的组合简直太经典了，他要把他们介绍给更多的亲朋好友。欣然把男子的话告诉了心安，心安笑着说欣然实现了房地产营销梦寐以求的老带新。

3

这段时间，住在这座理想之城里，大家仿佛回到了大学集体宿舍。所有人的生活都很有规律，但这个规律又都具有每个人自己的独特性。心安早起早睡，每天早晨一口气平板支撑二十分钟，做到力竭为止。佶星晚睡晚起，常常半夜时分还在跑步机上折腾。欣然一如既往，晚睡早起，咖啡相伴，一副投行人的风格。玛妞开始准备报考研究生，这一段时间与心安和佶星相处，她觉得自己亟须在法律专业上进行一次系统性的训练。玛妞的状态最为疯魔，白天工作，早、晚也都在律所的办公室里抱着考研资料苦读。龙阳甘愿做一条生活在太阳下面的龙，心宽体胖，每天自然醒的时候正好吃上贾阿姨做好的早餐。

一天早晨，八点不到，心安下到一楼，打开律所大门，坐在自己的办公室里开始研究案件。心安看得正入神，冷不防"啪"的一声，有人在他的办公桌上用手重重地拍了一下。心安惊起，定睛一看，朝阳的光辉中矗立着一座伟岸的身躯，来人双手叉腰，怒目圆睁，死死地盯着自己。

心安呆立了有半分钟，来人冷笑一声说："李总，别装不认识我，说好的噪声补偿哪儿去了？"

心安尴尬地说："大姐，别来无恙。"

来人正是今年夏天率众在鸣声地产广场上请愿要求解决小区噪声问题的胖大姐。

心安口中说："大姐，您别急，有话慢慢说。"然后站起来从办公桌里面往外走。胖大姐上前一把揪住心安的袖子，说："这回我再也不会上你的当了，事情解决前，你就别想再溜掉。"

心安说："大姐，您别这样，我哪儿都不去，我就是想给您倒杯水。"

大姐说："你有那么好心？我被你骗得还不够吗？第一回你说董事长来了，然后就撒丫子了；第二回说公司会私下给补偿，没两天公司就破产了；这一回我是不见兔子不撒鹰，不见到钱，你就哪儿也甭想去。"

二人正在较劲儿，门口传来一声："杨大姐，心安哥，你们早就认识吗？"

心安和胖大姐都向门口望去，只见玛姐抱着两本书站在那里笑盈盈地朝门里看。还未等心安出声，胖大姐大声地嚷着："冯主任，你快过来，帮我抓着他。这家伙就是我和你说过的大骗子，可不能让他跑了。"

玛姐快步走上前，问："大姐，您说谁是大骗子？"

大姐两只手用力地抓着心安的胳膊，一个劲儿地朝心安努嘴，说："我和你说的那个噪声大骗子就是他。"

玛姐哈哈大笑，说："大姐，噪声大骗子是他，可是后来那个解决噪声问题专家也是他！"

说着，玛姐走上前，解开大姐抓得死死的手，笑盈盈地看着冒了一头汗的心安。

一头雾水的胖大姐被玛姐扶到旁边的沙发上坐下，心安给她倒了一杯热水。三个人都坐定后，玛姐对胖大姐的噪声案做了个简要的前情回顾，胖大姐和心安这才都恍然大悟。

原来，一个多月前，心安换了自己的手机和微信号后，胖大姐就找到鸣声，却被一个自称是销售总监的凶女人告知心安已经被公司开除。胖大姐说心安曾经答应她公司会给她单独做出赔偿，却被那个女人嗤之以鼻，说谁答应的就找谁去，公司现在一分钱不会出。

胖大姐被气得头疼，回来就想去法院告他们。找来找去，就找到了法院不远处的自诚所。当时玛姐正好在所里，热情地接待了大姐。了解大姐的情况后,玛姐觉得自己的专业知识和经验解决这个问题有些吃力,于是就到心安的公众号上提问。第二天见过了心安后,玛姐后续把心安的解答也都讲给了大姐听,也坦诚地说这是她请教了一位房地产纠纷解决专家后得到的答案。大姐说这位专家说话靠谱,迫切想请玛姐安排与心安见面,想请教后续她到底该怎么办。玛姐和大姐约好了今天见面,没想到大姐和心安先上演了一场"仇人相见,分外眼红"的戏码。

当胖大姐听玛姐讲了心安为了阻止鸣声地产破产而被公司开除的事后,她唏嘘不已,连说:"李总啊,对不起,是我错怪了你。"

心安说:"过去确实是我做得不好,为了保住工作而不惜打太极,钻空子,着实让业主们受到很多不公正待遇。是贾老师他们这些心怀大爱的人教育了我,是血淋淋的事实惊醒了我,如果今天我还不能站出来为和自己一样的千万百姓发声,那将来轮到我受到不公平待遇的时候,又可以找谁去求告!从今天起,不仅是我李心安,还会有玛姐、佶星、龙阳等更多的人站出来为权利而斗争!"

"对!"胖大姐激动地挥了挥胳膊,"我也要为权利而斗争,我要加入你们的队伍!"

胖大姐又一次抓住了心安的胳膊,着实把玛姐吓了一跳。却听大姐问心安:"李总,您给我些具体的任务吧。我别的本事没有,但擅长联系群众。"

心安说:"大姐,您这能力可真是宝贝,等到鸣声开债权人重整会议的时候,您一定要去做其他业主的工作,这样在债权人会议上业主们就能抱成团维护自己的权益。"

大姐的眼睛亮亮的,说:"我不懂什么重整,到时候只要你李总一声令下,我管保业主们指哪儿打哪儿。"

三个人说得正起劲儿,心安的办公室又进来一个人。这回是胖大姐惊讶得叫了出来,她一眼就认出这是几个月前在鸣声广场上耐心陪她说话、替她鸣不平的那位美丽的女孩儿。

胖大姐看看欣然,又看看心安,说:"孩子,你这么好的人儿难道也被鸣声地产开除了?"

欣然也认出了这位她第一天到鸣声实习就遇到的大难题主角,她笑着迎上去问:"阿姨,您房子噪声的问题解决了吗?"

"我今天来律所就为了这件事。我已经和冯主任签了合同,让自诚所代理起诉。"胖大姐以为欣然和心安一样也在自诚所当律师,一拍巴掌说,"这回可好了,这自诚所有你们这些正派的律师,我的事一定能解决。"

心安正想对胖大姐介绍欣然正式的身份,门外却又进来佶星和龙阳。龙阳也和大姐见过几面,早已熟悉。他听到大姐在夸心安他们,就嚷着说:"大姐,您偏心,怎么这么快就忘了我!"

大姐一拍龙阳的肩膀,说:"臭小子,大姐还能忘了你,龙阳是最热心肠的!"

大姐有说有笑地跟着玛姐和龙阳到玛姐的办公室谈一些细节,房间内留下心安、佶星和欣然三人。

佶星笑着问:"小然然,昨晚是不是又熬了个通宵?投行这活儿可真不是人干的,听说你们是昼夜颠倒,是吗?"

心安说:"欣然,你还是要注意休息。"

欣然说:"在国外跟着导师做课题的时候,比这强度还要大很多。我也知道这样不是长久之计,但为了鸣声,现在必须咬牙坚持下来。"

心安说:"既然已经认识到了,就不能再拖,我今天就给你制定一套作息锻炼时间表。人们常说种树的最好时间是二十年前和现在,锻炼身体也是如此。"

欣然笑笑说:"心安哥,你先做着,但这两天可能用不上了,我马上要去国外了。"

心安眼睛一亮,说:"资金计划已经做出来了?"

欣然点点头,说:"我搭建的投资测算模型已经得出结论。现阶段如果能引入三十亿元以上的资金进入鸣声,则投资方在一年后开始回收现金流,三年收回全部投资,投资回报率为33%,IRR(内部收益率)为68%。"

"我是对数字不敏感,听这意思就是如果能投三十个亿,三年后就能挣三十个亿?"佶星吐了吐舌头……一拍大腿,说,"我们家的钱还是太少,要不然这钱我铁定投!"

欣然说:"我也是昨晚才计算出来,今天还会再完善。稍晚一点儿,我会给大家做个演示,请你们提出意见,然后我就直飞国外。"

佶星说:"小然然,就凭你鸣声大小姐的这份拼劲儿,重整一定会成功!我和心安给你保驾护航!"说着,佶星伸出右手攥成拳,想和欣然来个碰拳礼。

三人说得正高兴之时，心安脸上的笑容突然凝固，佶星问他什么情况。

心安说："欣然现在已经被金融担保公司起诉2.5亿，账号和房产都被诉讼保全，很可能对方已经向法院申请做出了对欣然限制出境的裁定。"

佶星也紧张起来，说："如果法院裁定限制她出境，不是该通知她？"

心安说："法院也只是会往你的居住地寄送裁定书。这段时间你都没有在家里住，裁定很可能已经寄到家里却没有收到。"

佶星说："这个简单，我开车陪小然然回家看看不就知道了。"

心安摇头说："不用，你陪欣然带着护照直接去出入境管理局，这样查到的结果是百分之百确定的。"

一小时后，留在律所的心安接到欣然的电话，她确实被法院限制出境了。

心安、佶星、玛妞、龙阳、欣然五个人坐在自诚的会议室里商量该如何应对。

佶星说："这敌对势力可真是够狡猾的，鸣声重整这万里长征第一步还没迈出去，就先把我们的双腿双脚绑住，寸步难行。"

龙阳粗声粗气地说："你们家里不是穷得就剩下钱了，要不就先拿钱替欣然还上，等对方一撤诉，不就万事大吉。"

佶星说："王龙阳你这厮是要把我们家满门抄斩，赶尽杀绝吗？我爹妈还指望着那几套房子养老。再说，就算把我们家的房子都卖了，也不值这个数。"

玛妞说："要是欣然实在出不去，那就把她的导师团队请进来不也挺好。"

欣然低声说："每天在办公室排着队等着见导师的商界传奇人物数不胜数，我的方案什么时候能过导师的法眼还不知道，何谈现在就让导师和他的团队来国内。"

心安说："欣然还是要出国，过了导师这一关，还有后面给投资人的路演，这些只有欣然亲自去讲才最有说服力。"

佶星说："愿望是美好的，可对方难不成还能自己跑去法院撤诉？"

心安笑着说："想法还是要有的，万一实现了呢。"

心安低头在欣然耳边轻声说了两句，欣然睁着大眼睛将信将疑。

佶星嚷着："心安，你不要搞得这么神秘，到底要欣然怎么做？"

"别急，让子弹飞一会儿，估计很快就会有结果。"心安微笑着笃定地说，"欣然，你先订五日后的机票。"

235

4

欣然这边按照计划完善鸣声引资计划，并在自诚所众合伙人的配合下完成了本土路演首秀。飞机起飞前一日下午四点，欣然收到了法院的通知，对方撤诉了。欣然站在自诚所的大厅内，激动得大声读出法院通知书的内容。

佶星满脸问号说："心安，你可够神的，料定对方会撤诉，还把时间都算准了。"

龙阳一边高呼"牛"，一边叫着："心安哥，你必须老实交代到底怎么策划的这件事？"

心安让欣然自己和大家讲。

欣然说："那天安哥让我直接给小叔打电话，说我对国内的事情已经厌倦，要走了。可是现在官司缠身，我走不了，问小叔能不能帮忙解决。然后我就按照安哥说的，给小叔打了电话。"

大家追问："然后呢？"

欣然说："然后就是大家现在看到的样子。"

大家都觉得意犹未尽，围着心安让他说为什么要给欣然出这样的主意。

心安问："最不想让欣然留在国内的人是谁？"

佶星脱口而出说："是小然然的小叔。"

心安又问："起诉欣然偿还债务的原告为什么不去起诉鸣声？"

已经对鸣声事件很了解的龙阳说："因为钱是欣然父亲以个人名义借的，鸣声是独立的法人主体，所以出借人告不到鸣声。"

心安说："钱虽然是欣然父亲自己借的，但钱却从他那里给了鸣声，鸣声就成了他的债务人。而他又是金融担保公司的债务人，那这家公司就完全可以行使代位求偿权，要求鸣声地产直接将欠欣然父亲的钱偿还给自己。也就是说起诉欣然的原告完全可以直接起诉鸣声地产，但它却从未起诉。直到欣然回国，并且和小叔开始争夺公司控制权的时候才提起诉讼，并申请法院对欣然的账户和其他个人财产进行司法冻结。大家不觉得这个诉讼对象和起诉时间都很微妙？"

众人有所感悟。

心安又说："那天在酒店的地下停车场，几个社会人已经把佶星和我围住，马上就要动手，却突然离去。

"那帮人都是几进宫的主儿，职业讨债。而且这种追债公司也都配有经验丰富的律师，他们完全可以做到踩着红线跳舞。星爷，你是否注意到，那天其中一个貌似领头的人突然接了一通电话。"

佶星若有所思，说："是有这么回事，那家伙的光头上有条刀疤。"

心安说："是的，这些人就是接到电话后没有纠缠，就立刻离开了。"

心安把头转向欣然，说："你从家里住到酒店那天是不是给你小叔打过电话，说了自己被起诉，而且还有黑社会骚扰？"

欣然点头。

心安接着说："在这个信息社会，想知道某个人的职业、住址太容易了，每个人的信息都在通过各种渠道对外释放，被人采集。虽然我们搬到了现在这个地方，但那帮社会人想找到我们并不难。但是这段时间律所每天开门营业，也没见到有什么人来捣乱，那些社会人也不见踪影。"

"种种情况归结到一处，"心安做了个结案陈词，"可以得出是欣然的小叔安排现在这家金融担保公司到法院起诉，目的是想逼迫欣然离开国内，不再过问鸣声的事。但另一方面，他又深爱着自己的侄女，并不愿意看到她受到一点点儿惊吓和伤害，所以他决不允许那些人再出现在欣然的周围。一开始，他可能没有安排得那么周密，没想到那家金融担保公司自动上了惯用的手段。但欣然第一次打电话告诉他有人骚扰自己时，他就出面阻止，所以才有了停车场的一幕，也才有了现在律所的安宁。"

欣然看着心安，眼神中充满了探询："心安哥，你是说小叔起诉了我，却又制止了骚扰我的人？"

心安点了点头说："每个人做事都有他的理由，你小叔所做的一切应该都还是为了你。你的父亲作为鸣声的董事长深受公司员工爱戴，你小叔作为总经理也为众人信赖。只是造化弄人，时过境迁，你小叔现在的做法带有二十世纪六七十年代的烙印。那个时期，物资匮乏，很多人都挨过饿，那个时期出生的孩子记忆深处都留下了对贫穷的恐惧。即使到了成年阶段，拥有了相当的财富以后，潜意识里的东西仍未改变。你小叔一定害怕再过一贫如洗的日子，他更怕自己的宝贝侄女——雷家的唯一继承人过那种没地位、没尊严的生活。所以，雷声董事长并不是一个天生的恶龙，他何去何从，很大程度上要看今天在场的所有人是否能够真正解开他的心结。"

欣然说："我明白该怎么做了，请大家等待我的好消息。"

出发那天晚上十点，起飞前欣然给雷声打了一个电话，却许久都无人接听。欣然给小叔留了微信语音，劝他少抽些烟，等鸣声的事情了结了，她就和小叔一块儿生活，好好地照顾他。

雷声没想到欣然走得如此之急，欣然给他打电话的时候，他正在一家豪华会所里和汪珐、老金两个人泡温泉。正如心安所想，起诉欣然的金融担保公司的幕后老板就是老金，雷声觉得侄女是在胡闹，想通过诉讼让她知难而退，于是就让老金出马。却不承想老金只是常规性地交代手下追债，这帮家伙为了在老板面前表现，居然用上了非常规的手段。当欣然打电话说有人跟踪她的时候，雷声大为恼火，差点儿对老金动手。老金也有苦说不出，只好把手下叫回来臭骂一顿了事。

鸣声破产程序中最重要的债权人会议就要召开了，汪珐把雷声和老金两个人都约到了他的会所，商量下一步的举措。

"雷董，现在我们还是再确认下分成的比例吧。"汪珐满脸堆笑地说。

第十八章

业主大会

1

　　12月31日的凌晨,下了场大雪。第二天清晨人们惊喜地发现自己居住的城市变成了童话中的王国。举着摄影设备的人们蜂拥到一些热门景点拍照,小孩子们也在街边难得地玩雪嬉戏,每个人脸上都挂着喜悦的笑容。

　　心安的心情却如同还没有放晴的天色,阴沉沉的。欣然去国外已经两周多了,一开始还每天都和心安通话,说引资方案已经提交给导师团队,正在等待上会研究。但两个星期过去了,还是没有等到上会的确定时间,欣然情绪发生了很大的波动,言语中流露出对方案不能通过的担心。心安自然也是无比焦急,但他在和欣然通话时没有流露出一丝怀疑。他告诉欣然,自己对欣然的专业方案有信心。

　　晚上十一点,自诚所的合伙人齐聚律所一层最大的会议室,吃着外卖送来的烤串,喝着啤酒,等待跨年倒计时的到来。时间到了十一点四十五分,心安向欣然发送了视频通话的邀请,却怎么也没人接听。

　　佶星说:"别急,时差差了七个小时,这里马上要跨年了,小然然那边晚饭的面包还没吃呢。"

　　心安故作轻松地笑笑,说:"估计一会儿欣然会拨回来。"

　　等到十一点五十分,心安的手机还没动静。

　　就这样,直到跨年结束,欣然始终都没有接听手机,这是前所未有的事。大家做了各种猜想,心安更是觉得心慌,好像冥冥之中有什么事要发生。

　　凌晨一点,众人纷纷散去,玛妞安慰心安说:"也许欣然那边在见导师,实在没时间参加国内时间的跨年，国外那边现在也不过是晚上六点钟。"

心安回到自己房间，没有丝毫的困意，他拿起陀思妥耶夫斯基的《罪与罚》，看了一会儿，却发现自己的目光始终停在一处，书一页也没有翻过去。这本书是欣然送给他的，欣然建议心安平时除了看专业书，有时间也要看些"闲书"，增加人文厚度会帮助人建立对社会更成熟的认识，这对从事任何工作都大有裨益。可现在，书在这里，赠书的人却不知哪儿去了。

上午十点，心安再拨打欣然的手机，得到的语音提示是对方已经关机。十点半的时候，一夜未合眼的心安趴在桌子上迷迷糊糊地睡着了。隐约间，心安来到了一片高大的树林中，远处一只跛着一条腿的小羊羔向着他跑过来，后面不远处一团火红的东西紧跟着。小羊羔跑到心安的身旁，突然站住，竟然抬起头开口说话，眼泪汪汪地请求心安救救它。心安看着楚楚可怜的小羊，把它挡在了自己的身后。那一团火红也飞快地赶到心安身前。这是一只成年火狐，通体的皮毛闪着光泽，漂亮极了。

火狐竟然在心安的面前站直了身子，质问心安："你为什么要多管闲事，这只小羊羔是我的食物，你快把它交出来。"

心安说："如果我不交出小羊羔，你是不是就要说如果不吃小羊，你也会饿死，然后问我该怎么办？"

一边是默默流泪的小羊羔，一边是饥肠辘辘的火狐。

心安说："你们都是为了生存，站在各自的立场，谁都没有错。现在看看大家能不能坐下来谈一谈，一块儿拿出个和解方案，让你们双方的利益都能得到保障。"

火狐说："我是要吃肉的，羊是吃草的，食物链就是如此，我们狐狸和羊有什么好谈的，又怎么才能和解？草原上有羊群，可没有狐狸群，大自然就是用一大群羊对应一只或几只狐狸来获得动态的平衡，这就是原本的和解方案。"

心安听了火狐的话，若有所思，转头正想问小羊羔对此问题有什么看法的时候，火狐突然露出狰狞的牙齿，一口咬在心安的胳膊上，疼得他一声大叫。

心安使劲儿地挥了下胳膊，却不承想打倒了桌子上张开的笔记本电脑，"哗"的一声，电脑掉在了地上。心安从趴着的桌子上猛然抬起头来，看到眼前站着一个全身火红的人。

白雪穿着一件大红色修身羊绒大衣，寒气逼人地站在那里，看着很华贵。

看到心安狼狈的样子，她不禁摇头，也没多说什么，从胳膊上挎的橘色爱马仕包里面拿出一份文件，递给心安说："签字！"

最先映入眼帘的是文件最上面的四个字："离婚协议"。心安长吸一口气，久久没有吐出。该来的还是来了，就在这新年的第一天。心安正准备详细看一下手上这份文件时，突然，桌上手机的屏幕亮了。"是欣然！"心安条件反射般地抓起手机，来电号码不是欣然的手机号，而是一串奇怪的号码，很像以前电信诈骗犯常用的国外服务器的假号码。

接通后，电话中传来一个标准的普通话男声，对方介绍自己是驻外大使馆的工作人员，问心安是否认识一位叫作雷欣然的女士。心安忙不迭地说认识，对方说雷欣然昨晚突遭车祸，现在人在医院昏迷不醒，警方将情况通报大使馆，并提示心安的这个来自国内的电话号码昨晚一直在拨打出车祸当事人的手机。大使馆查到雷欣然是留学生，她登记的紧急联系人是雷鸣，电话打过去却始终是已关机。他们联系不上雷鸣，就拨了心安这个手机号。

听到欣然出了车祸，心安犹如五雷轰顶，强自镇定，问了对方的名字、职务。对方一一作答，并询问心安和欣然的关系，心安说是朋友。大使馆的人问心安能不能联系到欣然的家人，然后请她的家人联系使馆，确定下一步相关事宜。心安同样应允，并请使馆人员留下了具体的联系方式和欣然所在的医院。

白雪站在房间里看着心安焦急地接电话，打电话，在电脑上查询，就像她不存在一样，立即强烈地表达了自己的愤怒。

心安征询地问："我现在有更重要的事情要做，离婚的事能不能改天再谈？"

白雪更加生气了："居然在你这里还有比我们离婚还重要的事！"

心安没回应，继续忙着手里的事。

白雪鼻子一哼，问："欣然是谁？"

"你没必要知道，这不是一句话两句话能说清楚的。"

"看来我今天还真是来得恰到好处，正好我给这个不清不楚的欣然腾地方。"

"现在人命关天，你就不要在这里胡搅蛮缠了。"心安有些急了。

"以前从未听说过什么欣然，这人是从哪里冒出来的，非亲非故的，你怎么这么上心？"

心安很快联系上了雷声，雷声听了大惊失色，问心安能不能立即到他那里去一趟，说说具体情况。他这做小叔的，竟然对欣然的近期活动一无所知。

241

心安急着往外走,却被白雪拦住。

"如果今天不把离婚协议签了,你哪里也别想去!"

听到争吵的玛妞赶了过来,白雪一看更加火上浇油,说:"李心安,你现在真是够可以的,外面有个什么欣然,这屋里还养着一个。"

玛妞也闹了个满脸通红,她解释说:"我和心安是合伙的关系,不是您想的那样。"

"李心安,你们现在都合起伙来了,还有什么好说的。原来我觉得你没什么本事,但毕竟还是个老实人,我提离婚,心里还有些不忍。现在看来,你暗度陈仓,外面早就有人了。"

心安被气得满脸通红,说:"离婚可以,但是可可要跟着我,其他的随你的便。"

白雪冷笑一声:"你别把自己说得那么高尚,好像你只要亲情不要钱似的。前些天,我第一次吃到日本和牛,那种入口即化的感觉都让我想哭。当时我就想,这世界上有那么多美好的东西,可可什么时候能够拥有?可可就不能住在别墅里面吗?如果只凭你心安的工资,想在这里买一套像样的房子,恐怕得从秦朝一直打工到现在。"

心安不语。

白雪接着说:"不过可可现在可以暂时先跟着你,我要先出去给她奋斗出一个光明的未来。"

"不可理喻。"心安拿过离婚协议书,飞快地扫了一眼,主要的内容是房贷由他还,现金归白雪,可可由他抚养。心安二话不说,拿起笔飞快地签上自己的名字,然后大步走出门去。

2

鸣声地产董事长办公室,心安见到的不再是强人雷声,而是一位无助的老人。雷声仿佛一下子老了十多岁,平时梳得一丝不苟的背头蓬松着,雪白的衬衣领口敞开着,领带扔到了一边,桌子上烟灰缸里戳着几根抽了一大半的雪茄。

雷声一见心安进来,猛地从老板椅上站起来,几步走到门口,抓住心安的胳膊问:"有没有欣然的最新消息?"

心安摇摇头，雷声眼睛里刚刚亮起来的光瞬间暗了下来，自言自语着："也是，刚刚和大使馆的人通过电话，然然还在 ICU 昏迷不醒，哪儿还能有什么新消息。"

雷声让心安坐下，说："我已经订了最近一班飞国外的航班，今晚就走。"

看心安有些疑惑，雷声解释说："自从欣然出国读书，我就办了那里的绿卡，这样就方便随时可以去看欣然。"

如同一个絮叨的老妇人，雷声不管心安是怎么想的，他点上一支雪茄，开始不停地讲欣然的往事，尤其是和他有关的事情。雷声一帧帧、一幕幕地回忆，从欣然呱呱坠地睁开眼第一个看到的其实是他这个小叔，到欣然上小学的时候总是缠着他让他去开家长会，再到欣然母亲去世后他陪着欣然到国外旅游散心，还有欣然在国外读高中和大学期间，雷声几乎隔两个月就飞过去一次。说这些时，雷声神采奕奕，可是一讲到现在，他的神色黯淡下来，说现在欣然到底在想什么、做什么，他这个最亲近的人反倒是搞不懂了。

心安一直专注地听着，没有说话，等到雷声停止回忆，开始长吁短叹，心安说他也想聊聊欣然的事。雷声木然地看着心安，不置可否。

从夏天第一次见到欣然，被她揪着给业主赔礼道歉，到跟着自己熬夜给业主们发延期交付通知，再到突遭变故、独自面对悲伤，再到这次回国想重整鸣声，还业主安居之所，慰亡父在天之灵，心安的诉说也是围绕着欣然这半年所经历的事情娓娓道来。

心安说前面事情的时候，雷声没有反应，等说到欣然回国要重整鸣声的时候，雷声突然跳了起来，像头发了疯的狮子，冲到心安面前，把他从沙发上抓起，咆哮着："然然突然回国参与鸣声事务是不是就是听了你的蛊惑！"

待雷声稍微平静，心安说："雷董，确实是我联系了欣然，但欣然回国一定是她的慎重决定。"

雷声将心安重重地推倒在沙发上，狠狠地说："如果然然这次有个三长两短，我决不会放过你！"

心安说："自从我决定经管这件事开始的那天，我就不在乎会遭受什么样的报复。但欣然出事是我最不愿意看到的，宁愿现在躺在医院里的人是我。欣然聪慧、独立、有韧性、有大爱之心，她这样优秀的人怎能被别人所左右。欣然自己说过，这次回国阻止鸣声破产是她真正的成人典礼，她准备奉献自己的全部去换回千万人的安居。"

雷声不再说话。

"欣然曾经对我讲过，想想吧，人的一生能有几次机会可以真正地自我实现，她现在要去做的事就是把她的个人能力发挥到最大限度，实现'安得广厦千万间，大庇天下寒士俱欢颜'，为此，她个人的得失简直渺小得可以忽略不计。"

雷声"哼"了一声，说："小孩子空谈什么自我实现，首先要学会自我保护才行。"

"雷董，小时候，父亲总是给我讲'周瑜九岁把兵行，甘罗十二为丞相'的故事，告诉我'有志不在年高'，这些听得耳朵都快出了茧子。可就算是后来考了大学，毕业工作，我也没能真正体会其中的含义，直到我见到欣然的所作所为。"心安有些动情地说，"欣然现在所拥有的一切，足以让她在世界上任何一个地方无忧无虑地度过自己的一生，不需要为任何金钱与物质操一点点儿的心。"

雷声深吸了一口烟，说："这就是我全部苦心经营所要达到的根本目的。"

"我本人非常理解雷董作为家长有这样的想法，但是您是否想过，这巨额的财富并不是欣然想要的。"在雷声充满疑惑的眼神中，心安缓缓说着，"欣然的人生起步即巅峰，马斯洛人生五种需求中的前四种，即生理、安全、归属和尊重需求早已在父母和小叔的呵护中得到满足。可以说这世界上绝大多数的人可能连第二种关于安全的需求都没有实现，常常辛苦劳作一生却还挣不出一套能给人安全感的房子。在欣然过往的人生旅途中，虽然她到国外读书，去投行实习，努力让自己尝试新的挑战，但是这些都没有脱离她从小就拥有的一切，都是在同一层次上徘徊。欣然如果这次不回国，她这一生所能创造的财富大概率不会超过父辈给她积攒下的，而且就算是可以超过，也不过是数字的叠加，对她而言，本质上是一种机械的重复，没有任何新意，无法让她真正拥有内心深处的愉悦。人在满足了生理、安全、归属和尊重需求后，就会去问人生的意义到底是什么，为什么而活着。欣然现在是把能够满足更多的人的安全需求扛在了自己的肩上，她要通过拯救鸣声地产来让数千个家庭获得幸福，这样的行动已经超越了父辈所留给她的精神与物质上的财富，她正在创造雷家的历史。更为可贵的是，做这些，很大可能她会失去现在所有的物质财富。"

雷声说："你们是没挨过饿，现在日子好过了，吃饱了就整天嘴里念叨着公平、正义、自我实现，没听过'没什么精神能够拯救饥饿的肉体'这句话吗？没有必要的物质条件，空谈什么创造历史。"

心安问："雷董，以欣然今天所受到过的教育和掌握的知识，以及在国外锻炼出来的独立生活的能力，如果没有父辈为她积累的财富，她会饿肚子吗？"

雷声得意地说："我们教育和培养出来的然然当然能找到很好的工作，也能维持体面的生活。但是她得去自己工作，自己去面对社会上的各种风雨，天上不会白白掉馅饼。我不愿意让欣然再去吃我和她爸爸受过的苦。而且，很可能无论她怎么努力，没有机遇，她此生也无法再拥有巨额的财富，她的幸福感将会大打折扣。"

"雷董，幸福到底是什么？"

雷声不屑地摇了摇头。

"我曾经以为在城里买上一套属于自己的房子，那就是自己终极的幸福。直到有一天，欣然和我探讨这个问题，让我有了新的认识。欣然说房子是一个具体的利益需求，如同人从小到大的无数个目标一样，考上理想的大学，找到心仪的工作，买到称心的房子。这些欲望与利益上的需求被满足后，很快人们就会适应，人们不会为已经满足了曾经的欲望而感到持续的幸福快乐。幸福必须身体力行，它是人们在亲自行动，亲手做事过程中获得的生活成就，而不是一瞬间的'美梦成真'或者'巅峰体验'。生活中最主要的不幸，就是误以为获得幸福是某种结局或者某种可以完成的目标。事实恰恰相反，幸福是一个过程而不是结果。"

雷声默默地吸着雪茄。

"欣然曾经问过我一个问题，说一个生于富贵之家的智障人士，一生衣食无忧，受到精心照料，他每一天都活得乐呵呵的，老了后寿终正寝。那么他幸福吗？欣然告诉我的答案是如果生活三十年如一日，那她只算是真正地活了一天，她浪费了二十九年零三百六十四天，她能感到幸福吗？"心安看着雷声的眼睛继续说，"换句话说，欣然拯救鸣声是她的自我实现之旅，也是她追求更高层次幸福的征程，其他的利益、欲望都无法代替。欣然可以因为追求幸福而放弃某些东西，但绝对不会为了一时的轻松快乐而放弃幸福。"

雷声脸上轻蔑的表情彻底消失了，变得凝重起来，他盯着心安问："刚才你说的这些都是欣然说的？"

心安点头："这是欣然亲口说的。"

雷声说了一句"乱弹琴",不再言语。

心安本想借机再劝雷声放弃鸣声破产,但雷声已经摆出送客的姿态。此时欣然的安危最为重要,再谈其他恐怕会引起雷声不快。心安表达了雷声这次出行一切顺利、欣然能够平安归来的愿望,就告辞了。

3

元旦后整整一星期,天都没有放晴。心安的心情也如同灰蒙蒙的天,阴得像能滴下雨来。雷声出了国后,再无消息,拨他电话、发信息,都没有回音。拨欣然的电话,则一直关机。心安尝试联系大使馆的人,却被告知因为已经有家属抵达,他们没有再跟进相关事宜,只是知道那名留学生没有生命危险,后续的事情请心安直接联系留学生的家属。

贾老师告诉心安法院已经给业主发来通知,鸣声地产第一次债权人会议将于十五日后召开。

"心安,找个时间你得给大家具体讲讲重整方案。我只能告诉大家救病马比杀马分肉要划算,但具体怎么个救法我就说不清楚了。"胖大姐也兴冲冲地来到自诚所,说交给她的动员任务已经圆满完成,有五百多户业主已经签字要和她做一致行动人。

望着贾老师和胖大姐充满期盼的脸,心安说:"现在万事俱备,只待欣然发回定稿的引资方案,就可以向法院提出债务重组申请。"

胖大姐说:"欣然这次到国外,肯定在那边忙着过节、见朋友,是不是把我们这事都忘到脑后了?"

心安脸色铁青,说:"欣然是一个认真的人,大姐不要随便猜疑。"

玛姐也在旁边说:"大姐再等等吧,要融好几十个亿的资金,那可不是随便说说就可以的。欣然在那边肯定忙得要死,我们在国内这边人倒是多,可什么忙也帮不上。"

心安和大家讲过,关于欣然在国外出车祸的事情,必须严格保密,谁也不能对外说。因为此时如果业主们知道债务重组计划的最重要一环出现了问题,那债权人会议上想要把业主们团结在一起就几乎是不可能的事。

胖大姐一听要借几十亿的资金,吓得吐了吐舌头,说:"欣然这姑娘可真了不得，年纪轻轻的就能做这么大的事。"

贾老师说："我再去联系一下没收到房子的业主们，别等到欣然带着那么一大笔钱回来，我们业主这边却是一盘散沙，不给力。"

玛妞看心安的脸色越来越不好，赶忙过来拉着贾老师和胖大姐到一旁去聊如何给业主们建群，如何实现最有效的沟通。

佶星拉着心安往门外走，说出去晒晒太阳，心安突然对佶星说："鸣声的事，如果欣然不能马上回来，后面该怎么办？"

佶星的嘴张成O形，说："小然然如果继续没有消息，那也就意味着原定的引进国外地产基金的事就要泡汤，那就彻底没办法了。"

心安仿佛自说自话："不管如何，现在我们要做的就是尽量把破产程序往后推迟，给欣然多争取一些时间。"

"如果小然然被她小叔留在了国外怎么办？"

心安摇摇头："不可能，欣然一定会回来的，我对她有信心！"

4

十五天对汪珐、老金这种人而言，泡两次温泉，做两次按摩也就过去了。对心安来说却是度日如年。欣然始终没有任何消息，自诚所已经与一千多位没有收到房的业主签署委托代理协议，人们都期待着鸣声这匹病马被治好，哪怕晚入住两三年也无妨，只要鸣声能缓过来，最终给他们交房就行。

急火攻心，心安嘴唇上起了一串紫色的燎泡，嗓子疼，眼睛干涩，三九天光着头站在雪地里吃冰糕也不觉得冷。佶星、玛妞和龙阳都找到心安，说："业主们都知道鸣声的大小姐出国融资，但没有人知道欣然在国外出事了。现在大家都把希望寄托在自诚所身上，如果到了债权人会议上，还看不到成熟的融资方案，恐怕鸣声重整将化为泡影，自诚所所在的这座小楼恐怕都得被业主拆掉。"

心安咬着牙说："到时候，咱们就带着欣然给我们路演过的融资方案上会。如果到最后欣然还是不能回来，我们就组织业主们去找有关部门，请他们出面协调融资，到时候就算是把鸣声当死马医，我们也要搏到底。"

"同志们，就算业主们把这小楼给拆了，这土地使用权还是我们家的，可以推倒重建。"佶星拍着胸脯说，"只不过房子倒了可以重建，可我们维护正义和公平的心气没了，就没那么容易重新建立了。"

龙阳说："能跟着大家干这么一件轰轰烈烈的事，就算将来在城里干不下去了，俺回到老家也够吹下半辈子的。"

玛妞则说："虽然研究生入学考试就在债权人会议后三天举行，但那天我也要去现场，研究生考试年年有，鸣声的生死就在这一瞬间，我既然代理了胖大姐，就要受人之托，忠人之事。"

1月18日上午8点，寰宇城电影院最大的放映厅门外挤满了来参加鸣声地产公司破产第一次债权会议的人。放映厅的门口摆了一张长条桌，两名法院的书记员坐在桌子后面查证人们的身份证件，登记后发给每个人一个编号贴和一个举号牌。登记后的人就进入放映厅自己找地方坐好，等待开会。

在门外，心安遇到了朱先生的妻子，两个月不见，她更瘦了，头发已经半白，一绺绺地散着，双目无神，整个人毫无生气。心安想坐过去，却停下了脚步，他真的不知道该如何安慰和劝解她。心安暗自祈祷今天的债权人会议能够出现奇迹，人们能够给还没有资金落地计划的债务重组方案一次机会。因为只有成功实现重整，才能给朱先生妻子和其他业主一份真正的慰藉。

9点30分，登记程序结束，人们都已经进入放映厅，心安却被法警挡在了门外。由于参加债权人会议的人太多，法院只允许当事人和代理人进入放映厅，其他人员不得进入。偌星、玛妞和龙阳陪着贾老师、胖大姐、朱先生妻子，还有其他没有收到房的业主们进去了，偌星与心安连通了微信视频，以便心安能实时了解会场内的情况。

10点左右，随着"啪"的一声，手机耳机中传出的放映厅里的嘈杂声渐渐平息下来。法官朗声宣布鸣声地产有限公司破产案第一次债权人会议开始。

债权人会议上，法官宣布了该案合议庭组成人员、申报债权人到会情况，法官宣布共有1578名债权人申报1689笔债权，申报债权总额为人民币3 116 385 263.18元。其中，享有担保债权共32笔，总额为人民币2 036 383 121.12元；普通债权共1546笔，总额为人民币1 080 002 142.06元。心安在心里快速合计了一下，总债权额约为31亿，其中有担保的为20亿左右，估计都是银行放的开发贷，剩下的没有担保的10亿债权，大都是没有收到房的业主和一些总包、材料商。如果有关部门出面做工作，有担保权的银行大概率不会太逼着鸣声一定要破产，因为他们的债权有保障。剩下的就是要说服业主和其他没有担保权的债权人同意债务重组，心安觉得还不是一点儿希望都没有。

接下来法官又宣布债权人会议成立，明确了债权人会议职权，并指定债权人会议主席。法官还就破产相关的法律规定向与会人员做了说明。

在法官的主持下，破产管理人对其履行职务情况、债务人财产状况、财产管理方案、管理人报酬方案等做了报告，并提交编制的债权表。这些做完的时候已经到了中午1点，法官宣布暂时会议休息。

下午1点30分，债权人会议继续进行。

一开始会议主要还是按照固定的程序进行。管理人向债权人会议做了《管理人执行职务工作报告》《债务人财产状况报告》《关于管理人报酬的报告》《管理人提请核查债权的报告》等工作报告，并拟订了《债权人会议议事规则》和《财产管理及变价方案》提交进行投票表决。其中《债权人会议议事规则》已同意人数占比83.41%，同意金额占比79.63%。但到了投标表决《财产管理及变价方案》的时候，同意人数和同意金额占比都没有超过50%。按照议事规则，债权人会议的决议，须由出席会议的有表决权的债权人的过半数通过，并且其所代表的债权额必须占无财产担保债权总额的半数以上。

没有投赞成票的债权人主要是买房的业主们。因为在《财产管理及变价方案》中写着对存货、固定资产和无形资产的处置一般采取拍卖方式进行。业主们一看就慌了，其中胖大姐立刻就在人群中嚷了起来，她说不是说好了鸣声要进行债务重组，怎么现在就要讨论拍卖鸣声的财产。其他人也纷纷附和，说要是把能卖的都卖了那鸣声这匹病马立刻就会死。

破产管理人在会场中大声地说现在鸣声地产已经进入破产程序，有些财产该处置就得处置，否则拿什么钱来偿还大家的债权，而且，到最后，几乎鸣声的资产全部都会被卖掉。管理人还说卖得越干净，对大家越有利，因为大家分到的钱就会多一些。

贾老师说她不要钱，她要的是房子。就算把鸣声现在的财产全卖了，换来的钱也只够还银行的，轮到他们这些业主，恐怕所剩无几。

破产管理人说鸣声的资产不卖又能有什么办法，请大家不要感情用事，还是要依法办事，相信法院，相信破产管理人的专业性。

心安通过微信语音问在会场里面的佶星，这个正在说话的破产管理人成员是不是汪珐在星海所里面的那个律师。佶星说就是那家伙，还大言不惭地说什么专业性，真是胡扯。

人群中响起嘘声,会场里"嗡嗡"声一片,大家都在激动地各自发表意见,不管有没有人注意到自己在说什么,只管说。

"啪、啪、啪",会场里传出连续三声敲击法槌的声音,法官大喊"肃静",现场嘈杂的声音渐渐平息下来。

"我们要求鸣声地产债务重组!"正当会场里刚刚安静下来时,一声尖锐的喊声响彻全场。心安听出来,正是胖大姐的声音。

破产管理人说:"这位大姐不要随便开玩笑,债务重组这么复杂的事可不能信口开河,会场里这么多债权人都急等着拿到钱。"说着,破产管理人又一次提议债权人会议对《财产管理及变价方案》进行表决。

胖大姐手里挥舞着一份文件,从观众席上冲下来,来到大屏幕下安置的临时主席台。她把心安他们做的鸣声地产债务重组方案拍在桌子上,她说:"请法官大人给一千多户没有房子的人做主,给鸣声和大家一个活下去的机会!"

观众席上又有人喊了一嗓子:"我们要房子,鸣声要重整!"紧接着几十人跟着喊了起来,最后发展到在场的几百位业主一齐高呼,声音从心安的手机听筒里传出来。

佶星和龙阳也振臂高呼,刚才胖大姐冲到台上就是佶星在她身后推了一下。

法官问:"大姐,您有没有代理律师?要是有的话,也请上台来,这样大家好沟通。"

胖大姐朝着观众席大喊玛妞的名字,法官随着她的手的指向,看到了正在大喊的佶星、玛妞和龙阳。

三位代理律师站到台上后,法官面对他们的表情可没有那么客气,一脸冰霜地问:"业主们现在提出的这个债务重组是怎么回事?"

佶星回答:"现在业主们基本达成一致,共同作为没有担保的债权人向法院提出鸣声债务重组申请。"

"重整需要有具体的可实行的方案,"法官斜着眼睛看了看胖大姐,又看了看眼前这三位年轻律师,"你们的重整资金从哪里来?"

作为一位从业近三十年的老法官,他一句话就问到了最重要的点上。

佶星一时语塞,心想这法官真是老到,他们也就别要什么小聪明了,老老实实地有一说一,争取以好的态度来赢得法官的同情。

佶星清了清嗓子说:"重整方案中设计的是引入国外基金,注入鸣声地产，使所有项目恢复到正常的建设、销售状态，通过让鸣声运转起来，逐渐实现资金平衡，最终走出破产状态。"

法官问："你们知道鸣声重整需要多大的资金量吗？"

佶星说："我们测算大概需要三十亿元。"

法官追问："你们的融资是否已经敲定？是否有协议做支撑？"

佶星回答说："还在谈。"

星海所的律师听到了，不屑一顾地说："到这个时候还没定下来，就说明这个融资方案行不通，根本指望不上。鸣声要是能融资也不至于走到今天这一步，你们还是不要耽误法官和其他人的时间，抓紧配合把破产程序往下走。"

法官脸色阴沉，对佶星说："你们既然接受了当事人的委托，就要尽到勤勉义务，为当事人负责。这么不成熟的方案就拿出来，不是调词架讼又是什么？"

星海所律师趁火打劫，拿起话筒对着会场里面喊话："广大债权人，我是民法院确定的破产管理人，我完全是本着公正、公平的原则为广大债权人谋取最大化的利益。现在的时间非常宝贵，大家的每一分钱都有时间价值。任何没有具体的、确定的融资方案的债务重组方案都是要流氓！也请广大业主擦亮自己的双眼，相信你们自己的智慧，做独立的判断，不要被别有用心的人所蛊惑！现在还是要回到正常的破产程序上来，抓紧处置资产，尽快拿回现金。"

几百位业主原本只听说鸣声被法院裁定进入破产程序后，由鸣声的大小姐出面融资，这位大小姐是在国外名校求学，资源丰富，圈内师长、朋友多为金融成功人士。业主们当初选择在鸣声买房本来就都是看好鸣声历年推向社会的产品和雷氏兄弟的声誉，对这家公司有一种特别的感情。

在心理学上有一个现象，如果一个人捡到一百元，过了不久又丢了一百元，虽然前后没有实际损失，但人们大都会感到懊悔和难受。心理学家给出的解释是这种心理叫作损失规避，它源于人类远祖的基因。原始人每天外出打猎，如果意外捡到一些食物，可以改善几天的伙食，所以会高兴一段时间。但如果把自己的食物弄丢了，在当时极度缺乏食物的情况下，很可能会给整个家庭带来灭亡。因此，损失规避的心理就深深地附着在了人类的基因上，并且代代传承。最后导致现在人们损失同样价值东西的痛苦远远大于获得同样价值东西的快乐。买房子也同样适用该原理。人们签合同、交房款，等着交房，在心理上已经觉得自己得到了这套房子。现在再把房子从他们的手里拿走，虽然会获得金钱上的补偿，但不如不失去房子让买房人高兴。何况，现在房子拿不到，补偿的钱很可能一分都没有，大家更愿意支持公司重整，保住他们在意念中已经拥有的房子。

但是如果这债务重组的方案根本就行不通那就另当别论了。这几百位业主大多是由胖大姐和贾老师动员起来的，开始有人站起来往台上冲，要质问胖大姐、贾老师和佶星他们，到底刚才这个破产管理人说的情况是否属实，他们是不是又被鸣声的这位大小姐骗了。

有人就追悔莫及地抽自己的脸说："什么鸣声大小姐回国重整，我怎么就忘了业主们就是被她爹给坑的。正所谓上梁不正下梁歪，现在可不能再上这小妖精的当，谁知道她安的是什么心？"

也有人说："不能放过动员咱们的人，还有这几个律师，都是他们妖言惑众，忽悠了大家这么久的重整方案现在却只是一纸空文。"

更有人在喊："让雷家的人站出来给大家一个说法。"

放映厅里面，胖大姐、贾老师、佶星、玛妞和龙阳马上变成了汪洋大海中的孤岛，他们试图解释，但他们发出的声音完全被愤怒的人们的呐喊声淹没了。心安在外面听得急了，拔腿就要往门里面闯，却被门口的法警死死拦住。

心安眼睛冒火，对法警说："我能帮着解决里面业主的问题。求您了，让我进去。"

两位法警根本不为所动，还对跃跃欲试的心安瞪起了眼睛，说："往后退，你要是再往前冲，就要对你采取强制措施。"

正当心安急得满头大汗的时候，身后传来一个虚弱的声音："让我来试试！"

第十九章

债务重组

1

犹如被一股强烈的电流击中，心安几乎原地蹦了起来，他不敢相信自己的耳朵，这是自己想都不敢再想的人的声音，虽然不高，但已然清晰地洞穿他的耳膜，直达大脑深处的最高决策神经中枢。

一个被白色长羽绒服包裹着的人坐在轮椅上，毛线帽、口罩、宽大的墨镜，整个人被捂得严严实实。她就是欣然！心安的腿颤抖着，相隔不到十米，他却几乎无法走过去。

推着欣然的人是雷声，旁边还站着两位身着商务正装的外国人和几位同样西装革履的中国人。其中一位外国人五十岁左右，跟在他旁边的是一位和欣然年纪相仿的外国女性，举手投足中透着职业与干练。

心安强忍激动，脚步不稳地挪到欣然面前。欣然轻轻从羽绒服里伸出一只手，向他摆了一下。心安的心像被鞭子狠狠地抽了一下，那只白皙的手的背部赫然有一道长长的伤疤，从中指的根部一直延伸到袖口里，十几个缝针后的针眼排布两侧，像是一条巨大的淌着血的红色蜈蚣。

半个月前发生在国外街头的车祸到底给欣然造成了什么样的伤害？这一刻，心安的心里不再去想鸣声债务重组，也听不到会场上的吵闹，他就是想知道欣然到底伤得有多严重，为什么她现在不能站起来，甚至都想不起问她为什么这么多天都不联系他。

心安走到欣然面前，蹲了下去，情不自禁地握住欣然的手，欣然发出痛苦的声音，心安才发现他握着的手的掌心一片粉嫩的红色，那是新长出的皮肉的颜色。心安还未说出话，就被雷声一把拽起来，用力地推到一边。

欣然用虚弱的口气说："先进会场吧。"她朝着小叔和心安轻轻地摇了摇头，示意他们不要再有冲突。

跟着他们一块儿来的人中最年轻的那位快步走到法警面前，轻声和他们说了两句话。法警站到一旁，雷声狠狠地瞪了心安一眼，推着欣然走进会场。心安也紧跟着走了进去，法警没再阻拦。

会场内，骚乱正酣，法官使劲儿地敲着法槌，律师举着麦克风口吐莲花，胖大姐拼命地朝推搡她的人摇着手，佲星的脸上已经挨了几拳，鼻子流出的血已经淌到了白衬衣上，龙阳在奋力推挡涌向玛妞的人。

那位年轻的工作人员，快步冲到台上，一把抢过律师手里的麦克风。他的发声自丹田用力，通过胸腔喷薄而出，一下子就镇住全场。

"鸣声董事长雷声先生有重大信息发布！"

所有人的目光都看向年轻工作人员手指的方向，雷声立刻成为全场的焦点。与以往在公司内部讲话不同，雷声知道他现在一语不慎就可能引发更大的骚乱。上次讲话感到如芒在背的时候还是十年前。

不要讲什么情怀，对于饥渴的人就直接给馒头和水。

雷声两步跳上台，拿过话筒，铿锵有力地说："各位债权人，我是鸣声地产董事长雷声。现在我代表公司向大家报告，鸣声已经做好了债务重组的准备！目标就是两年内完成所有已售房屋交付，偿还所有欠款，让一切都回到正轨！"

雷声的话音落下，会场里出现短暂的寂静。

突然有人喊了起来："钱呢？没钱就别在这里耍流氓！"话音刚落，会场里面的嗡嗡声又猛地升起，每个人都急迫地想冲到雷声面前，好钻到他的心里面去看一看。

"Ladies and gentleman，大家不要急，我叫史迪威，我这里有你们想要的钱。"一直跟着雷声他们的那位外国友人从雷声的手中拿过了话筒，用夹杂着英文的不太流利的汉语大声说。

人群中有人说："别以为弄个外国人来就能蒙事儿，国内现在金发碧眼的人多了去了，光说不练也就是个假把式。"

雷声气急，用最大的声音说："我们雷家人为了能救活鸣声，三个月前已经失去了一家之主。而就在半个月前，雷家唯一的年轻一代的继承人在国外筹集资金期间出了车祸，又差点儿搭上自己的生命。我们全家人都在用自己的命来给鸣声续命，大家能不能给个机会让我们把话说完？"

众人目光集中到雷声身旁的轮椅上，大家纷纷窃窃私语，说："莫不是这个站不起来的人就是前一段时间律师和大家讲的在国外融资的雷家大小姐？"

心安要过话筒，站到欣然边上，说："大家好，我叫李心安，鸣声地产的前法务，保家卫房的主理人，现在是自诚律师事务所的顾问。"

人群中又有人窃窃私语起来，说："这个人就是贾老师说的为阻止公司破产被公司开掉的那个人。"

也有人说："他那个保家卫房还是很有用的。那就先听听他要说什么，人家为了大伙儿工作都丢了，现在要是不让人家说话，那咱还像什么话。"

心安说："为了挡住鸣声破产的脚步，我们这些人一块儿制订了一个重组方案。这些人里面有鸣声地产最大的股东雷欣然小姐，有前珐正、现自诚律师事务所的邹佶星律师，还有一直都在自诚所的冯玛妞律师和王龙阳律师。现在这些人都在这里。"

欣然在轮椅上慢慢地举起胳膊，向大家致意。站在前面的人们看到她手上鲜红的伤疤，发出一片惊呼。

佶星、玛妞和龙阳也都从一边走到欣然身旁，五个年轻人没想到会以这种方式在这里聚齐，做了个集体亮相。

心安说："今天是个好日子，所有该来的人都来了。"

围观群众面露不解，刚才的会场已经快变成战场，怎么还说是个好日子？

心安说："鸣声原来的辉煌自不必说，否则大家也不会去做它的总包商，或是买它的房子。那么，鸣声为什么会从众人信赖的明星企业一下子就滑入了破产的境地？要知道，股东还是那个股东，团队还是那个团队，经营策略也还是那个策略，那怎么就突然之间什么都不对了呢？"

台下的众人都不约而同地回想起他们买房时的焦虑与美好。焦虑就在于市场上的房子很多，他们去找、去淘，被人"截和"，直到他们选到了鸣声的房子，一切都踏实了。每一个销售员都会给他们讲公司老板的理念与情怀——"为老百姓建住得起的好房子"。去鸣声已经交付的小区实地踩盘，随便找到那几千户房子的业主中的一位，说起他们的房子时，幸福与得意都会溢于言表。

可是，为什么那个有情怀的董事长会突然离世，偌大的鸣声突然到了死亡的边缘？鸣声真的就在今天这个会场被结束生命吗？业主们觉得自己就像做梦一样，一直被外界的某种力量推着走。现在，到了最关键的时候，该清醒地审视眼前的一切，而不是一群人的怒吼、谩骂和斥责。

心安说："正所谓'成也萧何，败也萧何'。鸣声的跌倒不是因为鸣声出现了股东恶意坑害业主的情况，相反是因为前董事长雷鸣先生为了更快地实现公司的宗旨，'让更多的老百姓尽快住上好房子'，而加大了公司财务杠杆，同时上马了多个项目。"

人们都陷入了沉思。

心安继续说："大家都知道，现在商品房销售市场不复往日，往日开盘即清盘的火爆局面不复存在。鸣声一直采用高周转策略，坚持拿地后三个月开盘销售，六个月清盘，通过资金的快速周转来维持高杠杆运行。但是近半年来房地产销售乏力，销售与回款也应声跌至谷底，鸣声的现金流无法支撑多个项目同时在建，资不抵债导致走向破产。通俗地讲，就是原来用三个锅盖来盖六口锅的局面维持不下去，饭就夹生了。"

"那是不是有了钱，鸣声就不用破产了？"人群中有人大声地问了一句。

"是的！"心安对着人群中的那位业主伸了个大拇指，"这位业主的思路很准确。鸣声本是匹宝马良驹，它的项目质量好，人员素质高，现在就是遇到了资金周转的问题，只要给它输上一定的血，它就会又是一匹'好马'，而不必马上就被大家分而食之。"

整个放映厅都变得非常静。

"现在，钱已经找到了，这位史迪威先生是国外著名商学院的教授，同时他所掌管的基金排名国外地产基金前五位。"心安目光如炬，继续说，"史迪威先生是雷欣然小姐的导师。大约二十天前欣然小姐带着鸣声债务重组融资方案赴国外寻求自己导师的支持。就在这个过程中，欣然小姐遭遇严重车祸，雷声先生也急赴国外。最终双方在欣然小姐的病榻前达成融资意向，并赶回国内参加第一次债权人会议。"

心安并不知道元旦那个夜晚以后，欣然到底在外面都经历了什么，但他今天在现场看到了雷声、史迪威、欣然和围着他们的有关部门的工作人员，他很有底气地说出了自己的猜测。

那位最年轻的工作人员拿起话筒说："大家好，我叫杨威，来自市长热线办公室。自从鸣声被法院裁定进入破产程序后，市长热线接到了大量的业主投诉，有关部门也非常关心人民群众的困难，一直在寻找妥善的解决办法。现在鸣声地产的大股东拿出了切实的重整方案并落实了资金来源，我代表市有关部门表态，将大力支持鸣声地产在依法合规的前提下进行债务重组。"

心安对着杨威点点头，接着说："如果债务重组成功，鸣声地产将在两年内完成所有在建房屋的交付，偿还所有总包商、材料商和相关合作方的欠款。为了这样一个美好的结局，难道这个时候大家不该给鸣声，也给自己一个机会吗？"

人群中有人喊道："要是能交房，别说等两年，就是五年、十年都没问题！可多少烂尾房最后都被炸掉了，业主们等到最后只能收到残砖破瓦！"

雷声说："要是炸，也先把我们雷家的房子都炸掉。我和我唯一的侄女陪大家走到最后，鸣声不活，我们不走！"

转过头，雷声对法官说："我和我的侄女作为持有鸣声地产86%股份的股东正式在此向法院提交债务重组申请，恳请法庭能够予以受理，并尽快做出裁定。"

老法官说："您作为鸣声地产董事长的心情我能理解，但你们作为股东无权向法院提出债务重组申请。"

众人一片哗然。

心安清楚，按照《破产法》的规定，如果是债务人向法院提出的破产申请，则债务人和债务人的出资人，也就是股东都没有权利向法院提起债务重组程序。法律不允许破产清算与重整程序之间的多次转换，债务人不得前后重复提出不同的破产申请。其主要原因是程序之间转换的成本较高，过多的转换势必造成社会资源的浪费，不符合现代破产法的经济与效率原则。现在，由于鸣声破产是自己提出的，就只能由债权人来提出重整申请。

雷声一脸的尴尬，归根结底，鸣声破产的始作俑者是他，到头来，掉进了自己挖的坑。对此，心安倒是早做了准备，这段时间他除了在律所做咨询，大部分的时间都用来研究破产法上的实体和程序问题。

心安向法官当场出示了由一千多位业主签字的债务重组申请，并说："法官，这些业主的债权额已经达到无担保债权的一半以上，满足申请债务重组的条件，请您予以确认业主们作为债权人提出的债务重组申请有效。"

现场的业主们都高兴了起来，这不是一般的高兴，是绝处逢生，是否极泰来，是重新拥有了憧憬幸福的权利！

法官宣布将进行合议庭评议裁定鸣声地产是否进入债务重组程序，并将择期召开第二次债权人会议，鸣声破产案第一次会议在晚上十点落下帷幕。

　　欣然坚持到了最后，整个人几乎都要昏厥过去，雷声一行人护着她匆匆离去。即便如此，欣然还是无比艰难地对心安摆出了一个胜利的手势。

　　心安虽然看不到欣然的脸，但能感觉到她在微笑，这对心安来说，是上天最美丽的恩赐。

2

　　走在漫天飞雪的路上，玛妞惆怅地说："不知道欣然什么时候能够回到我们的乌托邦去？"

　　佶星说："真想不出小然然到底遭遇了什么，又是怎样说服了她的小叔和导师。传说中有女神，今天算是真正见到了。"

　　龙阳喃喃地念叨着："也不知道什么样的人能配得上欣然？玛妞，欣然和我们在一起住的时候好像没有男朋友。"

　　玛妞使劲儿地捶了龙阳一下："都什么时候了，不关心人家什么时候康复，却想人家有没有男朋友。"

　　三个人开始回味今天这场债权人会议，都说好险，要是没有欣然带着她的导师和小叔出现，估计他们几个人今天都可能要坐着轮椅出来了。

　　心安冻得耳朵都疼，却浑然不觉，他刚从一场激战中下来，这场战斗他们算是暂时取得了胜利，可未来还会一直顺利吗？心安摇摇头，矛盾无处不在，事情复杂多变，心安告诫自己，这只是万里长征第一步，未知的困难将越来越多，别无他法，唯有坚持到底，就是胜利。

　　接下来的几天，自诚所门庭若市，鸣声地产没有收房的业主几乎都来到这里，他们争先恐后地与自诚所签下授权委托书，表示要在鸣声破产问题上做"一致行动人"，并分别具体委托佶星、玛妞和龙阳来代表他们行使投票权。

　　众人都如同打了鸡血一般，每天像陀螺一样转个不停，但随着时间的流逝，心安的心又悬了起来。

　　欣然这几天又没消息了，打电话过去依然是已经关机，雷声也没有任何主动联系的动作，心安觉得他和欣然已经定好的计划既好像正在实施，但又好像出现了某些偏差，他决定去找雷声当面沟通。

雷声对于心安的到来早有准备。他递给心安一张全是英文的纸，说："这上面是国外医生对然然车祸受到伤害的诊断。"

雷声脸色铁青地警告心安："你不要再找然然了，如果不是你在后面怂恿她搞鸣声债务重组，她就不会在元旦那天一心考虑说服导师出资而全然看不到飞驰而来的汽车。然然这回算是从鬼门关上走了一遭。"

雷声继续黑着脸说："我答应债务重组并不意味着我会原谅你。车祸对然然造成的伤害是极其严重的，你李心安这辈子都别想安心。"

雷声说自己之所以同意与史迪威达成共识，开启鸣声重整大计，只因为欣然在苏醒后看到小叔的第一句话说的就是："小叔，不要让鸣声破产。"那一刻，雷声觉得自己留下钱毫无意义，为了这些钱，他会失去自己在这世界上唯一的亲人。

雷声当即答应了欣然的请求，但是他也提出了一个要求，那就是欣然只能安心养病，后续鸣声的事情完全由他来出面，欣然不能再操心这件事情，尤其不能再联系李心安。这段时间，为了能让欣然静养，雷声把侄女的手机没收了，并专门聘请了精通中英双语的贴身管家全程看护。

心安还想说些什么，雷声却直接送客了："你走吧，以后也不要再找我，有任何事情都去找我的代理律师汪珏。"

心安一怔，问："雷董要把鸣声重整委托给汪珏来做？"

雷声没好气地说："不用汪珏难道还要用连律师执业证都被吊销了的人？"

心安刚升腾起来的心再次沉入海底。

3

法院同意鸣声地产进入债务重组程序的裁定下达得很快，距离第一次债权人会议召开还不到十天。其中，杨威功不可没，他详细地向市有关部门汇报了鸣声的真实情况，着重强调鸣声一旦破产将导致大量在建工程烂尾，数千名业主将无房可收，这必将引发严重的问题。另外，鸣声本身的基本面很好，骨干人员和项目质量都很不错。还有最后一点，鸣声股东态度积极，已经通过自己的努力为鸣声谈妥了重整资金。领导特别关注民生问题，很快做出批示，请法院在依法合规的前提下推进鸣声债务重组事宜。

法院做出裁定后，鸣声地产从破产程序转入重整程序。破产管理人将鸣声的经营权交给了原来的管理团队，雷声一改近一段时间的消极颓废，开始全力抓经营，苗蓝也被任命为公司的副总裁，全面负责起营销和客服工作。一时间，鸣声地产又恢复了往日的活力，员工的干劲儿比没有破产前还要足。

第二次债权人会议定在了春节后的正月十六，重点在于对债务重组方案进行表决。时间算起来也就还有一个月，自诚所的几位合伙人都没做回老家过春节的安排。为了让业主们能够清晰地了解重组的过程和意义，佶星、玛妞、龙阳和心安挨家挨户上门去讲解，以确保实现真正的一致行动。

过小年的前一天，心安的母亲终于出院了，也住进了小楼。这就更热闹了，大家一下子有了两位妈妈。在贾老师的主持下，小年这一天，一大早大家就自己动手包了饺子。佶星极不情愿地被贾老师赶回了他父母那里，走的时候还嘟囔："这里比我们家还热闹，好玩。"

中午吃饭的时候，大家围坐在饭桌边，看着热腾腾的饺子，每个人都说着祝福的话。当贾老师逗可可，问她想说什么的时候，可可摆弄着手里的筷子说："欣然阿姨什么时候回来啊？"

众人皆沉默不语，玛妞说："要不心安哥再给欣然妹妹打个电话，没准就接了呢。"

心安苦笑，说："我现在和电话客服可熟了，做梦都能很标准地说出'Sorry, the number you dialed is power off'这句英文，发音特标准，足可以假乱真。"

在众人的鼓动下，心安摇摇头，拿起电话，开着免提，找到欣然的号码，拨了出去。结果并没有听到那句熟悉的英文，也没有听到电话的回铃音，大家都看向心安，心安看向手机。

屏幕上很快出现了电话接通后计时跳动的数字。

"喂！"心安颤抖着说。

"吃饺子也不等我吗？"手机里传来一个声音，众人愕然，因为门外也有一个相同的声音。

可可惊叫一声"欣然阿姨"，然后跳下椅子，向门外跑去。大家都立刻站起身来往外走，只见欣然拄着双拐，笑吟吟地站在那里，身旁跟着一位干练的女管家。

大家围住欣然，都问她身体恢复得怎么样。

欣然说："大家都放心吧，我差不多痊愈了，否则也不可能来到这里。"

旁边的女管家低声对大家说:"欣然小姐的身体在车祸中受到了很大的损伤,按照医嘱她应该卧床静养,但是她一定要到自诚律师事务所来,就连雷声先生也拗不过她。"

心安的母亲满脸爱怜地看着欣然,说:"老话讲'伤筋动骨一百天',可不能大意了。"

心安看到一道长长的伤痕纵贯欣然右眼的眼眶和脸上的皮肤,能够保住眼睛可真是不幸中的万幸。

欣然说:"小叔批给我第一次出来放风的时间不多,我就长话短说。先说我在国外的事。在那场车祸中,我折了五根肋骨,左腿小腿骨折,右眼和左手的伤大家都看到了,外加严重脑震荡。但是,我没有像影视剧女主失忆那样的结果。现在恢复得很好,已经能够直立行走,请大家不用再在这个问题上浪费时间。另外,关于鸣声债务重组的方案最终落实的结果基本和我在出国前给你们演示的版本一致,只是资金数额上稍做调整。目前需要鸣声的股东拿出五亿的资金来认购国外基金中的次级份额,以此来撬动三十五亿,最终将有四十亿的资金注入鸣声地产。关于这五亿的资金,小叔已经表示包在他的身上。他将会以他个人的码头作为抵押,向银行融资二亿,加上他个人的现金五千万。"

龙阳插话说:"这钱还是不够,差二亿五千万呢。"

欣然顿了一下,看了下心安,说:"我小叔说他还有其他的渠道。"

心安明白,欣然指的是雷声他们通过总包商转走的五亿元。不过这五个亿能够顺利拿回多少就要看雷声对这笔钱的掌控程度了。但即便打了对折,应该还是能够解决基金份额认购所需要的资金问题。

说完这些,欣然把心安拉到一边,悄悄地对他说:"心安哥,我小叔一直不让我和你联系,是因为我受了这么严重的伤,小叔他一时间难以接受。此外,小叔也是想看看心安哥你们对于拯救鸣声这件事的决心有多大,在没有我的情况下是否还能始终如一地坚持。还有,我的导师也要求我在正式协议签署前要对外严格保密。直到第一次债权人会议那天,小叔才在飞机上和史迪威先生最后签署了正式的融资合作协议。"

心安本来还想好好问问欣然的伤势恢复得如何,是否会留下什么后遗症,但她的管家已经不住声地在催欣然赶快回去。心安也担心欣然的身体吃不消,反倒也劝她赶快回去休息。

临别时，心安说："欣然，我们会做好业主这边的工作。资金上的事情，如果雷董事长选择汪珐律师提供法律支持，我们也会支持的。"

欣然点头，说："心安哥，我一定会努力让小叔和你们之间的配合更为密切，保证鸣声能够平顺地开展重整进程。"

可可拉着欣然的手舍不得让她走，欣然摸了摸可可的头，说："可可乖，等我再休养一段时间就搬回来和你玩。"

孩子听了破涕为笑，伸出手和欣然拉钩。

4

过了小年，心安他们把按着一千多买房人红手印的情况反映函用邮件分别投递给了有关部门，请求有关部门重视民生，给予鸣声地产重整的机会，给予上千个家庭安居乐业的希望。事关重大，有关部门都给予了高度重视，负责鸣声地产破产案件的法院收到有关部门的来函，均要求案件承办法官严格依法办事，坚决维护好人民群众的根本利益。

雷声这边则开始筹集基金次级份额的资金。他手中掌握着当初总包商转走的五亿资金中的一半，另外一半被老金连本带利拿走了。雷声手中的这一半资金，按照原来定好的方案，要给吴非一千万，汪珐四千万，分配的时间是在鸣声破产程序结束后。现在，雷声计划待重整计划通过后，就将手中的二亿五千万转回鸣声地产，同时用自己的码头抵押贷款两个亿，再加上自己手中还有的五千万现金，这样就能够解决重整所需的启动资金。待重整成功，鸣声脱困，实现盈利后，他个人再加倍补偿汪珐和吴非。

二亿五千万资金存在一个设了双U盾的账户中，资金支付申请U盾由吴非保管，支付批准U盾则由雷声亲自掌管，开户名是一家以雷声为唯一股东的代理公司。账户对外支付资金时必须由吴非和雷声二人分别使用U盾才能支付。

雷声找到汪珐，和他讲了自己准备支持鸣声债务重组的决定。

"汪主任，只要鸣声地产救过来了，我不会亏待您的。那二亿五千万原本就是鸣声地产的救命钱，只是我当时觉得鸣声没有了希望，所以才转了出来。现在鸣声有救了，这钱还是要拿回去用在刀刃上。"

汪珺听后的反应是举双手赞成，他一如既往地笑眯眯地说："雷董，您是有大智慧的人，还菩萨心肠，关键时刻能力挽狂澜！"

雷声颇有些得意地说："这些都是我那侄女的功劳，所有的重整方案都是她定的。我真的是老了，跟不上这个时代的节拍，恐怕得要让贤了。"

取得了汪珺的认可，雷声的心情大好，他让大刘告诉吴非，立刻回来，准备转款。

5

正月十六，法院仍旧在电影院的放映厅组织召开第二次债权人会议，重点讨论并表决重整计划。各种不同种类债权的债权人将按照债权类别对重整计划分组进行投票。出席会议的同一表决组的债权人过半数同意重整计划草案，并且其所代表的债权额占该组债权总额的三分之二以上的，即为该组通过重整计划草案。各表决组均通过重整计划草案时，重整计划即为通过。按照债权分类，鸣声地产的债权人分为四个表决组，第一组是有担保权的债权人，第二组为公司职工，第三组为税务机关，第四组为普通债权人。

当天，会议表决过程中，有担保的债权人很快就表决通过重整计划。像银行这样的债权人，他们放出的贷款都有土地或者在建工程做抵押，无论鸣声是否能够重整成功，他们的利益都有保障。

因为鸣声地产直到被法院裁定进入破产程序才停止对员工工资的发放，所以第二组公司职工债权人并没有被鸣声欠付工资和医疗、伤残补助，抚恤费用，以及养老保险、基本医疗保险费用。所以第二组通过得也很痛快。

第三组税务机关早就知道此债务重组关系着千百户居民的基本生存，所以这一组的通过没有任何障碍。

问题出现在第四组。

第四组由普通债权人构成，情况复杂。交了房款没有收到房的买房人，提供了钢筋、水泥没有收到货款的材料商，干了工程却没有收到工程款的总包商和分包商，还有水费、电费、物业费等被欠缴的公司，林林总总。在债务人向债权人会议就重整计划草案做出说明并答询环节，有一家资产管理公司的代表盯着雷声和欣然提问。

那位代表是个中年男人，说话却尖声尖气的。他说话很不客气，矛头直指雷声："雷先生，作为鸣声的董事长，前段时间您带领团队把鸣声地产搞破产了。现在还是这些人，突然就又告诉大家能把鸣声地产经营好，而且还前景可观，您凭什么让我们这些债权人相信？"

雷声说："这位先生问的问题很好，现阶段鸣声地产进入破产程序是因为公司现金流出现问题，但公司的基本面是好的。公司现有的二十余个项目的位置、品质还都具有很强的市场竞争力……"

没等雷声说完，中年男人打断了他。

中年男人说："不好意思，雷董事长，归根结底不还是人的问题？同样是市场竞争，为什么人家别的房地产公司就可以经营得好好的，而鸣声却陷入破产境地？实话实说，我就是不信任您和您所领导的团队。"

中年男人面朝雷声说完，环顾四周，颇有煽动性地说："大家说说看，还是这帮人，根本就是换汤不换药，纯属在这儿瞎耽误工夫。谁知道他们来接管公司又要干什么。到最后，搞不好，鸣声地产会被他们折腾得连骨头渣都剩不下。"

雷声感到来者不善，耐着性子说："没错，鸣声地产的老团队成员都在这里。之所以这些老人儿都在，就是因为他们了解公司，熟悉项目的优势，能够快速地将重整计划推行下去。但是，我要着重强调的是，重整计划的执行者是这些老员工，但是计划的制订者却不是他们。"

雷声侧过脸看着旁边坐着的欣然，对大家说："这位年轻的女士是来自国际地产基金公司的雷欣然。"

看着人群议论纷纷，雷声说："没错，这位雷欣然就是鸣声地产前董事长雷鸣的独生女儿。这次的重整计划完全是由她提出的，并通过了她的导师团队的认可。"

中年男人说："这么年轻的女孩子，大学可能还没毕业。国际地产基金公司，那是国际上最顶尖的投资公司，就她也能进得去？别是实习生在这儿蒙事儿吧。"

欣然站了起来，经过一个多月的休养，她已经恢复了健康。欣然淡定地说："大家好，行与不行，做口舌之争没有意义。我虽然在国外读书，但研究的都是国内经济问题，尤其是房地产企业的管理与经营。有句话说得好：空谈误国，实干兴邦。重整计划既包括资金路径的详细安排，也包括如何实施精细化管理，降低成本，提高产品市场竞争力。我今天也在这里实话实说，现在回过头看,过去鸣声地产的管理确实存在致命的问题。鸣声走到今天这一步也不奇怪。鸣声的粗放式管理模式在以前的房地产行业发展中是可行的,于是,所有的问题都被房子不愁卖这一表象给掩盖。但现在地产已经进入拼管理、拼成本、拼质量、拼服务的新时代。"

雷欣然看着年轻,但说出的话老练,这让现场的人们对她刮目相看。中年男人张了张嘴,却哑口无言。

欣然充满感情地说:"鸣声地产是我父亲一手创办的,父亲一生都在为让老百姓住得起的好房子这一目标而努力。遗憾的是,理想未竟他就撒手人寰。我作为父亲唯一的女儿,现在要做的就是实现他的理想。请大家不要怀疑我的信心,否则我不会一听说鸣声地产即将破产就立刻回国。我的导师团队,还有我自己,在重整期间会一直都在鸣声地产,和鸣声的老团队一起做出极致努力。"

中年男人缓过了神,又跳了出来,说:"空谈误国,这没错。你说得头头是道,但钱呢?资金在哪里?"

有人在旁边附和,说:"对,别光在这儿耍嘴皮子,鸣声这个样子,需要的是真金白银,不是贩卖理想和愿景。"

欣然说:"关于资金,已经提前做了排布。重整计划通过后六十个工作日内将有四十亿的地产股权基金注入。"

中年男人咄咄逼人:"你们的计划里只说有四十亿的资金进入,但具体怎么进?这四十亿谁来出?鸣声现在已经垮了,谁还肯在这个时候当冤大头?"

中年男人向其他的债权人说:"大伙得好好审核,谨慎投票,不能再被人欺骗!"

雷声斩钉截铁地说:"这个冤大头由我们雷家来当!"

中年男人却不屑地说:"你雷声董事长今天不说出详细具体的方案,那就和没说一个样。"

欣然说:"雷声董事长将个人拿出五亿的资金投入鸣声地产。鸣声地产将以这五亿认购国际基金公司发起的地产股权投资基金次级份额,以此来发行三十五亿元的优先级份额。四十亿资金募集齐全后将以增资扩股方式进入鸣声地产。鸣声地产运转正常,并有盈余资金后,地产基金以不对等分红形式,提前获得收益,然后履行公司减资手续,实现退出。"

雷欣然环视大家,接着说:"刚才讲的是基金的具体方式,内容比较复杂。大家只需知道雷声董事长愿意拿出多年积累下的个人资产来实现鸣声的重整。"

中年男人阴阳怪气地说："五亿，这地产公司的老板真是有钱！这些钱还不都是从我们这些债权人身上刮走的！雷声作为股东有这么多的钱，却还让鸣声地产破产，我倒是要问问雷声董事长安的是什么心？"

随着中年男人的质问，房间里响起了嗡嗡的议论声。

心安适时站了出来，说："各位债权人，鸣声地产是一家有限责任公司，按照法律规定，股东以出资额为限对公司的债务承担责任。雷声先生已经全额实缴出资，经营过程中也没有抽逃注册资本的情况。鸣声地产经营了二十余年，经历了房地产发展的最好阶段，他个人积累下巨额的财富是再正常不过的事。"

雷声看了一眼心安，眼神比较复杂。

心安接着说："雷声先生本可以借破产之机与鸣声地产切割清楚，但他愿意拿出自己的全部财产来开启鸣声地产的重整程序。救活鸣声后，首先获得清偿的是在座的所有债权人，而雷声先生的五亿元将和私募股权基金一道增资取得公司股权。一旦重整失败，这些增资成为股权的资金将排在各位所有人的债权之后获得分配。可以说，雷声董事长是在用他个人的全部财产来为鸣声地产重整做担保。"

佶星也站了出来，对着中年男人说："这位先生，你能不能说点儿有建设性的意见，而不是一味在这里阴阳怪气地跑题。"

佶星向法官表示："我代表一千多户业主赞同这个重整方案，并希望能尽快实施。唯一的条件就是要求雷欣然女士必须担任这个重整计划的负责人。"

中年男人的口中还是振振有词，说的依然是质疑的言语，但是人们已经没有耐心听他聒噪了，纷纷要求法官主持投票。

投票的结果是出席会议的普通债权组的债权人过半数同意重整计划草案，并且其所代表的债权额超过了该组债权总额的三分之二。法院裁定鸣声地产进入债务重组程序。

万事俱备，只欠东风，鸣声地产等待着雷声的五亿资金到位。

第二十章

柳暗花明

1

吴非被雷声从码头召回，启动通过总包商转走的二亿五千万资金回流工作。当初五亿的资金从总包商账户转出后，其中一半最终转到老金控制的公司账户上，剩下的一半都在雷声控制的账号上。吴非回来后，在雷声的办公室，开始操作资金按照原路径返还，大刘也在一旁看着。

总包商账号的U盾又提前拿到了鸣声地产财务的手中，这回雷声亲自盯着。欣然则带着公司财务去了总包商账号开立的银行，防止再有人在柜台动手脚。转款前，雷声觉得心里不安，给汪珏打了一个电话。雷声说已经确认总包商账号没有设置付款上限，总包商账号给鸣声付款的通道畅通，还有什么问题需要注意。汪珏沉默了一会儿，让雷声和银行确认下，总包商的账号是否有被司法保全查封。当着雷声和大刘的面，吴非打开手机免提给银行的人员打了电话，对方在电话中确认没有保全。欣然咨询了心安，也得到了同样的风险提示，她在银行柜台向工作人员求证了总包商账号没有任何查封和冻结的情况。

上午十点，转款开始。吴非用他手里的U盾提出了付款申请，雷声通过自己的U盾批准了该项申请，二亿五千万资金先从雷声控制的代理公司账号汇到了总包商账号。财务人员紧接着操作从总包账号向鸣声付款。这时候笔记本电脑突然蓝屏。断电重启，笔记本却依旧蓝屏。雷声大喊赶快换电脑，吴非拔下总包U盾插到雷声办公桌的台式机上，安装财务程序用了三分钟。再次登录总包商账户，二亿五千万的资金还在，雷声的心稍微平复了下，催

267

促吴非赶快给鸣声转款。吴非输入了鸣声的账号，点击回车后，却显示不成功。试了几次，结果都没有变化。

心安没有出现在转款的现场，虽说在第二次破产债权人会议上他力挺雷声，但雷声对他的态度并没有明显的改变。鸣声地产已经将整个重整过程中的法律事宜全权委托给汪珐，心安只能在幕后给欣然提供建议。

收到欣然告知款项已经转回到总包商账户后，心安就把手机抓在手里，等着看钱从总包商账户转回到鸣声地产账户的确认信息。时间一分一秒地过去，在南三环的小楼里，心安如坐针毡，一种强烈的不祥预感袭上心头。

手机屏幕突然一亮，一条微信跳了出来。发信人是安妮。心安连忙点开，只见上面有一张照片和一段语音。照片上的背景像是会所包房，里面有三个人坐在一张转角沙发上，远远地有几个衣着性感的女孩儿举着麦克风，看向一张白灿灿的电视屏幕。心安把图片放大，看清楚三个人后，大叫不好。陪着等消息的佶星被吓了一跳，凑过来看，只见照片上是汪珐和吴非，还有一个人，三个人围坐在一处，像是在商量着什么。

心安点开语音。安妮说她以前在会所见过吴非，他喝多的时候总是狂叫着自己是鸣声地产公司的财务老大，他有的是钱。安妮听到他说自己是鸣声地产公司的人时就特别注意了他。昨晚这个吴非和汪珐，还有一个老男人来了会所。安妮觉得有些奇怪，偷偷拍了照片。昨晚安妮喝酒喝多了，今早刚刚醒过来就赶忙把照片发给了心安。

顾不上给安妮回信息，心安连忙给欣然打电话。欣然也正在焦急中，心安告诉欣然赶紧问银行工作人员，总包商账户出现了什么情况，为什么不能对外支付。银行人员在电脑上操作了几下，答复说三分钟前，总包商账户刚刚被法院查封冻结。心安略一沉思，随即把照片发给了雷声，并发文字让他千万要把吴非看住了。紧接着，他又补充了一条信息：照片的事情不能跟任何人提起。

发完信息后心安拉起佶星就往外跑，几乎和欣然同时赶到鸣声地产雷声办公室。此时的吴非已经被大刘打了几个大耳光。吴非嘴角流着血，嘴上却嘿嘿笑着，瘦脸上透着得意与傲慢。

"雷董，不玩了，摊牌了。"吴非用手抹了一把脸，站起来，推开大刘，"和您实话说了吧，汪珐、老金，还有我，我们三个和您玩了一把斗地主。"

"吴非，这些年老板让你挣了多少钱？你自己没数吗？敢坑老板，我弄死你。"大刘冲上来，像抓小鸡崽一样把吴非当胸揪住。

"弄，尽管弄。轻伤以上今天在座的都有份儿。故意伤害罪啊，是不是，李大总监？"吴非毫不示弱，斜眼看着雷声，"雷董，还是文斗吧，汪律师让我给您带个话，钱扣住后，还是和为贵，大家谈谈。"

雷声让心安陪着欣然先出去，房间里只剩下他、大刘和吴非。

随着房门重重地被雷声从里面推上，吴非嘴上还是满不在乎，脸色却变得惨白。

"啪"的一声，雷声一巴掌把吴非抽倒在地，大刘跟上去一脚踩住吴非，吴非哀号着求大刘不要再打了。

雷声示意大刘停下，走到门边打开门，请心安和欣然进来，然后让吴非说清楚到底是怎么回事。

吴非喘着粗气说："这事儿是汪珐牵头的。汪珐说本来大家都商量好了，鸣声地产破产程序一终结，我们每个人都能'落袋为安'。可现在又要把钱转回鸣声地产，大家白忙活一场，什么都没落下。汪珐找到老金和我，说怎么干全都设计好了，让我们俩配合就行。得手后汪珐拿一半，老金和我分剩下的一半。"

心安沉声问："汪珐的计划是什么？"

吴非说："一开始，汪珐用他自己控制的一家资产公司收了一个材料商对鸣声的债权。债权有八九百万，他只花了五十万。他计划用这家资产公司作为债权人在公司重整会议上发难，引导债权人否决重整计划，这样鸣声地产的破产程序就会继续往下走，那二亿五千万也不用拿回鸣声。待破产程序结束后，他们就还按照原来的方案该怎么分就怎么分。"

室内的人相互交换了下眼色，大刘捶了吴非一下，让他继续说。

吴非说："没想到债权人会议通过了重整计划，我就和汪珐说，要不就不干了。这么多的债权人都同意重整，没准鸣声能活过来。如果真能给那么多业主交房，我们也算是积了德。但老金不同意，汪珐也不同意，汪珐说他早有备手，已经做了一套文件，让老金的总包商公司对他的一个马甲公司负有三个亿的债务。他用那个马甲公司起诉老金的总包商公司，然后申请法院进行财产保全。刚才用来转账的笔记本电脑被提前植入了病毒，出现转款时会出现蓝屏。等更换电脑的时候，汪珐协调法院的查封人员在网上对总包商的账户进行司法冻结。钱被扣在总包商的账上后，他再安排总包商和马甲公司进行和解，最终实现资金全部由马甲公司攫取。"

雷声问心安："刚才他讲的这些在法律上能不能做得到？"

心安点头。

欣然说："能不能向法院提起执行异议，要求解除对二亿五千万的查封，同时起诉总包商要求把钱还给鸣声？"

心安说："在民事诉讼中，提起诉讼财产保全的一方只要是提供了等额的担保，法院就没有理由拒绝。如果现在想解除查封，就必须由鸣声拿出同等数额的财产做担保。"

雷声赶紧问："能不能先用我的码头做担保，请法院解除查封？"

"如果保全查住的是现金，就很难用实物来替换，而且替换的前提是要征得保全申请人的同意。毕竟现金执行起来方便，另外实物的价值也不好估算。"心安摇摇头，"另外，如果走民事诉讼起诉总包商要这二亿五千万，那势必要被拖入漫长的诉讼程序中，时间至少一年。届时鸣声地产的重整时机已经错过，公司必死无疑。而且即使能诉讼成功，总包商对外的债务中有多少被认定为是真实存在的也不好确定，钱能否足额拿回来是个问题。"

雷声面色铁青，问："那能不能报警抓汪珐，说他伪造债权，虚假诉讼。"

心安依然摇摇头，说："仅凭吴非的一面之词办不到。"

雷声和雷欣然都追问还能有什么办法，心安一字一字地说："现在还是请雷声董事长先当面找汪珐谈谈，看还能不能有解决的可能。"

2

汪珐很痛快地答应与雷声见面，地点就约在常去的会所。

除了一些独立的带有私密性的小汤池，会所还有一个篮球场一般大的公共池子。汪珐将和雷声见面的地方就选在这个大汤池中——汪珐担心雷声录音，现在两个人都是赤条条的，雷声没法携带录音设备。另外，就算是雷声够狠，在皮下埋个什么微型录音芯片，在人声嘈杂的大浴池中录下的东西也模糊不清，很难作为证据使用。

两人在汤池里面靠着边并排坐下，小腹以下都泡在水里，雷声问汪珐："汪大律，为这么点儿钱，就要毁了这么多年的交情？"

"我对这个世界没有交情。"汪珐的脸上没有出现他挂了二十年的笑容，面无表情地说，"你当初同意将五个亿转出去，让鸣声破产的目的到底是为了什么？"

雷声不语。

汪珐说："我来替雷董回答，你就是看到大哥死后，自己不想再走大哥的老路。而且你在心里对鸣声充满了恨意，恨它逼你大哥走上了绝路。鸣声破产，你拿钱走人，既能提前退休养老，又能亲手结束掉鸣声这个'杀人凶手'，实现复仇的快感。"

雷声依旧沉默。

汪珐说："谁不想要快感？我也想要。我要的就是有一天对这个世界大声地痛骂一句！我干了二十多年的律师，没有一天不是面带微笑。就算是我刚死了亲人，见到法官和当事人的时候还要咧着嘴笑。当事人是我的衣食父母，给我案子做，让我能挣到钱。这么多年，我都记不清挨了多少回当事人的骂，受过多少次法官的气。钱是赚到了，可是魂儿却没了。"

说着，汪珐把自己的头埋进水里，然后猛地扬起，用手"啪啪"地抽自己的脸，说："雷声，我这张脸笑了二十年，都不会不笑了，都僵了。这么多年，我就像风箱里面的老鼠，两头受气，也不知摔碎过多少部手机。虽然一手掌控着珐正所，但是我很不开心！可从昨天我知道在老金那个总包商公司账上封住了二亿五千万后，我的脸现在舒展了，想不笑就不笑，想对谁发脾气就对谁发脾气，没了多少年的快感回来了，我很开心！"

雷声说："你挣的钱早已不止这个数，何必如此？"

"没错，我根本不差这笔钱，可我要一个说法！我已经向这个世界点头哈腰了二十多年，现在我就是要说不！凭什么你说干就干，说不干就不干，今天我汪珐就要说了算！"汪珐看着雷声说，"我们两个最初的想法很一致，我也要退休，也要到国外去生活。本来你和我，加上老金、吴非，几个人珠联璧合，干一把之后都可以各奔前程，各自安好。可偏偏你要出风头，现在把大家又都拉回到水深火热之中。"

雷声说："汪大律，你可真是个人才，这么巧取豪夺的话可以说得如此冠冕堂皇。鸣声债务重组得到有关部门的支持、老百姓的拥护，成功的概率非常大，不然国外的顶级基金公司怎么会来投资？资本是从来不做慈善的。我答应给你的钱，这么多年哪一笔差过？我劝你，现在悬崖勒马还来得及。只要你控制的公司撤诉，解除法院对总包商账户的查封，我当一切都没有发生过，而且该给你的还会给。"

271

汪珏冷笑一声，说："我现在之所以还答应来见你，就是看在相识多年的分儿上。只要你不要出资认购基金的级次份额，让鸣声赶紧破产，我们也当什么都没有发生，一切都回到原有的进程。"

雷声侧脸看着汪珏说："现在这个局面，即便是我想回到原来的方案上去，也做不到了。二亿五千万已经在总包商的账上被查封，这边我让鸣声破产了，那边你们又把钱执行走，我岂不是赔了夫人又折兵。"

汪珏说："这个简单，只需要总包商也向法院提起诉讼，要求返还二亿五千万，然后同样做财产保全，顺序列于他的三个亿债权之后。等到鸣声破产结束后，就撤销诉讼和财产保全，让二亿五千万这个债权上升为第一顺位财产保全人。然后总包商和你控制的这个公司达成和解，钱就又回到原来的账户上去。"

雷声问汪珏："汪大律，你怎么保证到时候会撤诉？"

汪珏说："这个不用保证。原本我那三个亿的债权就是假的，只是用来拖延二亿五千万资金进入鸣声地产用于债务重组。如果鸣声破产了，那也就用不到这笔钱，你完全有时间把这个债权打掉。"

雷声给汪珏拍了几下手，说："汪大律可真是机关算尽，你就不怕法律的惩罚？"

汪珏像看着一个外星人一样看着雷声，突然狞笑着说："别人不知道，雷董还要装傻吗，法律这东西已经被我替你们触犯了多少回？"

雷声说："吴非现在在我手里，他会做证指控你伪造债权进行虚假诉讼。"

汪珏哈哈大笑，说："雷董还真是用人失察，根本不知道你那财务总监是个什么样的角色。索性，今天我让雷董当个明白人。"

"知道鸣声的贷款为什么临到放贷的时候额度被腰斩吗？因为他特别憎恨雷鸣和你，他憎恨所有比他混得更好的人，"汪珏面露得意，"就连这次查封二亿五千万也是。吴非不是个省油的灯。前段时间他要追求雷欣然，你就派大刘威胁他，把他赶到了码头。这次的计划对于吴非来讲就是千载难逢的报复你们雷家兄弟的好机会。所以吴非和我简直就是一拍即合，他的角色也是主犯！他怎么敢去举报我！"

雷声的脸色铁青，他已经知道今天与汪珏的谈话不会有结果，他现在所能做的就是不给汪珏体验更多快感的机会。

雷声不再多说，起身就往外走。

汪珏意犹未尽，追着说："雷董在法律上还有什么搞不懂的，尽管问我，咨询免费哦。"

3

雷声匆匆离开会所，赶回自己在郊区的别墅。

从上午十点一直到晚上十点，吴非水米未进，他见雷声进来，舔了下嘴角，小心翼翼地问："雷董，您和汪珏谈得怎么样？"

雷声有些神色黯然地说："汪珏已经答应，只要我停止向鸣声注资，一切就都回到原来的方案上去。"

吴非的眼睛一亮，他斜眼看了下站在一边的大刘，拿起茶几上的一瓶水，一口喝下，然后走到雷声对面坐下。此时的吴非就像换了一个人，说："雷董，汪大律那边是答应了，可要是这事想回到从前，您也还得问问我吴非同不同意。"

大刘在旁边听了，快步走了上来，举起拳头又要揍吴非，却被雷声用手势制止住。

吴非斜着眼睛看大刘，撇着嘴说："别动不动就动粗，做事要动脑子。我不会和你这种人较真，否则你今天已经犯了非法拘禁罪。"

大刘气得满脸通红，但碍于雷声的命令，靠墙站着不吭声，呼呼地喘着粗气。

吴非给自己灌了个水饱，从茶几上的烟盒中抽出一支烟，"啪"地打着打火机给自己点上，深吸一口，长长地从鼻孔口呼出："雷董，我们也谈谈条件吧。"

雷声做了个请的动作。

吴非说："我应该分得的部分也要和汪珏一样，五千万。"

雷声点点头。

吴非说："雷董，别急，我还有一个条件。您不能阻止我追求欣然。我并不强求您做主把欣然嫁给我，毕竟年代不同了，父母包办婚姻不合适。但是，您不能人为设置障碍，如果在自由状态下，我对自己有信心，到时候我还要喊您一声小叔呢。"

说完，吴非得意扬扬地看着雷声，仿佛一切已经尽在掌握。

273

雷声温和地说:"如果我不答应,是不是你就会像对付我大哥一样,故意在贷款额度上作梗,导致鸣声资金链断裂?"

"这汪珐也是,怎么什么都说?"吴非有些尴尬,却又分明很是得意,"那我也就明人不说暗话,我吴非和你们雷家的恩怨说不清楚,如果您答应我今天提出的两个条件,那过往的事就一笔勾销,我一定会当好雷家的女婿。"

雷声脸色骤变,站起来,看了一眼大刘,转身向电梯走去。

吴非没弄明白啥意思,站起身来问:"雷董,怎么说走就走,您还没答应我的条件呢。对了,我还没吃饭呢。"

大刘走过来说由他来安排,保证满意,然后照着吴非的肚子用尽全力重重击打出一拳。吴非应声一翻白眼儿,直接疼晕了过去。

子夜,雷声驾车风驰电掣地赶往自诚所,小楼灯火通明,心安、欣然和佶星他们都在苦苦等候。

雷声将今天和汪珐、吴非的所谈详细对在座各位和盘托出。

佶星说:"汪大律专挑夜路走,走得多了,一定会出事的。"

玛妞对龙阳说:"真是不敢想,这么有名气的大律师居然背后是这样的嘴脸。"

心安说:"汪珐是有原罪的律师,他留在国内,早晚有一天也会被揪出来。他急着大捞一笔跑路也在情理之中。刚才听雷董复述他讲的话,我能感觉汪珐的精神其实也有些问题。"

欣然看了眼身边的几位同伴,说:"律师这个职业对人性的考验高于其他社会职业。律师面对的都是最激烈的冲突,在一个个案件中,能够看到更多的贪婪、虚伪、自私和不讲规则的现象,时间久了,即使不被同化,大多数人也会麻木,能够保持初心的人不多。"

佶星插话说:"为了拿到案源、赢得胜诉,汪珐无所不用其极。不论面对谁,他都能把自己的姿态放低,永远热情、永远微笑。"

欣然接着说:"心理状态是人们接收并处理所有外部信息后所达到的一种综合平衡,一个人在他有所求的人面前有多卑贱,就会在他能掌控的人面前有多跋扈。如果不能做到平衡,那一定会在某个时间、某件事上爆发出来。再加上安哥刚才讲的反腐带来的压力,汪珐有今日的举动也就不奇怪了。"

待众人发表一番议论后,雷声转向心安,问:"李总,在法律上还有什么救济途径？"

心安沉默片刻，大家都向他投来探询的目光。

心安咬了咬牙说："现在只有一条路可走，那就是刑事追赃。最初五个亿从总包商转出的时候，如果定性为诈骗，那就是赃款，要被列入刑事追缴，钱无论怎么流转都难逃脱'赃款'的定性，将被刑事优先追偿回来。以赃款的名义追缴返还给受害人鸣声地产，相较于民事审判程序，刑事程序在时间上能提前些，但却无法满足基金公司要求的六十日。"

欣然问："那具体该怎么办？"

心安沉默不语，在欣然的催问下，雷声说："然然，别问了，我知道该怎么办了。"

欣然愣了一下，看着脸上浮出笑容的小叔，她猛然想到了什么，像被电击了一下，使劲儿地摆手，连说："不行的！"

欣然知道走刑事追缴这条路，势必导致小叔雷声也会被追究刑事责任，她无法接受让小叔做这么大的牺牲。情急之下，欣然抓住心安的胳膊："心安哥，你快想想其他办法吧。"

心安苦笑。

雷声劝住了激动的欣然，说："这么做，李总等于把自己的前途也放进来了，因为当时他在审查贷款方案的流程中是签过字的，严格追究的话，他也会有责任。"

心安说："事情可能没有欣然想的那么糟，雷董如果可以主动自首，再加上钱能够追回，没有对鸣声造成重大损害，刑事责任会有所减轻。当务之急是欣然需要和你的导师史迪威好好谈谈，如果鸣声现任董事长、法定代表人被追究刑事责任，能否不影响基金计划。"

时间已经是凌晨两点，国外应该是晚上七点。欣然走到另外一个房间，给自己的导师打电话。一小时后，欣然表情严肃地出来，说："导师提出两个条件：一是鸣声必须马上更换法定代表人；二是基金团队派驻公司的董事和管理团队现在就要参与鸣声的经营事务，而不是等到资金进入后。"

雷声说："这些条件完全接受，现在马上着手将然然选为公司董事并担任董事长和法定代表人，同时在股东会上一次性将基金团队的人员选入董事会和任命为管理层。"

说完这些，雷声问："然然，现在有二亿五千万的资金缺口，史迪威先生怎么说？"

欣然摇了摇头，说："鸣声的五个亿自有资金必须按时到位，否则本次合作取消。导师说金融是火热的，但也是冰冷的，基金公司有自己的风控条件，钱一分不能少，时间一秒不能多。"

雷声的脸色一下子黯淡下去。

心安拍了拍脸色发白的欣然，说："你已经争取到了最好的条件，一般情况下如果公司的法定代表人涉嫌刑事调查，基金公司肯定会放弃投资。"

心安随即起草了选举雷欣然为鸣声地产董事、董事长，任命其为总经理并担任公司法定代表人的文件，雷声马上签署。

做完这些，天已微明。心安说："大家都忙了一晚上，抓紧时间休息会儿，白天将又是一场紧张且激烈的战斗。"好在大家宿舍就在楼上，心安请雷声到自己的房间去休息，雷声笑笑，说："我就在办公室的沙发上小憩片刻就好。"

早晨七点半左右，一直就没有睡着的心安听到窗外传来一声很短促的汽车喇叭声，心安走到窗前，只见一辆黑色奔驰车疾驰而去。

来到楼下刚才雷声休息的办公室，办公桌面最显眼的地方摆着一张A4纸，上面写着雷声留给欣然和心安的话。雷声说除了码头可以抵押融资两个亿，他还有几处房产可以变卖一个多亿，他个人再拿出一个亿的现金，这样算下来应该有四个亿左右。剩下的一个亿，他拜托心安他们再想想办法。另外对于欣然，雷声说他终究是错了，他原本想给她一个安全的未来，但真正的安全应该是来自自身的强大。雷声说他很欣慰，看到了欣然的成长与坚定，但是他希望欣然不仅要做事业上的强人，也要安排好自己的生活，因为自己不能再照顾她了。

心安叫醒欣然，欣然泪流满面地拨打小叔的手机，却被提示已经关机。

4

早晨八点，鸣声地产所在地的岳家楼派出所值班民警看到了一幅奇怪的画面。一位气宇轩昂的中年人走进了派出所大厅，旁边跟着一个壮汉，壮汉的双臂牢牢地钳着一个看着很猥琐的瘦小男人。

民警以为这是当事人扭送犯罪分子到公安机关，就迎上去问中年男人有什么事。没想到这位开口就说他要自首。

雷声带着吴非向公安机关投案，坦白老金、汪珐和他们二人串通，骗取了鸣声地产五个亿的贷款。吴非嚷着他被雷声和大刘非法拘禁，雷声说这是为了防止吴非畏罪潜逃，直接扭送他到公安机关，大刘是见义勇为。

派出所里，公安人员开始分别对雷声、吴非做笔录。同步，心安和欣然将雷声到公安机关自首，鸣声需要马上更换法定代表人的事情向杨威进行通报。杨威立刻上报市有关部门，领导指示为了能够让鸣声债务重组顺利进行下去，请法院、工商等部门在依法合规的前提下，对鸣声地产相关事务予以支持，以维护广大人民群众的利益。

公安机关同样也接到了市有关部门的通知，要求对鸣声贷款诈骗案予以高度重视，从快处理，尽可能地为受害人挽回损失。雷声走进派出所后，当天下午老金和汪珐就被采取刑事拘留措施，总包商账户上的所有资金被公安机关查封冻结。

自从与雷声"坦诚"地谈判后，汪珐一直在等雷声上门。他知道雷声和鸣声已经被他逼得无路可走，他准备在雷声下一次找他的时候，把勒在雷声脖子上的绳子稍微松一松，尽早达成同盟。汪珐没想到，他等到的却是一副冰冷的手铐。

汪珐确实怎么也没想到雷声竟会做出如此自我牺牲，一个能够轻松做富家翁、安享人生的人居然放弃荣华，主动选择进铁窗，吃牢饭。在被公安讯问的时候，汪珐一直在脑子里问自己为什么，一方面他确实在思考这个问题，另一方面他也是故意用"溜号"来对抗公安人员的审讯。

当坐在对面的公安问他知不知道鸣声地产的前法务李心安时，汪珐的脑子里突然像过了电，他想明白了，雷声，包括他的侄女雷欣然所做的一切的后面都是这个李心安在作祟。

汪珐不甘心自己就这么被李心安这个名不见经传的后辈打败。他说他要揭发其他同案犯，他举报李心安参与骗取银行五个亿贷款。

公安机关传讯了心安。经过调查，公安机关认定心安虽然起草了贷款合同的相关文件，但因银行最后调低了贷款额度，银行贷款本身有在建工程足额抵押担保，并不构成骗取银行贷款罪，公安机关并未予以刑事立案，心安在公安局里待了二十四小时后走了出来。

欣然带着可可，还有佶星，他们一直在公安局外面等着心安。看到心安出来，欣然不禁跑上去，流着眼泪拥抱了他。

可可拽着欣然的衣襟，说："然然阿姨不要哭，爸爸回来了。"

佶星开玩笑说："这一家三口真让我感动，我也想有个家。"

心安捶了佶星一拳，让他不要乱讲话。欣然装作没听见，脸却是红红的。

5

雷声和汪珏等人骗取公司五亿资金的事很快传了出去，一时间，业主们都涌到了南三环的小楼。他们情绪激动，不停地诅咒这几个天杀的家伙把鸣声害惨了，但他们更加担心的是债务重组这件事是否还能顺利进行下去。

贾老师很为难，一开始她保持沉默。她是业主之一，也是受害人，但她更知道这些日子心安、欣然、佶星这些年轻人是怎么熬过来的，他们和那些人不一样。看着胖大姐他们围着心安不停地要说法，甚至开始要攻击欣然，贾老师站了出来，把欣然护在身后。

贾老师说："为了鸣声能够重整，能够给大家交房，心安和佶星都丢了大律所的工作，心安还离了婚，一个人带着孩子还要为大家跑前跑后。欣然更不必说，自己只身一人去国外融资，在街头出车祸差点儿把命都丢了，大家现在还要攻击他们，这和那几个坏人有什么不同？"

众人疯狂的行为有所缓和，心安感激地看了下贾老师，然后大声对大家说："鸣声债务重组程序不会有任何改变，相反，进程还会加快！"

站在人群中的胖大姐提出了质疑，说："老板都被抓了，鸣声马上就要崩盘，重整进程怎么还会加快？"

心安说："鸣声现在真正的老板其实是今天在场的各位！"

看着大家困惑的表情，心安问："什么是老板？"

众人中没有应答者。

心安自问自答说："老板是能够决定一个公司或者企业生死的人，是公司盈利的受益者，也是雇用人员为其劳动的人。"

人群中有人点头。

心安说："大家可以想一想，现在作为鸣声的债权人，是不是自己也有刚说的这几个特点？"

人们面面相觑，脸上写满不解。

心安说:"如果在场的业主债权人决定不再进行债务重组,鸣声马上就会死掉。大家做出相反的选择,鸣声大概率就会重获新生,这是不是各位决定了这家公司的生和死?假设鸣声未来重整成功,有了盈利,是不是就能向大家交房,大家是不是也就从鸣声的盈利中获利?雷声董事长现在选择自首,雷家大小姐临危受命,扛起鸣声的千钧重担,还有鸣声上千名员工的坚守,这些人都是为了一个共同的目标,那就是让鸣声继续经营下去,让所有的买房人都能收到房子。说这些人,尤其是雷家叔侄现在是为业主们打工是不是也不算过分?"

人群中有人点了点头,但仍然保持集体沉默。

心安说:"现在,一大群'外人'在为鸣声重整、业主能够收到房而拼命努力,而业主们却又拥到这里,难道就是想在乱糟糟的呐喊声中亲手结果了鸣声的性命?"

心安说这些话的时候情绪激动,声嘶力竭,胖大姐们眼中的火焰逐渐减弱。

有人怯生生地问:"那现在该怎么办?"

胖大姐嗫嚅着说:"我也是心里急,又一时间想不到好办法才跑过来闹的。"

心安说:"办法已经想好,鸣声地产已经第一时间向有关部门汇报了事件经过及处理方案,有关部门对此事非常重视,责成各有关部门快速促成鸣声召开股东会,选举更换雷欣然女士为公司董事长、法定代表人,其他一切保持不变。另外,欣然女士的导师、国际基金公司的操盘人史迪威先生已经同意鸣声重组的方案,并提前委派管理团队进入公司。现在可以说,'塞翁失马,焉知非福',鸣声的重整进程时间表反倒被提前了。"

胖大姐说:"我现在是听明白了。可是按照原来给我们看过的重整方案,雷声董事长需要拿出五亿现金,这事才能往下进行。现在,他人已经进了大狱,还能有钱吗?"

欣然说:"小叔已经签署文件将他的码头和房产进行抵押融资,再加上他个人的积蓄,目前已经筹集到四个亿。"

胖大姐眨了眨眼睛说:"那还缺一个亿?"

欣然神色有些黯然,没有马上说话。"闹了半天,还是没凑够钱!"胖大姐脸色一变,急切地抓住欣然的胳膊,"姑娘啊,赶紧和你的导师,那个老史说说,四个亿也干吧,就算他积德行善。"

欣然面露难色,低声对大姐说:"这个是基金的风控底线,不能变更。"

胖大姐一下子瘫坐在地上，嘴一咧，放声大哭，说："知道不该难为你们，可是现在没钱了，可怎么办才好！"

"一个亿对于今天在场的每个人确实都是天文数字，但要是所有的人都聚在一起，那它就是富豪说的一个小目标。"心安给佶星递了个眼色，两个人过去把胖大姐从地上拉起来，让她坐到一把椅子上。

胖大姐张大着嘴看着心安，和其他人一样，搞不懂心安是什么意思。

"水能载舟，亦能覆舟，鸣声的生死存亡其实就在大家的手中。"

胖大姐说："刚才你的话我们都明白，只要大家不胡闹，鸣声现在就不会死，可就算大家不闹，没钱鸣声也会死掉，大家能让鸣声不死，可又该如何让它生？"

心安清了清嗓子，将自己心底的大胆想法对胖大姐和其他的业主大声说了出来："'众人拾柴火焰高'，说出来可能大家在情感上不好接受，但是鸣声现在需要各位伸出援助之手，对其输血。没有收到房的业主有一千多户，如果每户能够拿出十万元进行自救，则鸣声就完全具备了重整的初始条件。"

胖大姐下意识地捂住自己的口袋，说："原本是来向鸣声要钱的，怎么现在变成要往外掏钱了！"

欣然赶紧接着说："这钱算是鸣声借的，给最高的利息，我愿意用我的全部资产承担连带担保责任。"

胖大姐不屑一顾："姑娘，你要是有钱那就直接全出了，何必让大家集资，你来担保？"

"我爸在世的时候已经在最后的阶段将全部的现金投入鸣声地产，后来又以他自己的名义对外借了高利贷。虽然高利贷后来已经被小叔偿还，但为了阻止我启动鸣声债务重组程序，高利贷公司的幕后老板又发动了三个亿的恶意诉讼，查封了父亲和我名下的房产。"

这时，佶星凑过来说："雷大小姐和她父亲名下的房产市价不止三个亿，现在被高利贷以要求偿还二亿五千万欠款的名义予以查封。一旦恶意诉讼被打掉，这三个亿房产来担保今天大家要出的一个亿绰绰有余。"

众人面面相觑，举棋不定。

佶星笑笑说："我今天也不只是当一名看客，我个人决定借给鸣声地产一百万，谁让我一定要替业主讨个公平正义呢！"

欣然的眼中闪着晶莹的亮光，她情不自禁地抓住了站在身边的心安的胳膊。

佶星话锋一转:"我也不是简单地当个活雷锋,我要求对借给鸣声的这笔钱设置两种可能的归还方式供我选择。一种是按照合规的最高利率计息,另一种方式是在一年后我可以选择债转股,即将这笔钱的本金和利息折合成公司股份。最终如何选择一年以后视鸣声的盈利状态而定。"

欣然说:"这没问题,这与国际基金退出项目的方式基本一致。"

心安问:"各位业主,有谁愿意拿出自己装修的钱借给鸣声?一年后可以和佶星律师一样,有权选择还本付息,也有权实施债转股。"

半天,没有人响应,佶星有些沉不住气,说:"我这真是有点儿皇上不急太监急,行与不行,大家倒是给个痛快话。"

人们开始议论,有的说:"这就是一个无底洞,现在再往里面放钱,那就傻到家了。"

也有的说:"雷家人一次投了四个亿,剩下的这一个亿还有房产做担保,应该问题不大。"

还有的人说:"律师最会控制风险,这位邹律师还借给鸣声钱,应该是真看好这次重整了,要不这一百万不也就打了水漂。"

人群中的声音越来越大,渐渐响成一片。佶星凑到心安身边,说:"要不我再加点儿,把我老妈给我留的结婚钱也拿出来,反正现在丈母娘还不知道在哪里。"

未待心安说话,门口传来一个声音:"我们投三千万!"

拥簇在房间内的人们被从门外走进的人分到两边,只见穿着红色羊绒大衣的苗蓝走了进来,后面还有几个人,其中一位举手同心安打招呼,心安一看原来是已经很久没有见到的鸣声西部片区总经理秦仁。

苗蓝说:"各位业主,我们鸣声的员工们知道现在重整资金出现了缺口,我们愿意拿出自己的钱来支持重整计划。这位秦总个人贡献五百万,人力的任总出了一百万,我也出资三百万,剩下的都是我们的员工出的。"

心安看到了苗蓝身后的人力总监,他向这位昔日老领导打了招呼,任梅竟然有些不好意思地笑了。

欣然激动地握住苗蓝的手,使劲儿地晃了两下,然后站到业主们面前说:"现在是鸣声地产最坏的时候,但也是最好的时候!我雷欣然愿意在债务重组后将全部的股份拿出来分配给今天愿意支持鸣声的人,让大家共同分享重整成功后的利益！"

贾老师冲上前去，大声说："我不冲着这利益，就看今天这些年轻人的血性与担当，我愿意把原来给儿子装修婚房和结婚的钱拿出来。我要投给鸣声地产五十万！"

朱先生的妻子从人群后挤了过来，嗓音颤抖着："我要代表我们家老朱也投十万元，老朱走了，那套房子是他用命换来的，我一定要从鸣声收到房子，留给我们的女儿。"

胖大姐脸红红地说："反正后面已经没有退路，我相信你们一定能成事，我也要出一份力！"

当天，来到自诚所的业主们就自筹了将近一千万元，贾老师、胖大姐说她们回去要继续发动业主为鸣声重整出钱出力，胖大姐说从此也不要再说谁欠谁的钱，大河无水小河干，鸣声要真没了，谁也落不着好。

晚上，业主们都离开后，大家聚在一起商量下一步怎么做。

欣然说："心安哥，我要马上出国，我的很多学长和同学都有自己的投资公司，鸣声这个项目对他们而言也是一个不错的选择。"

佶星立马补充："我这就回家和爸妈说说，把留给我的婚房给抵押了，再凑些钱出来。"

"今天刷新了俺对有钱人的认知，见识到了佶星同学这样有义气的人。"玛妞看佶星的眼神和往常有些不同，里面闪烁着小星星。

佶星顿时来劲儿了："千万别把我的档次拉低，我这是为了公平正义，哪里是什么意气用事。"

心安点头总结："当前的鸣声对于资金的需求那就是多多益善，以半个月为期，大家分头加紧行动。"

十天后，欣然从国外回来，心安开着佶星的车去接她。可可也不肯在家里睡觉，说是想欣然阿姨了，非要跟着一块儿来机场。

深夜的候机大厅，欣然一把抱住扑向她的可可，眼睛看向心安。这个略显憔悴的男人的脸上带着傻傻的微笑，向她走过来。走到近前，他伸了伸手，却又把双臂垂下。欣然站起来，主动拥抱了心安，心安的手脚一时间不知道该怎么摆放。

"我带回了两千万欧元。"欣然在心安的耳边兴奋地说。

"太好了！"心安情不自禁抱着欣然原地转了一圈儿，好奇地问，"不对啊，然然，你昨天临上飞机前，还只说筹到了一千万欧元，怎么过了一个晚上，钱就增加了一倍？"

欣然说："飞机刚刚落地的时候，我收到导师史迪威先生发来的邮件。他以私人名义再投资一千万欧元，条件就是等鸣声地产走上正轨，我要去负责他未来在国内的投资项目。"

心安故作愁眉苦脸状，说："那到时候，你就要离大家而去，抛下老幼妇孺去当金融大鳄了。"

"不，不要，然然阿姨不能走！"可可听了爸爸的话，一把抱住欣然的腿，"然然阿姨，求求你，不要离开我们，不要去当大鳄鱼。"

欣然的眼睛一热，赶忙抱起可可："阿姨不走，阿姨永远陪着可可。"

一周后，由鸣声买房人、总包商、材料商等各类债权人自发筹集的款项达到了一亿五千万，加上欣然筹集到的二千万欧元，全部被放入法院监管的账户中。在有关部门的关注下，银行对雷声以不动产作为抵押物的融资特事特办，半个月后又有四个亿的资金进入法院监管账户。

正如心安所言，史迪威的股权投资基金提前一个月将三十五亿元人民币注入鸣声地产。资金进入后，城建、工商、税务、银行等各单位都对鸣声地产的项目给予他们权限范围内的最大支持。鸣声所有的项目全面复工，一切都回归正常状态。

鸣声地产这匹"病马"终于被治愈，而且越发肌体强健。

尾声

交房入住

1

鸣声地产贷款特大诈骗案事关社会稳定问题,特事特办,案件以法律规定范围内的最快速度推进。雷声诈骗罪成立,但因为有自首和立功情节,并取得鸣声地产谅解函,被判有期徒刑三年。吴非因诈骗罪和虚假诉讼罪被判有期徒刑六年,老金罪名与吴非相同,被判有期徒刑五年。江行长因受贿罪,后半生将在铁窗中度过。汪珐因为在诈骗罪和虚假诉讼罪中起了主要作用,数罪并罚被判有期徒刑十年。

法庭公开宣判的时候,欣然在旁听席看到了小叔。雷声有些憔悴,挺拔的身躯佝偻着,他看见欣然的时候,努力地对她笑。欣然泪流满面,心安安慰她,很快他们就可以到执行刑罚的监狱去探视小叔。

一审判决宣告后,雷声、老金和吴非都服从判决,但汪珐提出了上诉。汪珐说他当了一辈子律师,总是在为别人辩护,这一次,他要为自己辩护,这也算是他对自己律师职业终结所能赋予的最后的仪式感。

一个半月后,二审维持原判。四名被告分别被押往不同的监狱服刑。

雷声从市里的看守所转到郊区监狱服刑。心安陪着欣然前去探视。隔断玻璃后的雷声看着气色还不错。

雷声说:"然然、心安,我险些铸成大错,亏得有你们这些有担当的年轻人,救了鸣声,也更是救了我雷声。要不然我将来都没法去见然然的爸爸和妈妈。"

望着有些憔悴的小叔，欣然心里很难过："小叔，您在这里住得还好吗？每天都吃些什么？"

雷声哈哈一笑："我们一个房间住八个人，我岁数大，就被安排住了下铺，你放心吧。"

欣然问："小叔，您还需要些什么？"

雷声听了，笑得更响亮了："然然，你就放心吧，我会保重身体，将来出去还要带侄孙呢。"说完这些，雷声拿着电话看着玻璃外的欣然和心安，哈哈大笑。

笑过后，雷声一脸严肃地说："然然，我一直想对你说，小叔我不是一个爱财如命的人。当初确实对鸣声的未来没有了信心，又怕让你受你爸爸和我当年受过的苦，所以才受了汪珐的蛊惑。"

欣然更加难过："小叔您不要说了，我都懂，从小到大您就最疼我。"

雷声说："然然不要难过，塞翁失马，焉知非福。要不是经历了这些，还真看不到你们有这么大的本事。你爸爸和我的观念都已经过时了，从房地产行业的发展规律和现代企业管理的精细化方面，都远远地落后了。现在看到你这么能干，我在里面也能安心，大哥、大嫂在天上也可以放心。"说完这些，雷声看向心安，话锋一转，说："李心安，你一定要照顾好然然，不准欺负她，否则我出去后可饶不了你。"

心安不住地点头，用右手捶了捶自己的胸口。

汪珐的刑期超过十年，关在邻省一个专门关押重刑犯的监狱里服刑。心安和佶星也过去探视了他。

"我一直在等着你们。"黑瘦的汪珐穿着有些显大的深蓝色棉囚服，声音从听筒中传过来，像极了一个正在盘道的老法师。

"汪主任，为什么？"

"因为我也曾经是你们。"

"那是什么原因让您改变了呢？"

"我曾经给自己找到过理由。当我赚到第一笔钱的时候，我很兴奋，甚至在黑夜跑到路边的自动取款机上去数那一笔钱到底有多少个0。但是很快，这种快感就会过去，整个人开始期待下一笔钱进账。等待的过程让人焦虑，等到比第一笔钱更大的数字出现在银行卡上的时候，整个人就又兴奋起来，高兴，满足。只有更大数额的金钱能让我不焦虑，产生强烈的快感。"汪珐眼神缥缈，仿佛看到他二十年前的影子，"我给自己找的解释是，这是人类长期进化演变出的本能。金钱能购买一切有价格的东西，这无疑会让拥有金钱的人生存得更好，也就更有可能把他或者她的基因延续下去。而获得一次金钱后，人会获得短暂的满足和快感，但是这种感觉会很快消失。否则人就不会有动力去继续努力获得新的金钱，那也就不能让自己的生存条件变得更好。"

心安和佶星对视了一眼，问："汪主任，仅仅是因为钱吗？"

"可以说是，也可以说不是。你们今天还能叫我一声主任，说明人们总是喜欢用职位的高低去评价一个人。还有，现在社会上什么人受尊重？是那些创业成功的大企业家吧，我就是想和他们一样，有足够高的身价，出去受人尊重。说到底，我也是一个商人。"

心安坚定地摇摇头："汪主任，真不是你说的这样，我们生活在文明的世界，虽然这里有丛林法则，但绝不允许茹毛饮血，人是社会中的人，没有绝对的自由。人们让渡自己的部分自然权利，制定法律来共同遵守，就是要让人类这个共同体能够有序繁衍下去，而不因个体的绝对无限制的自私而陷入自我毁灭。"心安望着汪珐，说出了让对方坐在那里久久回味的一句话，"如果您追逐金钱不择手段，伤害到大多数人的利益的时候，那您必将遭到反噬。"

走出探视大厅，佶星捶了心安一下，说："你们刚才聊的可真深奥，都听得我有些蒙。"

心安说："时至今日，汪珐还在给自己的所作所为找理由。不是唱高调，以后你和我，还有自诚所的人一定都要以公平正义为第一法则，决不能因为金钱而迷失方向！"

2

一天早晨，自诚律师事务所还没有开门，一个衣着较旧的中年女人就已经在门外等候。等前台的工作人员将门打开后，女人径直就往里面走。

前台小姐微笑着站在女人面前问："女士，请问您有什么事？"

"李心安还在这里上班吗？"女人说话的时候，不停地向四处看。

"心安老师是我们这里的首席法律专家。"见女人脸上露出茫然之色，前台小姐继续说，"您找心安老师算是找对了人，因为就没有心安老师解决不了的问题。不过，我们所九点才正式上班，您先和我到会客区休息下吧。"

"你先给我倒杯茶，再去给我买一套煎饼。对了，煎饼里不要放葱。"女人突然颐指气使起来。

前台女孩儿虽然很诧异，但一想律所里面的老师一直要求她们要加强服务意识，对来访的人都要以礼相待，就拜托其他同事先接待一下，她出去给女人买早点去了。

八点五十五分，心安、欣然两个人一道走进律所。欣然已经开始对接导师的基金公司在国内的其他项目，有很多前期的法律问题需要处理。这些天，她都会一早和心安一道来律所处理相关事宜。一方面，两个人在一起办公效率更高；另一方面，她知道以后忙起来，两个人在一起的时间就会很少，趁着项目还都未展开，她想和心安多待一些时间。佶星虽然一直在和他们同住，但佶星喜欢睡懒觉，说现在自己都当老板了，还不是想睡到啥时候就睡到啥时候。心安催他催得急了，他就嚷着说不想给心安和欣然当灯泡。欣然一听这个，脸就有些红，心安也没法再逼他早起上班了。

"李心安！"一声尖叫从等待区传来，紧接着一个人小跑着冲过来，气势汹汹地挡住心安和欣然的去路。

两个女人形成鲜明对比。一位身材修长，面容姣好，剪裁上乘的深蓝色束腰呢子大衣衬托出职业女性的知性美。另一位穿着过时款式的羽绒服，脸色发暗，头发暗黄分叉，身材有些发胖。

这些日子太多的人来指名要见心安，欣然对心安莞尔一笑："心安哥，你先忙。我们一会儿会议室见。"然后侧身要绕过女人。

"你别动！都别动！李心安，她是谁？你今天给我说清楚。"中年女人突然伸手拦住了欣然。

欣然依然笑盈盈地问："心安哥，这位是……？"欣然这些日子心情大好，没有什么事情能够让她不悦。

"这是白雪，是……"心安嗫嚅着说。

"哦，是可可妈妈！您好，白姐姐，我是欣然。一直听安哥和可可说起您。想不到今天我们在这里见面了。"欣然一边热情地向白雪伸出手，一边对心安说，"快把白姐姐请到你办公室，我一会儿也过来。"

白雪扒拉开欣然递到眼前的手，冷笑一声："李心安，你干的好事，现在竟然背着我在外面搞了个小三出来。还有你，长得也不像找不着男人的，为

287

什么这么不要脸地勾搭别人的老公？"

律所的人开始多了起来，人们都被白雪的喊声吸引过来。欣然的脸一下红了，连白皙的脖颈都红了。

心安赶紧一把拉过白雪就走，白雪拧着不走，但心安的力气让她根本挣不脱。进到心安办公室后，白雪变得更加语无伦次起来，心安发现白雪忘记他们已经离婚了，而且一直在说所有人都在骗她，好像一会儿认识心安，一会儿又叫他什么文。

趁着白雪难得安静的间隙，心安赶紧出来叫人进去看着她，然后在门外和欣然大致说了白雪的情况。欣然推测说这段日子白雪是不是遭遇了什么重大的变故，从而出现了神经性的应激障碍。

欣然的分析很准确，白雪的投资失败了，她所有的钱，包括鸣声退回来的房款都投到了孙炳文公司发行的小额贷产品中。但最后，她不但没有收到孙炳文承诺的年化50%的收益，而且本金也不见了踪影。当她有一天回到和孙炳文同居的别墅时，却被人催讨别墅的房租。她打孙炳文的电话，手机再也无人接听，孙炳文突然人间蒸发了。白雪这才意识到，她被孙炳文骗了。这个包装成富有的金融人士的男人，连同许诺给她的金钱、别墅、婚姻都统统灰飞烟灭。白雪一下子就精神恍惚了。混沌中，白雪只记得一个人，那个叫李心安的男人是她的老公，他会给她依靠，让她心安，她脑子里一直有个声音告诉她说无论如何都要找到李心安。就这样，时而清醒、时而糊涂的白雪在新闻报道中看到了心安，她打听了好几天，终于找到了自诚所，这才有了刚才的一幕闹剧。

心安将白雪送到专科医院，医生说白雪受到的刺激比较严重，需要慢慢治疗、休养。

心安心情很沉重，他和欣然说："白雪把钱都投给非法的小额贷款公司，也是想早点儿赚到买学区房的钱。"

"心安哥，你一定要振作起来，还有更多的人等着你拿起法律的武器去保护，其中也包括白姐姐。"欣然安慰着心安，突然低下了头，小声说，"当然还有我！"

3

又一个春天到来的时候，幸福家园的业主们终于迎来了梦寐以求的盛大交房仪式，鸣声地产高层全部到场。苗蓝已是鸣声地产公司的副总裁，她亲手给第一户收房的业主递上家中的钥匙，现场参加交付仪式的一千多名业主热烈鼓掌，好多人的眼睛都湿润了。

樊丽丽也回到了鸣声，并且从销售部调到了客服部，专门负责对交付前的房屋进行风险检查。欣然知人善用，在公司提出了"用户思维，客户至上"的理念，要求客服部完全站在客户的角度去看房屋的功能与质量。樊丽丽的性格干这个再合适不过了，她整天追着公司的设计、工程、营销提问题，谁要是在设计、质量或者工期上出现问题，她不是做鬼也不放过，而是干脆就让对方变得人不人、鬼不鬼，简直谁见谁都怕，谁见谁头大。

安妮成了鸣声地产的金牌销售员。她与过去一刀两断，凭着自己多年在社会积累的经验，再难谈的客户，到她这里都不是问题。

心安的母亲在春节后不久走完了人生的最后旅程。她是深夜在医院的病床上离开的，第二天早晨人们发现她的时候，她面带笑容，安静慈祥。心安闻讯而去，捧着母亲瘦得只剩下皮包骨的手，哭得几次昏厥过去。欣然和佶星日夜陪伴着他，直到母亲下葬。随着时间的流逝，虽然悲恸有所缓解，但"子欲养而亲不在"的痛总是萦绕在心安的心头。

清明节，一同祭扫过心安的母亲后，心安和欣然来到雷鸣的墓前。欣然告慰父亲的在天之灵，鸣声的房子都已经悉数交付给老百姓，以后鸣声一定会给更多的老百姓建住得起的好房子。

回去的路上，欣然问心安愿不愿意回到鸣声地产做首席法务官，还开玩笑说薪水上不封顶。心安笑着拒绝了，他说再有三个月自己就可以重新执业了，他决定和佶星一块儿把保家卫房和自诚所做下去，继续匡扶正义，为更多的弱势群体做法律代理，从另一个角度来实现雷鸣生前的愿望。

（全书完）

图书在版编目（CIP）数据

交房 / 徐行著 . -- 天津：天津人民出版社，2024.3
 ISBN 978-7-201-19984-9

Ⅰ . ①交… Ⅱ . ①徐… Ⅲ . ①长篇小说－中国－当代 Ⅳ . ① I247.5

中国国家版本馆 CIP 数据核字 (2024) 第 019892 号

交房
JIAO FANG

出　　版	天津人民出版社
出 版 人	刘锦泉
地　　址	天津市和平区西康路 35 号康岳大厦
邮政编码	300051
邮购电话	（022）23332469
电子邮箱	reader@tjrmcbs.com

责任编辑	范　园
特约编辑	贾　磊
封面设计	鬼　鬼

印　　刷	嘉业印刷（天津）有限公司
经　　销	新华书店
开　　本	700 毫米 ×980 毫米　1/16
印　　张	18.5
字　　数	322 千字
版次印次	2024 年 3 月第 1 版　2024 年 3 月第 1 次印刷
定　　价	59.80 元

版权所有　侵权必究
图书如出现印装质量问题，请致电联系调换（010-82069336）